白发王妃

莫言殇 著

BAI FA WANG FEI

典藏版

【上册】

青岛出版社
QINGDAO PUBLISHING HOUSE

图书在版编目（C I P）数据

白发王妃 ：典藏版 / 莫言殇著. — 青岛：青岛出版社，2019.1

ISBN 978-7-5552-7689-0

Ⅰ. ①白… Ⅱ. ①莫… Ⅲ. ①长篇小说－中国－当代 Ⅳ. ①I247.5

中国版本图书馆CIP数据核字（2018）第256904号

书　　名　白发王妃·典藏版
著　　者　莫言殇
出版发行　青岛出版社
社　　址　青岛市海尔路182号（266061）
本社网址　http://www.qdpub.com
邮购电话　010-85787680-8015　13335059110
　　　　　0532-85814750（传真）　0532-68068026
责任编辑　郭林祥
责任校对　邓　旭
特约编辑　孙红彦
装帧设计　80·小贾
照　　排　梁　霞
印　　刷　三河市航远印刷有限公司
出版日期　2019年1月第1版　　2019年1月第1次印刷
开　　本　16开（700mm×980mm）
印　　张　37.5
字　　数　540千
书　　号　ISBN 978-7-5552-7689-0
定　　价　69.80元（全二册）

编校印装质量、盗版监督服务电话　4006532017　0532-68068638

建议陈列类别：畅销·古代言情

人物档案

【幸福于我，总是咫尺天涯！】

人物：启云国容乐长公主——漫夭

昵称：阿漫、容儿、璃月

性别：女

身高：168厘米

体重：49公斤

擅长：音律、歌舞、象棋、房屋设计

武器：琴、剑

出场年龄：20岁

外貌形象：优雅高贵、大气脱俗

性格特点：聪慧善良、淡然恬静、重情重义、坚忍执着

对待感情：不容忍被欺骗和被利用

兴趣爱好：品茶、下棋、看书

最大心愿：过自由平静的日子

理想配偶：宗政无忧

人物自白：

一直以为，我这一生只会爱一个人，就像我所希冀的能得到另一个人完整的爱情那样。可是命运的捉弄，让我先后爱上两名同样优秀、深情的男子，欠下一生也无法偿还的孽债！

封闭的密室，漆黑无光，我从血色浴汤里醒来，那个我曾经深爱过又无比痛恨过的男子，带着他对我深沉的爱以及我对他曾有过的浓烈的怨恨永远地离开了我的生命……

过往的一切，卷着残酷的真相朝我猛烈袭来，击碎了我拼尽一切想要守护的幸福！

我以为，我已经逃开命运的束缚，却不料，始终被命运玩弄于股掌！

魅力指数：★★★★★★

人物档案

【一夜折磨，十年寿命，满头青丝尽成雪，幸不负卿意！】

人物：临天国七皇子、离王→宗政无忧

昵称：无忧、七哥

性别：男

身高：182厘米

体重：65公斤

擅长：全方位人才

武器：墨玉折扇、柳叶、剑

出场年龄：20岁

外貌形象：俊逸无双、慵懒邪妄

性格特点：冷酷狂傲、自负、有担当

对待感情：一旦确认，坚定不移

兴趣爱好：同阿漫一起，品茶、下棋

最大心愿：阿漫回来

理想配偶：漫夭

人物自白：

当我大破九国联军，一统天下，在万民欢呼声中赶回皇宫，看到的却是你已然冰冷的容颜。

我料想了种种结局，唯独无此。

你如此残忍地离我而去，留给我一个不得不活下去的理由。从此以后，江山无限，寂寞比天地更广阔无边。而我，这个万人敬仰的帝王，却只能在寂寂深宫中，抱着你冰冷的躯体，在回忆中度日如年……

魅力指数：★★★★★★

人物档案

【二十年，爱恨挣扎，到头来，却不过是一场笑话！】

人物：临天国大将军——傅筹（宗政无筹）

昵称：阿筹

性别：男

身高：181厘米

体重：68公斤

擅长：音律、权术、阴谋策划

武器：权力、人心

出场年龄：20岁

外貌形象：英俊高大、温和有礼

性格特点：腹黑、深沉、善于隐忍

对待感情：挣扎、矛盾

兴趣爱好：看容乐笑

最大心愿：为母报仇

理想配偶：漫夭

人物自白：

遇见容乐以前，我的人生，只有一种感情，那便是仇恨！为了这仇恨，我付出了一切，错失一生至爱。当有朝一日得知，这带给我仇恨的根源竟然只是虚假的欺骗，我坚守一生的信念，就此崩塌，我的人生，彻彻底底成了一场笑话！

无筹无筹，无须筹谋，一切尽在手中。可我事事筹谋，却依旧一无所有！

原来，不是无筹，而是……无仇！

我本无仇，从何复仇？

魅力指数：★★★★★

【一生为一人，以爱换恨，付尽鲜血和生命！】

人物：启云国皇帝——容齐

昵称：齐哥哥

性别：男

身高：178厘米

体重：60公斤

擅长：布局

武器：手、尸体

出场年龄：21岁

外貌形象：清隽儒雅

性格特点：理性、狠辣、极端

对待感情：隐忍、疯狂

兴趣爱好：和容儿住在银杏树下的小屋里，过无人打扰的日子

最大心愿：容儿活着

理想配偶：漫夭

人物自白：

自尚未出生之时，便已注定我的人生无法圆满。无论世事如何轮转，我的爱——永无出路！

容齐，容棋……

请容我一局棋，以爱为筹码、命做盘，下到肝肠寸断，亦不悔！

魅力指数：★★★★★

人物档案

【七哥，我毕生的信仰！】

人物：临天国九皇子

昵称：老九

性别：男

身高：179厘米

体重：63公斤

擅长：逃跑

出场年龄：19岁

外貌形象：俊朗、风流

性格特点：开朗、活泼、直率、极度自恋

兴趣爱好：看别人倒霉（除他七哥以外）、和萧可斗嘴

最大心愿：七哥幸福

理想配偶：萧可

人物自白：

生在皇室，并不是人人都能过上锦衣玉食的生活，比如我，曾经活得猪狗不如。是七哥给了我一个皇子应有的体面，也给了我不一样的人生。我发誓，一生追随七哥，做一个没有名字却仍然可以活得潇洒快乐的皇子！

魅力指数：★★★★

【哥哥喜欢的人，就是我喜欢的人！】

人物：雪狐圣女的关门弟子——萧可（漫天的义妹）

昵称：可儿、丫头

性别：女

身高：161厘米

体重：47公斤

擅长：医术、毒术

出场年龄：17岁

外貌形象：清纯可爱

性格特点：率真、活泼

兴趣爱好：研制各种奇药、和九皇子吵架

最大心愿：破解天命

理想配偶：九皇子

人物自白：

所有伤害哥哥和公主姐姐的人，都是坏人！

魅力指数：★★★★

目 录【上册】

卷一
谁料丑女貌倾城

目 录【上册】

卷二
红颜白发千般痛

目 录【下册】

卷三
宠冠繁华妃子远

目 录【下册】

卷一

谁料丑女貌倾城

第一章　抗旨拒婚

古往今来，她大概是第一位为和亲而来却被拒之门外的和亲公主！

三月的阳光如春水一般柔暖，透过华丽马车的窗幔，倾洒在身着大红嫁衣的女子身上，笼着一层薄薄的暖黄光晕，朦朦胧胧，有说不出的美感。此女子便是为和亲而来却被拒之门外的启云国容乐长公主——漫夭。

经过一个月的长途跋涉，她觉得自己的身子骨都快要散架了，不禁懒懒地斜躺在锦被铺就的软榻上，合目小憩，听着马车外传来的喧哗骚动之声，微微蹙眉。

“请问有人在吗？麻烦向王爷通禀一声，容乐长公主到了！”一名腰佩长剑的侍卫不停地叩击着庄严气派的大门，门上方挂着一方牌匾，上书三个极具气势的烫金大字：离王府。

这便是离王宗政无忧的府邸。

离王宗政无忧，临天国除太子以外唯一有封号的皇子，正是容乐长公主的和亲对象。此时，离王府大门紧闭，没有一丝缝隙，恐怕连空气中的微尘也钻不进去。

“杨大人，您看这都半个时辰了，天也快黑了，还是没人开门，怎么办？”侍卫焦急地回头问穿着一身官袍、相貌儒雅的中年男子——临天国新上任不久的礼部尚书杨惟，此次和亲事宜便是由他负责。原本应是离王亲自迎公主入城，但离王却闭门不出，无奈之下，他只好代为迎接，却不料，迎来公主之后，离王府大门依旧紧闭，任他们如何叫门，根本无人理会。

一位品级稍低的大臣忧心忡忡道：“杨大人，容乐长公主深得启云帝君宠爱，听闻此次和亲，启云帝十分不舍，亲自送出数百里地。倘若让启云帝得知王爷如此

怠慢公主，怕是情形不妙啊！”

杨惟皱着眉头，苦恼地叹了口气，那位大人所言他又岂会不知，但离王不开门，他又有什么办法？

一名鼠目男子见杨惟满面愁容，忙谄笑着上前提议：“不如多找几个人把门撞开……”

“住口！”不等那人把话说完，杨惟已瞪圆双目，仿佛见鬼似的看着他，愤然截口，“混账！你活得不耐烦找个地方自行了断，别搭上本官全族人的性命！”这可是离王府的大门，借他杨惟一万个胆子，也不敢撞门而入啊。

“就是！你要死也别拉上我们！”其他官员更是怒不可遏。

这个提议莫说实行，单单是这一句话，若是传到离王耳中，他们这些人怕是都要吃不了兜着走。

鼠目男子初到京城，除了乱拍马屁其他什么都不懂，哪里知道这离王府的主子是那种只要跺一跺脚就会地动山摇的主儿。眼见几位大人反应如此激烈，不禁吓得直哆嗦。

时间缓缓流逝，在初春寒凉的空气中，冷汗却悄悄爬上了人们的额角，杨惟举袖轻拭，抬头看了看暗下来的天色，略一思索，回身朝漫夭所在的马车走去。

“公主一路舟车劳顿，想必早已困乏，不如先到驿馆歇息，待下官进宫向吾皇陛下禀告后，再迎公主入府。”

车门开启，一名梳着侍女发髻的俏丽女子探出头来，面有怒色，口气不善道：“一直听说临天国是礼仪大邦，看来名不副实！我们公主下嫁，离王不出城迎接也就算了，竟然还紧闭大门不让我们公主入府，这算哪门子的礼仪？分明就是不把我们启云国放在眼里，让人很是怀疑你们临天国联姻的诚意！”

杨惟心头微惊，没想到只一名侍女口齿便如此伶俐。他忙低头对马车内的漫夭恭敬有礼道：“公主切莫误会，离王……只是临时有要事出了府，才耽误了迎接公主凤驾，望公主海涵。下官可以保证，我国绝对很有诚意与贵国联姻，为两国百年和平大计，还请公主切勿多想！”

侍女撇嘴道：“有什么事情比迎接我们公主还来得重要？就算王爷不在王府，这府里总还有个下人吧？为什么这么久了，都没个人来给开门？摆明了就是要给我们吃一个闭门羹！这以后要真进了王府，还不定怎么欺负我们公主呢！”

“这……”杨惟一时语塞，身上衣衫被冷汗浸透，答不上话来，正不知如何是好时，马车内忽然传来清雅好听的声音。

“泠儿，不得无礼。”漫夭这才缓缓坐起身子，虽是斥责，语气却不愠不怒，自显威严。被叫作泠儿的侍女嘟了嘟唇，低下头去。

其实漫夭在来临天国之前，就已打听过离王。听闻此人性情乖张，行事不走常理，却又心思缜密，谋略过人。就在一个月前，他以一计解临天国边关之危，在少年名将傅筹的配合下，以少胜多，大败北方蛮夷，歼敌三十余万，其名望更甚于当朝太子。更令人惊讶的是，他从不主动上朝，即便皇帝召见，他也会依照心情来决定是否应召，如此狂妄之行径，世间少有。皇帝宠妃曾因此说了句“离王大逆不道”，旋即被皇帝贬入冷宫，之后再无人敢说他半句不是。还有传言说宗政无忧有两大禁忌，一不沾酒，二不碰女人，无人知其原因，只知凡触犯他这两条禁忌之人，都没有好下场。

漫夭有些纳闷：既然宗政无忧有此禁忌，为何还要我来和亲？

她抬手撩起车窗帘幔一角，洁白纤细的手指在橙黄帘幔的映衬下，显得莹白如玉，头上华美的凤冠前头垂悬着十数串玉泽圆润的珠帘，遮住了她的面容。透过珠串的缝隙，她看向窘迫的杨惟，微微一笑道：“泠儿心直口快，失礼之处，还请杨大人莫要介怀。就按杨大人方才说的办吧。有劳了。”

温和有礼的语气，听得杨惟愣了一愣，心道：传言刁蛮任性的容乐长公主，怎会如此好说话？

“为公主效劳，是下官的本分。”杨惟一面疑惑一面说着场面话，正待吩咐众人起程，却听一个清朗嘹亮的声音叫道：“杨大人！”

漫夭正欲放下帘幔的手稍微顿了一顿，看到围观的人群里走出一名男子，十八九岁的年纪，一身锦衣华服，玉冠束发，面容俊美，身材修长，步履轻快，手中一柄玉骨折扇拢合，在掌心处轻轻拍打，真真是风流倜傥，举手投足流露出贵族的气质，一看便知不是普通人家的公子。

杨惟一见那人，慌忙行礼道：“九殿下！”

原来是与离王宗政无忧走得最近的九皇子。漫夭笑了笑，见九皇子随意摆了摆手，对杨惟说了句“不必多礼”后，径直朝她走过来。

“想必这位就是容乐长公主吧？”九皇子笑着打量她。

“九殿下有礼。”漫夭微微颔首，礼貌招呼。

九皇子眼中闪过一丝疑惑，目光停留在扶着窗幔的手上，扬眉笑道：“听闻公主容貌丑陋，想不到这双手倒是生得不错，如此看来，也并非一无是处。”

泠儿一听这话不乐意了，两眼一瞪，怒从心起，连身份也顾不得了，探出头去就嘲笑道：“堂堂皇子也相信那些市井流言？”

“泠儿住口！九殿下面前，不得放肆！”漫夭忙轻声喝止。看九皇子笑意张扬，分明是有意刁难羞辱、试探于她，她便淡淡回道：“九殿下谬赞，容乐也就这双手还能看看吧。”

九皇子微愣，一般女子被人如此当众奚落，定然怒目相向，可这位公主似乎并不在意。他斜目又细细打量了她一会儿，虽有珠串遮挡，但隐约能看出肌肤赛雪、眼瞳清亮。他一向喜爱美人，像这样的女子竟然是个丑女，可惜了！

九皇子笑道：“传言公主刁蛮任性，德行皆缺，我看也不尽然嘛，至少，公主懂得最基本的礼仪，外加还有一点自知之明。”

漫夭抿唇一笑，嘴角含着一抹浅淡的讥讽，却是笑而不语。

明褒暗贬，这个九皇子虽笑意朗朗，却字句毒辣，言语间毫不客气。杨惟听得冷汗直冒，心想：这九皇子跟着离王久了，说话行事越发张扬，也不分人物场合，凡事都率

性而为。人家毕竟是一国公主，幸好脾气修养都极好，不似传言的那般刁蛮，不然还不得闹个鸡飞狗跳，非打起来不可。想到此处，杨惟忙岔开话题，拦在中间道："九殿下来得正好，可否帮忙向离王殿下转达一声，就说微臣幸不辱命，已迎得公主凤驾，还望离王殿下早些开门迎进王府，微臣也好进宫向陛下复命。"

九皇子眉峰一挑，转眸望着他，不咸不淡道："杨大人莫不是糊涂了？这桩婚事七哥本来就没同意过，是你们这些大臣一力撮合，在父皇面前力保能成。怎么，现在进不了门，着急了？这件事，我可帮不了你。我劝你们还是赶紧离开这儿，七哥的脾气你们可是知道的，若是惹恼了他，后果非杨大人你一人能承担。还有啊，"九皇子猛然一顿，凑近杨惟才继续道，"我刚从皇宫里出来，听说父皇今儿个心情不大好，大人你这个时候还是不要去触霉头了，不然，小心吃不了兜着走，到时可别怪我没提醒你啊！"

一席话，让杨惟听得心头一惊。两国联姻，他们为人臣子的也是为国家社稷着想，不曾料到会造成今日这种骑虎难下的局面。离王他招惹不起，容乐长公主也不能得罪，而以往的经验告诉他，皇帝心情不好时，他们这些臣子更是离得越远越好。但此事关乎两国和平大计，若此时先按下，待明日早朝再行禀报，还能有各位同僚帮忙说说话。只不过，虽一夜之隔，却是可大可小，全看容乐长公主的态度。杨惟微微侧目，看向漫夭，面色极是为难。

漫夭本就是个通透的人，一见杨惟这表情，心下了然，便微微笑道："大人不必为难，容乐今日也实在累了，想先去驿馆歇息，觐见皇帝陛下之事，稍微缓上一缓，想必陛下会体谅容乐旅途劳顿之苦吧。"

杨惟心头豁然开朗，不无感激道："多谢公主体恤！倘若他日，公主有用得着下官的地方，尽管开口，但凡下官力所能及之事，决不推辞。"

漫夭也不拒绝，弯唇笑道："那容乐先在此谢谢大人了！九殿下，告辞。"

车门关上，杨惟向九皇子行了个礼，带着浩浩荡荡的迎亲队伍往东城驿馆行去，独留九皇子愣在当场。想不到他随意的一句话，倒成全了那个女子，顺水推舟，就这么笼络了一个朝廷大员。这女子，不简单！

"公主，明日大殿上，再会了。"九皇子举起扇子，对远去的马车挥了几下，心道：这回，七哥想不上朝都不行了！不知到时，七哥会是什么反应呢？

看来，好戏即将上场！他不禁愉悦地笑了起来，隐隐有些期待。

翌日早晨，天气极好。阳光和暖，春风和煦，少了几许初春的寒凉，正是外出赏春的大好时机，可漫夭却一早被临天国皇帝派来的人迎接入宫。

临天国的皇宫金碧辉煌，大气宏伟，较之启云国的宫殿有过之而无不及，漫夭每过一处都不由得在心底暗暗赞叹。

在禁卫统领的带领下，她进了乾坤殿，透过珠帘，远远地望见高位之上坐着一名身着龙袍、眉目冷峻的男子。他五官似刀刻般棱角分明，望着她的目光带着洞察人心的犀利，让她感受到一股无形的压力，令她不由自主地生出些微的紧张。这是她来到这个异时空三年来不曾感受过的那专属于帝王的威严。而她的皇兄启云帝很温和，至少在她面前是那样的。

她深吸一口气，敛了思绪，缓缓入殿，殿内文武百官分立两旁，纷纷转过头来望向她。

只见她头戴凤冠，珠帘遮面，身着一袭绣有彩凤图案的织锦红袍，纤腰束起，越发显得不盈一握，衣袍长长的拖尾铺在身后鲜亮的地毯上，柔美的红弧随着优雅的步伐缓缓地向前移动，如同名家笔下一幅流动的彩色水墨，被注入了无限的生命，看起来极为赏心悦目。

临天皇坐直了身子，目光微动，虽看不见她的面容，但仅仅是那份举止间的从容不迫，以及骨子里透出的高雅不俗的气质，已是无与伦比。这样的女子，怎么看也不像是传言中面容丑陋、刁蛮任性的容乐长公主！

漫夭行至大殿中央，微微屈膝行礼："容乐拜见临天皇帝陛下！"

声音清婉空灵，语调不卑不亢。

临天皇抬手道："公主免礼平身！"

漫夭起身后，感觉有灼热的视线自左边投射过来，她淡淡瞥了一眼，只见一名身穿皇子朝服的男子，嘴角挂着意味不明的笑意，正是昨日有过一面之缘的九皇子。此时他见她望了过去，便对她眨了眨眼，一副等着看戏的神情。

她微微蹙眉，快速地扫了眼四周，只见九皇子前面的一名男子看向她的目光中，带着嘲弄与不屑。男子身着绛纱袍，头戴双龙戏珠白玉冠，应该是临天国太子。这样嘲弄与不屑的表情，她自然明白是什么原因。淡淡一笑，她不在意地收回目光，对跟在身后的男子吩咐道："萧煞，将皇兄预备的礼物呈给临天皇帝陛下。"

萧煞应声捧着一个精致的礼盒走上前。漫夭道："陛下，容乐的皇兄感念陛下赠予的厚礼，以此宝物回馈，请陛下笑纳！"

内监接过礼盒，送至御案前小心翼翼地打开。只见盒内橙黄色锦缎之上摆着一对精致小巧的白玉杯，玉杯底座长龙盘卧，杯沿刻有凤舞图，雕工精细，玉质晶莹剔透，流光四溢，一看便知是世间罕有的稀世珍宝。

临天皇执起玉杯细细端详，目光一动："白玉琉璃盏！"

一位见多识广的大臣看到之后，惊叹道："听闻白玉琉璃盏流传于千百年前，是用千年灵玉雕琢而成，世间仅此一对，价值无法估计。此杯用以沏茶，茶香沁人心脾，若夏日以此杯饮水，便可消暑解渴，令人感到浑身清爽、通体舒畅，其妙无穷啊！"

众臣哗然，临天皇笑着点头，眉峰舒展道："启云帝竟回赠朕如此珍贵宝物！杨爱卿，替朕修书一封，谢启云帝厚意。"

萧煞单膝跪地，恭敬道："临天皇帝陛下，我朝公主凤驾临行前，吾皇有几句话，命卑职代为转达陛下。"

临天皇道："请讲！"

萧煞抬目直视临天皇，眼中毫无畏惧，一字一顿道："吾皇有言，白玉琉璃盏确乃

稀世之宝，但若比起容乐长公主在我皇心目中的位置，却还不及其万分之一！希望贵国能善待我朝公主，方能结两国百年和约。”

临天皇听完哈哈一笑，笑意却仅止于唇：“这是自然，公主乃临天、启云两国的和平使者，即使嫁与离王，也还是我国贵宾，绝无怠慢之理！”说罢他顿了顿，又道：“至于昨日之事，待离王上朝，定会给公主一个交代。”

漫夭淡淡一笑，施礼道：“陛下言重了！”

临天皇赞赏地望着她，举止从容，言谈得体，不愧为一国公主的风仪。就在这时，一名皇宫禁卫匆匆入殿，面色忐忑，禀报道：“启禀陛下，离王，离王殿下他……”

临天皇浓眉一皱，沉声问道：“他怎么了？让你们去传召他入宫，这都一个多时辰了，为何还不见他的影子？”

那名禁卫紧低着头，声音直颤道：“离王府的下人说……说离王在休息，不能上朝……”他的声音越来越低，低到几乎听不见，就如蚊鸣一般，却还是清清楚楚地落入众人耳中，在每个人心里掀起了惊涛骇浪。

文武百官、太子及皇子，面色各不相同。敢如此直接抗旨，离王绝对是当朝第一人，连借口都不屑找一个，而且还是在启云国的公主面前。冒犯皇帝至高无上的尊严，便是丢了临天国的脸面，这是何等严重的罪过！

庄严肃穆的大殿之内，顿时鸦雀无声，人人提心吊胆，屏息凝神，生怕一个不慎，招来杀身之祸，成了皇帝的出气筒。尤其是几位极力促成联姻的大臣，紧握的手心布满冷汗，空气中似有暴怒的因子在半空凝聚，形成压抑的恐惧感，在他们的头顶上不住地盘旋，透过皮肤的毛孔缓缓渗入他们体内的血液，然后迅速扩张蔓延，就如同一根有毒的藤蔓。

漫夭听到有冷汗滴在地上的声音，入耳竟清晰无比，而那名跪地的禁卫，头一直往低了垂，恨不能躲进地缝里去。

在这样压抑而紧张的气氛中，就连她都不自觉地悬了心，就好似身边放着一个巨大的气球，有人拼命地往里面打着气，眼看着那气球越来越大，她却不知这个气球何时会突然砰的一声爆炸。

就这样过了半刻钟，极度压抑的气氛，绝对考验一个人的内心承受力。然而，预料中的爆炸并没有来到，她看见临天皇盛满怒意的双眼，眼底深藏着的却是一抹不易觉察的无奈。

临天皇面沉如水，忽然转向一旁的九皇子，九皇子身子一僵，连忙低下头去，心中暗叫不妙，被父皇盯上了！果然，还没等他安稳好自己的心情，上面已经传来临天皇低沉而威严的声音：“老九，你与向统领一起去离王府传召，无论用什么方法，务必要将他带上殿来！若办成此事，朕重重有赏；若是办不成，你往后也不用再上朝了。”

九皇子听到这句话忽地眼眸一亮，然而，紧接而来的后一句，却令他的笑容僵在唇边。只听临天皇又道：“你就去北郊给朕看守一辈子皇陵！”

这一命令惊得九皇子张大嘴巴。虽然他是唯一进入离王府而不需通报之人，但若是因此惹恼了七哥，以后他就不会有好日子过了；而看守皇陵的凄苦日子也不是人过的，要他在那里待一辈子，还不如一刀砍了他！九皇子不禁脱口而出道：“啊？父皇……”他才一开口，便被临天皇一记如刀刃般的凌厉目光将后面的话堵了回去，只得勉强地牵了牵嘴角，万般无奈地回道：“儿臣遵旨。”

九皇子领了旨，心底叫苦不迭，愁眉不展地转身而行，在与漫夭擦身而过的瞬间，却见她淡然而立，珠帘后面的双眸明澈沉静，似乎天大的事情都不能掀起一丝波澜，他不禁心生烦闷之感，狠狠地瞪了她一眼，心中暗道：这个女子害得自己进退两难，却还跟没事儿人似的，真真是可恶。容乐长公主，这梁子，咱们是结定了！

漫夭接收到他的目光，只随意笑了笑。看戏之人终是把自己也给看进去了。

众臣这才舒出一口气，九皇子向来与离王来往甚密，有他前往，大抵是没问题了。

临天皇脸色和缓了许多，便与漫夭闲聊起来，询问了一些关于启云国的风土人情。漫夭一一作答，既不勉强敷衍，也不无休止地夸夸其谈，言语之间分寸掌握得极好，令临天皇满意地笑着点头。

就这样，不知不觉过了半个时辰。大殿之外忽然传来一阵纷杂的脚步声，应该是那位架子极大的离王到了吧！

漫夭没有回头，却发觉临天皇的脸色蓦然一变，刚刚还笑着的嘴角明显地抽了一抽，原本深沉的面容已是怒形于色，整个大殿方才那种和乐融融的氛围骤然降到冰点。

轻风中细小的微尘都仿佛来自阴间地狱，森冷之感瞬间便充斥着大殿，散发着诡异的气息，直渗入心底深处，令人不寒而栗。

耳边传来一阵阵抽气声，她看到文武大臣及皇子们面上的表情不断地变幻，极为丰富多彩。不论是大眼还是小眼，不管俊美的或是丑陋的，总之是个个都瞪大了眼睛，眼珠子都快掉到地上了，那眼中的神色，有震惊，有愤怒，有恐惧，有不敢置信，还有一部分居然是不怕死的钦佩！

她不禁疑惑，究竟是何等情景，竟会令临天国的帝王和一干臣子，在一刹那间，生出如此丰富的表情？她忍不住回头望去，先是看到步入大殿的九皇子，他俊美的面容带着僵硬的笑，那笑容仿佛是被人生硬拉扯着嘴角一般，目光闪烁，似是在逃避着位居高位的帝王，硬着头皮以极为缓慢的速度前进，就好比砧板上的鱼，明明看着前面明晃晃的刀举在头顶，却不得不往前蹦跶，因为后面是烧着油的滚烫的锅。

她的目光越过他，望向他身后那传说中智谋无双却乖张狂妄的男子，顿时就同那些大臣一样，十分惊讶地瞪大眼睛。

这便是离王——宗政无忧？！

他来是来了，可是，胆敢如他这般，用此种方式上朝的，绝对旷古绝伦，堪称古今第一人！

临天皇腾地站起，龙颜大怒道：“混账！如此上朝，成何体统？你们眼中，究竟还有没有朕？”

九皇子慌忙跪下，小声回道：“父皇，是您亲口说的，不管用什么方法，只要能让

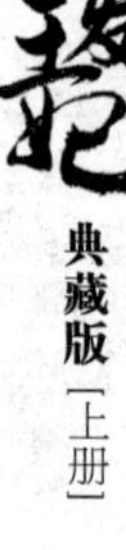

七哥上殿……”

“你给朕住口！”临天皇额角青筋暴起，抬手指着九皇子，那模样似是恨不能一脚把他踹出皇宫才解气。

九皇子被喝得身子一颤，赶紧低头，再不敢吭声。众大臣们亦是惊得一阵哆嗦，缩了缩脖子，大气也不敢出。

又是一片诡异的寂静，整个大殿，在帝王盛怒之下，人人皆成惊弓之鸟，唯有漫夭泰然自若，眼看着被八名禁卫抬着的一张乌木椅榻上、蒙着头呼呼大睡之人在临天皇的怒喝声中，完全没有一丝要醒转的迹象，她不禁暗暗发笑，佩服此人睡功一流。

离王宗政无忧，果然行事乖张、狂妄至极。试想，若不得他允许，谁敢如此张扬地将他抬出离王府？

临天皇大步走下龙座，见榻上之人毫无反应，怒不可遏。

“无忧，上了朝，你还敢这般放肆？还不快给朕滚起来！”临天皇一把掀开宗政无忧身上锦被，一甩手，暗红色的锦被仿佛长了翅膀，直直飞往殿外，转瞬便没了踪迹。然而，下一刻，临天皇望着榻上的情景，却呆立在原地，目光复杂，神色恍惚，先前萦绕在他周身的滔天怒气奇迹般地轰然而散，了无痕迹。

漫夭感到奇怪，便随着满朝文武的目光一齐朝榻上男子看去，只那一眼，就足以让时光静止，空气凝滞。

乌木椅榻上的男子，身穿白色暗纹绸缎锦袍，腰间系了一根细长的墨玉金丝带，睡姿高雅，气质纯净。乌发轻垂，毫无束缚地披散在乌木椅榻的边缘，被细微的风轻轻扬起，仿佛要将他带离这污浊的尘世。他面如冠玉，眉似青锋，鼻梁英挺，狭长凤目紧闭，浓密长睫毛在大殿一侧菱花窗格透进来的橙黄光线中于眼睑处印下淡淡青影，恰到好处地赋予了这张纯净到近乎完美的面孔以真实的感觉。

宗政无忧，他就那样被人抬上了大殿，睡得死沉。纯净甜美的脸庞像是在母亲怀中酣睡一般，毫无防备。

漫夭看得愣住了，周围的大臣眼光也很是惊异，仿佛头一回见到这样的离王，而漫夭活了两世，见过美男无数，以为世间男子莫不如她皇兄那般尊贵儒雅才算极致，却也不曾有过这般令她移不开视线的感觉。而更让她想不到的是，宗政无忧那样乖张狂妄的男子，竟生了这样一张纯净完美的面庞，不带凡尘烟火气息，但又丝毫不会让人误以为他是女子。

她忍不住想，不知怎样的一双瞳眸，才配得上这等绝世姿容？是积聚天地光华的耀目纯美？还是如仙一般的澄澈，迷惑世人？又或是神明般的睿智，令世间一切在他面前都无所遁形？她不由自主地猜测，然而，错了，都错了，而且是大错特错！

当宗政无忧那双紧闭的双眸缓缓睁开后，所有人从心底里打了个冷战，那双眼，那双眼……竟仿佛从十八层地狱中走出来的阎罗一般邪妄，如果不是亲眼所见，漫夭绝对不会相信，天底下竟有这样一个人，可以将邪恶与纯净完美这两种截然不同的气质融合得那样极致。

他抬眼一扫四周，缓缓坐起身，手搭在屈起的膝盖上，姿态慵懒，面无表情，越过临天皇直接将目光投在珠帘遮面的漫夭身上。

“你就是启云国的容乐长公主？”他问，声音冰冷，目光邪肆。

漫夭在他毫无表情的注视下，直觉自己的血液在迅速凝结，原来一个人的睁眼和闭眼之间，竟能有如此差异，真令人费解。漫夭定了定神，正准备礼貌地和他打个招呼，却见他忽然勾唇，面带讥诮地转向临天皇，懒懒地笑道：“皇帝陛下的品位真是越来越奇特了，前几次赐予我的美女，我尚无兴趣，这次竟又找来个二十岁都嫁不出去且无德无貌的老女人叫我娶回去！你就那么急着塞一个女人给我？”

毒辣的言语，以轻慢的语调极尽嘲讽之意，听得众人面色大变，骇然于心。

萧煞目光一凛，正欲跨步上前，漫夭觉察到他的意图，迅速抬手拦住萧煞。

二十岁都嫁不出去且无德无貌的老女人？这宗政无忧的嘴，果然够毒！相比之下，九皇子还算是客气的。漫夭心中冷笑，面上却无比平静，在众人用担忧的目光望过来以为她会有所反击时，她却放下了手，静立原地，什么话也没说，什么动作也没做。

临天皇双眉一拧，斥道：“无忧！不可对公主无礼！公主乃两国和平使者，远道而来，你昨日未能出城迎接已经失礼，今日怎能再胡言乱语，有失你身份，快向公主赔礼道歉。”

宗政无忧冷哼一声，转过头去，权当没听见。

“你！”临天皇气结，看了眼漫夭，忍住没发作，只干咳一声，靠近宗政无忧，压低声音警告道：“无忧，事关国家颜面与两国和平，非同儿戏，你不可如此率性！朕已经命人准备好喜袍，你快去换上，今日就在这大殿之上拜堂成亲。”

“我几时说过要成亲了？你别拿两国和平压我，这件事，从始至终都是你们自作主张，以为只要人到了，联姻便成定局，我便不得不娶她？”宗政无忧冷冷勾唇，邪妄的凤眸中满是冰冷，分明写着，我若不愿，谁也奈何不得。

临天皇怒道：“你！你别以为朕宠你，你就可以无法无天。在国家大事面前，朕绝不会纵容于你，这桩婚事已成定局，无论你答不答应，都势在必行！来人，带离王下去更衣。”

一队禁卫军应声入殿，禁卫军统领向戊为难地朝宗政无忧做了个请的手势。

宗政无忧却看也不看他，只冷笑道：“陛下是想来硬的？就凭他们这些人？”他蔑视的眼神竟是未将任何一人放在眼里，又道：“即便你能勉强我和这个女人拜堂，那洞房是否也要让这些人帮忙，抑或直接找人代劳？”

临天皇见他越说越不像话，气得火冒三丈：“混账话！你……”

“皇帝陛下！”漫夭实在听不下去了，虽然她一向不在意别人怎么看她，但有些话，当面听起来也实在不太好听。她觉得，自己虽不是真正的容乐长公主，但她也有自己的骄傲和尊严，岂容他人随意践踏！

“陛下无须动怒，”她缓缓道，“俗话说得好，强扭的瓜不甜，既然离王殿下无意迎娶容乐，那容乐又怎可强求？虽然容乐二十未嫁，于品貌、德行、操守皆有不足，但

自问还未到需要借助身份强逼他人娶我的地步！”

她语气平静，柔中带刚，不卑不亢，也听不出丝毫怨愤。

临天皇微微诧异，宗政无忧看过来的目光多了几分犀利和审视，似乎想看透她欲要什么花样。漫夭不禁嘲讽地笑了，宗政无忧定是不信有哪个女人在见过他之后会不想嫁进离王府，但偏偏她就不想，越是站在权力中央的人，她越是不想靠近。倒不如趁着宗政无忧拒婚的大好机会，争取一段自由时日，就算将来必须要以这种形式嫁人，她也希望由她自己来选择。

宗政无忧眯起凤眸，眼光锐利得像要剖开她的躯体一探内心，漫夭没有躲闪，镇定地回望过去。

宗政无忧看不清漫夭的脸，但看她身躯笔直，傲气内敛，目光平静坦然，毫无畏惧，倒是少见。他目光一动，忽然想掀开她面上的珠帘，看看那珠帘背后的一张脸是否也同传言中的截然相反，然而……是否相反，又与他何干？

“如此最好！”宗政无忧笑道，“就请皇帝陛下为容乐长公主另择他人为婿，没本王的事，本王先行告退。”他说着就要离开，完全无视帝王威仪。

临天皇面上哪里过得去，便沉声斥道：“谁让你走了！此事尚未定下，你好生在这儿待着。”说完转身踏上丹陛，由陈公公扶着坐回龙椅，询问漫夭：“若是公主同意，朕立刻着人将所有皇亲贵族里尚未娶妻之年轻俊杰拟出名单，以供公主挑选，公主意下如何？”

漫夭并未立即回应，而是向周围看了一圈，当看到九皇子时，九皇子俊容失色，眸现惊恐，似是生怕被她看中一般直往后缩，漫夭不禁好笑，再看向宗政无忧，见他已是事不关己，冷眼旁观，她不禁挑眉，转眸对临天皇道：“皇帝陛下，为两国和平着想，此事也不是不可行。只是天下皆知，容乐此行和亲是嫁与离王为妃，且离王殿下乃容乐皇兄亲选之人，如今容乐已到贵国，尚未成亲便遭遗弃，容乐只一介女子，被人说三道四也没什么，却担心此事若传扬出去，我们启云国将颜面扫地，我皇兄身为一国之君威仪又何存？只恐从今往后，启云国因容乐而沦为天下笑柄，那容乐，便是万死也难赎其罪！”

声情并茂，字句铿锵，于情于理，无可辩驳。临天皇听后面色一凝，眉头深锁，文武百官面面相觑，忧心忡忡。

宗政无忧原本已合上的眸子骤然睁开，目光凌厉逼人，似是要透过珠帘将她看个仔细透彻。他缓缓开口，语带轻蔑道：“这么说来，公主是要赖定本王喽？”

漫夭抬起头，淡淡一笑道：“那倒未必！”

宗政无忧凤眸一挑，嘴角含着冷笑：“那你想要如何？”

漫夭抿唇不答，却朝他走了过去。

宗政无忧盯着慢慢靠近他的女子，双眉紧皱，明确表达着他的不悦，在她挨近椅榻之时，他那一双邪眸忽然变得阴冷异常，迸射出一丝杀气。

漫夭不自觉地顿住脚步，看来他不喜女子近身的传言的确属实。她笑了笑，望进他邪妄的眼，声音清雅如天籁："听闻离王殿下身在朝堂，一计退敌，决胜千里，才智之高，当世少有，容乐心中十分景仰，今日又见殿下天人之姿，更是倾慕不已！但容乐自知姿容才貌，无一能与殿下匹配，因此也不敢多作妄想。只不过，为了两国和平，还是希望殿下能给容乐一个机会，相互了解，若是半年以后，殿下依旧对我毫无兴趣，那容乐便心甘情愿转嫁他人，绝无怨言。"

她的语气听起来很诚恳，似乎句句真心。

宗政无忧眯眼望着她，女人看他的眼神他见得多了，而眼前嘴里说着倾慕的女子，其眸中，有计量，有期盼，唯独没有丝毫的迷恋和爱慕。既然并无喜欢，那么她说这些话又是什么目的？她想要定下半年之约又有何原因？——管她什么原因，这些与他何干？他一撩衣摆站到了漫夭面前，起身动作犹如行云流水潇洒迷人。他垂眸望她，居高临下的姿态带给她一种极其强烈的压迫感，她的身子瞬时僵硬，每一根神经都绷得死紧，但她的双眼，仍然一动不动地望着他，只见他勾唇嘲笑道："你想令本王在半年之内，答应娶你为妻？简直是痴人说梦！"

漫夭轻挑眉梢，笑道："既然离王殿下如此自信，那我们不妨在此立下赌约，不知殿下敢是不敢？"

宗政无忧哼笑道："激将法？就凭你这点伎俩，也敢在本王面前卖弄？"

殿外的阳光忽然暗了下来，原本投在他身上的明亮光线，此时变得有些阴暗，衬着他眼中的邪妄，就像森冷潮湿的寒潭，散发着幽幽冷气，在不知不觉之中沁人骨髓。

漫夭极力压制住涌上心头的不适感，明知与宗政无忧立约，无异于与虎谋皮，但她不能退缩，她需要达成这个约定。既然逃不过这场政治婚姻，至少要争取半年自由，利用这段时间完成前世夙愿，也可趁此机会挑选一个适合她的丈夫，纵使无爱，只要能给予她尊重、不来打扰她的平静就好。想到此，她又鼓起勇气，笑道："就算是吧。莫非离王不敢应约？原来名动九州的离王殿下，竟是如此怯懦之辈！"

从未有人敢在宗政无忧面前用这种口气跟他讲话，还嘲笑他怯懦！一众大臣不禁心惊胆战，暗暗为她捏了一把冷汗。

宗政无忧薄唇微勾，邪妄的眸子里掠过一道光，像被点亮的地狱之火。杨惟心道不好，忙唤了声临天皇："陛下！"

临天皇皱了皱眉，这才开口道："这件事就按照公主说的办，以半年为期。无忧，倘若半年之后，你还是不愿迎娶公主，朕绝不再勉强你！就这样，退朝。"

皇帝当机立断下了圣旨，起身，陈公公忙不迭地喊了声"退朝"，众大臣憋在胸口的那口气总算是吐了出来，他们忙举手擦汗，可那手还没举起，就听到一声尖锐的刺耳铮鸣。

寒芒骤现，杀气荡空。

一道刺眼的白光以无与伦比的速度朝大殿中央的女子当头罩下，是那么的突然。

有那么片刻，漫夭仿佛闻到了死亡的味道，整个人似是跌入了地狱的冰窟。一种油然而生的恐惧感，自心底节节攀升，迅速传至四肢百骸。

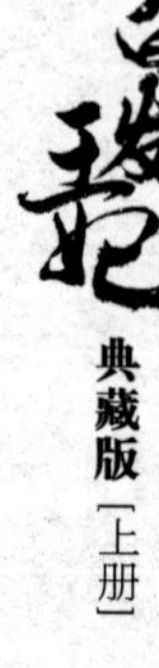

周围死一般地寂静。整座大殿没了声音，只有一双双睁大了的眼睛，所有人均是不敢置信。

拔剑，挥剑，弃剑。宗政无忧的动作快得让人来不及反应，他便已然离开大殿，扬长而去。

殷红的血，从女子的指尖缓缓滴到地上，开出一朵朵殷红的血花，被半空中飘扬的碎帛所掩盖。她没有尖叫，没有颤抖，甚至没有反应，只是瞪大眼睛望着殿外已飘然远去的白色身影。宗政无忧，他来得狂妄，去得张扬，留下被剥了喜服，伤了十指的她如雕塑般僵立在原地。

细碎的红帛，自她眼前徐徐飘落，带着尚未消散的冷冽杀气擦过她的鼻尖，血一样的颜色，在整座大殿飞舞，仿佛冬日里纷飞的鹅毛大雪，被浸染了鲜血一般的红。

第二章　冤家路窄

那一日，她拿性命相搏，十指皆伤，到最后，终还是赢了。临天皇没有降罪于宗政无忧，为了安抚漫夭，准了她半年之期，并封锁消息，赐给她一座公主府以及珍宝无数。

公主府地处偏僻，环境清幽，正为漫夭所喜。府内宽敞的后院，冒了新芽的柳枝在一湖碧水的映衬下显得格外嫩绿清新。

脱去凤冠的漫夭，肤若凝脂，眉如水黛，眼似秋波，清灵明澈之中却又有着与年龄不符、仿佛从灵魂深处透出来的成熟与沧桑。她静静地站在湖边的柳树下，阳光迎面照来，将她周身笼罩在一层薄薄的金黄里。

萧煞走进后院，脚步顿了顿，前方沐浴在阳光中的背影，光华耀目，遗世独立。他看了一会儿，才垂下眼睑，走上前去。

漫夭没有回头，只是望着波光粼粼的湖面，淡淡问道："都打听清楚了吗？"

萧煞恭敬回道："是。临天皇差人送来的名单之中，只有九皇子与傅筹将军二人暂无妻妾。九皇子是典型的纨绔子弟，虽无妻妾，但喜流连烟花之地，红颜知己无数。傅将军常年征战沙场，听说他冷酷暴戾，满身煞气。"

三十多人，却只两人单身。漫夭蹙眉，微叹口气。她一直都知道这是一个皇权至上、男人为尊的世界，可她却不想嫁给妻妾成群的人，不管有情无情，都不愿被卷入女人争宠的是非之内。然而眼下那二人，九皇子显然不待见她，名将傅筹她没见过，但以他年纪轻轻就掌管兵权，并与宗政无忧齐名来看，此人必不简单。

"这件事情先放一放。"漫夭转身说，"茶园装修已接近尾声，我让你请京城最有名的点心师傅，可请到了？"

萧煞道：“已经照主子的意思办妥，茶园过两日便可开门营业。”

漫夭满意地点头道：“那好，就缺最后一样了。叫上泠儿，跟我去一趟香魂楼。”

听到“香魂楼”三个字，萧煞皱了皱眉，正巧泠儿从里屋出来，闻声惊道：“主子，您去青楼做什么？”

漫夭笑了笑，却并不回答，只吩咐二人去准备。

香魂楼，京城最有名的青楼之一，楼里的姑娘燕瘦环肥，个顶个儿都曾红极一时，而最有名的当数沉鱼姑娘，不仅姿色容貌艳冠京城，还弹得一手好琴，曾有无数达官贵人想替她赎身，欲纳为妾室而不得。

为方便行事，避人耳目，这些日子，萧煞出门都会易容，漫夭和泠儿则乔装成男子。

今日，漫夭穿了一件质地上乘颜色素雅的月白长袍，将乌发用玉冠束起，又在黛眉上修了几笔，顿显英气飒爽，风姿卓然，再加上她本就身材高挑、气质出尘，此刻手握折扇，姿态自然大方，俨然一副潇洒风流的俏公子模样。

惹得泠儿睁大眼睛，夸张道：“主子，您这模样走出去，以后京城里的小姐们还要不要睡觉了？”

漫夭瞋了她一眼，三人一起出了门。

白日里的香魂楼，虽不如夜里人声鼎沸，却也足够热闹。漫夭一行三人刚到门口，眼尖的鸨母忙不迭挥舞着帕子迎上来，边走边叫道：“哎呀呀，这又是哪家的公子啊？瞧这模样俊的，啧啧，把咱这楼里的姑娘都衬没了。”

呛人的浓香扑鼻而来，漫夭不自觉地倒退一步。萧煞立即上前把剑一横，鸨母止步，本就粗短的脖子缩了一缩，识趣地闭嘴。

漫夭这才进屋，还未开口，便听一道清朗的声音从二楼传来：“七哥，想不到天底下竟还有第二个人和你一样，生得这么美！”

这声音有些熟悉，漫夭抬眼，二楼走廊上立着两名俊美非凡的男子，说话之人身着浅蓝色衣袍，面容俊朗，嘴角含笑，目光直勾勾地将她望住，毫不掩饰眸中的惊艳之色。而他身旁的男子，一身白衣，金黄镶边，气质卓然，五官完美得无人能及，他只是往那里一站，满身风华、尊贵不可逼视的气势，将这满楼的奢华旖旎全部化作虚无。

竟然是宗政无忧！刚才说话的，自然是九皇子。漫夭心口一跳，下意识地握了握指尖，虽然伤口已经愈合，但那日在大殿上被这个狂妄的男子挑了喜服、割伤十指的情景依旧历历在目。

宗政无忧斜眸一瞥九皇子，显然不喜“美”之一字的形容。九皇子惊觉失言，忙讨好地笑道：“七哥，我，我们进去吧。”

宗政无忧朝漫夭扫了一眼，目光清寂冷冽，不同于大殿之上的轻蔑和狂妄，倒像是看一件死物般的无波无澜。

漫夭蹙眉，宗政无忧不是忌酒忌色吗，怎么会出现在青楼里？她正疑惑着，却见已走到雅室门口的宗政无忧突然回头，又朝她看了两眼，目光极为犀利，看得漫夭心头一凛，忙收回视线。只听九皇子问："怎么了，七哥？"

宗政无忧没说话，回头进了雅室。漫夭这才松了一口气，刚才宗政无忧的目光几乎让她觉得自己是不是被认出来了？随后转念一想，那日大殿上，她头戴凤冠，珠帘遮面，纵然宗政无忧再厉害，也不可能认出她来。只是，这个人带给她的压迫感实在太强烈，强烈到令她一见他就不由自主地紧张。

"主子，那不是九皇子吗？他怎么在这儿？"泠儿凑近漫夭，好奇问道："跟他一起的那个人是谁啊？怎么会有男人长得这么好看？"

漫夭没回答，倒是萧煞忍不住白了泠儿一眼，低声说道："是离王。"引得泠儿瞪大眼睛，一时忘记身在何处，就叫了出来："什么？主子，他，他就是那个嚣张狂妄、把你关在门外的……"

"泠儿！"漫夭蹙眉轻斥，泠儿猛地警醒，慌忙捂住嘴巴。一旁的鸨母疑惑地望着他们，目光在漫夭身上来回打转。

萧煞掏出一锭金，放到鸨母眼前，鸨母立刻两眼放光，迫不及待地伸手来取，萧煞却握住了金锭。那鸨母是聪明人，一扭身转到漫夭面前，满脸堆笑道："公子有什么需要尽管说，只要秦妈妈我能办到的，一定尽力。"

漫夭淡淡笑道："我想见沉鱼姑娘，麻烦秦妈妈帮忙安排。"

"这……"鸨母绞着帕子，犹豫起来，似是有所顾忌。

"有何为难之处？"漫夭一边问，一边朝萧煞使眼色，萧煞又掏出一锭金。

鸨母望着萧煞手上的两锭金，眼角余光瞟向九皇子和宗政无忧进入的雅室，为难道："不瞒公子，刚才进去的九爷，他每次来必点沉鱼，这回还带了客人来，您看……要不……"

九爷？漫夭蹙眉，看来这九皇子果真是烟花之地的常客。她转眸笑道："秦妈妈，我只见沉鱼姑娘一面，与她小谈一会儿，用不了多久，不会耽误她迎接贵客。"

萧煞再次取出一锭金，鸨母这才喜笑颜开地应了，并将他们安排在宗政无忧与九皇子的隔壁。

那是一间装饰豪华而又不失雅致的宽敞房间，漫夭带着泠儿入内，萧煞守在门外。

一进门，泠儿就问："主子，那个人真的是离王吗？"

漫夭点头，泠儿又问："可是，他不是忌酒忌色吗？"

这一点也正是漫夭所疑惑的，不过……

"来这里的人，不一定都是为了寻欢作乐，就好像我们。"漫夭背对着窗子坐下。

泠儿"哦"了一声，好奇地问："那主子找沉鱼姑娘是要做什么啊？"

漫夭没答话，从袖中摸出一张被叠了数层的图纸，轻轻展开。那是她用重金买下一座园子后，亲手绘制的设计图。

泠儿凑过来，虽然看不太懂，但认识图中圆形高台上的琴，便猜测道："主子是想请沉鱼姑娘去茶园弹琴吗？"

漫夭微微点头。

泠儿疑惑道："可是我想不明白，皇上为主子置办了那么多嫁妆，临天皇又赐了主子那么多珠宝，主子根本不缺银子，为什么还要费这么多心思开什么茶园呢？以主子您的身份，要是传出去，多不好啊！"

漫夭淡淡道："所以，不能让别人知道我们的身份。开茶园的目的不一定是为了赚钱，我只想完成一个心愿。"

她垂眸望着手中图纸，似是要透过薄薄的纸张望尽曾经怀抱梦想的无数岁月。在来到这个世界以前，她曾是漫氏集团的唯一继承人，从很小的时候，就已经注定了她的人生无法按照自己的喜好来选择。她爱喝茶，喜欢安静，梦想着有一个自己的茶园，不为盈利，只为寻一两个志同道合的知己一起品茶下棋，看风景秀丽，论人生悲喜。可梦想终归是梦想，她用尽心思所绘制出来的设计图，在父亲的怒骂声中全部被撕毁，无一得以实践。她以为一辈子就那样了，却没想到，人生的道路上，总有许多事情出人意料。二十六岁那年，她死在了年轻继母为她设计的一场人为"意外"之中，而背后的主谋，是她那温情款款初登董事之位的未婚夫……

"主子，主子……"

陷入回忆的漫夭被泠儿叫声打断，她回过神，收起图纸，便见有人奉上茶来。泠儿正感到口渴，端起就喝，然后"噗"一声全吐了出来，叫道："这什么茶啊？好难喝。"

漫夭闻言啜了一口，味道有些奇特，有点像大麦茶，但又不尽相同。

"主子，沉鱼姑娘到了。"门外，萧煞禀报。

漫夭道："请她进来。"

门被推开，一名红衣女子婷婷而入。那女子肤白若雪，唇红似樱，柳眉弯弯如画，整张脸有如精雕细琢般精美到了极致，一袭似火红衣穿在她身上，艳而不俗，媚而不妖，果真美艳倾城。漫夭微笑地注视着她，目光中含着欣赏。沉鱼进屋时本是仰着下巴，带着股傲气，但当她看到漫夭时，明显愣怔住了，意料之外带有惊艳。

漫夭起身笑道："久闻沉鱼姑娘美艳无双，今日一见，果然如是！"

沉鱼这才回神，连忙笑着回礼："沉鱼见过公子。公子才是人中龙凤！"

漫夭礼貌地请她入座。

沉鱼暗暗将漫夭打量了几回，才开口问道："听秦妈妈说，公子这一趟是专为我而来，不知公子找沉鱼是……"

漫夭也不跟她拐弯抹角，直接说道："是为姑娘的自由而来。在下是生意人，听闻姑娘琴艺了得，想与姑娘谈一笔生意。"漫夭刻意将嗓音变粗，少了空灵，多了磁性和沙哑。

沉鱼柳眉微动，笑道："公子怕是找错人了，沉鱼只是青楼女子，与公子之间有何生意可谈？"

漫夭不紧不慢道："听闻数年前有一位姓余的知府大人，因牵涉一场谋逆事件，被满门抄斩，共七十九口人。后来检查尸体时少了一个，经查证，少的那个，是余知府的小女儿余晨。”说到这里，漫夭顿了顿，双眼望向对面女子，见女子脸色微变，便继续道：“沉鱼，余晨，都是好名字。”

“你是怎么知道的？”沉鱼霍然站起身来，话问出口才惊觉失言，后悔已是来不及了。

漫夭笑而不语，展开手中折扇，墨蓝缎面，白玉为骨，角落上刻着“无隐楼”三个字，浅而小，但极为清晰。

沉鱼望而色变，眼中杀意顿起，在漫夭低眸间，沉鱼扬起手，一袭红纱如剑，直直朝漫夭脖颈卷来。

漫夭红唇微勾，也不抬头，脚下却已平地滑开，连人带椅，速度极快。沉鱼一愣，没料到对方竟然会武功，有些意外道：“公子有备而来，看不出还是个高手。”

漫夭淡淡道：“略懂皮毛而已，高手二字，愧不敢当。”

沉鱼似乎还想再动手，一旁的泠儿已将一柄软剑架上她的脖子。沉鱼无奈罢手，警惕地盯着漫夭，问道：“你是什么人？居然请得起无隐楼的人替你办事！听说无隐楼是江湖第一楼，楼里不论绝杀部还是灵息阁，只要接生意，都是十万两白银起价。你为了打探我这样一个青楼女子的身份，花这么大的价钱，到底想做什么？”

漫夭并未立即回答，而是动作优雅地回到原地，示意泠儿将剑拿开，再次请沉鱼入座。沉鱼对她充满戒备，漫夭并不在意，反而亲手为对方倒了杯茶，这才笑道：“姑娘不必如此防备，在下说出此事，并非要以此要挟，而是想帮助姑娘彻底摆脱命运的桎梏，建立一个全新的身份。”

沉鱼愣道：“我凭什么相信你？这对你又有什么好处？”

漫夭淡淡道：“你可以不相信我。我只是觉得这种地方配不上姑娘的琴艺，若是能换一换环境，也许不只听琴之人会觉得有所不同，就连抚琴之人的心境也会是天壤之别。”

沉鱼道：“公子所说的换一种环境，指的又是哪种环境？”

漫夭道：“在下即将开业的茶园。”

沉鱼眼中的光亮变成了嘲笑：“我以为是什么地方呢，原来是茶楼。在我眼中，茶楼和青楼，没有分别。”

漫夭听了也不恼，只仰起下巴道：“在下的茶园，与众不同。我敢说，它一定会轰动整个京城，而你，将会成为那座茶园的半个主人。”她说这句话的时候，目光亮如星辰，语气充满自信。

沉鱼愣了愣，感觉面前的这个人，无论是眼神还是语气，似乎都有一种魔力，让人不得不去相信此人的话。而拥有一个全新的身份，不必再担惊受怕地活着，一直都是她渴望的。想到这里，沉鱼低下头，眼中神色不断变幻，最终犹豫着问道：“你真的能帮我建立新身份？”

漫夭端起茶水，微微啜了一口，才不疾不徐道：“礼部尚书杨惟欠了我一个人情，他会帮忙办到。”

沉鱼道："可是，秦妈妈贪得无厌，不会放我走。除非公子的身份，能镇得住秦妈妈背后的人。"

漫夭问道："请问姑娘，秦妈妈背后是何许人？"

沉鱼略想一下，才道："一人之下，万人之上。"

这回换漫夭意外了，一人之下，万人之上？莫非……

"太子？"漫夭问。

沉鱼点头："我也不是很确定，只是偶尔会听秦妈妈提到太子府。先前也曾有些达官贵人在此闹事，扬言说要砸了这青楼，后来不知怎的，不但没砸，还亲自来楼里跟秦妈妈赔礼道歉。"

素闻青楼多有权贵之人在背后撑腰，却没想到香魂楼竟与皇家有关。漫夭皱眉，若是太子，那就不好办了。她垂眸思索，忽闻外面有人叫道："沉鱼姑娘，九爷要见你。"

沉鱼应了一声，看向漫夭，询问道："公子？"

漫夭一听外面的人提到九爷，脑海中立即闪现出大殿之上那张狂傲到目中无人的面孔，她目光一亮，对沉鱼道："你想不想离开这里，过自由的生活？"

沉鱼点头，眼中有期盼。漫夭又问："那你愿不愿意为你的自由和命运搏上一搏？我只有七成把握。"

但凡是搏，自然有失败的可能，失败后，也许会丢掉性命。

沉鱼犹豫半晌，最后坚定地点头。

漫夭道："那你可会跳舞？"

沉鱼说："会。"

"好，那你照我说的去做……"漫夭对沉鱼耳语一番，最后叮嘱："切记，你的手和身体，千万不要碰触到他，否则我就帮不了你了。"

送走沉鱼，漫夭起身打开窗子，隔壁的窗子似乎也没关严，她站在窗前隐隐能听到隔壁传来说话声，不巧的是，对方正好就是在说她。

"七哥，那个容乐长公主千方百计跟你定下半年之约，这都过去一个多月了，怎么也不见她有什么动静，你说她会不会是被你那一剑给吓傻了？"这是九皇子的声音。九皇子说完好一会儿，她也没听到宗政无忧说话，就在她以为宗政无忧不会回答的时候，宗政无忧忽然开了口："那一剑，在她意料之中。"

漫夭闻言心中一惊，他竟然知道！

九皇子惊奇道："为什么？她一个女子，又是公主，在那么多人面前被剥了衣裳、削了手指，难道还是她自愿的？她这么做，有什么目的？"

宗政无忧望着手中茶杯，没有回答。

九皇子又道："传言果然不可信，这容乐长公主的言行举止，哪里有半点刁蛮任性的影子？七哥，我觉得，这个公主有点意思，要不，我们去探探她，看看她到底长得有多丑？"

宗政无忧淡淡地瞥了他一眼，显然对此没兴趣。

九皇子撇嘴道："你真没趣。七哥，你以后别再和父皇作对惹他生气了，每次都吓得我一身汗。其实你平常不是那样的，可每次上了朝就好像变了一个人。七哥，你到底为什么那么讨厌见到父皇啊？"

九皇子声音充满了好奇，漫夭对此也甚为疑惑，她注意到，宗政无忧那日在大殿上称呼临天皇竟然是皇帝陛下而不是父皇，而临天皇对宗政无忧极其纵容，即便是盛怒之时眼中也还带着深深的无奈，不知是何原因？漫夭正想着，隔壁又传来宗政无忧的声音："这就是你笃定我一定会喜欢的茶？"

他的声音很冷漠，带了一丝不易察觉的失望。

九皇子道："七哥不喜欢吗？这茶的味道很特别啊！"

宗政无忧道："这是北夷国的香麦茶，味道的确与一般茶水有别，却不是我想要的。"

九皇子"哦"了一声，不无失望道："七哥最喜欢喝茶，这些年来一直四处搜罗味道奇特的品种，我以为七哥会喜欢这个。"

漫夭闻言一愣，宗政无忧喜欢喝茶？

"哎，七哥，你平常很少出府，既然今天出来了，我叫沉鱼进来弹奏一曲吧？她的琴弹得是真不错。"

宗政无忧没回应，九皇子当他默许，心情大好地对外叫道："来人！"

有人应声而入，恭敬唤道："九爷。"

九皇子问："沉鱼人呢？还没出来吗？看看隔壁究竟是什么人？问问他出了多少银子，本少爷付他十倍，哦不，百倍。快去快去！"

来人道："回九爷的话，沉鱼姑娘回屋取琴了，很快就会过来。"

"九爷，"那人话音未落，沉鱼已经到了，"沉鱼不知九爷有客人在，怠慢之处，请九爷见谅！为表歉意，沉鱼愿献舞一支，未知九爷意下如何？"

九皇子一见美人，心情立刻好了起来，马上扬眉笑道："好啊，本少爷还不知沉鱼也会跳舞，那可得好好瞧瞧了，看你的舞姿是否跟你的琴音一样美妙。"

琴声悠悠响起，婉转缠绵的曲调让人如置身幻境，漫夭几乎可以想象出沉鱼一边抚琴一边起舞的绝妙身姿，不知隔壁雅室里，素来不近女色的宗政无忧看了之后是否依旧无动于衷？漫夭想着，脑海里便浮现出那张完美的俊脸，他邪妄的目光好像就在眼前。漫夭回身，准备掩上窗户，突然听见隔壁传来破窗之声，伴随着一声惨叫，漫夭大惊，心道不好，赶紧出了屋，就见一楼被萧煞接住的沉鱼口吐鲜血，痛苦不堪。

"你，碰到他了？"漫夭下楼问。

沉鱼双眸闪烁，目光茫然。

萧煞摸了把沉鱼的脉象，对漫夭说："没伤及经脉肺腑。"

漫夭松了一口气，幸好宗政无忧有不亲手杀女人的规矩，不然，以他的内力将沉鱼震出窗外，沉鱼必定命丧当场。

周围的人一见这青楼头牌受了伤，都聚拢过来，秦妈妈惊声叫道："是谁在这里闹事？胆敢伤了我的宝贝女儿！快告诉妈妈，妈妈替你做主。"

沉鱼垂目，捂着胸口咳嗽，却没作声。

这时，楼上有人问："你想如何做主？"那声音端的是冷冽沁骨，叫人心发寒。

宗政无忧负手而立，居高临下，身边除了九皇子，又多了个冷面侍卫。

秦妈妈不是不会看人，只是一向仗着有后台，猖狂惯了，所以明知他们身份不一般，也没太当回事。秦妈妈看了看宗政无忧，扭摆着腰身走上前，半笑不笑道："哟，我以为是谁呢，原来是九爷的客人！我知道九爷是个有身份的人，就是不知道我们姑娘哪里伺候得不好，惹得您发那么大的火，把她伤成这样！您说，这事儿该怎么办？"

"你想怎么办？"宗政无忧缓缓问道，语气淡淡，没有表情。

秦妈妈道："你们也知道，沉鱼可是我们楼里的头牌，许多达官贵人来这儿一掷千金，都是为了她。现在她受了伤，没个十天半月是好不了的，那这段时间，我们的生意肯定是一落千丈，这损失……"

"想让我赔？"宗政无忧仍然面无表情，淡淡地补了句："数目。"

秦妈妈看他如此好说话，顿时笑逐颜开，掰着手指头算了算，才道："不多，一万五千两就够了。"

一万五千两！够一个普通家庭生活几辈子的。这秦妈妈果然贪得无厌。漫夭看了眼宗政无忧，见他薄唇微抿，面容深沉，目光半垂，看不清眼中神色。只见他缓缓步下台阶，拥堵的人群自发地为他让出一条道来。他缓缓走到秦妈妈的身侧，目不斜视，淡然问道："区区一万五千两就够了？"

秦妈妈眼珠转了转，目中贪婪之色显而易见，正想说"您要是愿意再多赏点就更好了"，可这句话她还没说出口，就见宗政无忧顿住步子，微微回头，忽然一掀眼皮，那眼中的冷冽邪妄如阎罗再世，看得秦妈妈不由自主地浑身一抖，再想往后退时，宗政无忧已负手冷然道："半月时日，一万五千两白银，是不多，也就本王十五年的俸禄。"

众人惊愕。

他说本王？！整个临天国，敢自称本王的只有一人。秦妈妈骇住，半天反应不过来，待反应过来后，张大嘴巴，脸色煞白，她没忘记她的主子千叮咛万嘱咐，叫她无论如何千万别招惹一个人，而那个人就是离王宗政无忧！

"你你……你是离王？"秦妈妈结结巴巴的一句话没说完竟然两眼一翻昏了过去。

漫夭失笑，秦妈妈也算见过大世面的人，又有太子撑腰，想不到竟如此不经吓。

"拜见离王千岁！"周围人群呼啦一声全跪了下去，那反应倒是极快。

宗政无忧扫了一眼沉鱼，淡淡吩咐："冷炎，把这女人的手指，一根一根全给本王剁了。"他的声音听不出喜怒，但说出来的话却叫人遍体生寒。

沉鱼闻言身躯一抖，差点也昏过去。

周围的人全都不敢抬头，整个楼里，除了宗政无忧、九皇子、侍卫冷炎，还站着的，就只有漫夭了。

沉鱼望着朝她大步走过来的冷炎，面如死灰，再顾不上胸口剧痛，挣开泠儿和萧煞，一把扯住漫夭的衣角，哀求道："公子救我，你一定有办法的，对不对？我只是，只是指甲碰到了王爷的衣裳而已。公子……"

漫夭叹气，就算沉鱼不求她，她也不会袖手旁观。

"且慢！"漫夭抬手制止。

宗政无忧斜眸，如地狱寒潭般冰冷又邪妄的眸子朝漫夭望过来。

漫夭忍不住吸气，极力镇定道："离王殿下，沉鱼姑娘究竟犯了什么滔天大罪，要被剁去十指？您应该知道，对于抚琴之人而言，毁她双手，比夺她性命还要残忍。"

又是一个不怕死的。这是九皇子对漫夭下的结论。

宗政无忧看着漫夭的眼睛，明澈镇定，似乎在哪里见过。他说："触犯本王禁忌，自然要付出代价。"

漫夭笑问："请问离王殿下的禁忌是什么？"

宗政无忧目光冰冷，转为凌厉，漫夭恍若未觉，自说自话道："离王殿下的禁忌，酒和女人？那么请问离王殿下，您此刻身在何处？"

"当然是青楼。"回答的人是九皇子，他仍是一贯的看戏表情。

漫夭笑道："九殿下说得是，这是青楼！青楼是什么地方？风流快活销魂地，这种地方别的没有，就是女人多，离王殿下既有此忌讳，就不该来。若非要来，也没关系，但至少也要让您的属下举一块金色的大牌子，最好用显眼的颜色写明：离王大驾，女人与酒勿近。这样才会妥善，否则，每日来来往往客人多如牛毛，谁会知道，您就是鼎鼎大名忌酒忌色的离王殿下？"

周围一片死寂，连呼吸都微不可闻。

跪地人群里有人张大嘴巴，抬头见鬼一般地瞪着这个胆子比天还大的俊美公子。

一股无形的气流在空气中拢聚膨胀，仿佛随时都要炸开。突然，一声不怕死的"哈哈"大笑传来，惊得人们身子一抖，瞬间便出了一身冷汗。

漫夭黛眉一挑，奇怪地望着九皇子，问道："九殿下，您的红颜知己就要被剁去手指了，很值得开怀大笑吗？"

九皇子咧开的嘴角微微一僵，一看沉鱼嘴角挂着殷红的血迹，正目光幽怨地望着他，让他觉得他这一笑真是太没良心。九皇子忙敛了笑，轻咳道："我不是笑沉鱼，而是在想你说的那个牌子。"

漫夭故作糊涂道："牌子？什么牌子？"

九皇子想也没想，直说："当然是你说的那个金色牌子，上面写着……"刚说到这里，他就感觉不对劲了，转眼便见宗政无忧不知何时眯起凤眸，盯着他的目光冷若冰霜，九皇子心头一惊，连忙止住话，伸手摸了摸自己俊挺的鼻梁，干笑两声。

宗政无忧面无表情地问："很好笑？"

九皇子嘴角抽了抽，笑也不是不笑也不是。他恼怒地瞪了一眼给他挖下大坑的漫夭，又对宗政无忧连连摆手道："不，不好笑，我也不是笑这个……咯咯……"

"哦，那九殿下还是在笑沉鱼姑娘？"漫夭在沉鱼身旁蹲下，执起沉鱼纤细修长的手指，摇头叹息，"可惜了这么美的一双手，以后，再也听不到那么美妙的琴声，也看不到她曼妙的舞姿了。唉，真是可惜！"

沉鱼悲由心生，眼泪簌簌而落，低泣出声。

九皇子一想到刚才那支舞，也忍不住说道："是挺可惜的，那支舞还没跳完呢。七哥，不知者不罪，要不，你就看在我的面子上，饶了她这回吧？"

宗政无忧冷冷地瞥了他一眼："我给你的面子还少吗？"

他夺过九皇子手中的玉骨折扇，缓步走到漫夭跟前，漫夭站起身来，宗政无忧手中的折扇便敲在了她的肩头。肩上一沉，那柄被贯注了内力的折扇仿佛有千斤重，漫夭几乎站立不稳。她侧过头，同时用自己手中的折扇去挡。一白一青，同样是玉骨缎面，只不过她手中扇子的玉骨一角除了无隐楼三个字以外，光滑平整，而他手中的那柄扇子还有一个图形，似龙非龙，且只有一半。

宗政无忧看了眼她手中折扇，微微一顿，手上力道竟减了少许，薄唇微勾，似笑非笑道："休要在本王面前耍这些雕虫小技。既然你觉得可惜，那本王今日就网开一面，用你的手换她的。"

漫夭心下一沉，面上不动声色地笑道："难得离王殿下肯大发慈悲，在下本应欣然从命，但是，在下对这双手也宝贝得紧，若是就这么没了，还真是不舍得。"她说得轻松，笑得淡然。

连宗政无忧都不禁要佩服她的勇气，这么些年，敢这样轻松随意同他讲话的人，还真不多。宗政无忧收了折扇，随手往身后一抛，九皇子连忙接住。宗政无忧转身踱了几步，回眸时半眯着眼睛，眼含探究地道："本王要做的事，从来没有人敢说半个不字。你是何人，究竟凭着什么，敢在本王面前这样有恃无恐？"

漫夭肩头一轻，浑身自在了许多，她想起宗政无忧在大殿之上的言行举止，以及他看皇帝时隐有恨意的眼神，于是目光一转，淡淡说道："在下只是一介生意人，没什么凭仗，只是习惯了这样的说话方式。殿下您身份尊贵，又得皇帝盛宠，所有人见到您，无不诚惶诚恐，趋之若鹜。但是殿下您可分得清，谁是真心，谁是假意？其实生在帝王家，未必就是幸事。身份固然尊贵，却不及平常人家，粗茶淡饭，一家人相亲相爱、和乐融融的景象。"

这番话本是说给宗政无忧听的，但说到最后，漫夭心里却生出许多悲凉。往事点点滴滴浮上心头，如果前一世，她的父亲不是漫氏集团的总裁，整日忙于应酬，她的母亲就不会去得那样早。她明明有亲人，却更像一个孤儿，父亲除了要求她如何如何之外，从没关心过她想要什么或者她喜欢不喜欢那样的生活。她生病的时候，照顾她的从来都只有保姆。母亲去世之时，父亲在国外没有回来，她一个人主持母亲的葬礼，那一年，她十二岁。如果她不是漫氏集团总裁的独生女，就不会有人利用她的身份，欺骗她的感情；如果她不是漫氏集团的唯一继承人，就不会有人为了争夺家产害她死于非命，从而导致她来到这个陌生的世界，整日活得提心吊胆。

宗政无忧目光微变，幽深如潭。他定定地望着漫夭，漫夭在与他的对视中，看到他眼底似有情绪涌动，一丝忧伤，一种无奈，一抹悲凉，她还没来得及看清，那些情绪就已经被他压制消弭。漫夭微愣，那一瞬，她仿佛看到了镜中的自己。宗政无忧，一个站在权力顶峰、狂妄自大、在皇帝面前都可以为所欲为的男子，竟然习惯于将一切情绪压抑在心底。这个人的内心，定然有着不为人知的隐秘。

九皇子饶有兴趣地望着漫夭，天下人无不羡慕他们尊贵的皇族身份，生来便注定高人一等，可眼前之人却说他们还不如寻常百姓？虽然他们的生活确实不像人们想象的那么尽如人意，但这种话可不能随便说，弄不好，是要掉脑袋的。

周围再次回复安静，众人连大气也不敢出。

宗政无忧又望了她一会儿，忽然环顾左右，皱眉道："怎么连个凳子都没有？"

众人一愣，对于他情绪的突然转变，有点摸不着头脑。已经清醒过来的秦妈妈最先反应过来，慌忙叫道："有有有，你们还愣着干什么，还不快给王爷搬凳子，哦不，搬椅子来！"

楼里的下人慌慌忙忙地去了，只片刻，大厅里就摆了几十张椅子。

秦妈妈从地上爬起来，弓着腰谄笑道："王爷，您请坐。您想喝点什么？"

宗政无忧不理她，一撩衣摆，就近坐下，懒懒地靠着椅背，一双邪眸再度盯住漫夭，眼中神色已不复之前的冰冷，说道："你好大胆子！就冲你这番话，死十次也够了。"

漫夭不客气地在他对面坐下，双腿交叠，姿势随意而优雅，笑道："只要离王殿下恕在下无罪，在下一次也不用死。"

宗政无忧薄唇微勾，倾身问道："你想要本王恕你无罪？理由？"

漫夭不答反问道："听说殿下喜欢饮茶，不知可有此事？"

宗政无忧道："本王喜欢饮茶是没错，但不是什么茶都喜欢的。况且，一般的茶，本王府中有的是。"

漫夭笑道："那是自然，不过品茶讲究的不只是茶本身。如果殿下有兴趣，就请三日后移驾西城天水湖边的拢月茶园，保证不会令殿下失望。但是，请殿下准备好一样东西。"

宗政无忧等着她说下去。

漫夭顿了顿，才又道："是心情。一份品茶的心情。"

宗政无忧看着她的目光微微怔了一怔，恍然记起曾经有人跟他说过："品茶品茶，茶在其次，最重要的，是人的心境！无忧，我希望你能做一个内心平和的人，如这清茶一般，不要被皇族戾气缠绕。"

"品茶还要准备什么心情？真是闻所未闻。"九皇子不以为然，哈哈大笑。

漫夭笑而不语，从宗政无忧的表情，她看出他懂了。

宗政无忧起身，目光奇怪地将她望了一眼，在挥袖离开之前，他说："希望三日后，你不会让本王失望，否则，砍的就不是你的手，而是你漂亮的脖子！来人，通知京

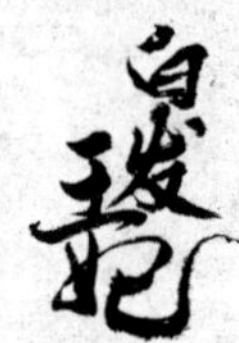

城府尹，明日之后，若再让本王看到这家青楼营业，让他提头来见。还有，听说这家青楼每日盈利至少千两白银，查查他们经营了几年，把这些年来盈利的总数目算好了送去太子府。”

周围的人正为他这一交代感到奇怪，漫夭却微微笑了起来，临天国这两年边关战事不断，想必国库早已空虚，这个宗政无忧，也许他内心并不像他表面所表现的那样冷漠无情。可怜太子，要大出血了！

第三章　棋逢对手

香魂楼被封，漫夭轻易地带走了沉鱼，而离王将于三日后亲临拢月茶园的消息不胫而走，这几日，天水湖变得热闹起来。漫夭倒是乐得省事，连宣传都不用做了。

第三日傍晚，西城天水湖人山人海，将尚未开门的拢月茶园围了个水泄不通，京城府尹得知此事，连忙安排百余名衙卫前来维护治安，以确保离王殿下的安全。

这晚的月光格外明亮，照得湖面如镜。离王宗政无忧与九皇子到达天水湖岸时，拢月茶园才刚刚开门，并宣布以后每日只接待二十位客人。人群开始喧哗，有人企图滋事，被官府压下。宗政无忧在众人的跪拜声中踏入拢月茶园的大门。

狭长的通道内只有一盏暗灯，光线昏暗，通道顶部低矮，走在其中有一种极强的压抑感，仿佛看不到光明一般。

“听说建造这家茶园动用了京城附近所有的建筑装饰队，我还以为有多了不得，原来还不如大街上的普通茶楼，至少那些茶楼不会一进门就这么昏暗。”九皇子不屑地数落着，很是看不上这家茶楼，想着进去以后一定要好好将那人奚落一番。宗政无忧也皱了皱眉头，但没说什么。两人一前一后走过通道，转弯，有一扇门，九皇子还没伸手，已有人为他们打开。

当那扇门打开之后，九皇子之前还没说完的那句话便瞬间哽在了喉咙口，再也说不出半个字。他站在门前，呆呆地望着里面的情景，瞪大眼睛，惊讶得说不出话来。

宗政无忧也愣怔了片刻，眼中惊异之色溢于言表。

那是一个封了顶的宽敞园子，园中柳树含烟，樱花盛放，一派春之盛景。一条清澈流动的碧水渠，在柳树下穿梭环绕，渠中水面浮着一盏盏做工精致的半透明的莲花灯，随水漂流，荡出层层水波，在悬于半空的琉璃灯盏的映照下，水纹流光溢彩，倒映而

出，流泻在银光镜面的塔形园顶之上，以不同角度折射在整个园子之中，一时间，满园的银光波纹，仿佛天河银水倒流，说不出的美轮美奂，竟如同仙境一般。

“妙！真是妙啊！”九皇子忍不住用折扇拍打着手心，惊叹道：“想不到那样昏暗的通道过后，会是这等奇景。太美了！”

宗政无忧道：“这正是设计者的心思巧妙之处。”

以狭窄黑暗的空间，沉淀对外界的感知，再反衬这银水园，可以带来更强烈的视觉冲击。宗政无忧闭上眼睛，仰头深深吸了一口气，只觉有一股淡淡的清香随着空气流入肺腑，令人神清气爽。

两人拾级而上，踏着细碎的石子路，不由自主地身心舒畅。

漫夭一看他二人到了，忙亲自迎了上来，略施一礼：“欢迎二位殿下大驾光临，里边请！”

她将二人引到最中央的位置，一棵盛放中的樱花树下的琉璃桌旁。

还未落座，九皇子就迫不及待地问：“这园子真是你设计的？”

漫夭笑着点头道：“正是在下拙作，让二位殿下见笑了。”

九皇子忙摆手道：“哪里哪里，设计得很好，很美，不，是太美了！和你的人一样美。”九皇子目光璀璨，毫不吝啬地赞美，早将先前那些不愉快忘得一干二净。

漫夭真心道谢，抬眼看见宗政无忧落在她身上的目光若有所思，她微微一笑，也没多想。对她来说，能拥有这样一座茶园，是她曾经的梦想，如今得以实现，她很开心。只遗憾的是，她永远都没有机会在这样一座园子里，遇见一个能与她相知相惜、能陪她品茶下棋的知己。她从小喜欢象棋，可这个世界只有围棋，无人知道象棋为何物。

请他二人入了座，漫夭微微弯腰，伸手在琉璃桌下拨动一个按钮，只听头顶上方传来轻微的咔嚓声响，园顶一块银光镜向一旁挪去，露出一个圆形的深孔，月华如水，瞬时倾泻而下，竟将琉璃桌及桌边三人笼在其中，给人一种很奇妙的感觉。就仿佛今夜月为其明。

拢月茶园之名，由此而来。

沐浴在月光之下的宗政无忧微微一愣，望着对面同样沐浴在月光下的漫夭，只见她嘴角微翘，笑容轻浅，明澈的眼眸闪烁着耀目的光华，让人恍然觉得这如水的月光以及满园的银波都在此人面前黯然失色。

九皇子拍手笑道：“妙极妙极！怪不得叫拢月茶园，要等到晚上才开业，真是不错！你可真是个妙人儿，对了，你叫什么名字？”

漫夭正在想要不要编个假名字，就听九皇子兴奋地叫道：“你先别说，我想想。这满园子的琉璃水月啊，就叫你璃月好了，璃月璃月……七哥，你说这个名字，适不适合她？”

宗政无忧难得一笑，望着她的目光有点点华光闪耀，声音慵懒而清雅：“琉璃目，月华人，女子当如是！”

漫夭心底一怔，琉璃目，月华人，宗政无忧说的是她吗？可女子当如是，漫夭下意识抬手摸了摸自己的假喉结，做得那么逼真，应该不会被认出来吧？或许，是试探？她定了定神，浅笑道："离王殿下说笑了。"

宗政无忧勾唇，似笑非笑，不再看她。空气中有薄雾缭绕，缥缈如烟，琴音适时响起，优美婉转的旋律在静谧的园子上方缓缓飘荡开来，营造出如梦如幻似虚非虚的景象。

九皇子讶然道："沉鱼！你把她给弄来了？"

漫夭浅笑，宗政无忧却陡然冷下脸来，目光冷如冰刃，朝漫夭直射而来，他沉声道："你利用本王？"

漫夭暗暗吃了一惊，心道：糟了！宗政无忧的反应比她想象的还要快。她忙笑道："离王殿下此话何意？"

宗政无忧冷哼一声："你的胆子比本王想象的还要大！跟本王装糊涂，这园子，本王看你是不想要了？"

漫夭一下子就被他捏住了软肋，心底一震，知道瞒不了他了，索性就硬着脖子承认道："不错，是我让沉鱼去献舞，但没有殿下您说的那么严重，我请殿下您帮这个忙，也是想给殿下一个更加完美的品茶环境，相信殿下并非心胸狭隘之人，不会与我斤斤计较。更何况，我这样做，不是也成全了殿下吗？数百万两白银充实国库，太子这几日怕是要吃不下饭了。"

最后一句话音一落，宗政无忧的目光更加锐利，看得漫夭的心不断往下沉，但她并没回避，而是坦然相望，身躯一如之前挺得笔直。宗政无忧心中微动，定定地望着她，眼中神色变幻莫测。他原以为被戳穿之后，她会惶恐慌乱跪地求饶，却没料到，她会是这种反应。

"你似乎知道得很多。"宗政无忧眯起凤眸，向她传递着危险的信息，"照你这么说，本王是否还应该感谢你？"

漫夭忙谦卑道："不敢。我与殿下互惠互利，只要殿下不怪我自作主张，我就已经很感激了。"只要宗政无忧肯放她一马，利用就会变成合作。

宗政无忧看着她，不说话。漫夭表面镇定自若，其实手心里早已捏了一把冷汗。

九皇子这才明白他们到底在说什么，他愣了愣，不合时宜地对漫夭竖起了大拇指，打心底里佩服她的勇气。

"你是我见过的最不怕死的人！"九皇子由衷地说，敢算计他七哥，那是太岁头上动土。

漫夭苦笑，想着谁会真的不怕死，只不过被逼到了那一步，与其害怕，倒不如设法化解。也不知道宗政无忧到底肯不肯放过她，看他那眼神，她是一点都猜不出他的心思，只好安静地站在那里，听着半空中缥缈的琴音，微风自她细瓷般的额头拂过，惊出薄薄的细汗。

有好半晌，宗政无忧都没开口，空气静默得令人窒息。直到九皇子实在憋不住了，就出来打了个圆场。他一边观察着宗政无忧的反应，一边说："七哥，我们不是来喝茶

的吗？你看这园子里风景这么好，又有明月当空，我们这么干坐着真没意思。那个璃月啊，你快让人上茶吧，上最好的，快去快去。”

漫夭领会，赶紧让人将事先备好的茶具端上来，亲自为他们沏了一壶最上等的西湖龙井。沏龙井茶的过程并不复杂，只需将专用的茶具用沸水烫过一遍，放入茶叶，再以烧开之后又凉过片刻的无根沸水冲泡，茶香四溢，清香怡人。

九皇子赞了声“好茶”，端起就喝。

宗政无忧漫不经心地小啜一口，不言语，微微抬头，闭上眼睛，将所有的邪妄和冷漠俱关于那双冷漠的眼帘背后，只余如仙面孔在前方寥寥升起的薄雾中仿佛化作一幅虚幻缥缈的完美画像，看上去有些不真实。

漫夭坐在他对面，注视着气雾笼罩中他神色不明的面孔，很安静。

过了一会儿，又过了一会儿，宗政无忧才睁开眼睛。

“四月新下的明前龙井，配三月无根水。”他望着漫夭的眼睛，神色不明，缓缓说道：“你的双手和你的脖子，都保住了。”

漫夭静静地笑了，不为保住性命，而是庆幸宗政无忧是懂茶之人，没有浪费她艰难留存下来的无根水。

品完一壶茶，已过小半时辰。漫夭拿了一份精致茶单递过去，宗政无忧淡淡地扫了一眼，问道：“就只有这些？”

漫夭奇道：“天下茶品，几乎都已在此。”

宗政无忧道：“本王就要这天下没有的。”

天下没有的？漫夭愣住，这宗政无忧究竟想要什么？想了想，她转身去柜台又取来一份茶单。

宗政无忧这回多扫了一眼。

那是一份花茶和奶茶的名单，这个世界的民风还算开放，许多大户人家的夫人小姐出门在外歇息时，饮茶也是常有的事，所以漫夭准备了这个，想尝试着在将来推行看看，没想到开门第一天就派上了用场。可是宗政无忧，他会喜欢这些吗？

宗政无忧翻看着茶单，比之前仔细许多，看过一遍后，他抬头又问：“就这些？”

漫夭还未答话，宗政无忧又指着那张单子说：“各来一份。”他的表情很认真，漫夭却怔了怔，困惑凝眉，不知宗政无忧到底要做什么？这单子上的品种少说也有几十种，照他这么个点法，倒不像是为了点来喝，更像是在寻找什么。

几十杯不同颜色的花茶和奶茶摆上桌面，宗政无忧专挑颜色深的品尝，每一种只啜一小口便放下了，每多尝试一种，他的眉头便锁紧了一分。漫夭看着他奇怪的动作，心里充满了疑惑。

“都撤了吧。”最后，他摆了摆手，漫夭看到他垂下去的目光多了一分掩饰不住的失望。

九皇子叫道：“别别别，七哥，我还没尝呢！这五颜六色的，真好看，闻着也很香。”说着端起一杯宗政无忧没有尝过的透着碧色的水果奶茶浅尝一口，酸酸甜甜的香滑口感，让他舔了舔嘴角，点头道：“还不错，如果昭云在这儿，肯定会喜欢。”

这话刚落，就听门口传来一声娇唤：“无忧哥哥，无忧哥哥……”一个十六七岁、长得十分精致的女孩，提着裙摆朝他们快步跑了过来。

九皇子哈哈笑道：“说曹操，曹操到。七哥，你要不要躲一躲？”

漫夭笑道：“天底下，竟有让离王殿下想要躲开的人？”

宗政无忧嘴角一抽，看不出是什么表情。九皇子往漫夭面前凑了凑，故作神秘道：“一会儿你就知道了。”

昭云一到，便兴奋地往宗政无忧身边凑去，却没能靠近，面前已横出一只手臂，她抬头一看，又是木头人冷炎！不禁委屈道：“无忧哥哥，你来这么美的地方，怎么不带我啊？”

宗政无忧看也没看她，漠然道：“你以为自己还是三岁孩子吗？”

昭云噘嘴道：“我是长大了，可我还是我啊！无忧哥哥，你以前不是这样子的……咦？这些杯子里装的什么东西？没见过哦！”

九皇子眉头一动，不怀好意地笑道：“这些是七哥点的茶，很好喝哦，七哥都有尝过。”

“真的吗？我也要尝尝。”昭云端起一杯紫色奶茶，正巧是宗政无忧刚尝过的，宗政无忧眉头一皱，不等昭云手中的杯子送到唇边，他已拂袖将那杯子扫到地上。咣当一声响，昭云顿时愣住了。

漫夭一惊，心想九皇子可真是唯恐天下不乱！宗政无忧这样的人，怎可能让一个女子碰他喝过的东西，更何况是人都可以看出这女子对他的心思。漫夭蹙了蹙眉，忙命人将地面收拾了，再将满桌的杯子撤个干净。

昭云一双手紧攥衣角，泪水涟涟，十分委屈地望着面无表情的宗政无忧，一句话也说不出来。

宗政无忧冷冷道：“你想现在就回国公府？”

昭云一听，眼泪立刻收了回去，急急摆手道：“不想不想，我才刚出来，无忧哥哥，我不打扰你就是了，我就在这里待会儿，这儿真漂亮。”她扭头四处看看，看到了漫夭，顿觉眼前一亮，惊叫道：“啊！你是谁啊？怎么跟无忧哥哥一样，长得这么好看？”

宗政无忧皱眉，九皇子笑着说：“她是璃月，这家茶园的老板，这个园子就是她亲自设计的哦！”

昭云双眼一亮，直勾勾地看着她脆声道：“真的吗？璃月公子，你好厉害！对了，刚才无忧哥哥喝的是什么茶啊？我也想喝。”

漫夭微笑地看着她，发现这个女子虽然在和她说话，眼光却不断地瞄向宗政无忧，看来这个女孩也挺聪明，她为了留在宗政无忧的视线内，懂得转移目标，只可惜，宗政无忧从始至终都没看过她一眼。漫夭让人准备了几种水果奶茶，昭云尝了之后，连连叫道：“好喝好喝。你让人多准备一些，我要带回去让她们都尝尝。”

就这样，因为这位郡主对宗政无忧的爱恋，令本不易推广的水果奶茶在这个陌生的时空从贵族之中开始兴起，竟风靡一时。而“璃月公子”这个名字也在第二日传遍了整个京城，上至皇亲贵族，下至官员财主，凡是有钱有势有地位的人，在建造家园府第之时，无不以求得“璃月公子”一纸设计图为荣。

宗政无忧成了拢月茶园的常客，往后的半个月里，他来时没再让九皇子跟着，只一个人坐在樱花树下要一壶极品西湖龙井，静静地坐着。

这一日，已经很晚了，到了茶园关门的时间，但宗政无忧仍然没有要走的意思。他桌上的那壶茶，早已凉透，也没让人添水或者重沏。漫夭不能催他走，就让园子里的人都回去休息，她自己留下来照看。反正她这些天为避免出入公主府被人发现身份，都是住在园子里的。

沉鱼也走了，茶园一下子安静下来。

漫夭坐在离他不远处的琉璃桌旁，看他一身白衣披着冷月光华，看起来竟是那样孤单。她受了蛊惑般地起身朝他走去，走到他身边才猛然回神，连忙问道：“殿下的茶已经凉了，要不要换一壶？”

宗政无忧抬眸，看着她没有说话。同样的冷月光华下，她一身素白，淡淡地笑着，从骨子里透出一种无法言说的孤单和寂寥。宗政无忧心中一动，将茶壶推到她面前，漫夭替他换了一壶新茶，在他对面坐了下来，浅笑询问：“殿下不介意吧？”

宗政无忧一直望着她目光流转淡淡道：“介不介意你都已经坐下了。本王倒是好奇，你一个女子，不在家等着嫁人生子，却为何要自己跑出来弄这么一个茶园？”更让他奇怪的是，她定下茶园每天只接待二十位顾客的规矩，显然不是以赚钱为目的，那她这么辛苦地耗财费力开这茶园又是为了什么？这十几日，他时常看到她一个人捧着一杯茶，很安静地坐在一个地方出神，似是灵魂游离了身体。看上去一直都是镇定淡然的表情，仿佛天塌地陷也不能令其动容半分。他忽然想，这世上会不会有那么一件事或一个人，能令她那双淡然而又明慧的眼眸现出惊慌失措的表情？

漫夭微微一愣，宗政无忧果然识穿了她女子的身份！她皱眉道：“谁说女子就只能在家等着嫁人生子？她们也可以有自己的兴趣和爱好，可以是独立的，不一定非得依附于男子才能生存。如果可以，我宁愿不嫁，一个人守着这园子终老，也不失为一种归宿。”

可惜，她的身份不允许。

宗政无忧明显一怔，再朝她看过来的目光一瞬间闪过无数情绪，显得很奇怪。漫夭猛地意识到她的这种思想在这个男权至上的年代超乎寻常，她忙笑了笑，正想着怎样岔开话题，却见宗政无忧将身子往后一靠，忽然问道：“你可会下棋？”

漫夭的思维有些跟不上他的节拍，愣了愣，下意识地摇头，以为宗政无忧会失望，谁知他竟然说了句：“本王教你。冷炎，拿棋来。”

漫夭呆了一呆，几乎以为自己听错了，她万分奇怪地望着他面无表情的俊美脸孔，心想这个人的行事作风当真是让人摸不着头脑，难道是他寂寞得太久了？

一刻钟之后，冷炎神速现身，将棋盘和装了棋子的锦盒放到桌上，漫夭低眸看了一眼，只见那白玉做的棋盘晶莹剔透，定然价值不菲，在那棋盘的中央，还竖着刻了四个字：楚河汉界。

是楚河汉界？！

漫夭整个人僵愣在那里，惊讶地睁大了眼睛。

象棋！他说的竟然是象棋！！！

漫夭无比震惊地抬头，呆呆地望着宗政无忧，宗政无忧却没有抬眼，只是淡淡地问了一句："你认识这棋？"

她没有回答。那一瞬间，她脑海中闪过无数念头，宗政无忧是谁？为什么会有象棋？这象棋从何而来？他为什么要摆到她的面前？

她还在愣怔，宗政无忧已经摆好棋子，简单给她讲了一遍每个棋子的走法。漫夭回神，看着他邪妄深沉的眼睛，她终是没敢将心中的问题问出来，而是沉淀思绪，假装初学者，拈了棋子乱走一气。

宗政无忧由着她乱走，甚至陪着她周旋，就算红子送到黑子的嘴边，他也不吃。

漫夭什么也没说、什么也不问，就这样与他下着。她面容沉着淡定，心中却百转千回。

宗政无忧看着她移动棋子的手，神思飘游。他有多久没与别人下过棋了？已经记不大清楚。他的手无意识地摩挲着一枚黑子，正要落下时扫了一眼棋局，猛然间心头一震，这才发现自己已无路可走。纵观棋局，他的路都被封死，所有的子都被困住，车不能走、马无法跳、象无处飞、士不能支，他一子未失，将却不得救，输赢竟成定局。

"你会下这种棋？"宗政无忧犀利的眼光紧紧将她锁住，微带急切地问道："你从何处习得？"

漫夭没有回答，她抬头回望着他的眼睛，试图从那双邪妄的眸子里看出些什么，但那双眼隐晦莫测，什么也看不出来。她淡淡地笑笑，不答反问道："殿下又是如何学来的？"

月光如水，倾洒在二人身上，他们静静对望，相互猜测疑惑着，心思各异。仿佛过了一个世纪那样长，桌上新添的热茶，还冒着腾腾的热气，在两人视线间升腾缠绕，再一点点散开。

宗政无忧忽然笑了起来，那笑容灼目，盖过满园流光。他说："再来一盘。"

漫夭没有反对。

棋子归位，依旧是她红子他黑子，漫夭浅浅笑道："殿下先请。"

宗政无忧也不推让，起子先行，不再是初时的漫不经心，每一步都深思熟虑，漫夭越是多走一步，越是心惊。棋如人生，透过一个人的棋术，去看一个人的心思，当真是深不可测。纵使她全力以赴，仍觉有些吃力。

这一局持续了半个多时辰，他们都走得很慢，谁也不会出言催促，给足对方思考的时间。

空气中有淡淡的香气，似有若无地萦绕着鼻尖，令人不自觉地心神恍惚。宗政无忧看着对面静坐的女子沉思中的面容，一双充满慧光的眸子，仿佛月光下的清泉，清幽明澈，淡美静好得不可思议。这是许多年来他第一次用心去看一个女子，竟不觉得排斥。

“殿下，离王殿下？”漫夭落子之后，见他毫无反应，一抬头，却见他竟怔怔地望着她出神，那种目光是她从未见过的，透着思忆的空茫，她蹙眉轻唤。

宗政无忧蓦然惊醒，神色微变，眼中划过一丝冷厉却又转瞬即逝，恢复一贯的邪魅深沉，拈起一枚棋子，状似不经意地问道：“你叫什么名字？别告诉本王你叫璃月。”

漫夭忍不住轻轻一笑，说了自己前世的名字：“漫夭。”

宗政无忧问：“‘桃之夭夭，灼灼其华’的夭？”

漫夭摇头，目光微垂，淡淡地道：“是早夭的夭。一生坎坷，注定不长寿。”前世算命先生是这么说的，事实上也应验了。她执子望他，轻声问道：“你呢？宗政无忧，你的父母一定是希望你一生无忧愁。”

宗政无忧没说话，端起已凉透的茶，浅浅啜了一口，冰冷的茶水有了涩涩的苦味。

他淡淡道：“为何不是站在最高处俯视苍生，却一无所有？”无忧，无有。他嘴角的淡笑含着那么点讽刺，朝她望过来。

漫夭心尖一颤，忽然觉得他们之间似乎离得很近。也许是烛光太柔月色太美，也许是多年寻觅难得棋逢对手，恍然之间，她感觉在某些方面，他们竟奇异地相似。不过是一个名字，本可以有无数种解释，但若不是历尽沧桑，谁会赋予自己的命运最悲凉的注解？

那一晚，那一局，历经两个时辰，最后和棋，谁也没有赢了谁。

忽有风起，卷起柳梢枝头，带着冰冷的寒煞气息，拍打一树残红，落花似血。

气息突变，一股强烈的肃杀之气，瞬间充斥了整个园子。宗政无忧目光遽冷，面色却是冷静从容，勾唇冷笑道：“都现身吧，本王没有耐心再等下去。”

十多名蒙面黑衣人骤然现身，将他们团团围住。

漫夭一惊，这样强烈的杀气、这样多的人，她竟丝毫没有察觉？暗暗运气，却突然发觉她的内力提不起来，顿时心中惊骇无比。她扫了眼周围的黑衣人，只见他们紧握着手中的长剑，面色凝重地紧紧盯住宗政无忧，看来这些人是冲着他来的。可是，为什么她会突然失去了内力，而宗政无忧却好似什么事都没有？

宗政无忧姿态优雅地喝着凉茶，嘴角含笑，口中却是冷哼道：“他还真是不死心！无隐楼的人请不到，找了你们这些不入流的杀手，就想要本王的命？”

他似乎知道是谁想要杀他，竟还这般淡然以对，想必这样的刺杀早已不是一次两次了。而那个想要他命的人，能在他明知是谁的情况下，还能好好地活着，真是奇怪！

为首的黑衣人眼光一厉，杀气更盛，也不多言，朝着同行之人使了个眼色，提剑齐齐朝他刺了过去。那速度极快，不过眨眼工夫，数柄剑形成一张精心织就的死亡之网，朝他当头罩下。

宗政无忧仿若不觉，仍自顾自地喝茶，神态闲定。漫夭不自觉地提了心，心想宗政无忧不会也跟她一样突然丧失了内力吧？正在她胡思乱想之际，一个快如鬼魅的身影凭空闪现，在宗政无忧身边亮出一道冷冽寒光挡开他周围的剑光。

冷炎？她几乎忘了，他身边还有这样一个神出鬼没的人。而那些杀手也并不真的像他所说的不入流，至少对于她来说不是。那些人训练有素，个顶个儿都是一流高手，每一招绝不含糊。冷炎被他们围在中央，虽未见败象，但若是想快速把他们都解决了，似乎并不容易。

有一名黑衣人抽身而出，锋利的剑刃忽然削向宗政无忧的后颈，眼神凶狠，动作迅猛，却又悄无声息。

漫夭惊得脱口叫道："殿下小心……"话还未喊完，那黑衣人竟已然倒下，咽喉处插着一把断剑。宗政无忧仍然气定神闲地坐在那里，仿佛什么事都没有发生。他凤眸微挑，语带嘲笑道："剑的质量如此低劣，怎么乌啸门的生意已经差到这等地步了吗？"

乌啸门？漫夭心底一震，那是一个声名仅次于无隐楼的杀手组织，只要出得起银子，什么任务都敢接，据说至今还未曾失过手。

黑衣人被点破身份，愣了一愣，明显有些慌神，再顾不得和冷炎缠斗，举剑朝宗政无忧背后刺了过来，宗政无忧一扬手，这回漫夭听见了利器破空的声音，紧接着他的身后响起一连串的惨叫声。

近十名黑衣人翻滚在地，双手紧紧捂住眼睛，鲜红的血从他们粗糙的手指间流出来，淌了一地。漫夭怔住，身子顿时有些僵硬。

宗政无忧由始至终不曾回头，他的表情淡漠平静得像是捏死了几只蚂蚁。

空气中弥漫着浓重刺鼻的血腥之气。湿热黏腻的液体，蔓延在她的脚下。她虽然会武功，却只是用来自保，从未杀过人，这是她第一次如此直面残酷血腥的搏杀，见证上一刻还喘着气的活人，下一刻便面目狰狞地倒在她的脚下，停止了呼吸。她只觉全身发冷，死过一次的人，似乎对死亡格外敏感。

黑衣人还剩下三个，在冷炎的剑下一死两伤。他们看着身边倒下的同伴，眼中渐渐升腾起恐惧，开始寻找脱身的方法。

杀手也怕死！

宗政无忧将目光停留在漫夭的身上，见她眉头紧蹙、脸色微微发白，他忽然倾了身子，语带关怀道："惊着你了？"

此话一出口，两名黑衣人立刻将目光锁定她的身上，以奇快无比的速度将冰冷的剑架上了她的脖子。漫夭难以置信地瞪着仍面带笑意的宗政无忧，他是故意的！

"别动，离王，想要此人活命，放我们走。"黑衣人全然将她当作了救命符。

宗政无忧漫不经心地望去一眼，冷漠道："她的死活，与本王何干？"

漫夭气结，这个男人故意把她引入黑衣人的视线，却又不管她的死活，他想做什么？

黑衣人也愣住了，刚才离王明明很关心这个比女人还要美的男人，此刻怎么又变得这样毫不在意？甚至，他还干脆地靠着椅背，抄起手来，完全一副与他无关的看戏

姿态。

漫夭银牙暗咬，摸不准宗政无忧到底是什么心思，她目光一转，抬手轻轻碰了碰面前的棋子，对宗政无忧大使眼色。

宗政无忧没给她反应，黑衣人却不负她所望，以为那棋子有什么玄机，当机立断飞起一脚踢翻琉璃桌。咣的一声，茶具碎了满地，白玉棋盘摔成几片，精致圆润的棋子滚得四处都是。

宗政无忧目光一沉，冷冽无比的气息瞬时充斥了整个茶园，他两眼一眯，手腕翻转，有什么东西飞速射向黑衣人的四肢。

一声尖锐的惨叫，几乎刺破她的耳膜，黑衣人瘫倒在地，浑身抽搐。漫夭这才看清宗政无忧射过来的夺命暗器，竟是他随手摘下的四片柳叶。

宗政无忧看也不看那个黑衣人，只定定地望着她，凤眼半眯，这个女人是存心的！用眼神传递消息是假，诱使黑衣人毁他棋子、引他出手是真。她的心思当真细腻，竟看出他对这副棋的珍视。漫夭在他冷冽目光的注视中微抬下巴，默默表达着她的不满：“是你先算计我。”

最后一名黑衣人看着被深深钉入前一名黑衣人四肢经脉的柳叶，顿时明白了他们与宗政无忧之间实力相差悬殊，当下一阵慌乱，将漫夭当作盾牌般地狠狠推了出去，转身就欲夺路而逃。

漫夭猝不及防，身子不可控制地扑向冷炎，冷炎皱眉闪开朝黑衣人追了出去，而她便无可选择地直直地扑到了冷炎身后那个连喝过的茶水都不让女人碰的绝世男子身上。

第四章　非她不可

身躯巨震，不只是她的，还有他的。

方才下棋时，她刻意回避着与他指尖的碰触，以免犯了他的禁忌，徒增不必要的麻烦。可此时此刻，她整个人、整个身子，都趴在了这个相传不近女色的男子怀里！

时间仿佛凝滞了一般。黑衣人逃离的方向，传来一声闷哼之后，周围再无声音响起。

一片寂静。

漫夭以极度暧昧的姿势趴在他的怀里，一只手扶住他精瘦而结实的腰，另一只手攀在他优雅的颈项上。他的皮肤手感极好，但是，这个人，他的身体是冷的，竟然是冰冷的，没有一丁点儿温度！她的脸就贴在他的胸前，却完全感受不到他的气息！

漫夭呆愣住，大脑一片空白，甚至忘记了应该立刻从他身上离开。她下意识地抬头，撞进瞳孔的是他那双邪魅的眸子，此刻正眯着眼睛看她，那双眼幽深如潭，叫人怎么也看不穿。

带着淡淡幽香的气息萦绕在他的鼻间，好似春日樱花林里带着花香的和煦微风，拂开层层血腥之气，给人无限舒适之感。隔着衣衫，他感受到她柔暖温香的身子，传递给他前所未有的温暖。贴在他胸口上她的一双手，仿佛有一种神奇的魔力，召唤着他潜藏在体内最深处的渴望。

漆黑邪魅的瞳眸红光一闪，眼中有跳跃的火焰骤然燃烧起来，隐隐透出最原始的欲望。此刻宗政无忧就像一只被禁闭多年的兽，散发着极度危险的气息。漫夭一惊回神，想立刻从他身上爬起来，可还未离开他的身子，只觉一阵天旋地转就被他压在了水渠边的地面。

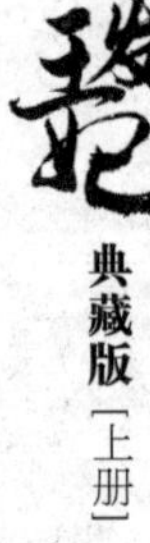

“触犯了本王禁忌，你想就这么离开？”宗政无忧嗓音低哑，邪眸妖媚惑人，方才还冰冷的气息此刻变得滚烫，喷在她的面庞，灼热撩人，带来丝丝麻痒。

她的心，猛然间扑通直跳。

“我不是故意要冒犯你……”感受到他的变化，她试图解释，心中有些迷乱。曾想过无数种触犯他禁忌的后果，却绝对没有想过会是当前这种景象！

“你，你不是不近女色吗？……你快起来。”她偏头想躲过近在咫尺的俊脸，不去看，心就不会乱。

宗政无忧却不允，扳过她的下巴，要她正面与他相对。

“本王是不近女色，但你已经近了本王的身，你说，本王该如何处置你？”他声音冷冽，邪魅红眸，笑容纯净却勾魂摄魄。

月色朦胧，微风轻浅，不小心熄灭了莲灯中的烛火，园子里光线变得昏暗，四下里静寂无声，只听得见彼此间的呼吸渐渐粗重。

漫夭望着近在咫尺的完美俊脸，心中有些慌乱，再度偏头道：“离王殿下，你先起来再说。”

宗政无忧没动，凝视着身下肤如凝脂的容颜，她微微闪躲中的明眸若水光潺潺，朱唇润泽娇艳欲滴，轻启间十分诱人。宗政无忧眼中妖异的红光大盛，猛然低头，竟狠狠地吻住了她的唇。

柔软嫩滑的唇瓣美好得让人一经触碰就再也无法放开，两人的身子皆是一颤，漫夭不敢置信地睁大了眼睛，惊呼之声还未出口就被他无声地吞没。他霸道地侵入她的口腔，有力的纠缠带着无法抵挡的狂热。

漫夭只觉耳中嗡鸣作响，整个身子无法控制地一寸寸软了下去。前世不是没尝试过亲吻的滋味，但这般像是要将她的灵魂也一并吸走的狂热，却让她瞬间惶然无措，一颗心止不住地战栗起来。

他的手轻抚过她温热的脸颊，冰凉的指尖顺着纤细脖颈往下在她身上反复游走，忽然大掌一挥，她的衣衫被剥裂了，而她只觉胸前一凉，瞬时惊醒，懊恼非常，她竟然在一个男子的亲吻之中迷失了自己！漫夭连忙伸手推他，他却纹丝不动，她微微动了动身子试图脱离他的掌控，却引得他手上动作更加狂烈。

她喘不上来气，胸口窒闷，偏偏又有种无法阻挡的奇妙之感将她的身心全然席卷。从来不知道，原来一个吻，也可以这样销魂蚀骨。可是被他这样占了便宜，却不是她想要的。漫夭心中大急，胸口急剧起伏。急切之中，她将手伸进水池，摸索到琉璃莲花灯，顾不上多想，便朝着身上男子的头砸了下去。

不大不小的声音，很沉闷。

身上的男子突然停止了所有动作，愣在当场，她趁机用尽全力将他推翻到水池中，却忘了他的手还搂着她的腰，她惊呼一声，已经无法避免地与他一同跌进了水中。紧贴的身躯并没能分开半分，不同的是，姿势变成了他在下、她在上。

四月的夜晚，空气很凉，池水不深，但很清冷。宗政无忧蓦然清醒过来，双眸中的红光瞬间消退，眼神清明，回复到以往的漆黑冰冷。他望着压在自己身上的女子，目光冷冽，突然一个翻身，又将她压在身下。但这一次已不是火热的触碰，而是用冰冷的五指死死扣住她纤细的脖子。

宗政无忧眯着眼，冷冷问道："你好大的胆子，知道自己在做什么吗？"

肺部的空气慢慢被抽紧，胸口窒痛难当。漫夭艰难开口："这句话，殿下应该……问你自己！我只是……只是因为受到侵犯，自卫……而已。"

宗政无忧怔住，方才的一幕倏然跃入脑海，他双眉不禁拧起，眼中利光像是两柄欲出鞘的剑，寒光森冷。

殷红的血，自被琉璃灯砸到的地方，顺着他的额角蜿蜒流淌下来，滑过他俊美绝伦的面颊，有些触目惊心。

漫夭心底忽地涌起一股冲动，想抬手帮他拭去血迹，手才刚刚碰触他的脸，感觉他浑身一震，目光复杂难辨。宗政无忧望着身下被他掐住脖子却抬手替他擦拭血迹的女子，心头涌上异样的感觉，他缓缓松开她，支起身子半坐在水中，脸上神色不定，不知道在想些什么。

漫夭脱离桎梏，大口呼吸着新鲜空气，咳了一阵，白皙的脸涨得通红。她狼狈地起身，感到浑身乏力，瘫倒在水渠边。身上已经湿透的衣衫紧贴住她凹凸有致的纤细身躯，胸前被撕裂的衣襟半敞，遮不住胸前的柔软，湿漉的长发结成一缕一缕，水珠沿着发鬓流淌，滴落在雪白诱人的肌肤上，晶莹剔透的水泽，散发着诱人的魔力。

宗政无忧浓眉皱起，不自然地转开目光，可不论他看向哪里，眼前都是那双明澈淡定闪烁着智慧光芒的眼睛，怎么也挥之不去，宗政无忧又回过头来看她，眼中多了一丝迷惘，衬着眼角边的那道残留的血痕，一张纯净的脸像孩子般无措，漫夭只觉心头微微一疼。

他突然长臂一伸，拉住她的手猛地一拽，没有防备的她，再一次结结实实撞进了他的胸膛。

漫夭顿时着恼，直呼其名道："宗政无忧……"

话才出口，他的唇已然又覆了上来，一只手紧紧箍住她的后脑，将她未完的话一并含在口中。

她如遭电击，大脑一片空白，唇舌纠缠带来的酥麻之感瞬间传遍四肢百骸，心底久违的悸动不知从何而来。她努力保持着理智，好不容易才侧过头去，抚着胸口直喘气道："宗政无忧，你……还没清醒吗？"她直觉地意识到，在他红眸之时，一定是被什么控制了心智，他才会对她做出那样超乎寻常的事。

宗政无忧气息急喘，整个人呆愣住了，他在清醒之后还去吻了这个女人？而吻她的感觉，竟然那么美妙！那方才失控时候的感觉他是没有认错的！

一时间，二人皆无语，空气中的温度再次冷却，漫夭真的很想逃离这个危险的男子，但他的手臂那样有力，让她动弹不得。宗政无忧探究地盯着她看，片刻后有一抹细微的光亮从邪妄的眸底缓缓升起，随后他竟然微微地笑了！

“就这样，以后就叫我的名字。”他这样对她说，说的时候，眼底荡漾起迷乱人心的温柔。温柔？漫夭真的怀疑是自己看错了，这个男人，怎么可能会有温柔？她还在愣怔，他忽然又唤了一声：“阿漫，我以后就这么叫你。”他的唇贴在她耳边，嗓音低哑迷人，带着深沉的蛊惑。

漫夭心头一震，阿漫？很久没听到这样的称呼了。这个男人到底在玩什么把戏？一会儿冷酷，一会儿狂热，一会儿恨不能置她于死地，现在又对她温柔有加，还说以后互唤对方的名字。他宗政无忧的名字，是随便什么人都可以叫的吗？

她平定心神，尝试着推开他，他却将她越箍越紧。她无奈放弃，扬起睫毛，略带讥诮地看向他，淡淡道：“殿下这个样子，真让人不习惯。”

他却勾了她的下巴，指尖在她唇边流连，轻声道：“那你习惯我怎样？”说着一只手已慢慢滑下，往她胸口落去，她连忙伸手挡住，力量不大，却坚定异常。他轻挑眉梢，眼中冷光一闪，口中却柔声道：“你不愿意？你知不知道这世上有多少女子做梦都想让本王碰她们一下？”

漫夭蹙眉，声音淡漠微冷：“那些人不包括我在内。”

“哦？”宗政无忧轻笑问道：“为何？是觉得本王不够好，还是担心本王会对你不负责任？”

漫夭摇头：“都不是。”

宗政无忧皱眉：“那是为何？”

漫夭说：“因为我不爱你，你也不爱我。”

宗政无忧一愣，似乎对这个答案感到很意外，他用奇异的眼神盯着她看，似乎一个女人开口说不爱他是多么不正常的一件事。他问：“你为何不爱本王？”

漫夭反问：“我为何要爱你？因为你外貌出众长得比别人好看，还是因为你身份尊贵高人一等？”

宗政无忧凝眉问道：“难道这些还不足以成为爱一个人的理由？”

漫夭觉得好笑：“如果爱一个人仅仅是为了这些，那不是爱。”

宗政无忧似笑非笑：“哦？那什么才是爱？”

她没想过，她只知道那是这世上最不可靠的一种感情。她不知道宗政无忧为什么突然对她这样，直觉告诉她，他很危险，自己要远离他才能安全，可是他们现在离得那样近，近到彼此间的呼吸都清晰可闻。他清爽的男子气息仿佛塞满了她的世界，她怎么也躲不开。而她身上散发的淡淡馨香一直缭绕在他的鼻间，好闻极了，令他总有些控制不住地想再多靠近她一些。这种感觉对他来说很陌生。

“既然你不愿意，那就算了。”他淡淡地说了这么一句，在漫夭反应过来之前，他就已经放开了她，恢复了一贯的高贵冷漠的神态，从她身边站起来，转身扬长而去，竟没回头再看她一眼。

深夜里的离王府，安静得有些诡异。

被冷炎从床上提起来的九皇子一路嘟囔着进了无忧阁，半闭着眼，打了个哈欠，随手端起一杯水，不无埋怨地道："七哥，这大半夜的，你不睡觉，找我什么事啊？"

宗政无忧斜卧在软椅上，头也没抬，语气淡淡地道："去给我找个女人来。"

"噗——咯咯咯，"九皇子刚喝的一口水，全喷了出来，被呛得直咳嗽，困意立时消散，他瞪着眼珠子，像看着怪物似的看着宗政无忧，道："七哥？我没听错吧？你，你说要女人？哈哈哈……"

"好笑吗？"宗政无忧冷冷睇他，语气阴凉沁骨。

"不好笑，一点都不好笑，哈哈，我这就给你办去。"九皇子转身就走，仍是忍不住笑出声来，走到门口又回头道："七哥，你终于开窍了，这就对了。要不然，每次都靠寒池压制，迟早身体会忍出毛病，说不定还会走火入魔。哈哈……"不等宗政无忧有所反应，九皇子迅速消失在无忧阁。

宗政无忧皱眉，懒得理他。最近练功之时，身体常感不适，不但功力没有进展，且有经脉逆转之兆，他始终找不出原因所在，但今夜的失控令他警醒，回府之后，他发觉身体状况似有所缓解，不禁疑惑。

修习易心经，讲究的是汲取天地自然之气，需顺心而为，遵循自然规律，但他厌恶男女之事，一直以来，都是依靠地下寒室中的寒池之水助他压制体内的欲望，莫非就是因为长期如此，违反了易心经所言的自然规律，导致气息不畅、经脉受阻？以致日积月累，达到一种极限，在碰触到女子的身体之时，才会造成如方才那般暂时性的走火入魔！既如此，那么，就算他再怎么反感男女之事，也非碰不可了。

九皇子的效率果然很高，只一炷香的工夫，就带了一个女人来。

柳眉凤眼，樱唇桃腮，行走间腰肢细摆，一副媚骨天成。女子看到宗政无忧，眼睛一亮，心跳如擂鼓，想不到九爷要她伺候的，竟是如此绝色男子！

宗政无忧懒懒地看了女子一眼，斜眼望着九皇子，略带讥诮道："你就这眼光？"

九皇子一愣，问道："不满意啊？想不到七哥的要求还挺高，那你想要什么样的女人？"

宗政无忧眼前不自觉地浮现出一张清丽脱俗的面孔，明澈淡定的眸子，小巧挺直的鼻梁，娇嫩诱人的唇瓣……想着想着，竟走了神。

"七哥，七哥。"九皇子很是惊奇地望着百年难得走神一回的男子。宗政无忧心底一震，他竟然会想到她！

九皇子极有兴趣地扬眉笑道："想什么想得这么入神？啊！七哥，你不会真的看上哪个女人了吧？是谁啊？你告诉我，我得去为她立个碑，以表示我心底对她的崇高敬意！"

面对他的调侃，宗政无忧垂眸闲闲道："看来你府上是该进人了！听说你的名字已经在容乐公主府的名单里，你若想娶，也就是一句话的事。"

九皇子笑容立刻僵住，连忙讨好地凑到他跟前，万分虔诚道："别，千万别！我错了还不行吗？七哥，我是为你着想啊！你看，这是咱京城里有名的'销魂娘子'，七哥你是第一次嘛，我得给你找个经验足的，是不？"

宗政无忧嘴角一抽，眯着眼冷冷地看着他。九皇子扯着嘴角道："七哥你慢慢享用，我先走了。"说罢一溜烟儿地带上门，消失得无影无踪。

那女子听说宗政无忧是第一次，眼睛都笑眯了起来，心里乐开了花。她是被九皇子蒙着眼睛翻墙带进来的，虽不知他们身份，但看这屋里的布置还有眼前男子的不凡气质也能断定他们不是简单的人物，便暗中打起了如意算盘。一步一婀娜，踏着风流，边走边脱去外面的衣裳，露出里面的红色薄纱，而那薄纱背后，除了让人血脉偾张的妖娆胴体，竟再无他物。

宗政无忧望着朝他走来的媚态撩人的女子，眼前却浮现水池之中被一身湿衣紧裹住露出大片柔软胸脯的女子，她凹凸有致的身形，绝美脱俗的面容，淡然中傲气内敛的清华气质，虽无媚态，也无任何撩人动作，却让他不由自主地对她产生冲动，想把她抱在怀里不松手。

"爷，"耳边传来略带埋怨的娇嗔，女子已经到了他身边，发现他在走神，不由得一阵郁闷。

宗政无忧回神，望着猛然朝他靠过来的女人，心里突生烦闷之感。

"爷，奴家伺候您更衣。"女子销魂蚀骨的声音响在他耳畔，对着他吐气如兰，媚眼如丝，极尽挑逗之意，并将一只手搭上他宽实的肩，柔若无骨的手指若有若无地撩拨着他的颈部，另一只手则按在他结实的胸口轻轻磨蹭，就要坐到他怀里去。

宗政无忧皱眉，心中厌恶顿生，直觉想扭断女人的脖子将其扔出门外，但想到自身状况，只得强压心头反感，将女子拦腰一抱，毫不怜惜地压倒在地。

砰的一声，女子后脑勺着地，惊叫一声，差点昏过去，宗政无忧丝毫不理会，一把撕了她的纱衣，正待覆上女子的身子，突然，脑海中那些隐藏在记忆深处的残酷画面猛然间跳跃而出，令他呼吸一滞，骤然停住动作，身躯僵硬似铁。

身下女子哪里知道他的心思，只想快点用自己的身子去征服眼前这个不同凡响的男人。她娇媚抬手，就要朝他衣内摸去。宗政无忧面色一沉，一把捏住女子的手腕，心头阵阵翻涌，竟有呕吐的冲动。

他连忙起身，动作迅速无比，背过身去，对躺在身后地面上的女人冷冷地吐出一个字："滚！"

女子被他冷厉的气息震住，半晌没回过神，待明白之后，又怎肯就此离开。想她出道至今，还从来没有哪个男人能逃出她的手掌心。她不甘心地跪着抱住宗政无忧的腿，用浑圆的胸脯紧紧贴着他，轻轻蹭了几下。宗政无忧浓眉一拧，看也不看就一脚将她踢出门外，冷声喝道："冷炎，带她出去，本王不想再看到这个女人。"

冷炎随即现身，拖着还在发蒙的女子走了。

离王府再度陷入寂静。

宗政无忧站在窗前，脸色发白，眉头紧拧，胸口不住地起伏。他抬起头，静静地望着暗黑的天空，奇怪，同是女子，为何带给他的感觉差异如此之大？难道他非她不可吗？

血腥味浓重的茶园内，尸体横卧，一片狼藉。漫夭站在血泊中央，一身湿衣裹身，头发还滴着水，她怔怔地望着这原本世外桃源般的地方被糟蹋成这副模样，心里难受极了。算了，回公主府吧。她想，这里已经不安全了。

漫夭牵了匹马，走出茶园，冷风吹来，她身子抖了几抖，顿觉头重脚轻，四肢无力，根本骑不上去。她有些懊恼，若不是怕被宗政无忧怀疑她的身份，她也不会把萧煞和冷儿都遣走。一个人女扮男装还说得过去，若再让他看出萧煞易容、冷儿女扮男装，那想不让他怀疑都不可能。

漫夭最后放弃骑马，选择步行。幸好公主府也在西城，距离不算太远，只要天亮前赶回去，应该没人会注意。

她叹了口气，朝前走了一小段路，忽然感觉有人在后面跟着她。她心中一惊，却没回头，暗道：这下麻烦了，公主府回不得，茶园也不能回。她走的这条道又偏僻，再发生什么事，也是叫天不应叫地不灵，她该怎么办？

头有些昏沉沉的，身子绵软无力，风迎面吹来，两侧的树枝摇曳摆动，发出沙沙的声响，在寂静的夜空回荡，仿佛四处都是人走路的声音，很轻很轻，却将她围困在中央。她抬手扶额，额头已滚滚发烫，而暗中跟踪之人，正在慢慢地向她靠近。

危险的气息充斥在浓郁的黑夜，笼罩在她心头，她不由得紧张起来，汗毛直竖，身子像是拉满的弓弦，紧绷欲断。

突然，远处传来“驾”的一声，有车马朝这边疾行。漫夭眼睛一亮，顾不得许多，当即冲到马路中央拦住那辆马车的去路。

“吁——！！”马车被迫停下，一个四十来岁的车夫抬起鞭子指着她，横眉喝道：“你是什么人？竟敢拦截我们的马车，是不是活腻了？”

漫夭忙拱手道：“这位大哥，在下从西山赶路至此，途中不小心坠马落水，感染风寒，延误了回家的时间。还望这位大哥能行个方便，若能载我一程，到前面有医馆的地方放我下来，在下感激不尽，将来定当结草衔环，以报大哥您的恩德。”

她的声音喑哑，带着浓浓的鼻音，一听便知风寒之症所言不虚，语气极为诚恳。车夫有瞬间的犹豫，之后又不客气地叫道：“我们要赶路去东城，没时间管你。况且这深更半夜的，谁知道哪里有医馆？你赶快让开！若是耽误了我家主子的正事，怕你担待不起！”

漫夭一愣，听他口气，这不是一般人的马车，不知车里坐的是什么人物？他们要去东城？她忽然灵机一动，笑道：“这位大哥，我本来要去的地方也在东城，正好顺路，麻烦您就帮帮忙吧，载我到离王府附近就好。”

但凡有身份的人，总得给离王些面子吧？

那车夫明显一怔，上下打量着她，问道：“你是离王府的人？”

漫夭答道：“离王是在下的朋友。”下一盘棋，算得上棋友吧？即使不算也要借个名头，先离开这里再说。

“朋友？你烧糊涂了吧？我从来没听说过谁敢自称是离王的朋友！你蒙谁呢？”车

夫很是怀疑地看着她，拿起鞭子就要往马身上抽去。漫夭心中一急，头更是晕得厉害，正想着怎么办的时候，马车里面的人突然开了口。

“老马，让她上来吧。”那是一道温和清雅的男声，听得漫夭心中大喜，很快便被接到命令的车夫扶着上了马车。

马车内一片漆黑，没有光亮，漫夭坐到男子对面，看不清他的面容，却能清晰感受到对方的目光一直落在自己的身上。出于礼貌，她拱手道了声谢，满含歉意道：“在下多有打扰，请公子勿怪！”

男子温和一笑，回礼道：“出门在外，谁都有不方便的时候。姑娘你不必挂怀。”

漫夭一惊，这马车里伸手不见五指，他竟如此肯定她是女子！男子似看出她的疑惑，笑道：“虽然姑娘感染风寒，导致嗓音低哑，不辨雌雄，但你的气息，带着一股淡雅的幽香，且身姿轮廓纤细。因此，在下妄断了。”

黑暗里，人的感觉会变得格外敏锐。漫夭释然笑道：“公子好细腻的心思！小女子佩服！”

男子微微一笑，不再言语。漫夭感觉头越发地昏沉，浑身发烫，已是坐不太稳。正巧马车一个颠簸，她便控制不住地朝着车门方向一头栽了过去，眼看就要摔下马车，她却连惊呼的力气也没有。

恰在此时，一只修长有力的手及时地抓住了她的手臂，往车里一带，她整个人就反撞在男子的身上。男子温热的气息，喷在她的耳旁，轻轻说道：“姑娘小心！”

“多谢公子！”漫夭尴尬地道谢，挣扎着起身。男子扶着她的肩膀，将她安置在他的里侧，以免她再次摔倒。漫夭感激一笑，意识渐渐模糊起来，最终歪倒在男子的怀里，昏睡过去。

黑暗中，男子目光诡异，笑着抬手抚上她的眉眼，对外面驾车之人吩咐道：“去东郊客栈。”

漫夭醒来时，已是第二日傍晚。身处一间陌生房间，房内陈设简洁，但物品却样样精致考究，就连桌角一个不起眼的青花瓷瓶都价值不菲。

四周很安静，她隐约记起，迷迷糊糊中有人喂她喝药，然后她就一觉睡到这个时候。她抬手摸了摸额头，热度已经消退，身体也不那么难受了，看来是那碗药起了作用。定是那马车中的男子为她请了大夫。可是，她的内力，为什么还未恢复？

漫夭蹙着眉从床上坐起来，床头有身干净衣裳，整齐地叠放在那里，和她原先穿的一样是素净的白色。她起身穿了，发现正好合身。

外面院子很大，看不见一个人影。她略感疑惑，忽闻一阵琴音传来，轻灵悦耳，她便循着琴音而去。

羊肠石子路的尽头，清碧幽翠的竹林，林子中央有片空地，三层石阶往上，洁净的地面平滑如玉，一名男子盘膝而坐，背对着她的方向，琴音自他指尖流淌。夕阳余晖倾洒在整片竹林，柔和的橙黄光线，伴着清风带来的淡淡竹香，以及悠远清扬却暗含沧桑的琴音，令人沉醉，不觉中神思有些恍惚。

“你醒了。”男子弹罢一曲，双手平置琴弦之上，抬眸看她，目光温和，就好似在和一个熟人打招呼，亲和随意。

眉峰似剑，朗目如星，朱唇薄削，五官轮廓分明，当真是英俊非凡，令人一见难忘。然而，这五官本该是冷峻之相，却因为他眼中的温和而带给人温雅清润之感。她看着男子英俊的面容，忽然觉得有几分面熟，似乎在哪里见过，却又说不上来。

“多谢公子出手相助。”漫夭十分诚挚地向他道谢。

男子笑道：“举手之劳，何须客气！姑娘的身体可好些了？”

漫夭走上前去，在男子对面以同样的姿势坐下，浅笑道：“已无大碍，多谢公子挂心。打扰之处，还请见谅。”

男子却道：“在下见姑娘昏迷不省人事，擅自将姑娘带来此处，姑娘你莫怪在下擅自做主就好。”他是那么的温雅谦和，让人看着他，如沐春风。

漫夭忙摇头道：“公子哪里话，您一片好意，我又岂会如此不知好歹！”况且，她原本也不是真的要去离王府。

男子微笑地注视着一身男装扮相的漫夭，见她美眸明澈，慧光暗隐，气质清雅脱俗，有种说不出的动人韵味。他目光清亮，缓缓笑道：“既如此，你我二人也无须说这些场面话，倒显得生疏又庸俗。”

这话正合她意，她其实并不喜欢那么些客套的虚礼，当下点头。

“不知姑娘如何称呼？”男子问。

漫夭微愣，她的名字不少，但似乎都不大适合说出来。男子见她没有说话，便不在意地笑道：“倘若有所不便，姑娘不必回答。不知姑娘，可会抚琴？”

此人很会察言观色，且善解人意，她只稍有犹豫，他便转移了话题，轻而易举地避免了尴尬场面。漫夭含笑道：“略懂一二，不敢在公子面前班门弄斧。”

她这具身体的前主人精通琴艺，为免露出破绽，她曾暗中习琴，哪知弹奏起来竟轻车熟路，仿佛她自己本来就会，那种感觉很奇怪。

漫夭回想方才一路过来所听到的琴音，略一思索道：“公子方才弹奏的是什么曲子？听起来悠远轻扬，清新悦耳，却暗含了沧桑。”

男子一怔，颇感意外地凝视着她，星眸灼灼，眼含欣赏地道：“能够听出此曲悠扬背后暗含沧桑，姑娘琴艺定然不俗。此曲名为《前尘》，乃是在下七年前所作。”

他看上去也就二十左右，七年前才十三岁吧，一个十三岁的孩子就能作出如此不俗之曲，实在难得。漫夭不禁赞道：“公子琴艺造诣之高，令人佩服！只是以公子当时年纪，何以有这般深刻的沧桑之感呢？”

男子嘴角温和的笑容忽然凝滞，漫夭顿觉失言，连忙笑道：“在下只是随口问问，公子不必作答。”男子又是一怔，暗道此女好敏锐的洞察力，他并未有明显反应，甚至还来不及犹豫，她就已经看出那问题他不愿深入。

漫夭抬头看了眼暗下来的天色，起身拱手道：“此次承蒙公子相救，感激不尽！他

日若有机会，定当厚报。今日天色已晚，我也该告辞了。”

男子也站起身，面色依旧温和：“姑娘昏迷之中，一日未曾进食。在下已命人备了晚饭，不如用完再走？”

听他这么一说，漫夭顿觉腹中空空，可转念一想也不知茶园现在怎么样了？萧煞、泠儿他们早上进去肯定会吓一跳，这会儿还不定去哪儿找她了呢。想到这里，她一点胃口都没有了。只得道：“公子好意我心领了。但我还有事情要办，今日就此别过，后会有期！”

男子见她眉间隐有忧愁，也不再挽留：“既如此，在下也不便强留。此处为东郊客栈，离繁华地段还有一段路程，我这就命人为你准备马车。”

漫夭还以为这里是男子的府宅，想不到竟是一家客栈！应该不会只是一家普通客栈吧，否则怎会有如此宽阔雅致的园子以及那般精致考究的房间？漫夭微笑道谢，并没问男子姓名，她相信他若方便定会主动告知。稍后，男子望着马车消失的方向，轻轻笑道：“果然是个通透的女子，我们很快还会再见面！”

漫夭到了东城中心就下了车，想了想，还是决定先去茶园看看，可刚刚走到茶园门口，原本安静的天水湖岸，忽然出现数十名官府衙卫，将她团团围住了。

“二十岁左右，身穿白衣，容貌比女子更美十分——拢月茶园老板璃月公子想必就是此人了！抓起来。”为首的衙卫统领将她上上下下打量一番后，下达了命令。

漫夭心中一惊，皱眉问道：“请问这位大人，在下所犯何事？”

衙卫统领答道：“昨夜离王在拢月茶园遇刺，陛下龙颜震怒，命刑部彻查此事，凡有关之人，一律抓到刑部候审。带走！”

第五章　坦诚相待

刑部牢房与其他地方的牢房并无不同，除了结实的牢门铁锁，便是残酷的刑具。漫夭刚被推进牢房，一个纤瘦的人影就急急朝她扑了过来。

“主子！您去哪里了？昨晚究竟发生了什么事？茶园怎么会有那么多尸体？您有没有受伤啊？”

是泠儿，一看见漫夭就发出一连串紧张的询问，漫夭听了心头一暖，轻轻拍了拍她的手，微笑道：“我没事。”

泠儿这才松了口气。她告诉漫夭，他们早上一进茶园看到满地都是尸体，又找不见她，吓得要死，正准备报官的时候，就有官府的人上门不由分说地把园子里的人都抓到了这里，只有萧煞还没被抓进来。

周围牢房里关着的茶园中人都围过来，急切地唤道：“公子。”

漫夭安抚道：“放心吧，都会没事的。”

她的神色镇定从容，明澈的眸子有一种让人心安定的力量，众人都安静了下来。漫夭的目光落在对面牢房里唯一看不出焦急神色的沉鱼身上，沉鱼见她望过来，笑了笑，表示对她的话深信不疑。漫夭朝她点点头，便开始思索昨晚那些被宗政无忧称为乌啸门的黑衣人到底是谁花钱雇请的？而那十几名黑衣人在茶园里就已经被全部杀掉，那么昨晚在茶园外跟踪她的又是什么人？宗政无忧一向不上早朝，离王遇刺的消息如何传到临天皇的耳朵里？以至于那么早刑部就派了人去茶园里拿人，是不是太奇怪了？

“你们被抓进来以后，他们有没有开堂问审？”漫夭问。

泠儿摇头。

漫夭的心一沉，他们抓了人关在这里一整天什么都不问，是在等什么？或者，是在

等谁？

“主子，我们真的没事吗？”泠儿见她脸色有些变化，不禁担忧地问道。

漫夭蹙眉，轻声道：“如果刑部真想查出刺杀离王的幕后凶手，那我们顶多在这儿待上两三天即可出去。怕只怕……”她说到这里顿住，泠儿瞪大眼睛紧张地望着她，等着她说下去，漫夭却没再往下说。怕只怕他们严刑逼供，要的不过是替罪羊，那她们要想从这里走出去，只怕难了。

泠儿等不到她下面的话，但看她凝重的脸色也意识到了是不好的事，便低声说：“大不了，我们就亮出身份，看谁敢动主子一根毫毛？”

“不可。”漫夭目光一转，沉声嘱咐她道，“你记住，无论发生什么事，我的身份都绝对不能说出来。”

泠儿奇怪地问：“为什么啊？”

漫夭凝眉，缓缓道：“因为我的身份很敏感，容易被有心人利用。”

泠儿眨了眨眼，表示不明白。漫夭叹道：“离王善谋略，上次用计大败北夷国，令诸国心生忌惮。此次联姻，皇兄之所以选择离王，很难说没有这个原因。而我嫁过来却被他拒婚，皇帝有意更换人选，是我争取了半年时间。如今离王在我的茶园里遇刺，若这时让人知道我的身份，难免会引人猜疑。而真正刺杀离王未遂的背后主谋怎会不借此机会大做文章？弄不好，还会引发两国争端。”

“这么复杂啊！”泠儿呆愣住，继而又问：“那我们怎么办？”

漫夭沉默片刻，缓缓垂下眼睫，目光幽深而迷离，轻声道：“现在，只有一个人能救我们……”

牢房的空气阴暗潮湿，散发着一股霉味。没过多久，漫夭又感到头脑昏沉、双颊发热，以至于萧煞扮作送饭的狱卒混进来的时候，她都没认出来。认出他后，她悄悄在萧煞手心写了一个字，萧煞愣了一下就走了。到了晚上，漫夭的身子又烫了起来，似乎比昨晚还要严重。泠儿急得不知如何是好，拍着牢门冲外面大叫：“来人哪，快来人，我们主子生病了，快帮我们请个大夫。”

“喊什么？喊什么！”狱卒骂骂咧咧地过来，“再吵，老子鞭子伺候，你以为你们是谁？病死了更好，都死了老子就不用这么晚还守在这儿了！”

“你你你……”泠儿气得说不出话来。漫夭无力地摆手道：“算了，说什么都没用。进了这里，他们就没打算让我们活着出去。”

泠儿气呼呼地朝狱卒的背影啐道：“狗仗人势！以后别让我碰到你们！”

是夜，漫夭背靠墙壁，正坐在地上昏睡，突然被一盆冷水泼醒，她身子一抖，还没反应过来，就已经被人架了出去，只听身后传来泠儿慌乱的声音：“主子，主子……你们干什么？你们要带我主子去哪儿？”

漫夭被带到一间刑房，几十种刑具依次摆在那里，每一种都足以让人生不如死。火炉里的火烧得很旺，嗞嗞地溅着火花。她被衙卫扔在了地上，湿漉漉的头发凌乱地贴着面颊，手脚痛麻，浑身无力。她勉强抬起头，看到面前站着一个人，身穿官服，体态肥硕，长着一双斗鸡眼。

“余大人！”漫夭戒备地望着他，皱眉问道，“白天你们不开堂问审，这三更半夜的把我带到这儿来是什么意思？”

刑部尚书余大人弯腰奇怪地看着她：“你认得本官？也好，那本官就不用再跟你多费口舌。这是你买凶行刺离王的罪状，只要你识相一点，乖乖地签字画押，就可免受皮肉之苦。”

一纸认罪供词扔在她面前，她扫了一眼，忍不住笑出来。没有表明启云国公主的身份，他们就给她安了个北夷国奸细的身份，想不死都不行。

漫夭讥笑道：“我还以为余大人至少要走个过场，想不到，连审都不用审，就直接逼我认罪！”

“此事无须去审，事实已经很明确了。”余大人表情阴冷。

漫夭困惑道：“明确？不知余大人从哪里得知我是北夷国的人？可有证据能证明我的身份？”

余大人道：“就是因为查不到你的身份来历，你才更加可疑。”

漫夭嘲弄道：“你连我是谁都不知道，就敢逼我认罪？你也不怕被抄家灭族？”

余大人一怔，脸色微变：“你好大的口气！你是谁？”

漫夭不答，转过脸去。

余大人看着她故意展现出来的傲慢又笃定的神色，不禁有几分犹豫，暗自思量起来。

漫夭心还未落地，余大人身后突然转出一个人来，冷冷地说：“别跟他废话！余大人，你难道看不出来他在拖延时间吗？”

漫夭一见此人，心狠狠一沉，目光瞬息万变，低声叫道：“太子！”

果然是临天国太子宗政筱仁，他这一出现，一切就都不言而喻了。

“你连本宫也认识？”太子慢慢走到她面前，蹲下身子看她，一双细长的狐媚眼睛，流转着阴毒狠辣的算计。

漫夭想不到他竟会亲自出面！由此可见，他是多么害怕被临天皇得知此事是他所为。还没等她回答他的话，太子已然阴冷笑道：“既然你认得本宫，那么本宫更不能留你了。不管你是谁，今天这罪状，你必须得认。来人，让他画押！”

说完，他站起身走到一侧的火炉旁，拿起一根被烧得通红的烙铁，回身冷笑道：“如果他不肯，就拿这些东西好好伺候着。”他将通红的烙铁往她面前一掷，火花四溅，滚烫的热浪扑面而来，灼得她身躯不由自主地颤了颤，慌忙闪身避开。

惊魂未定，已有狱卒捡起地上的烙铁朝她步步逼近，漫夭身子乏力，手心布满冷汗，她抬头盯住太子，目光一转，咬唇道：“你以为只要我认了，你就平安无事了吗？太子殿下，我不妨告诉你，其实离王早已知道买凶杀他的人是你。那晚，乌啸门的人才刚刚动手，他就已经知道了。而且，他还知道太子曾找过无隐楼，但是无隐楼并没有接这笔生意，所以太子殿下退而求其次，又找了乌啸门。”

太子身躯一震，脸色顿时大变，欺身过来，一把捏住她的下巴，急切问道：“你说的是真的？你又是怎么知道的？他连我找过无隐楼的事情都知道得一清二楚？”

漫夭肯定道：“是，我亲耳听到离王对蒙面黑衣人说的，所以你杀了我也没用。”其实她并不确定。无隐楼的信誉在江湖中首屈一指，无论生意做没做成，他们对于找上门的顾客身份都能做到绝对保密，没有可能泄露出去。对于宗政无忧从何处得知又或者他是不是真的知道这件事，她不敢肯定。不过有一点，她确定自己当初找无隐楼查探消息时没用启云国公主的真实身份的决定是对的。

“什么？是他说的？”太子眼中闪过一丝慌乱，他放开漫夭，起身来回踱步，步伐凌乱透着焦躁。

“太子……这……”余大人也有些慌了。

太子猛然停了下来，眼睛转了转，忽而抬头笑道：“他知道又怎样？他不会告诉父皇，这是他欠本宫的。余大人，你赶快把此人处理掉，别留下祸患。”

漫夭一愣，绕了半天，还是逃不过去。

余大人命人抓住漫夭，强迫她按下手印，漫夭浑身乏力，根本挣脱不得。她看着认罪状上鲜红的指纹，似乎听到了手起刀落的砍头声音，这下子，真是跳进黄河也洗不清了。

太子这才满意地走了，走之前叮嘱余大人做好善后，茶园里的人一个都不能留。漫夭闻言气愤至极，她撑坐在地上，十指紧握，望着他大步流星地走出门去，消失在视线之内。她还在想，萧煞怎么还没出现？是不是那个人不肯救她？如果那人不救她，那么她是不是还要坚持不说出身份，等着被冤死？

漫夭正暗自思索，忽听余大人“啊”了一声，奇怪道：“太子殿下怎么又回来了？”

太子的确回来了，只不过，他是慢慢地退着回来的。退到门口时，漫夭才看到有把剑抵在他喉咙口，而余大人也看到了，脸色大变正要喊“有刺客”，冷炎出现在他们的视线中，而余大人那声“有刺客”愣是哽在嗓子眼没喊出来。

再往后，漫夭看到了离王宗政无忧。

他的脸依然俊美绝伦不似凡人，他的眼依旧邪妄冷酷如地狱阎罗。他淡淡地朝她看了一眼，她就觉得她那只已经踏进棺材的脚被生生拽了回来，凝在胸口的那一口气终于松了，身子再无力支撑，便朝地上倒去。倒下之前，她笑着对他说：“你……终于来了……”

清晨的第一缕阳光，透过树梢的空隙，照进半敞着窗子的宽敞房间，透着丝丝暖意。

宗政无忧坐在床边，侧头凝视着沉睡中的女子平静柔和的睡颜。她睡得真是安稳，安稳得让人妒忌。想到她昏倒之前的那句话，宗政无忧心里划过一丝异样的感觉。

她说，你终于来了！

她怎么那么肯定他会去救她？如果他不去呢？她会怎么办？

宗政无忧伸手端过一只药碗，等着她睁开眼睛。

也就是在这时，漫夭真的睁开了眼睛，一睁眼便看到安静地坐在床边的男子，他背靠床栏，端着药碗，微微偏着头，邪眸深邃，静静地凝视着她，眼光温柔。

漫夭呆了呆，还以为是自己出现了幻觉，连忙又闭上眼睛，等再睁开时，眼前情景没变，宗政无忧还在，那被她认作是不可能出现在他那双邪妄眼眸里的温柔也还在。

“离王殿下？”她看了他半晌，才不确定地唤了一声。

宗政无忧目光不变，懒懒地“嗯”了一声，嗓音低沉充满磁性：“你醒了。起来，喝药。”他说这句话的时候，嘴角微微勾起，有温柔的笑意从他好看的唇边一点点蔓开。

漫夭不禁愣住，这样的笑容在她于金殿上看到他第一眼时曾想象过，但自他睁开眼睛的那一刻起，她就认为，他的笑容可以是嘲弄、讥讽、冷笑，却绝不可能会是这样干净而温暖。是什么让他在一夜之间改变了对她的态度？而且还改变得这么彻底！

漫夭戒备地坐起身，用疑惑的目光打量着他，没有接药碗。

“殿下为何会在我的房里？”她问完立刻觉得不对劲，如果真是在她的房里那就坏了！她连忙打眼一扫四周，鹅黄色丝质锦被，楠木大床，半圆形镂空雕花屏风，白玉青花细瓷装饰物，这哪是她的房间！

“这……我这是在哪里？”其实不用问，她已经知道了。

宗政无忧笑道：“本王王府。这座院子以前没有名字，以后就叫漫香阁。”

漫香阁？他这是什么意思？漫夭蹙眉，一肚子的疑问。

“你……”她犹豫着开口，想问些什么却又不知道该怎么问。因为宗政无忧此刻的表情是那么自然，自然得好像他们之间本就该是如此一般。他坐在她的身边，半垂着眼望她，姿势慵懒，目光柔和中透出的深邃，像是致命的旋涡，吸引着她往里沉陷。

原来有些人，温柔起来比杀人时更可怕。漫夭慌忙移开目光，一颗心竟怦怦直跳，控制不住。她大惊，忙转过头去。明明早已过了怀春的年纪，也经历过情感的波折和男人的欺骗，没理由会为一个眼神、一个笑容而乱了方寸！定是病糊涂了，抵抗力变得薄弱。

她这样想着，殊不知，病容中略显苍白的自己紧蹙眉头、轻咬下唇的模样是多么的诱惑。

宗政无忧目光一动，像是受了蛊惑，将药碗送到自己的唇边，含了一口药，然后扳过她的脸，覆上她姣美柔嫩的双唇。

两颗心皆是一颤。

漫夭瞪大眼睛，脑子里有片刻的空白。

她怔怔地望着眼前被放大的俊脸，几乎能感觉到他睫毛的颤动。他的手托住她的下巴，修长的指腹无意识地摩挲着她细瓷般光滑的肌肤，而他的唇紧紧贴着她的，轻轻动了一动，一股奇异的电流瞬间袭击了她的全身，令她僵在那里，许久都没有反应，直到苦涩的药汁被灌进她的口腔，她都忘记了吞咽。

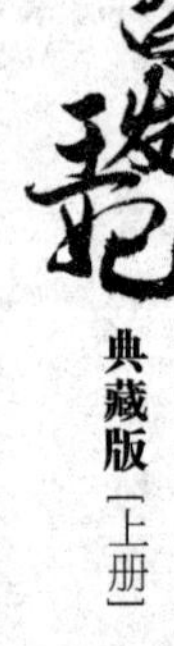

“喀喀喀……”剧烈的咳嗽，突然打断渐渐浓郁的暧昧气息。

漫夭捂着胸口，满脸涨红，极其懊恼地瞪向一旁的罪魁祸首，意外发现宗政无忧白净的面庞竟透着微微的红晕，可她还没来得及看清楚，那红晕就已消失无踪。

宗政无忧望着她，笑道：“你这么聪明的一个人，怎么突然变笨了？”

漫夭气结，看着他若无其事的样子，她一句话也说不出来，便伸手夺过他手中的药碗，将那苦胆般的药汁一口气灌了下去，问道：“你，是不是中邪了？”不然，她想不出他为何突然像是变了一个人。

宗政无忧奇怪地问：“何意？”

漫夭道：“你不是不近女色吗？为什么突然转性，一再轻薄我？”

宗政无忧笑起来，目光灼灼地望着她，缓缓说道：“本王记得，那天是你先投怀送抱，碰了本王。”

漫夭想说那是个意外，宗政无忧已接过她手中的瓷碗放到一旁，随后转身，朝着她倾身而下，漫夭便被他圈在了中央。宗政无忧的眼神有些奇怪，像是探测猜疑，又像是期待渴盼。他定定地望着她，眼睛一眨也不眨，仿佛要望进她的心底和灵魂。

“你问本王是否中了邪？那你呢？你是中了邪，还是你让别人中了邪？”宗政无忧紧紧盯住她的眼睛，不放过她眼中的任何一个表情。

漫夭心头一震，那一瞬几乎忘记了呼吸。他开始试探了？

“今天天气真好。”她突然偏过头去，望向窗外，毫无预兆地岔开话题。

宗政无忧眯起凤眸，浓眉几不可见地一皱，没接她的话，也没继续上一个话题。他就那么一直看着她，看了好一会儿才缓缓直起身，走到窗前打开窗子，屋内顿时变得敞亮。

他站在窗前，背对漫夭，负手而立。漫夭看着他的背影，在阳光中带着些冰冷，有一丝寂寥的味道。

他开口，声音恢复如常：“为何让人来找本王？你凭什么断定本王会去救你？”

漫夭回道：“我并不确定殿下是否会来，我只知道，能带我离开牢狱的，只有殿下你一人。”

“为什么？”宗政无忧依旧没有回头。

窗外花团锦簇，枝繁叶茂，碧水映着蓝天。漫夭披上外衣下了床，慢慢走到他身旁，看着他完美的侧脸，轻轻笑道：“因为你知道我不是凶手，也因为，你对象棋情有独钟。”

棋逢对手，惺惺相惜，更何况，她身上有他想知道的秘密。

宗政无忧侧眸，目光深沉，语气不明：“女人太笨，让人生厌；而太聪明，则让人生畏。你，可以适当地再笨一点。”

漫夭笑，嘴上无语，心中却道，与你们这些人打交道，聪明人尚且应付艰难，笨了就怕只有任人宰割的份儿了。偏偏她不想任人宰割。所以，看着宗政无忧的眼睛，越是猜不透，她便越是提醒自己要保持清醒和距离，要谨慎，不能轻信任何人。

寂静无声。

他们相互注视着。两双漆黑的瞳眸，一双看似明澈，实则慧光流转；一双映着阳光的暖意，却仍旧冰如寒潭。漫夭想要透过宗政无忧的眼，望进他心底；宗政无忧却要透过她的身体，望穿她的灵魂。

仍是无声。

风不知从哪里卷来一片树叶，飘浮在他们对望的视线之间。漫夭抬手，碧绿的叶片落在她洁白如玉的掌心，她低眸轻轻一笑，恍然间，宗政无忧有股冲动，想将那片叶子连同那只手一起握住。他下意识地转开头，视线飘出窗外，却无法锁定一处。

他说："你是本王见过的最谨慎的女子。"

漫夭却说："我谨慎，是因为殿下你不曾坦然相待。"当然，她也没期待过他这样的人能对她坦然相待。

宗政无忧回眸，有些诧异地看着她。漫夭又道："曾经有人说我像一面镜子，镜中如何，我便如何。"

"镜子？"宗政无忧重复，笑道，"这么说，倒成了本王的不是？"

"不敢。我只是想多活几年罢了。"漫夭坦然迎接他的目光，她不知道他会怎么想，但这些的确是她的真心话。

宗政无忧又定定地看了她许久，目光变幻，捉摸不定。最后，他突然牵了她的手，神色自然地对她说："你身体初愈，多休息。"

漫夭直觉地想缩回手，却被他紧紧握住。他的手掌那么有力，目光如此温柔，她不由自主跟着他走回床边，被他扶着躺到床上，仍不能适应他突如其来的转变。

"怎么，还不习惯？"宗政无忧依然握着她的手，看着她疑惑沉思的表情，笑问道。

漫夭的目光在他脸上流转，不是不习惯，而是根本就无所适从。他的温柔，来得太奇怪！

"殿下……"她还在措辞，已被他霸道地伸出指尖按住双唇。他说："以后无人时，你可以叫本王的名字。"

他说得认真，用的是无可辩驳的语气，随后又放柔了声音："慢慢就会习惯。阿漫你先休息，我下午再来看你。"他放开她的手，不等她再开口，已经转身出了门。走出房门的宗政无忧，嘴角微微翘着，在无人看见的地方，邪魅地勾唇。也许习惯一个女人，没有他想象中的那么难。

午膳很丰盛，但只有漫夭一人在用，她没什么食欲，随便吃了两口。心想，也不知泠儿他们现在怎么样了？

"主子，主子，"说曹操曹操到，她还没放下筷子，泠儿已飞奔进屋，直扑到她床前，神色紧张地问道，"主子，他们有没有欺负您？"

漫夭摇头，看到泠儿的额头有块肿起来的青紫淤痕，惊道："你受伤了？"定是她被带走时泠儿想要跟着却被狱卒推得撞到墙上所致。

泠儿摸了摸肿起的额头，不在意地说："看到主子没事，我就放心了。都是我没用，没有保护好主子，还让主子为我操心。"

漫夭心头一暖，歉意涌起，柔声道："是我连累了你。"

宗政无忧站在窗外，眯起凤眸，静静地望着里面的主仆二人。他耐心地等她们叙完旧，才吩咐人带泠儿下去敷药休息，然后进屋。

"你的人都已经放出来了，这阵子，你先在这里住下。至于茶园解封之事，给本王点时间，本王会去和皇帝说。"

说不感激是假的，宗政无忧这样的人能为她做到这些，已经很不容易了。

"谢谢你！"漫夭诚挚道谢，顿了顿，又笑着补了一句："无忧。"

宗政无忧眼光骤然亮了一下，笑得十分好看："看你气色好了很多，有没有兴趣陪我下盘棋？"

他说的是"我"，而不是"本王"，他也在征询她的意见，不再像以前那样不容反抗的口气。漫夭一愣，欣然应允："好啊。"

披上衣袍，两人临窗而坐，依旧是她红子他黑子，各归其位。在开始走第一步之前，宗政无忧思索着用轻缓的语调对她说："阿漫，我们来玩个游戏吧。"

漫夭好奇地问道："什么游戏？"

宗政无忧看着她的眼睛说："谁吃掉对方一个子，就可以提出一个问题。无论是什么样的问题，对方都必须回答，不许说假话。如何？敢不敢玩？"

漫夭摆弄棋子的手微微顿了一顿，才缓缓抬起头来，对面那双如幽潭般深邃的眼，算计仍在，却很坦然。漫夭知道他的心思，但她还是应了。因为两人棋艺相当，这种玩法还算公平，总好过两个人一直这么相互猜下去。再说，他救回茶园里的人，也算表达了诚意。

整间屋子只有他们二人轻浅的呼吸，院子里空无一人，很安静。

在第一枚红子被吃掉的时候，宗政无忧目光灼亮，问出了他的第一个问题："你来自另一个世界，那个世界的年代如何称呼？"

他问得够直接，其实这是两个问题，只不过被他合成了一个。

漫夭也不在意，答道："二十一世纪。"

尽管早已知道答案，但此刻从她口中说出来，宗政无忧仍是心底一震，目光变了变，却让人看不出是悲是喜。

轮到漫夭的时候，漫夭想了想，才问："你母亲，也是来自二十一世纪？"

同样是一句话，问出了不止一个问题。

"你怎知不是我？"宗政无忧有几分好奇。

漫夭淡淡看他一眼，低眸回答："如果是你，你会在第二份茶单递到你手上的那一刻，就有所反应，而不是一直小心谨慎地试探。"

宗政无忧点头，叹她心思细密，又问："那你如何确定是我母亲？"

漫夭笑道："和你之前一样，猜的。其实你也不确定，我是否和你一样只是认识那个世界穿越而来的人。”

“你很聪明。”宗政无忧忍不住赞了一句，跟这个女子打交道，与其费尽心思，还不如简单一点。

“这句话，你上午已经夸过了。”漫夭执起一子，道，“下一个问题。”

宗政无忧问：“你是怎么来的这个世界？”

漫夭握住棋子的手微微一颤，这一次回答得没有那么迅速。宗政无忧也不催她，只静静等着。过了好一会儿，她才缓缓开口：“死了，所以就来了。”再简单不过的回答，她语气平淡，听起来并无情绪波动，但那沉默的时间已然说明了一切。

她将头靠上窗栏，外面忽然起了风，风吹进来，她绸缎般乌黑的长发被风扬起来在眼前飞舞，视线如被墨染。

透过细密的发丝，宗政无忧看到她嘴角上扬，噙了一抹深沉的讽刺，掺杂着说不出口的忧伤，他抬手拨开挡住她视线的长发。她眼前豁然明亮，而他完美的俊脸近在咫尺。

“怎么死的？”他忽然很想知道这个答案。而他的手还停在她的脸颊上，没有收回，也没有其他动作。

漫夭转开脸，垂眸淡淡道：“这是另一个问题。该我问你了，你母亲在这个世界是怎么去世的？”

仿佛触到地雷，宗政无忧猛然收回手，原本平和的面容瞬间变得冷厉。漫夭眉头一皱，依然淡淡道：“这个问题，你可以不回答，就当作是你不问我死因的交换。”

每个人都有不愿提及的伤心事，她无意挖人隐私，也不想被人逼着说一些她不想说的事。

宗政无忧瞥她一眼，丢开棋子，站起身来。他面对着窗外，沉默不语。漫夭依然靠着窗栏，定定地注视着眼前被打乱的残局，沉默不语。

不知过了多久，宗政无忧才再度开口，语气低缓，听似平淡，却隐有忧伤在其中盘旋。他问：“如何才能去你们那个世界？从那里来的人，在这个世界意外身亡，还能否再回去？”

“我不知道。”漫夭答得干脆。这才是宗政无忧最想知道的答案吧？可惜，她真的不知道。她没有刻意去寻找回去的方法，那个世界，没有值得她留恋的东西。

宗政无忧皱起眉，奇怪地回眸看她，问道：“你从来没想过要回到原来的世界？不会想念你的父母亲人？听说那个世界和平美好，每一个人都可以活得简单快乐。没有皇权争斗、阴谋诡计，也不允许三妻四妾，人人平等相待，堪称完美。”

漫夭却笑起来，笑得极为讽刺，道：“我以为你不信完美二字！在我眼里，没有哪个世界是完美的，人性贪婪，追名逐利，永远都无可避免，那个世界虽然没有皇权争斗，然而商场之中，尔虞我诈，阴谋算计，比比皆是！一夫一妻，不过是个制度！自古以来，男人喜新厌旧，负幸薄情，为一己私欲，置他人情感甚至性命于不顾，即便是对待曾经相濡以沫的妻子，在生死关头，也可以弃之不理，与情人风流快活。人性本如此，美好，或者不美好，只在于人心。”

她一下子说了这么多，竟觉得十分畅快，想不到在这异世之中，竟然还能与人谈起前世。她转过身，背靠着墙，头微微往后仰，眼睛看着雕花房梁，目光清寂，语气冷漠至极。

宗政无忧微微诧异，细细一想，她的话不无道理。人性本如此，到哪里都是一样，不一样的，是人们的思想和观念。但……

他忽然转到她面前，俯身望着她美丽却变得黯淡的眼睛，用无比柔和的语气对她说：“凡事都有例外，不是每个男子都如你所说的那般不堪！”

他的眼神是褪去冰冷的温柔，声音低沉清雅如同天籁，带着让人无法抗拒的魔力，令她的心无端一颤。她却笑着说：“我曾经也那样以为，但命运却给了我一个足以令我铭记一生的教训……”她明澈的眼底突然涌现的伤感，像是一根不小心划过他心底的刺，有些细碎的疼。不等她说完，他突然低头吻上她的唇。不知道为什么，那些话，他竟然不想听。

不同于茶园里的狂烈，也不同于上午的故意作弄，这个吻，带着令人心安的温柔，仿佛在吻一个希望早日痊愈的伤口，让人生出一种感受到情意的错觉。漫夭不受控制地闭上眼睛，放任自己去感受这片刻的美好，哪怕只是虚幻。

宗政无忧感觉到她的放松，用手捧着她的脸，越吻越深，欲罢不能，直到感觉她快要窒息才放开了她。他皱着眉转过头去，呼吸粗重。

漫夭朝相反的方向扭过头去，大口吸气，喘息急促，心跳得厉害。

午后的阳光很温暖，微风细细吹拂，撩动两人发丝，纠结缠绕。一时间，两人都不出声，就维持着那样的姿势，久久不动。

第六章　奉旨入宫

两日后，有消息说江湖第二大杀手组织乌啸门被灭，所有门人都从江湖绝迹，宗政无忧未曾动用任何朝廷势力，谁也不知他是如何办到的。关于茶园刺杀一案，因离王并不追究，最终不了了之。

漫夭就这么在离王府住了下来，一住就是十来日。宗政无忧多半时间看上去都是冷冷淡淡，仿佛那种冷淡早已深入骨髓，偶尔会靠近她，但再没有过分的举动。漫夭感觉，不再是处处试探的宗政无忧，相处起来其实也不是很难。

他每日都会过来与她下一盘棋，听她讲那个他不熟悉的世界，他一直很安静，就算说到飞机和炸弹，他也是面无波澜，很少提出疑问。

这日上午，风和日丽，两人在院中对坐品茗。极品西湖龙井，清香四溢。她轻啜了一口，忽然想起什么，问道："无忧，你那日在茶园点了那么多东西，却只选择性地尝了几种，是在找什么吗？"

宗政无忧点头道："你可知有一种茶，不，应该是饮料，喝起来很苦，但又有些甜，颜色很深……"

又苦又甜，深色？

"咖啡？"

"咖啡？"宗政无忧重复了一遍，语声极轻极缓，似是在努力回忆着什么。过了许久，他才点了点头，道："似乎是叫作咖啡！我的母亲以前很喜欢喝茶，但是在她生病的最后一年里，忽然很喜欢喝咖啡，又苦又涩。那时候，我不明白她为何会喜欢那种味道。"

他很少提及他的母亲，语气有些伤感。漫夭看着他沉浸在回忆中的眼，冰冷背后暗藏的思忆和痛楚，让人禁不住心疼。听说他母亲云贵妃是京城二美之一，曾宠冠后宫，是临天皇一生中最爱的女人，却不是临天皇唯一的女人。有人说她是抑郁成疾病死的，也有人说不是。

“七哥。”九皇子的到来打破了有些哀伤的沉寂。他人还没进园子，清朗的声音已经充斥得到处都是。

“咦？你们今天没下棋吗？在聊什么呢？怎么我一来，你们都不说话了？璃月，你们刚刚不是在说我的坏话吧？”九皇子不客气地在两人中间坐下。

漫夭原本抿着的唇角微扬，轻笑不语。自住进离王府之后，九皇子几乎每天都来待半天，想不熟都不行。

宗政无忧自顾自地喝茶，只当没听见。

九皇子讨了个没趣，也不恼，慢悠悠地为自己倒了一杯，对宗政无忧道：“今天是神御铁甲军凯旋之日，外面可热闹了。听说父皇准备加封傅筹为‘卫国大将军’，手握三军，位比诸侯。七哥，看来你又要进宫了！”

宗政无忧靠着椅子，懒懒地望他一眼，冷漠道：“他受封，与本王何干？”

“当然有关系！”九皇子道，“当初二十万大军被困，险些全军覆没，要不是七哥你的妙计，他哪有立功的机会。”

宗政无忧哼笑一声，淡淡嘲讽道：“即使没有本王，他也一样可以破阵退敌，大败北夷国，直捣黄龙，全胜凯旋。”

九皇子愣道：“不会吧？如果是他自己就能办到的事，为何还要向朝廷求援？”

宗政无忧轻啜了一口茶，神色微冷，声音低沉道：“倘若没有本王分他一半功劳，你以为他得胜归来，能掌三军大权吗？”

“七哥的意思是……”九皇子愣了愣，想了一会儿，才明白过来，惊道，“傅筹是怕他一个人一次立下太多功劳，为父皇所忌惮？”

宗政无忧目光又深沉了几分，没说话。

漫夭在一旁听得有些心惊，照宗政无忧所说，那位傅筹将军不仅有勇有谋，而且深谙权谋之术。这样的人，能做她夫君成全她过平静生活吗？她蹙眉，心中烦乱顿生，如果傅筹也不行，那她到底该选谁呢？那些名单里的人，她都依次打探过了，不是美妾成群自命风流，就是贪生怕死庸碌无能，仗着有点权势欺负弱小，作奸犯科，没有一个合乎她的要求。她要嫁的人，即便只是个名义夫君，也至少要是个君子，因为只有君子，才懂得尊重他人心意。

“璃月，璃月，想什么呢？”九皇子看她想事情想得出神，伸手在她面前晃了几下，目光忽然落到她握着杯子的手，修长纤细的手指，莹白如玉，在日光下指甲呈现出润泽的粉色光芒，让人看着，直想将那只手捧到手心里呵护。他顿时眼眸一亮，想也没想，就捧了漫夭的手，凑上去惊叹道：“我今天才发现，原来璃月的手，长得这么好看！”

与九皇子熟了，以他的脾性，做什么她都不会太惊讶，所以也没太放在心上，他愿意看就看好了，不过是双手。但宗政无忧却不自觉地皱起了眉头，目光一沉，倒了一杯茶，一口喝光，不似平常的轻啜慢饮。漫夭看了微愣，觉得他有些奇怪，以为是方才谈到傅筹，令他心情变差所致，便没多想。

九皇子对宗政无忧的异常完全没有觉察，仍一个劲儿地研究她的手，仿佛在回想着什么，忽然说道："怎么看着有些眼熟？我好像在哪儿看过一双这么好看的手，应该没多长时间，是谁呢？我想想。"

漫夭心头一惊，他说的不会是离王府门口他们第一次见面时的她吧？漫夭连忙收回手来，这时，门外远远地传来一声高呼："圣旨到——离王接旨！"

漫夭松了一口气，九皇子立刻忘了刚才正琢磨的事情，回头笑道："七哥，我就说吧，看，来了！"

宗政无忧冷冷地瞥了眼门口，面无表情。陈公公进来后，也不等宗政无忧跪听，便硬着头皮宣读圣旨。

圣旨无非就是说宗政无忧此次献计退敌有功，如今大军凯旋，要论功行赏。

宗政无忧面无表情道："你去回话，就说本王说的，以后别有事没事召我进宫，就是对我最大的恩赐。"

陈公公哪里敢回奏这样的话，忙跪下道："陛下命老奴宣完圣旨后，在王府跪等王爷入宫。请王爷念在老奴曾尽心侍候贵妃娘娘和王爷多年，体谅老奴这一把老骨头，别再跟陛下置气了，早些进宫吧。"

陈公公曾是云贵妃身边最信任的人，直到云贵妃离世之后，才被调往临天皇身边。

又来这一套！宗政无忧双眉一拧，目光骤然冷下去，握着茶杯的手一个用力，杯子啪地碎裂，杯中茶水四溅。陈公公身躯一颤，慌忙低下头去。漫夭看到宗政无忧的掌心流血了，他甩手将破碎的瓷杯狠狠甩了出去，青花瓷片砸在洁白的地砖，带着殷红的血丝，触目惊心。

"七哥，你这是做什么？"九皇子大惊，飞快地过去查看他掌心的伤处，却被宗政无忧拂袖挥退。

"王爷，您这是何苦呢？"陈公公眼眶一红，无奈地叹息道。

漫夭头一回看见这样的宗政无忧。他明明是愤怒至极的表情，她却只从他眼中看到了冰冷。她不知道他心里究竟埋藏着怎样的伤痛，需要他以伤害自己的方式来缓解心里的痛楚。她的心仿佛被什么触动了，有细微的疼痛感缓缓蔓延开来。都说子女对父母的依恋是天生的，他们会渴望父母的爱和关怀，可宗政无忧为何对临天皇的宠爱有着如此深切的憎恨和厌恶？

宗政无忧看也不看自己的手，只淡淡地望着陈公公，沉声问道："那些话，是他让你说的？"

陈公公低下头去，却仍能感受到来自头顶上方的沉重压力，他叹了口气，悲伤又无奈道："王爷，陛下有他自己的难处，他是爱您的！他对贵妃娘娘的感情，谁也比不上。当年的事……"

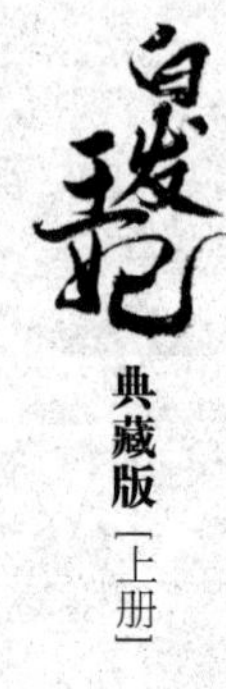

“够了！”宗政无忧突然一声断喝，冷冷道，“看在你曾尽心伺候过母亲的分上，此次饶你不死。倘若今后再敢提起，本王定不轻饶！冷炎，送陈公公。”

陈公公叹了口气，起身望着眼前与贵妃娘娘九成相似的面容，面对这位曾经聪敏良善的七皇子，陈公公那过早衰老的面容上并没有任何惊惧，只有浓浓的担忧与无可奈何。他转向九皇子，道：“九殿下，陛下让您现在就进宫。”

“啊？”九皇子奇怪道，“为什么要我先进宫？”

陈公公道：“老奴也不清楚，这是陛下的旨意。老奴还要去别处宣旨，就先告退了。”

九皇子追着陈公公去了，一边走一边喊：“我先走了，七哥，你别忘记处理伤口啊。”

宗政无忧没理他，看了眼自己的手，神色漠然，完全没有要处理伤口的意思。漫夭眉头一皱，起身去打了盆水，再让人拿来上好的金疮药和布帛。

“把手给我。”漫夭坐到宗政无忧身边，朝他伸出手去。

宗政无忧瞥了她一眼，见她明澈如水的眼眸有着真挚无比的担忧。他微微一怔，不自觉地向她摊开掌心，已是一片血肉模糊。漫夭心头一颤，是什么事令他如此生气，把自己伤成这样都不在意？

拉过他的手，她忍不住叹气，心里莫名其妙地泛起一丝异样的感觉，有些难受。

宗政无忧默默地看着她，看着她仔细为他清理伤口，将那些深入肌肤的碎片逐一挑出。她的神情专注认真，动作无比轻柔，令伤口传来的丝丝痛感化作说不清楚的复杂情愫在他心头一点一点地划过，有些温，有些暖。他已记不得有多少年没有过这样的感觉了。

“阿漫。”不自觉地，他轻轻唤了声她的名字。

“嗯？”漫夭抬眼，一眼便望见了他眼中来不及收起的柔软，那是褪去了所有冰冷后的表情，有着她从未感受过的真实。

宗政无忧一对上她仿佛能看透人心的眸子，迅速扭过头去，垂眸淡淡道：“速度快些，该进宫了。你跟我一道去。”

这一日的皇宫，张灯结彩，热闹非凡。临天皇于乾坤宫外犒赏三军，所有有功将士皆论功行赏，唯独离王迟迟未到。

近黄昏时分，一辆华丽张扬的马车披着夕阳余晖，缓缓驶过数道宫门，直入皇宫内城，无人拦阻。漫夭无语地望着坐在对面的男子，上午到黄昏，这就是他所说的速度？看来宗政无忧比她更讨厌进宫。

“吁——”马车行至内城一条僻静的宫道，突然有一名黑衣男子出现，跪拦马车，神色焦虑道：“王爷，属下有要事禀告！”

冷炎掀开帘子，宗政无忧看了那人一眼：“讲。”

那人连忙禀道：“九殿下因拒绝陛下赐婚，触怒龙颜，被杖责一百，关进了幽思宫。”

宗政无忧面色微变，问道："几时的事？"

那人答道："半个时辰前。"

宗政无忧皱起眉，漫夭看到他放在膝盖上的手慢慢握紧了，随即听到他问："陛下现在何处？"

"回王爷，在御书房。"

宗政无忧朝漫夭看过来，漫夭虽不知幽思宫是什么地方，但从他们的表情来看，那一定不是什么好地方。她连忙道："你去吧，正好我想下去走走。"

宗政无忧微微思索后点头，掏出一块晶莹剔透的玉牌递给她，道："晚宴设在宜庆殿，如果找不到，拿着令牌让人带你过去。"

漫夭接过玉牌，看到上面刻有一个"离"字，她握在手心，笑着点头下车，目送马车远去。心中暗暗希望九皇子没事。也不知道临天皇为什么对九皇子下这么狠的手，一百廷杖，还关进幽思宫，是什么样的赐婚，后果会这么严重？

离晚宴还有点时间，她寻了条偏僻小道，边走边想。忽然想到九皇子还在临天皇给她的名单之中，她尚未选择，临天皇却突然赐婚，这是何意？难不成……心念急转，她猛地想到了什么，心中大惊。

临天皇不会改变主意要提前结束许给她的六月之期吧？

这个念头一冒头，她心中便莫名烦躁，竟失去了刚来临天国时的那份淡然。

不知走了多久，越走路越偏僻，等她回过神来想找个人问路，四下里却找不见一个人影，只得继续往前，走到一处僻静的宫苑门口，那前面的拐弯处转出两个人来，正想上前问路，但一看清两人是谁，她想也没想就闪身进了宫苑。不知是不是运气太差，在这么偏僻的地方竟也能遇见熟人，还是那日差点要了她小命的太子和余大人！

进了那座宫苑，她紧贴着墙壁，静等外面的两人走过去。

那二人经过时，隐隐传来谈话声。

"乌啸门被灭，恐怕以后，我们出再多银子，也无人敢接这笔生意。"

"是啊，想不到离王暗中的势力竟如此强大。不过太子，臣有一事不明，离王既然知道此事乃太子所为，为何就这么轻易地将此事压了下去？"

"还不是因为当年母妃舍命救过他们母子，云贵妃曾在母妃临死前许诺会好好照顾本宫，保我一生平安。"

"原来如此。照这么说，离王要遵循母愿，应该不会与太子争夺皇位才是。"

"老七是无心皇位，但父皇不会答应。只要他一日不死，本宫这太子位就别想坐得安稳。"

"前两日，陛下接到启云帝发来的国书，启云国上下对于和亲公主被拒婚一事感到十分不满，要求我国给个交代。陛下这两日为此烦恼，一定会想办法逼离王迎娶容乐长公主。如果这桩婚事真成了，对太子您可是大大的不利呀！"

"这一点不必担心。以老七的性子，他不愿意的事，父皇做什么都没用。哼，父皇一心想助老七培植势力，哪知人家根本不领情。"

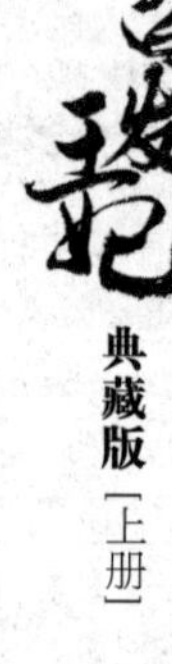

“那太子认为，此次陛下会将容乐长公主赐给谁呢？”

“父皇当然是想赐婚老九，老九是老七的人，他娶了公主跟老七娶公主没什么两样。不过，依本宫估计，启云帝会选傅筹。”

“太子说得是，傅筹打了胜仗，被封为‘卫国大将军’，圣眷正隆，如果我们能把他拉拢过来，您的地位会更加稳固。”

“嗯，这事你来安排。”

只寥寥数语，听得漫夭心潮起伏，原来皇兄已经得知此事并发来国书，她竟一点也不知情，这些天她待在离王府里，都不敢和泠儿、萧煞过多接触，因此对外面的事情一无所知。有一点，临天国太子说得没错，不能嫁给离王，皇兄必选傅筹，那个传闻中满身煞气勇猛无匹、其实心机深沉的少年名将。而她，似乎已经没有选择了，除非宗政无忧改变主意。想到此，漫夭心中一震，她到底在想什么，竟然希望宗政无忧能娶她？难道是因为跟他熟悉了吗？

他会下象棋，喜欢喝茶，会叫她阿漫，会听她说前世，她和他在一起，不再像最初那样时时防备、处处谨慎小心提心吊胆。可是，那又如何？如果宗政无忧知道了她的身份，他会不会认为这所有的一切都是她刻意布下的局？以他的个性，他会怎么处理？

漫夭越想心里越烦乱，一不留神踢到了地上的碎石子。

“谁？”墙外本已经走过去的太子二人相当警觉。

漫夭大惊，正想找地方藏起来，突然被人揽着腰腾空而起，快得她来不及反应，就已和那人一同隐入被繁密枝叶遮挡的树干之上。她看不见身后的人，但能感觉到对方没有恶意，便安静地待在那里。

“怎么不见人？刚才明明听到有声音。”树下快速循声进来的余大人找了一圈后奇怪地说。

“这里如此偏僻，应该不会有人，或许是我们听错了。走吧，晚宴就要开始了。”太子一边说一边还用阴邪的目光巡视着周围。

漫夭看着他们两人走出这道宫墙，听着沉重的脚步声自宫墙外远远消失，她仍旧没动，目光始终盯着这院子的入口。身后的男子也很安静，没有动作。大约过了一炷香的工夫，本该已经走远的余大人却突然在宫墙外开口：“太子，看来真的是我们听错了。”

“嗯。走吧。”两人这回是真的走了。

漫夭嘲弄地勾唇，等声音彻底消失了，她才转头看向身后之人。这一看，她愣住，与身后之人同时惊讶道：“是你？！”

面容英俊，神色温和，竟是东郊客栈的那名男子！

“我们又见面了。”男子目光灼亮，笑容温雅。

“你又帮了我一次。”漫夭道谢。男子携了她的手纵身跃回地面，冲她温雅一笑，谦和道：“举手之劳。对了，你怎知他们会去而复返？”

漫夭淡笑道：“以太子的猜疑之心，若不经过确认，他断不会轻易认定是他自己听错了。”

男子剑眉一动，笑道：“你似乎很了解太子？”

漫夭笑着摇头：“有些人，只需一眼，便能看出是属于哪一种人。”

“哦？”男子来了兴致，眼光略转，微微凑近望着她的眼睛，缓缓笑问，“那你看，我是属于哪一种？”

漫夭抬眸回视男子的眼睛，想了想，只说了八个字：“谦和有礼，温润如玉。”这是男子给她的第一印象，但她直觉这并非他的全部，不过，她不会说出来。

男子似乎对这个评价非常满意，看上去笑得很愉悦，并对漫夭说：“你是要去宜庆殿吗？时间差不多了，我们也走吧。”

漫夭点头，跟着他走出那片偏僻的宫苑。这名男子似乎对皇宫很熟悉，漫夭不禁暗暗猜测他的身份，却又无从猜测。

宜庆殿在望，男子突然停下脚步，转身望她，以恳切的目光和语气道：“能否帮我一个忙？”

漫夭道：“请讲。”

男子并没有马上说是什么事，而是微微倾身靠近她，在离她很近的位置压低声音对她说：“不要告诉任何人，我们半月之前见过面。”

漫夭微愣，有些奇怪，但没多问就应下了。

天色完全暗了下来，宜庆殿的走廊三步一宫灯，烛火通明。漫夭一边走一边想她是直接进去，还是在外面等宗政无忧？正犹豫间，走在身旁的男子又顿住了脚步，这一回他的眼光没有看她，而是看向一侧的台阶之上。

漫夭顺着他的目光望过去，就望见了站在最高一级台阶负手而立的宗政无忧，他脸色不大好看，薄唇微抿，看过来的目光有些深沉，有些冷，还有些复杂不明。漫夭忙迎上去：“你已经到了？九殿下情况如何？”

宗政无忧看了她两眼，语气淡漠道：“外伤，不碍事，已遣人送他回府。”说完转过头去对身后的人吩咐道：“通知下去，人已经到了，不必再找。”

漫夭一怔，不好意思道：“是在找我吗？我不小心迷了路，幸好遇上这位公子。”虽是实情，但听起来却烂俗至极，漫夭也不知道自己为什么会跟他解释。

宗政无忧面无表情，直直地看着她的眼睛，那眼神没有相信也没有不相信，过了一会儿，他的目光缓缓低垂，落在她左手上。漫夭下意识地抬手，就看到被她握在手中的他的玉牌。迷路的理由似乎显得荒唐可笑，漫夭一时竟不知该说什么好。她轻笑摇头，暗暗自嘲，将手中的玉牌递还给他。

宗政无忧没接，冷漠地扫了一眼她身后的英俊男子，语气低沉道：“你几时与名震天下的傅大将军如此相熟了？”

漫夭一愣，傅大将军？

她蓦地回头，看向正步上台阶缓缓朝他们走来的英俊男子，他的面上一直保持着温雅的笑容，他朝宗政无忧拱手，不卑不亢地谦和笑道：“离王过誉。末将乃是托离王之福，才有今日声名。若要说名震天下，末将远不及离王。”

傅筹，他竟然是手握三军位比诸侯的卫国大将军傅筹！漫夭惊讶万分地望着他，这才知道他为什么不能让人知道他们半月前曾见过面的事实。

“原来是大将军，璃月失礼了！”漫夭连忙施礼，却被傅筹制止，只听他笑道：“不是说好我们之间不讲那些虚礼吗？你如此生分，莫非怪我方才没对你坦承身份？”

漫夭一惊，没有回头就感觉身旁一道冷光朝她直射而来，宗政无忧的眼神那么明显地表达着不悦，仿佛她背着他做了什么对不住他的事，这令她顿感头皮发麻，忙道：“将军误会了。先前璃月不知将军身份，才会有所冒犯，望将军勿怪。”

傅筹看了她，有一会儿没说话，接着似是想到了什么，又笑道：“璃月？你是拢月茶园的璃月公子？听说你的茶园设计得美轮美奂绝妙无双，仿若仙境，有机会我一定要去看看。”

漫夭神色一僵，想到茶园，目光倏然黯淡，笑得有几分勉强。傅筹望了宗政无忧一眼，微笑道：“离王遇刺一案，既然离王都不追究了，茶园解封是迟早的事，璃月别太担心。有机会，我也会替你向陛下求个情。”

漫夭拱手道谢，被傅筹扶住。

宗政无忧望着他二人相触的手，面色阴沉，语气不善道：“傅将军当真神通广大，虽身在边关疆场，却连京城一家茶园被封这等小事都了如指掌。”

傅筹眉心一凝，立刻回道：“离王此言差矣。茶园被封虽算不得国家大事，但王爷遇刺却是非同小可，如今街头巷尾皆在谈论此事，末将入城又岂有不知之理？”他温和一笑，说得理所当然。

宗政无忧勾唇冷笑，目光犀利道：“将军得胜还朝，不入宫见驾，还有空去听市井流言？这倒新鲜，本王听闻东郊之地风景极好，将军可有先去瞧瞧？”

傅筹脸色微微一变，不着痕迹地看了漫夭一眼，漫夭一愣，宗政无忧显然意有所指，东郊客栈之事她从未向任何人提起过，况且先前她也不知那名男子就是傅筹。正惊疑间，又听傅筹道：“末将也曾有所耳闻，待他日得空，定要好好去游赏一番。如离王不嫌弃，末将到时会邀请离王同行，璃月若肯赏脸，也一并同游，可好？”

果然不是一般的人物，傅筹面色有变也不过是瞬间之事，很快便恢复如初，并且还能若无其事地谈笑邀请。

漫夭站在这两人中间，虽是笑着，嘴角却已然僵硬。她看了眼宗政无忧，继而对傅筹点头应了声“好”。

宗政无忧斜眸睇她，眼中明明有无数复杂情绪，她却一种也看不透。

“去东郊与否，是将军的事，与本王无关。本王既不喜多管闲事，更讨厌多管闲事之人。”宗政无忧面无表情地说，说完转身就往宜庆殿走去，走了几步，见漫夭还站在原地，他眉峰一挑，语气不耐道：“你还在那里做什么？还不跟本王进殿！”

漫夭无奈地对傅筹笑了笑，迅速跟上宗政无忧。拿眼角瞥了眼宗政无忧不大好看的脸色，她忽觉心头软软。他真是个别扭的人，绕了一大圈，其实就是不想让傅筹插手她的事。

宜庆殿，晚宴还未开始，远远地就能听见歌舞之声。他们三人先后进殿，殿内文武百官皆起身行礼，宗政无忧视而不见，径直走到属于他的位置坐了，漫夭坐到他身旁，引得许多人侧目，尤其靠近尾座的二十多名贵族装扮的年轻男子更是望着他们窃窃私语。

漫夭不是不知那些异样的目光代表着什么，自从她住到离王府，外面就在传宗政无忧不喜女子是因为好男色。今日皇帝设宴，她一个无官无爵的平民这样大摇大摆跟着宗政无忧进宫，在那些人眼里，自然更落实了她的男宠身份。

鄙夷和不齿，是他们看她的表情，而他们又都是临天皇让人列出来以供她选择的名单人选。漫夭忽然一阵反感，皱起了眉头。

宗政无忧抬眼，冷冷地朝那群人扫了过去，那些人立即换了个表情，讨好、谄媚、敬仰，无一不是如变脸般的速度。

被大臣们围在中央的傅筹朝这边看了一眼，然后拨开众人，走到那群贵族男子跟前打招呼，那些人受宠若惊，立刻转移了视线。

这个世道就是这样，权力代表一切，漫夭嘲讽轻笑，不再看那些人。

“你很想茶园尽快营业？”宗政无忧突然问了她这么一句。

漫夭诧异抬头，还未开口，宗政无忧已握住她桌下的手，握得很紧，头偏过来凑近她，看着她的眼睛低声说道：“明日我便让人揭去封条，但是不准你搬离王府。茶园里的那些杂事，交给下人打理。”他霸道地替她安排。

漫夭看着他，没说话。其实这件事他早就可以办，但是他一直没办，为什么？是为了留她在王府吗？可他又为什么要留她在王府？

宗政无忧见她久久不回应，松开她的手，转过头道：“不愿意？那就算了。”

不同于那日离开茶园时的语气，他脸上淡无表情，却分明有那么一丝赌气的意味。

像个孩子。漫夭为自己这一刻的感觉感到不可思议，但她还是忍不住抿着嘴笑了起来，心情莫名变得愉悦。

宗政无忧看到她笑，只当她是为他放她走而高兴，心里微恼，正要皱眉，却听她轻轻笑道：“我没说不愿意，是你说的。”

宗政无忧目光顿时灿亮，内心深处有什么砰然炸开，像烟花一样，绚烂飞扬，但他没有看她，面上依旧平静，保持淡漠神态，好像她愿意与不愿意与他毫无干系。

四周很热闹，丝竹歌舞伴着众人的谈笑声，傅筹自进殿以后，一直都是被注视的焦点，直到另一人的出现。

第七章　公主选夫

凤纹织锦红袍，云髻凤冠，珠帘遮面，满身华贵，一步一优雅。是个女子，皇家公主出阁的装扮。她的身后跟着一名侍卫，侍卫面容肃穆，眉心凝重，一进殿就看到了漫天，呆了呆，嘴微动，却没说话。

漫天愣住，这不是萧煞是谁？走在他前面的女子分明是她初到临天国时的装扮。

“容乐长公主也来了，皇上召我们参加晚宴，不会是今晚就让容乐长公主挑选夫婿吧？”尾座那群贵族公子之中有人小声地说。

漫天听在耳里，心神巨震，想起无意中听到的宗政筱仁和余大人的那番话，定是皇兄的国书令临天皇改变了主意，收回了她的六月之期。但这女子又是谁？从哪儿来的？是谁允许她冒充容乐长公主的名义进宫替她挑选夫婿？而且，萧煞还跟在她身后！

脑子里瞬间闪现无数个问题，漫天看着朝她对面位置走过去的陌生女子，发现那女子有着与她奇异相似的身形，连步伐姿态都如出一辙，如果她不是她，那她一定会以为那真的就是容乐长公主。

一种极其不好的预感迅速掠上心头，令她的心沉到谷底，又听到有人说：“早知如此，我应该装病不来的。你们说，她究竟长得有多丑？怎么到现在还遮着珠帘，不敢见人？”

“看她身段不错，可惜了！”

“她会选谁呢？可千万别选上我，不然，洞房的时候还得蒙上眼睛。”

“哈哈哈——”

一阵哄笑声传来，他们就那么肆无忌惮地谈论嘲笑，只因为传言她容貌丑陋，个个都怕被她选中。漫天淡淡地扫了那些人一眼，嘴角含着无尽的讽刺。她看了看端坐在对面仿佛对那些人的嘲笑不曾听到的红衣女子，又转头看向宗政无忧，只见他神情冷漠，自顾自地饮茶，始终没看对面一眼。

漫夭忽然想问："你为何拒婚？也是因为传言说她长得丑吗？"想着想着就真的问了出来，声音极轻极轻，轻到她以为他听不到。

可他听到了，并且朝她看了过来，眼光深沉莫测。

"不喜欢。"宗政无忧淡淡吐出三个字。

漫夭勾唇，微微自嘲。他不喜欢什么？不喜欢命运由他人掌控？不喜欢婚姻被当作政治和平的筹码？抑或是不喜欢与一个不爱的人生活一辈子？他不喜欢，她也不喜欢呢！可不同的是，他不喜欢就可以拒绝，因为不论他怎么做，临天皇都不会降罪于他；可是她不同，没有人给她那样的权利。

目光渐暗，内心悲凉无比，她却笑问："如果，我是说如果——如果我是容乐长公主，你……"她定定地望着他的眼睛，嘴角扬起，做出一副玩笑神态，心却紧绷着，静静地等着他的答案。

宗政无忧挑了挑眼梢，目光略转，意味不明，笑道："倘若你是容乐长公主，我会非常佩服你的心机和手段。"

漫夭身躯一震，只一瞬，身心都凉了下去。如她所料，他会将一切都看成是她的计谋。她无声地笑了起来，极尽灿烂，明媚如春光，将所有的讽刺和伤感都掩藏在那溢满笑意的唇角和眼眸深处，化作无边的苦涩蔓延在心底的每一个角落。

那样灿烂的笑容，宗政无忧还是第一回见，看上去很美，可他却觉得太过刻意，仿佛在掩盖着什么，不禁皱眉："别这样笑。我不喜欢。"

又是他不喜欢。

"人生在世，不会每件事都为你所喜，有些事，无论你多不喜欢，也要试着接受。无忧，人生还很长。"她幽幽轻叹。

生活不会永远都能让人随心所欲，临天皇总有一天会离开他，若他要替他母亲实践诺言，等太子继位之后，他的生活是否还能这般如意？

宗政无忧一怔，她向来沉静内敛，可这一刻，他清楚地感受到了她言语中发自内心的无奈与悲哀情绪，尽管她面上看起来是那么平静淡然。人生还很长，不喜欢也得试着接受，他又如何不知！

"陛下驾到——"

随着内侍一声高呼，所有人跪地行礼，唯独宗政无忧仍然安坐。临天皇自进殿之后，目光一直落在他的身上，眼中并无责怪之意。

"众卿家免礼平身，今晚君臣同乐，不必拘礼。都坐吧。"

众人谢恩，起身落座。傅筹就坐在漫夭的斜对面，她只要一抬头，总能对上他温和含笑的目光。

冗长的开场礼仪过后，临天皇心情极好地笑道："北夷蛮族常年扰我边境，百姓苦不堪言。朕曾说，谁能去掉朕的这块心病，朕定会重重封赏。白日里，朕已封傅爱卿为

‘卫国大将军’，掌管三军，享王侯待遇；现再赐离王江南封地五千里，享独立管辖权，往后江南一切事宜无须上报朝廷，直接报去离王府。”

赐地五千里，独立管辖，岂不相当于分割出半个朝廷？众臣哗然，太子脸色难看地看了眼刑部尚书，余大人连忙起身道：“陛下，离王虽退敌有功，但赐地五千里，我朝还未有此先例，恐怕……”

临天皇面色一沉，目光陡然犀利地朝余大人冷冷扫去，余大人心间一凛，立刻垂头，声音渐渐淹没在冰冷的空气里。

临天皇语调深沉道：“先例，总得有人开了才会有。朕今日论功行赏，若不赐地千里，朕还真想不出其他合适的封赏。傅爱卿被封为卫国大将军，较其原先升了三级有余；但离王之上，除朕以外，唯剩太子之位，太子册立多年，虽无建树，却也并未犯下重大过错，诸位爱卿总不希望朕为了奖赏离王，而废黜太子吧？除非余爱卿知悉太子近日做出什么有违伦常之事，因而认为他不配再为储君？”

余大人心头大骇，太子更是面色惊变，慌忙离席跪道：“儿臣冤枉，请父皇明鉴！儿臣一直谨守父皇训示，不敢妄言妄行。”

“好了！”临天皇沉声打断他，面无表情道，“朕只是随便问问，入座。余爱卿也起来吧。”

太子和余大人都抹了把冷汗，回到座位身躯还在颤抖。

临天皇厉目扫了一遍众大臣，见没人再敢反对，才满意地笑了。

宗政无忧没有谢恩，临天皇朝陈公公使了个眼色，陈公公立刻拿着圣旨送到宗政无忧的面前，宗政无忧接了，什么也没说，就将这在别人眼里看来无比神圣的圣旨随便往桌上一放，似笑非笑地瞥了临天皇一眼，微微勾起的嘴角带着嘲弄和不屑，似乎在说：封地千里，赐我名利与权位，就能换来你的安心吗？

临天皇接到他的目光，立刻转开眼，咳了两声，朝漫夭对面的红衣女子问道：“公主为何面覆珠帘出席？”

红衣女子闻言起身，恭敬有礼地回道：“启禀陛下，我们启云国的习俗，女子出嫁，未行礼拜堂前，不可让外人见其容颜。”

声音清雅，宛如天籁。漫夭完全怔住，不可思议地望着那名女子，竟连声音都与她如此相似！皇兄他可真会挑人！

临天皇点头表示理解，道：“两个多月前，朕曾允你半年之期。但前日朕收到启云帝发来的国书，启云帝希望和亲之事能早日落实，朕也有此心愿，所以朕今日特地召你们入宫，想趁此机会将此事定下，也好了却朕与启云帝的共同心愿，结两国百年之好。公主意下如何？”

红衣女子道：“陛下所言极是，都怪容乐思虑不周。”

临天皇笑道：“公主如此通情达理，堪称女子之典范。陈公公，还不快为公主引路介绍！”

陈公公忙领了旨，引着红衣女子在大殿走了一圈，将名单上的人选一一介绍。每到一处，那些贵族子弟莫不深深低下头去，生怕被选中。唯有傅筹若无其事地饮了一杯茶，在红衣女子到来时，微笑点头礼貌地同她打招呼。

红衣女子呆了一呆，在他面前停住，漫夭看不见女子的表情，但通过其背影能看出女子的僵硬，至于为何，她不得而知。过了半晌，那女子才蹲下身子，手执精致瓷壶，为傅筹已然空了的杯子倒满一杯茶，款款地递了过去。

任是谁也都能明白这其中含义。容乐长公主，选了卫国大将军！

有人庆幸，有人皱眉。漫夭嘲讽而笑，放弃最受临天皇宠爱的离王，而选择军权在握的大将军，这本是理所当然之事，但漫夭却忍不住心生悲凉。难怪她先前一点消息也收不到，因为皇兄根本就没想让她知道。所有人口中给予她万千宠爱的皇兄，也不过当她是一枚政治中的棋子。相似的身形、相同的声音，万人之中难得其一，非一朝一夕可寻。皇兄啊皇兄，他就是用这样的方式，来给她幸福吗？

那些贵族子弟同时松了一口气，一个个都抬起了头，挺直了腰板，闲坐笑看这位被丑公主选中的少年名将会如何应对？一个手握军权位堪比诸侯的大将军，若是乐意与一个面容丑陋的异国公主结亲，必是想借此稳固权势，野心昭著，若不愿意娶她，又是违逆皇帝旨意。

傅筹英俊的面容看上去依旧温和，似乎没有不高兴，也并无高兴，无论从眼神还是面上表情，都看不出他此刻内心的情绪。他看了看女子手中的茶杯，缓缓抬眼，目光越过红衣女子，不经意地投在对面的漫夭身上。只见漫夭垂眸静坐，淡淡的嘲讽之意显现在她脱俗的面庞。

红衣女子的手就那样停在了半空。傅筹没去接，也没表示拒绝。

殿内的气氛，一时间变得尴尬而紧张。所有人的目光都集中在他二人的身上，暗道，莫非他也要学离王拒婚？他虽立有战功，但违抗陛下旨意，仍旧是杀头大罪！这世上，能抗旨而不获罪的，除离王之外，再无第二人！

"喀喀……"上头突然传出两声咳嗽，临天皇皱着眉头，眼光深沉，已有警告之意。傅筹似是回过神，低眸顿了顿，再抬眸之时，温雅的笑意再度浮上唇角。他不慌不忙地站起身，对红衣女子躬身以示歉意，随后接过杯子，虚扶了女子一把，礼貌周全地笑道："劳烦公主亲自为末将斟茶，末将受宠若惊，一时失神，请公主海涵！"

红衣女子含笑道："将军言重了，请！"

傅筹举杯送往唇边，不着痕迹地扫了眼宗政无忧，继而带着无比温柔的笑意，望着对面的漫夭，缓缓将那杯意味着他接受容乐长公主之选择的茶水饮下。

漫夭双唇紧抿，望着傅筹的动作，心沉如水。如果抛开政治因素、抛开皇兄的设计，傅筹也许会是个不错的选择，他英俊不凡、善解人意、温雅清和，又救过她两次，这样的人在成亲后定会尊重她吧？但是为什么，她竟有些害怕，不想嫁给他。可这不是她最早的期望吗？

她愣愣地看着傅筹，心思绕了一百八十个结，悲哀，彷徨，无奈，依次从她眼中划过，被宗政无忧捕捉到。宗政无忧眉心不觉拧紧，一把抓住她桌下的手。

“你在难过？”他用只有他们二人才听得到的声音问，语气低沉。

漫夭没有回答，悲哀沉重的无奈感压在她心头无法散去，以致她没有注意到身边人的气息在渐渐变冷，她的手也被一点一点攥紧，很痛，她没出声。

直到离开皇宫，她的手还被他紧紧攥在手心里，心依旧纷乱如麻，耳边始终回荡着那句“三日后完婚”的圣旨。

三日，只剩三日，她真的要服从命运的安排，嫁给傅筹当一枚政治棋子吗？好不甘心！

五月的夜晚，仍有几分凉意，直接渗入到她的心底。两人出了宜庆殿，马车在宫门外等候。二人正欲上车，忽有一人从宫墙一角朝着马车冲了过来，急急叫道：“无忧哥哥！”

漫夭一愣，这么晚了，昭云郡主怎会在此出现？还躲在墙角！以她的身份，若想见宗政无忧，进入皇宫应该不难。再看昭云精致的面容已变得瘦削，眸子黯淡无光，与上一次相见时的美丽活泼判若两人，且红肿着双眼，一看便知哭过。

宗政无忧眉头一皱，退开两步，冷炎便阻拦在了昭云的面前。昭云生生止了步子，蓄满眼眶的泪水忽然滚滚而落，语气哀伤道：“无忧哥哥，我要嫁人了。”

宗政无忧语气淡漠道：“既要嫁人，就该好生待在家里，跑出来做什么？”

昭云一听，眼泪落得更凶，哭道：“可我不想嫁给那个人，无忧哥哥，我想嫁的人只有你啊！”

在这个年代，敢于这样直白示爱的女子少之又少，而且是对着宗政无忧这等冷漠之人。漫夭不禁佩服她的勇气。

宗政无忧道：“可笑！你以为本王的王妃，是谁想做便能做的吗？”

昭云慌忙摇手，红肿的双眼含着满满的乞求：“我可以不做王妃的，我就做侧妃，哦不不，侍妾也行，只要能守在无忧哥哥身边，我不在乎有没有名分……”

情真意切，爱可以让人卑微到尘埃里。漫夭摇头叹息，心已为之而动，却听宗政无忧截口道：“你不在乎，本王在乎，本王这一生只会有一个妻子，绝不会是你。”他朝漫夭看过来，脉脉温柔从他一贯冷漠的眸子里缓缓透出来，灼人眼目。

看得漫夭微微一怔，心突然颤了几颤。一生只娶一妻吗？

“无忧哥哥，你对我不要这么残忍好不好？如果一定要我嫁给别人，我，我宁愿去死！”昭云说着就一头朝马车车辕撞了过去。

漫夭一惊，手疾眼快地拽住昭云，正想劝她不要轻贱性命，却听到宗政无忧冷冷道：“你要死，走远些。别挡在本王车前。冷炎，送她回国公府。”

他的声音冷酷至极，不留余地，听得昭云伤心欲绝，眼泪像断了线的珠子，回头怒瞪着漫夭，恨恨地甩开拽住她的那只手：“你别管我，为什么你一个男子也要来跟我抢无忧哥哥？就是因为你，无忧哥哥才不要我。我恨你，我恨你们！”

昭云哭着跑了，漫夭看着她消失的方向怔怔出神。

“上车。”宗政无忧朝她伸出手，漫夭回过神来望他，五官俊美，身份尊贵，气场强大，性情孤傲。这样的男子注定是女子的劫难，而今日的昭云，会不会就是明日的她呢？她的手忽然变得沉重，怎么也抬不起来。

“阿漫？”宗政无忧见她久久没反应，叫了一声，手还停在那里。

漫夭望着他的手，修长白净，骨节分明，极好看的一双手，能带人走出牢狱，也能将人推向深渊吧。她忽然有些害怕，竟退了一步，道：“我不想坐马车。”

宗政无忧微微一愣，漫夭以为他一定会不高兴，没想到他竟然跳下马车，站到她面前，无比温柔地对她说道：“那我们走回去。”

初夏的风，吹在她脸上，撩起耳边碎发，轻轻飞扬。宗政无忧带着她拐入一条僻静无人的小道，周围静悄悄的，没有声响。

漫夭被他牵着手往前走，前面的路一片漆黑，哪里有拐弯哪里是分岔路口，她一无所知，只能随着他的脚步走。走了一段路，宗政无忧突然问道：“你有心事？”

漫夭随口应了声：“是。”

宗政无忧显然没料到她会回答得这么痛快，他转头见她半垂的眸子少了几分从前的明澈，想起这一晚发生的种种，她的情绪变化似乎是从容乐长公主选中傅筹的那一刻开始，他皱起眉头，停下脚步，握住她的手，很用力，问道：“为傅筹迎娶容乐长公主的事？”

漫夭点头道：“是。”

宗政无忧心中一沉，一股莫名的复杂情绪瞬间充斥在他的心里，令他少有地烦躁起来，望着她坦然的双眼，他抿着唇久久不语，手无意识地越攥越紧，漫夭吃痛，却不出声，也不挣脱，只缓缓说道：“那样对待一个爱你至深的女子不觉得残忍吗？”

宗政无忧反问道：“你觉得我应该怎样对她？你希望我纳她为妾？”

不知是不是周围太过安静的缘故，漫夭恍惚觉得他冷沉的声音里有一丝受伤的感觉。他问她的希望？她能有什么希望，只是觉得即使不喜欢，也不必那么绝情地伤害。

她是这么想的，可他却说：“不残忍，如何能断她念头，让她安心嫁人，过自己的日子？”他忽然扳过她的身子，用双手扶住她纤细的肩膀，微微低眸看着她的眼，目光深邃如神秘旋涡，将她牢牢吸住。

宗政无忧道：“我不喜欢她，不会带她回王府。阿漫，你懂吗？”

月光下，他的脸是那么的柔和，声音低沉磁性带着蛊惑，将她内心刚刚筑起的防备一点一点地卸下。他说不喜欢昭云、不会带昭云回王府，这是不是代表他喜欢她？可他为什么喜欢她？因为她是从那个世界穿越而来的人吗？

“无忧，我……”她要怎么告诉他她的身份，要怎么才能让他相信她不是刻意接近他？张了张口，她感觉有些无助。

宗政无忧道：“我带你去个地方。”他牢牢地牵住她的手，动作霸道却又不失温柔。

朗月清辉，黑丝绒一般的夜幕里不知何时多了许多星子，竟明亮照眼。

宗政无忧带着漫夭来到离王府后山，那里青草如茵，野花摇摆，绕着一池温水，在

白雾缭绕的空气中，散发着淡淡的清香气息。

“这里是温泉？”漫夭讶异地蹲在汉白玉砌成的温泉池边，用手轻轻撩拨了池中冒着热气的温水，水珠从洁白纤细的指间滑过，在夜明珠的光芒照耀下折射出柔和的波光，像是荡漾在心头的涟漪，一圈一圈，将那种炙热的温度一直传递到人心底深处。

漫夭忍不住脱了鞋袜，将脚放进水里，真温暖啊，她仰起头，将闷在胸口的那口浊气重重吐了出来，被赐婚一事所扰乱的心绪，在眼前幽香静谧的氛围中莫名地平复了。而她身后的草地上，宗政无忧随意地躺着，头枕着双臂，默默望着她的动作，眼光深了几分。

“谢谢你。”漫夭回头，清澈的眸子，一如夜空中的星子般明亮。

宗政无忧目光一动，轻轻笑道：“你要下去泡泡身子吗？我可以闭上眼睛。”

这笑容有点邪魅，看得漫夭脸直发热，她连忙摇头道：“不用，我这么坐一会儿就好。”

转过头看前面，身后传来男子低低的笑声，她没有恼，只是在想，这样的日子今后还会再有吗？她和他，一起品茗，一起下棋，手牵手走在寂静的马路上，看星星，看月亮，看一切可看的风景，说前世今生……

心底那种无言的苦涩滋味又悄悄泛了上来，想她这一缕穿越千年、孤寂无比的灵魂，在这个举目无亲的世界里，能遇到一个宗政无忧可与她畅谈古今并认同她现代思想的人，是何其的幸运？只是，命运这只无形的手却毫不留情地将他们逼至如今这种局面。

她不敢想象，如果他知道了她的身份会是什么样的反应？心头竟然微痛，她一时间不敢再往下想，只是在那里愣愣地出神。

“你怎么了？”宗政无忧觉察到她的异样，心中奇怪，于是坐起身来，伸手直接托住她的下巴，让她低垂的脸正对着他，疑惑地问道。

漫夭一双晶莹的眼眸直直望向他的眼底，清澈的目光略带忧伤，仿佛是在等待他回答什么，宗政无忧心中不禁微微一动，手指轻抚上她细腻的脸庞。漫夭盯着他看了很久，像是在心底做了一个决定后，方艰难开口道：“无忧，如果我要嫁人了，你可会替我高兴？”

宗政无忧微怔住，眼睛在她脸上细细地打量，随即轻笑道：“哦？你要嫁人？嫁给谁？”他的手指在她唇角边反复流连，轻柔的触感让她的心湖泛起阵阵涟漪，脑海中已是纷乱一片。宗政无忧只是微笑着望着她，眼光闪动，静静地等待她的答复。漫夭没想到他会如此直白回复，咬了牙艰难道：“我，我……”

宗政无忧叹息一声，轻声道：“阿漫，你要嫁的人我知道。”

漫夭一惊，抬眼望他，只见宗政无忧此刻神情中竟带了几分狂热，目光灼灼，他邪邪牵起嘴角，对着她清晰而坚定地说道：“因为你能嫁的人——只有我！”

漫夭一声惊呼，随着那个我字音落，她已经被宗政无忧瞬间大力扑倒在草地上，两个人的脸庞近在咫尺，已渐急促的鼻息清晰可闻，她心头顿时抑制不住地狂跳，他的一只手紧紧箍住她纤细的腰肢，另一只手在她脸上轻柔抚摸，口中喃喃道："阿漫，你是我的，你只能是我的！"

漫夭心头大乱，这一切来得太突然，她还未来得及理清自己的思绪，理智提醒她应该与面前的这个男子保持距离。可是，可是心底的感觉却是如此喜爱与他的接近，喜欢看他为她吃醋，像孩子一样直接表达他的不悦。

欲望的春芽一经灌溉，便无可抑制地恣意生长，宗政无忧再也按捺不住心底的欲念直向她唇上吻了下去，女子身上特有的幽香扑面而来，他只觉得体内真气无声流窜，像是要奋力冲破什么一般。

雾气氤氲的温泉池水边，男子清朗的味道伴随着幽幽青草香混合成了几乎可将人溺毙的芬芳，漫夭轻轻合上了眼睛，直觉地回应着他。她的手贴在他胸前，隔着衣衫，仍能感受到他心脏处传来的有力节奏，不禁心中一震，她还清楚地记得第一次靠近他，是被刺客推倒在他的身上，那时候，他身冷如冰，她贴在他胸前，完全听不见半丝心跳之声。然而此时此刻，他的身子依旧冰冷，但她却真切地感受到了他狂烈的心跳！这一意识，令她心底忽然涌现出前所未有的甜蜜幸福之感，无声地蔓延在她的心间，使得她心头微颤。

他说，阿漫你只能是我的！对于从不近女色的宗政无忧来说，这又代表了什么？这一刻，她忽然什么都不愿再想，什么和亲，什么将军，什么赐婚，都自她心里全然退去，只余下眼前的这个他——宗政无忧，从何时开始，他竟已悄然进驻了她的心底？

炙热的吻辗转流连，他灵巧的舌撬开了她的贝齿，修长的手在她细腻洁白的肌肤上反复游走，带起一阵阵战栗的火花。

漫夭悄悄扬起睫毛，从细密的缝隙间窥探着眼前的男子，只见他轻蹙了眉头，鼻尖上沁了几点汗珠，喘息急促，往日白皙的面庞笼罩了淡淡红晕，那双勾魂摄魄的眼眸却是合了起来。仿佛感应到她的注视，宗政无忧唰的一下睁开了眼，那曾经如地狱寒潭般邪魅而冰冷的眸子，如今盛满的全是对她的浓烈情意，漫夭心头一颤，像是被他眼中的电流击中一般，身躯微抖，此刻的宗政无忧是这样的温柔多情，让她没有半点招架之力。

她连忙闭上眼，双颊滚烫似火烧般，心跳得飞快。她一生总在保持着清醒的状态，时时不忘提醒自己应该怎么做，就连前世的未婚夫都是她遵从了父亲的意愿去交往，即便是一个亲吻，也是因为发展到一定阶段顺势而生的产物，她以为那就是爱情了，原来，她想错了。

漫夭径自想着，只觉肩上一凉，不知何时衣衫已半褪至腰间。她身躯微僵，大脑顿时回复了少许的清明。她真的要把自己交付于这样一个心深莫测、喜怒难定的男子吗？虽然这一刻，她可以肯定自己的确是喜欢上了这个人，可是他的情感，她却无法掌控，更预测不到这一晚过后，她面临的将会是什么？

宗政无忧好似察觉到她心底的犹疑，剑眉微微一皱，她对他仍未全心信任。手下的动作变得越发温柔，他火热的唇瓣滑至她耳畔，立时引得她难以自制地轻颤，喘息微

促，眼波迷离欲醉。他在她耳边轻呼出一口气，语带蛊惑意味轻喃道："怎么了？你不喜欢我吗？"

磁性的声音明显饱含了欲望的低哑，他口中吐出的灼热气息喷洒在她的颈间，一下一下撩拨着她敏感的神经。她直觉地想偏头躲开，却被宗政无忧一手箍住，看着他水光潋滟的瞳眸，她心里乱作一团，一时竟不知道该怎么办。

漫夭轻喘："我，我……"

宗政无忧心知对待眼前女子着急不得，她是那样理智聪慧，可他体内奔腾的焦渴因得不到疏解，使得那股流窜的真气已渐有逆转之象，他微微皱起眉头，似乎没有多余的时间让他去等待她的细思量。他不再犹豫，低头堵住她娇嫩的唇，舌尖带着无尽挑逗轻舔过她唇瓣，一只手快速伸入她衣内，漫夭喘息着忙抬手去拦，宗政无忧用另一只手捉住她的手压在草地上，唇上猛然加重了力道。漫夭直觉地挣扎，虽然她是对他动了情，可是，她还没想好。

宗政无忧喘息着抬起了头，微撑起身子，望着她的眼睛，他双眸中的光彩暗了下去，那种孩子般无措的神情又出现在他的脸上。

漫夭心头微痛，她下意识的拒绝，伤到他了吗？

"无忧，你……我……"她突然不知道自己该说些什么。

宗政无忧喘息道："阿漫，别拒绝我。"

与她相处的数日中，她与他谈论着那个世界的一切，却唯独避开与自己有关的话题。那个世界的她，想来一定过得不幸福。这个女子的防备心很重，必须以情动之，他在心中飞快地转着心思，决定以退为进。

宗政无忧伸出双手捧住她的脸，分外地小心翼翼，神情郑重，在她唇上轻柔印上一吻，低声叹道："阿漫，你可知道，在我心中，你将会是我宗政无忧此生唯一的妻，若你真的不愿，我必不会强迫你。"

漫夭心头巨震，前世今生她活了二十多年，从来没有一个人这样珍视过她，这般在乎她的意愿。鼻间顿时一酸，泪水不由自主地浮上眼眶，她连忙偏过头去，睁大了眼睛，不让眼泪落下来。

望着她的泪水在眼眶里打转，却固执地不让其落下，宗政无忧的心中泛起了一种难以言喻的滋味，情不自禁地俯下头吻住她的眼角，轻柔无比的动作似是在对她诉说着他的爱恋和心疼。

此时此刻，漫夭从心底感觉到了宗政无忧对她的情意，不是用眼睛，不是用耳朵，而是真的用心。她深吸了一口气，眼光微转看到他眼中极力在隐忍的渴望，唇边绽开了一朵略带羞怯的笑容，悄悄地伸出手去抱住他精瘦的腰。

情意流转不过一念之间，多年以后她回想起这永生难忘的一夜，仍是心头酸楚莫名。

宗政无忧身躯顿时一僵，眼含焦灼的狂喜，急切问道："阿漫？"

漫夭缓缓闭上了双眼，嫣红的双颊泄露了她内心深处的害羞，手指轻轻抚摸着他的背，用无言的动作答复了他的疑问。宗政无忧得到她的回应，急喘一声，再也按捺不住体内的急切，漫天只觉炽热的唇瓣自她柔软的唇一路狂乱向下，直引得她娇喘不息，身子一寸寸地瘫软了。片刻后，衣衫已尽数褪去，滚烫的肌肤相贴，感受着彼此激烈的心跳。穿越了千年的一缕孤魂，在这个异世间寻到了自己值得倾心相付的另一半，两颗孤寂而冰冷的心灵在不知不觉中贴在了一处。

沉沉夜色中，就连半弯的月儿也躲进了不远处的云层，不忍打扰地上一双缠绵相交的身影，微风中带着丝丝萦绕的暧昧气息，如情人的手轻柔拂过这片留下爱之印记的青草地。

一夜之间极尽缠绵，他就像一个不知餍足的兽肆意掠夺着她的一切。直到天光大亮，她才筋疲力尽沉沉睡去。

宗政无忧低头看着怀中已经昏睡过去的女子，她清丽的脸庞残存着极致过后的余韵，他用手背轻轻摩挲着她细瓷般白皙光滑的肌肤，目光闪动，复杂难辨，这是他生命中的第一个女人，也是唯一一个不会让他生出厌恶的女子，为了借助她打通受阻的经脉，她说需要爱才可以在一起，他便用十几日的时间获得了她的爱情。

他轻轻地笑了，这个世上，只要他宗政无忧想要，就没有得不到的！

宗政无忧微牵唇角，望着女子紧闭的眼，低叹道："镜子么？有时照在镜子里的未必就是真实的。阿漫，你这般聪慧，却也逃不过一个情字。"说罢，他抱起怀中沉睡的女子，走到不远处的沉香小筑里，将她轻轻放到软榻上，仔细为她盖好被子，他完全没有意识到自己此刻的举动是多么的温柔而贴心。

第八章 镜花水月

次日近午时分，天空晦暗不明，有大片大片的乌云笼聚于空，仿佛一张无形的黑网罩住了整个世界，阻挡了一切光明。

宗政无忧闭目盘腿坐在温泉池边，掌心相贴平置，周身气流涌动如烟雾缭绕不绝。他突然睁开眼睛，双掌猛地向外推出，只听轰隆一声巨响，池边玉石碎裂朝四方急射而出，周围树木应声而断，池中水花飞溅，竟达数丈之高。

宗政无忧起身昂首而立，终于练成易心经最高一层，不枉他十来日费尽心思讨好一个女人。想到那名女子，他朝一旁的小筑望了一眼，薄唇边不知不觉有了一丝笑意。

漫夭被那轰天震响吵醒，睁开双眼，见身在一间雅致却陌生的屋子里，她蹙眉坐起，只觉浑身酸痛无力，脑海中瞬时闪现昨夜狂乱的画面，低头一看，丝质锦被下她身无寸缕，心中一惊，大脑立刻清醒，连忙揽紧被子，重新躺下去，一颗心怦怦直跳。

她真的把自己给了他！闭上眼睛，尽量让自己镇定下来，也罢，既然爱了，她也没什么可后悔的，甚至她心里还有一种甜蜜的满足感，夹杂着一丝隐隐的不安。她没有忘记，再过两天就是她奉旨嫁给傅筹的日子，如今，再不能嫁了，她也不愿嫁！

无论如何，她都必须马上向宗政无忧坦承她的身份，倘若他对她的情意是真，定不会允许她另嫁他人，但他必定会为此而生气，或是对她产生误解，她愿意向他解释。想到此，她立刻披衣起床，刚着了一件单衣，便听外面有人大声叫道："七哥！"

九皇子永远都是这样，人未到声先闻。漫夭抿唇轻笑，走到窗边，轻轻掀开一条缝隙往外看去，只见九皇子趴在一张椅榻之上，被人抬至此地。他大着嗓门叫道："原来七哥你在这儿，害得我好找。我说七哥啊，你的身子不适合泡温泉，来这里做什么？"

漫夭微微蹙眉，无忧的身子不适合泡温泉？她忽然想起他平常的体温都是冷冰冰的，会不会与此有关？侧着头，将窗户的缝隙再掀开少许，前方温泉池边卓然挺立的身影映入眼帘，赫然就是昨夜与她缠绵整夜的男子，她不禁面上微红。

宗政无忧见九皇子趴在椅榻之上动也不敢动，皱眉道："你伤势未愈，四处瞎跑什么？"

九皇子这才想起他来找宗政无忧的原因，便兴奋地爬起来，不料扯到伤口，立刻"哎哟"一声，俊脸皱成一团，却仍止不住笑道："我是高兴啊，哎哟！痛，痛死我了……"

宗政无忧笑道："挨了一百杖还高兴？下次让他再多罚你一百杖！"

"别，别别！"九皇子嘴角一抽，连忙摆手道，"我高兴不是为这个，是为启云国容乐长公主要嫁给傅筹了，我不用娶她了，哈哈，终于逃过一劫。"

漫夭摇头苦笑，敢情娶她是一种劫难啊！

宗政无忧敛了笑意，眼梢一挑，问道："你认为这场联姻是好事？"

启云帝亲选他为和亲之婿，在遭他拒婚之后，却不恼不怒改选为刚刚凯旋的傅筹，而那位公主在大殿之上想方设法求得半年之期，如今还不到三月，便心甘情愿择夫而嫁。只怕这场联姻已失初衷。

九皇子一愣，也收了笑意，眼珠转了几转，琢磨道："七哥的意思是——此事有蹊跷？啊，我想起来了，这场仗其实早在一个多月前就已经结束，但傅筹却用障眼法，拖了那么久，难道……"

宗政无忧背着手，眸深如潭，沉声道："这些事，我不关心。我让你找的人，还是没消息吗？"

九皇子苦着脸摇头道："这都二十年了，当年贵妃生产时，所有在场之人，不是失踪就是病死，七哥，你确定你要找的人还活着吗？可是，我们连他是男是女都不知道，仅凭一个不确定有还是没有的胎记，这也实在太难找了吧！"

宗政无忧垂了眼睑，目光沉静，薄唇紧抿，静默不语。九皇子暗恼自己哪壶不开提哪壶，忙挥手让人抬着他靠近宗政无忧，边撑起身子去拉他，边歉意道："七哥，我只是随便说说，你找的人，肯定还活得好好的。"

宗政无忧面无表情地瞅了他一眼，九皇子咧嘴干笑了两声，连忙收回手，忽然又想起什么，再次伸手去拉宗政无忧的手臂，连捏了几把，仿佛在确认着什么。

宗政无忧皱眉，毫不客气地用力拍开他的手。

九皇子顾不得手上的痛，大声惊叫道："啊？怎么是热的？七哥，你，你的身子怎么热了？难道你的易心经练成了？不对啊，你说修习易心经不能违背自然规律，可你为了不碰女人，整天泡寒潭导致经脉受阻，上次你让我帮你找女人，结果我花了钱，你不碰人家也就算了，还把人给杀了，害得我费了好大劲儿才摆平。"

宗政无忧斜睨着他，不咸不淡道："哦？这京城里的烟花之地，还有你这个'九爷'摆不平的事？"

九皇子立马笑道："那是！不过那女人可惜了倒是真的！咳，扯远了。七哥，你快

告诉我，你到底是怎么练成的？不会是你自己偷偷找女人了吧？对了，茶园遇刺的那天晚上，你突然让我帮你找女人，又嫌我带来的女人不够好，难道你心里真的早有人选了？是谁啊？不会是璃月吧？”九皇子歪着头问，满脸惊讶和好奇。

屋里的漫夭一直静静地听着他们说话，听到此处，心里咯噔一下，一种前所未有的惶惑不安自心底升起，许多零碎的信息不受控制地在她脑中一点一点拼凑起来。

宗政无忧为压制体内欲望长期浸泡寒潭，导致身子冰冷，经脉受阻，为解此困境，他让九皇子帮他找女人，却又把那女子给杀了，他避女子如蛇蝎，却为何独独对她不同？难道是因为那晚她意外倒在他怀里不曾令他反感？她记得当时他瞳孔变色，失控地将她扑倒在水渠边，现在想起来，那似是走火入魔之兆。还有那一晚，她拒绝了他，对他说，有爱才可以……

天色越发暗了下来，仿佛黑夜即将来临一般，令人压抑难安。漫夭扶着窗棂的手指慢慢泛起青白，心仿佛落入一个无底黑洞，无尽地下沉。她稳住身子，透过窗户的缝隙，看到宗政无忧神色冷漠地望着温泉池中因风过而泛起浅浅波纹的水，看不出他在想什么。

“七哥，你跟璃月……你把她给……”九皇子还在试探，想着怎么才能问出答案来。

宗政无忧转过身，面无波澜，淡淡道：“是她心甘情愿。”

一句心甘情愿，随着冷风一并吹入雅致的小屋里，夺走了屋里的最后一丝余温。

漫夭呆呆地站在窗前，脑子里、心里都是一片空白，还有就是蚀骨的冰冷。

“七哥，你会娶她吗？”屋外，九皇子问。

没人回答。

九皇子叹了口气，想到那个淡然聪慧又美丽的女子，心里到底是有些惋惜，便转头朝沉香小筑望了过去，这一望，就忍不住失声叫道：“璃月……”

宗政无忧闻声转头，正看见已步出沉香小筑的漫夭。

她衣衫单薄，立在冷风里，长发有些凌乱，衣袖被风鼓动着张开，像是要诀别尘世的姿态。宗政无忧心头一紧，不由自主地走上前去牵她的手，浓眉微皱道：“穿得这样少就出来了，也不怕冻着，快进去加件衣裳。”

他的关怀是那么的自然，就是这种自然，让她分不清虚实、辨不出真假。漫夭无声而笑，猛地甩开他的手，后退，强压住心中剧烈的起伏，死死盯着他的眼睛，问道：“你利用我？”

没有歇斯底里，没有痛哭质问，她的语气平静得让人心底发颤，宗政无忧目光一闪，她又一字一顿地问：“都是假的，是不是？”

温柔是假的，当她是妻子的话是假的，十几日朝夕相处放下防备的心是假的，所有的一切都是假的，就连她自以为是用心感受到的情义也是假的！

为什么？从始至终，坦诚交心的只有她一个人！他所做的一切，都是为了得到她的身子，以解除他走火入魔之征兆。

她真是傻啊！活了两世，被人利用致死，还看不透情爱是那镜中花水中月，虚幻无实。

宗政无忧怔住，眼光变了几变，甚是复杂。他望着她，目光在她苍白的面庞上流连，没有说话，但她已经得到了答案。闭上眼睛，她背过身去，抬手，紧紧地紧紧地按住快要窒息的胸口，那力气大得仿佛要透过骨肉将心一并捏碎。

身后男子看着她挺直的背脊，总觉得她像是不堪重负随时会倒下，他忍不住伸手扶她，但指尖才刚碰触到她的衣袖，就被她避如蛇蝎般地躲开了。宗政无忧目光一沉，漫夭回头，冷冷说道："既然你的目的已经达到，就不必再装模作样！离王殿下，我还有一事请教。"

离王殿下？宗政无忧眉心一拧，忽然觉得这个称呼十分刺耳，而面前女子唇边始终保持的那抹薄凉讥诮的笑意更让他浑身难受，他没开口，只用眼神示意她问。

漫夭艰难道："茶园被封、我被抓入狱，都是你的安排对吧？"

她一直在想，那晚他在茶园遇刺所知之人甚少，为什么泠儿一早去茶园就会被抓？她以为他不会喜欢临天皇插手他的事，然而，她不知，他的目的根本就是她！

宗政无忧锐利的目光一闪，转开眼，声无波澜道："本王说过，一个女子，太过聪明了不好，适当笨一些，日子会好过很多。有些事，过去便过去了，何必追根究底，自寻烦恼。"

他说得真是轻松！漫夭止不住笑出声来，无比自嘲道："聪明？呵，我若够聪明，又怎会掉入你的陷阱？离王殿下，你真是看得起我。为我这样一个平凡女子，花了这么多的心思。"

临天皇震怒之下查封茶园，抓捕所有相关之人入狱。太子为洗脱嫌疑，必会寻找替罪羔羊，她为救茶园中人出狱，只能依靠他。这些都在他的算计中，他以保护她的名义顺利让她住进王府，再以虚情假意诱她之心，以达到他的目的。这便是她自以为是的爱情？可悲复可笑！

宗政无忧道："不是你不够聪明，只是你遇到了本王。你不必担心，既然你已是本王的女人，本王自会娶你。"

他昂着高贵的头颅，低眸看她，那高高在上睥睨众生的姿态，在她看来就是一种施舍。婚姻的施舍？她漫夭还没卑微到那种地步。

"不必了！"她断然拒绝，也昂起了头，用同样的目光回赠过去，冷漠而坚定道，"男欢女爱原本就是你情我愿，何谈嫁娶？昨夜就当是一场春梦，离王殿下还是忘了吧。"

事到如今，如果他还以为娶她是一种恩赐，那他宗政无忧也太不了解她了。身躯微颤，手握成拳，尖利的指甲没入娇嫩的掌心，她仍然笑着，淡淡讽刺，微微薄凉。

宗政无忧目光一变，她竟又一次拒绝了他。别的女子为了留在他身边可以不计名分，甚至寻死觅活，可她倒好，失身于他，却如此轻描淡写，还说什么只当春梦？难道他昨晚对她到底是真心还是假意她竟然一点也不在乎吗？宗政无忧心中突然烦躁起来，

眼中不觉浮上一层怒意，伸手扣住她高高抬起的下巴，他不喜欢她这样一直高昂着头目空一切的淡漠表情，似乎天底下，任何人任何事都入不了她的眼，刻不进她的心。他眯起凤眸，紧紧盯住她墨染般的眼睛，犀利的目光像是要刺透她的灵魂，沉声说道：“你知不知道，这世上有多少女子想嫁给本王？”

漫夭的下巴被捏得生疼，她尝试着挣扎，但她越挣扎他便扣得越紧，似是要将她捏碎了才肯罢手，她索性随了他去，这下颌再痛，又怎及心中之痛？她倔强地勾唇，目光淡定道：“离王殿下身份尊贵，貌比潘安，想嫁你之人，自是数不胜数，你尽可以将她们一一娶了，但那些人之中，绝不包括我。”

宗政无忧面容一沉，这话若在一般人说来，更像是赌气，但从她口中说出，却让人觉得那就是她心中所想。

这个昨夜因他一句话便感动到泪盈于睫的女子，今日得知他并非真心之后，却能笑得如此淡然。这种笑容，令他感觉极其刺眼。他眯着眼睛盯着她看了一会儿，除了她眼底的讽刺和嘴角的薄凉，他竟看不出其他表情。可他就不信，她的心里，也像她表面看上去这般平静。

他突然伸手一把揽了她的腰，那细软腰肢不盈一握，让他想起昨夜的缠绵，不禁心中一荡，将她猛地往面前一带，两人身子紧紧相贴。

漫夭面色一变，毫不犹豫地用力推他，冷冷道：“你干什么？放开我！”

宗政无忧非但没放开她，反而一手箍住她的身子，一手摸上她苍白的脸庞，指尖在她莹白的耳垂处轻轻逗弄，轻佻地邪笑道：“我只是想带你重温下昨晚的感觉，如何？想起来了吗？你现在拒绝嫁给本王，可你昨夜却是抱着即将嫁给本王的心思，心甘情愿奉上自己的身子。”

漫夭唇上的血色瞬时褪了个干净，这个男人当真残忍，他见不得她的平静，非要剖开她隐藏的伤口，血淋淋地摆出来，再狠狠地踩上一脚才痛快！

她拼命控制住身子的颤抖，心冷如冰，却强自笑道：“那又怎样？你不知道吗？在我们那里，不相识的两个人都可以一夜欢愉，天亮后各走各路，连对方是美是丑都不记得。这种事，对我来说，根本就算不得什么。而我，又岂会因此嫁给一个对我心存利用之人！”

生平最痛恨被利用，尤其是感情的欺骗和利用，可惜，一次死亡都没能让她长好记性，还是误入了这个男人的温柔陷阱。

宗政无忧身躯僵住，他相信那个世界里存在她所说的一夜情，但他直觉她不是那样随便的人，就如同他的母亲，视身体的忠诚为爱情的根本。他忽然放开她，没有细想为什么想娶她，只是坚定地用不可抗拒的语气对她说：“本王说过，这一生，你能嫁的，只有本王！不管你愿不愿意都由不得你。”

这个男人是何等的骄傲自负，以为这世间一切都在他掌控之中。漫夭再一次忍不住笑，就凭这个，她会让他知道，纵然世间一切皆会遂他所愿，可是她，不论是人，还是心，都不会再由他掌控。于是，她说：“我知离王殿下权势滔天，但这世间之事，不会永远都在你一人的掌控之中。总会有那么一个人，是你求而不得；终会有那么一件事，任你宗政无忧翻云覆雨，也无法扭转乾坤！”

她直视着他深如寒潭的眼睛，冷笑着，一字一顿，铿锵无比。

宗政无忧有片刻的愣怔，狂风骤然来袭，似要掀翻天地般地猛烈，自他们中间呼啸而过。漫夭用尽全身力气才说完这几句话，再不愿多停留半刻，扭头侧身而过，与他擦肩疾行，背影相对的那一刹那，隐忍多时的泪水终于还是无可抑制地落了下来，晶莹的泪珠滑过那张苍白如纸的面庞，没入唇齿间的咸涩滋味直抵心间。她紧咬着唇，将那欲冲出口的哽咽之声强行堵在喉咙，咽下心底，就仿佛咽下了一柄钢刀，在她的心上，生生扎出一道深深的血口。

她仍努力牵起一边唇角，倔强地笑，一步紧接着一步，没有半分犹豫和不舍，异常坚定地往前行去，不曾回头。

向来多话的九皇子此刻出奇地安静，他呆呆地望着从他身边经过的一边流泪一边极力微笑的女子，震惊得说不出话来，一直到女子的身影消失在这座后山，他才如梦方醒地叫道：“她哭了！七哥，璃月她，她居然哭了！”

不可思议，他以为璃月那样淡然平静又善于隐藏内心真实情感的女子，永远不会哭。

宗政无忧闻言一震，蓦然回头，身后除了九皇子，已了无佳人芳踪。

她真的走了。心没来由地一慌，宗政无忧直觉想追下山去，可一想到她刚才的决然和冷漠，脚便无法动弹。他转头对不远处吩咐道：“冷炎，跟着她。”

那时候，他以为无论她去了哪里，都逃不出他的手掌心，但他万万没有想到，这一放手，带给他的竟是那样一个令他难以承受的结果。

五月的天气，下起雨来，也可以冷得刺骨。

这日下午，狂风大作，乌云盖顶，瓢泼大雨清洗着无人的马路。

女子一身单衣，独自走在大雨中，冰冷的雨水，大颗大颗敲打在她头脸之上，麻木的生疼，可脑子里还是很清醒，又不知该去向何处。

抬眼看雨雾茫茫的前路，视线模糊不清，她于这个世界，不过是一缕来自异世的孤魂，没有家，没有亲人，没有温暖……

原来，她什么都没有！就连这身体都不是自己的，还有这颗心，她惨然一笑，竟笑出声来，凄凉无比的笑声混在初夏的暴风雨中，格外悲怆。

她就那样漫无目的地走着，也不知道走了多久，待她停下时，才发现走到了天水湖。

风雨中飘摇的杨柳枝条不断地拍打着水岸，临湖的拢月茶园大门上的封条已经不见了，她微微一愣，随后自嘲不已，他的目的已经达成，再封着她的茶园又有什么意义？她忽然不想再靠近那曾经承载她梦想的茶园，她无法忘记，就是在那个茶园里，她意外地扑倒在那个男人的怀里，导致了如今被欺骗利用的结局。

木然转身，了无行人的马路上就她一个人在孤独地行走着，没有目的地，整个人似是被掏空了一般，感觉那么疲惫。实在迈不动腿了，她找了个相对隐蔽的墙角，靠着冷硬的青砖墙壁，缓缓地蹲下身子，抱着膝盖，她只想那么待上一会儿，就一会儿。

闭上眼睛，静静地听屋檐下的雨溅在水洼里的声音，觉得这场雨下得真好，整个世界都清净了。

雨将停之时，她睁开眼睛，准备收拾起所有的情绪回到她该回的地方，可是这时，面前突然多了一双黑色缎面的锦鞋。

目光缓缓上移，那双鞋子的主人穿了一件上好的天青色锦缎长袍，打着一把浅灰色油纸伞，举到她的头顶，用温和的带着浅浅关怀的眼神看她，并朝她伸出手。那是一只男人的手，纹路清晰骨节分明，掌心处有着深色的茧子。

漫夭定定地看着那只手，没反应。

男子温和笑道："长年征战沙场，剑拿得多了，手便起了茧子。你别介意。"

漫夭摇头道："我只是在想，似乎每一次遇到将军，都恰巧是在我最需要帮助的时候。不知，这是天意还是人为？"

她抬眼看男子英俊非凡的脸，目光犀利。就是这个人，将会在两日后成为她的夫君，从此她会被冠以他的姓氏，与他相伴一生。可是这个人，真如他外表看上去的这般温和无害吗？

傅筹微微一愣，眼底有异样的光芒一闪而逝，很快便笑道："自然是人为。这世上哪里有那么多的天意巧合，我的贴身侍卫方才经过这附近，正好看到了你，所以我就过来看看。这儿离我的府邸不远，你身上都湿透了，不如跟我回府先避一避雨，以免像上次一样感染风寒。"说着他体贴地弯下身子去扶她。

漫夭蹲得太久，腿脚早已麻木，不听使唤，即便扶着男子的手也还是站不起来。

傅筹看她那么辛苦，将伞塞进她的手里，说道："你拿着，我抱你走。"

漫夭正想说不用，身子却已然腾空。

男子的怀抱很温暖，肩膀宽阔，双臂有力而结实，将她稳稳地抱在怀里，而她此刻无论身心都已疲惫至极，忽然不想再考虑那么多，什么阴谋利用、什么政治棋子，罢了，如果注定要嫁，那便嫁吧，只要她好好守住自己的一颗心，其他的，什么都不重要。想到此，她放松了身子，闭上眼睛，靠着男子的颈肩处，不知不觉睡去，手中的伞掉落在他们身后的地上，也全然不知。

傅筹低头望着怀中女子疲惫的容颜，目光微动，不自觉地放慢脚步，走得更加沉稳。

漫夭醒来时，已经到了卫国将军府。她被安置在铺着雪白狐裘的上等楠木软椅之中，腿脚处有麻痛及温热感传来，她低眸一看，那名扬天下的少年名将、手握一国军权的卫国大将军，此刻竟然蹲在她的脚下，动作温柔地为她揉捏着麻木的腿脚。

漫夭惊道："将军这是做什么？快快住手，我担当不起！"

她连忙坐了起来，欲转开身子，脚却被傅筹牢牢握在手心。鞋袜尽褪，纤细小巧的玉足在他宽大的手掌之中不盈一握，莹白如玉的肌肤因他轻柔的按捏而呈现淡淡的粉色，煞是好看。傅筹抬头冲她笑道："不妨事，很快便好。"说罢继续先前的动作。

漫夭呆呆地望着他，一句话也说不出来。

雨后的阳光温温柔柔，透过洁白的窗纸倾洒于他英俊的脸上，令他英挺的鼻梁以及泛着英气的眉宇间增添了几分清雅温和。这个男子不仅善解人意，而且如此温柔体贴，倘若没有与宗政无忧之间的纠缠，在这政治权谋下的婚姻中，她能嫁给这样一个男子，也该知足了，可她为何还是开心不起来。难以想象，这样一个温润清和的男子，是如何驰骋沙场，指挥百万雄师，令敌军闻风丧胆，给人满身煞气的印象？

她径自思索，无意识地直盯着他看，却不料傅筹本是放在她脚上的目光突然抬了起来，四目相对，两人皆是一愣，漫夭忙转了脸，微微低下头去，傅筹轻轻笑道："你起来走走看，可好些了？"说着扶着她，两人一同站了起来。她走了两步，果然不再有麻痛感，她不禁感激道："谢谢将军！"

傅筹不在意地笑道："热水已让人备好，就在里边。有任何需要，只管吩咐这里的丫头。"

漫夭笑着点头，转身朝浴房走去，行至一扇玉质雕花屏风前时忽然顿住脚步，回眸见傅筹仍立在原地微笑着凝视着她，她顿觉心中不安，轻蹙黛眉道："将军就这样带我回府就不担心会得罪离王吗？"

她相信傅筹不可能不知道有人一直在暗中跟着她。

傅筹拢眉，想了想，半开玩笑道："我只是不想你身体有恙，倒没考虑那么多，经你这一提醒，我倒该好好考虑，是否要等你沐浴后，亲自将你送回离王府，以免与那位正得陛下盛宠的王爷结下梁子。"

不知为何，当他说到"正得陛下盛宠的王爷"时，漫夭敏感地觉察到有种异样的情绪在那双温和的眼底酝酿，具体是什么，她不确定。

傅筹见漫夭一直盯着他看，眼中闪过疑惑之色，他不禁抬手摸了摸自己的脸，笑问："怎么了？我的脸有什么问题吗？"

漫夭回神，忙道："不是，只是忽然觉得，你的脸有些面熟，似乎在哪里见过。我是说，在东郊客栈以前。"

傅筹明显一怔，向来温和的眼闪过一抹异色，旋即又笑道："可能是我们有缘。又或许我们以前真的见过，只是那时候你不认识我。快进去吧，再晚了，你可能就洗不安稳了。"

漫夭点头，收起思绪，道："一会儿离王府来人，你先帮我挡一阵，我自己想办法离开，不会让你为难。"她顿了顿，望了眼他温和背后暗藏深沉的眸子，又道："再过两日，你就要和启云国容乐长公主成亲，在成亲之前，你们也该多聚聚，增进些感情。"

傅筹笑道："此话有理。那我先出去了。"

屏风后，雾气缭绕。漫夭在温水中泡了许久，冰凉的身子才渐渐回暖，可心却再也

暖不起来。初经人事的疼痛早已经淡去，身体里似乎还残存着那个人的气息。她低下头，望着密布在雪白肌肤上的吻痕，就像无法磨灭的罪证一样指控着她的轻率和愚蠢。

移开目光，她木然地望向一旁拢住雾气的帘子，水雾凝结成珠顺着纹路缓缓淌下，滴在洁白的地砖上，蜿蜒成线。忽然，帘子动了一下，很轻很轻的一下，几乎看不出来。四下里门窗紧闭，何来的风？

目光一闪，她飞快地抓起池边的衣物毫不犹豫地塞进水中，靠着池边的身子向着水底滑了下去，温水一寸寸没过她的胸口、颈项、眼鼻、头顶，没有荡起一丝波纹涟漪。她整个人都贴在池边的底部，耳朵紧紧贴住玉壁，有风声掠过，是高绝轻功施展下的衣袂划空的声音，转瞬即逝，回归平静。

漫夭并未立即浮出水面，而是维持着原有的姿势，静静地感受着胸腔内的空气被一点点抽干，这种在死亡即将来临的窒息中告别爱情的方式也是一种不错的选择。她必须让自己牢牢记住，欺骗和利用在她的世界里无处不在，若不想受伤，就必须把自己的心练得坚硬如铁。

坚持到最后一刻，胸口窒痛得像是被人生生撕裂开一般，她这才冲出水面，在四溅的水花中仰着头张大嘴巴用力呼吸，竟感觉到畅快。生命中总有值得留恋的东西，比如这空气。她扬起唇，淡而薄凉地笑。

雨渐渐停了，云开雾散，被大雨冲刷过的离王府比往日更多了一丝清冷的味道。

漫香阁里，宗政无忧凤眸轻合，姿势慵懒地靠在软榻上，右手食指无意识地抚摸着左掌心的一枚刻有红字的棋子，似是在等待着什么。过了许久，他忽然说："阿漫，怎还不落子？你考虑的时间越来越久了，再这样下去，我们一盘棋，从早下到晚也下不完。"

他说话的时候眼睛依然闭着，静静等待回应，然而等了半晌，对面安静得连呼吸都感觉不到。他诧异地睁开眼睛，那里竟空无一人，心中一震，这么快便形成了习惯。望着手中的棋子，他眉头紧蹙，略微烦闷地叫道："冷炎。"

一身黑色劲装的冷面男子立即现身，宗政无忧问："她去了哪里？"

冷炎回答："将军府。"

宗政无忧目光一沉："她去将军府做什么？可发生了什么事？"

冷炎摇头："她是被傅将军亲自抱去将军府的。属下费了些工夫才混进去，但没找到她，只好安排了人守在府外四周。"

宗政无忧的脸色在听到傅筹抱她去将军府的那一刹那就已经变了，眼前立刻浮现出她被别的男人抱在怀里的情景，顿时烦躁起来，一股说不清楚的酸涩感在他心里流窜。他一刻也坐不住了，霍然起身道："带一百锦卫，去将军府，要人。"

第九章　齐聚将军府

啪啪啪!

傍晚时分，卫国将军府的大门被拍得震天响，守门的老张不满地嚷道："谁啊?来了来了，别拍了！也不看看这是谁家的门就拍得这么响，要是给拍坏了你们赔都赔不起。"

庄严沉重的大门被打开一条缝，老张漫不经心地从门缝里朝外面看了一眼，这一看就吓了一大跳。门外整整齐齐立着两队蓝衣锦卫，有百名之多，中间一辆豪华马车，车门紧闭，马车旁四名男子分列而立，个个手扶腰间长剑，面色肃穆非常。

乖乖，看这阵仗，老张便知来人不一般，正准备把门打开，就听拍门的侍卫大声叫道："离王驾到，还不快快让卫国大将军出门迎接！"

老张一听"离王"二字，冷汗噌噌地冒了出来，慌忙打开门，应了声："是，小的这就去禀报。"

"不必了。"老张还没转身，傅筹已经从府里走了出来，似是早有预料，对着马车抱拳行礼，温和有礼道，"离王大驾光临，末将有失远迎，请离王莫怪。"

一名护卫掀开车帘，宗政无忧冷冷的目光朝他射了过去，面无表情道："将军不必客气。本王不请自来，是为本王未来的王妃，听闻她来了将军府做客，现天色已晚，本王特来接她回府。"他将"王妃"二字咬得极重，仿佛在向他人宣告自己的所有物。

傅筹闻言，目光瞬息万变，扫了眼声势浩大的百名锦卫，皱眉疑惑道："未来的离王妃在末将府中做客？有这等事？"他转头去看老张，严厉地问道："张更，离王妃何时驾临本将军府的，你为何不禀报本将军？致使本将军怠慢了离王妃，你该当何罪！"

张更吓得双腿一软，当即跪地惶恐道："回禀将军，小的，小的没见到离王妃啊，

府中今日也没进过女客。”

傅筹又转头看宗政无忧，脸上再度浮上温和的笑意，问道：“不知离王从何处得知未来的离王妃在末将府中？会不会是消息有误？”

宗政无忧道：“你的意思是，本王听信谣言，没事找事？”

傅筹忙道：“末将绝无此意，离王误会了。”

宗政无忧浓眉一挑，沉声问：“那，将军是不愿交人？”

傅筹笑道：“末将连未来的离王妃是谁都不知，离王叫末将如何交人？”

宗政无忧面色一冷：“本王以为将军是个明白人。”他就不信，以傅筹那晚看阿漫的眼神，会不清楚她是女子之身。

傅筹仍旧笑道：“不巧得很，末将偏生愚钝，让离王失望了。”

宗政无忧凤眸微微眯了起来，耐性尽失，语气深沉道：“既如此，那便待本王寻了人，再来告诉将军她是谁。来人，进去搜。”

“慢着。”傅筹脸上的笑容终于淡去，那双原本温和的眸子突然化作两柄森冷锐利的长剑，带着震慑人心的凛然气势，令百名锦卫齐齐顿住。除了离王之外，他们从未自别人身上感受过这种无上威严。

“离王要搜末将府邸，只怕要问过皇帝陛下才好。虽说离王贵为皇子，又有王之封号，但末将身为朝廷一品大将军，有幸得陛下赏识，命末将统率三军以保我国之安危，倘若今日毫无根由便让人搜了府，那末将今后还有何威信立足朝廷、号令三军？况且，我朝新近明文规定，凡朝中三品以上官员府邸，未得陛下恩准，谁都无权擅自搜查。”

一番话铿锵有力，不卑不亢。

可宗政无忧是什么人？连圣旨都不屑一顾，又岂会将这种朝廷律令放在眼里。

“本王以为将军常年征战沙场，只有时间参研如何带兵打仗，却没想到，将军才返朝一日，就对朝中新颁布的明令条款如此了然于胸，可见将军真是用心。”似笑非笑的语气，宗政无忧反倒耐下性子。

傅筹笑道：“离王过奖。末将是唯恐还朝之后，因不熟悉朝廷律令而犯下不该犯的过错，这才不得不腾出时间，尽量多了解一些。让离王见笑了。”

傍晚的天气因白日的雨水而显得潮湿，空气中有淡淡的火药味。

宗政无忧与傅筹二人对视，一个犀利冷漠，一个温和平静，两人年纪相仿，皆有着超乎寻常让人看不透的深沉表情。

“本王没工夫跟你在这儿打哑谜。本王只想知道，今日你从外面带回府中之人，现在何处？”

“原来离王说的是璃月啊？”傅筹恍然大悟般地笑起来，继而遗憾道，“那王爷来得很不凑巧，她已经离开了。”

“是吗？本王却听说她还在将军府内。倘若将军实在不肯交人，那本王也只好得罪了！”他说着就要挥手下令，此时不远处突然有另一道邪冷的声音传来：“大老远的就听见七皇弟的声音，本宫特地过来瞧瞧，没想到还真是，离王府的锦卫都出动了，这是怎么了？”

随着话音落下，太子带着余大人及几名随身侍卫走了过来。

宗政无忧皱了皱眉，看都懒得看他一眼，依旧坐得稳稳当当，傅筹却是笑着迎上去行礼，太子显示出少有的客气，实实在在地扶了他一把，说道：“傅将军乃我朝栋梁，将来本太子还有许多事情需要仰仗将军，往后，这私底下虚礼就免了吧。”

这简简单单的一句话，倒是将他此次前来的用意都表达清楚了。

傅筹淡淡笑道：“那如何使得，君臣有别，礼不可废。”

太子也知道他这样的人没那么好笼络，便端着自己的太子身份朝两侧锦卫昂首问道：“这到底是怎么回事？”

没人理他。

太子脸色不好看了，傅筹这才温和道：“其实没什么大事，只是离王对臣有些误会而已。”

太子道：“既然是误会，七皇弟，你的人就撤了吧，这么多锦卫停留在将军府门前像什么话？别人不知道的，还以为多大的事儿呢。你，你们，还不快带着人离开，回离王府去。”太子摆手，对锦卫头领用了命令的口气。

没有一个人应声，所有的锦卫对他的命令充耳不闻。

太子脸色更加难看了，指着他们怒道：“你们反了吗？竟敢不听本宫的命令。”

还是没人理他。

宗政无忧闲闲地坐在马车里，不咸不淡道：“太子是在说本王吗？”

太子一对上那双冰冷邪妄的眸子，心中不禁打了个突，但表面仍装作若无其事，极力维持着他一国储君的应有威仪。缓缓走近马车，弯腰低头，用只有他们两个人才听得见的声音说道：“七皇弟你别太过分，上次那一百多万两白银我还没跟你算账。”

宗政无忧好笑道：“你想算账？上回在刑部大牢本王没抽出空，今日正好，本王也有一本账想跟你算上一算。”

明明是笑着，太子却觉得他的眼光像从地狱里透出来，冷得刺骨，不禁颤了一颤，又拿出撒手锏，道：“你要做什么？你别忘了，你母亲云贵妃对我们母子的承诺。”

又来这一套。宗政无忧目光一凛，瞬时锋利如刀，冷笑道：“倘若没有那个承诺，你以为你还能站在这里跟本王讲话？宗政筱仁，尽管我对太子位没兴趣，但你也别逼我。你应该知道，无论什么筹码，都有用尽的时候。这些年，你做过些什么，你心里清楚，本王以前不同你计较，不代表将来还会继续容忍。”

太子一怔，心里有些发虚，他很明白，他宗政筱仁是太子还是乞丐，都不过是这个人的一句话。

气氛顿时变得僵硬而凝重，初夏的风轻轻吹过都能让人抖一抖。先是离王与将军的对峙，此刻再加上一个太子，整个临天国除皇帝之外，最有权势的三个人都在这里了。余大人悄悄往后退了几步，躲在锦卫之后不敢吭声。

就在这时，一辆装饰华丽的马车朝着卫国将军府的大门方向快速驶来，停在宗政无

忧的马车旁边。

一位身穿凤袍面覆珠帘的女子在侍女的搀扶下步下马车，看了看这些人，笑道：“原来离王殿下和太子殿下也在啊，容乐有礼了。”

她一靠近，一股仿佛从骨子里散发出来的脂粉气息扑面而来，虽然不算很浓烈，但他生平最讨厌的便是这种味道，当下便拧了眉，一旁的护卫看他脸色不好，连忙上前一挡，女子被迫退后好几步。

傅筹上前与女子招呼道：“再过两日，便是末将与公主的大婚之期，末将请公主过府，是想请公主瞧瞧这府中可有不满意的地方，虽来不及重建，但能稍微改变些布置也好。太子，离王，余大人，若不嫌弃，不妨一道入府，由末将安排晚宴，如何？”

太子自是乐意，宗政无忧却没有立即表态，他斜目打量了女子一眼，突然发现这名女子的身形与阿漫极为相像，就连举手投足都惊人地相似，唯有声音与气息不同，一个清婉空灵，一个有微微的低哑。他心中暗道，傅筹这个时候请她入府，莫非有什么玄机？

天色灰暗，晚风清凉。卫国将军府因贵客的到来，灯火通明。傅筹引着容乐长公主参观府中各处，走到后园时，指着一片葱翠竹林，道：“这片竹子是两年前让人种下的，你要是不喜欢，可以叫人砍了去。这竹林的后边是清谧园，末将已命人收拾好，给公主当寝室用，我们过去看看。”

清谧园，果然是清幽静谧，不失雅致。傅筹与女子走在前头，每个屋子都要进去瞧瞧。

太子跟了一会儿，有些百无聊赖，却发现平常对任何事情都不上心的宗政无忧今日竟好脾气好兴致地每间屋子都要跟着进去看一看，不禁奇怪道：“七皇弟今日怎如此好兴致？平日你可是连御花园都懒得看一眼。”

宗政无忧没理他，今天的风有些大，他落下前面二人一段距离，女子身上的脂粉气还是清晰可闻。他皱了皱眉头，依稀记得第一次在大殿上这女子身上并没有这种脂粉香气，今日倒是有些奇怪。他不自觉地又落下一段距离，味道才淡了些。

清谧园的尽头是一间宽敞的浴室，要拐过两道弯，每一道都很窄。

“这里是浴室，今天下午末将有位朋友在此用过，还未来得及清理，公主不会介意吧？”

女子笑着说不会，拐弯就进了浴室。

宗政无忧眼光一沉，自是知道傅筹口中所说的朋友是谁。他跟着踏进浴室，首先映入眼帘的是悬在门口与浴池之间的帘子，阻隔了里面的风景，女子已不在他视线之内，宗政无忧正要上前，却见傅筹一把揭下挡住他视线的仍泛着潮气的帘子，对下人道：“这帘子怎么还挂在这儿？还不拿下去清洗！”

一名婢女慌忙将帘子收走，整个浴室一眼望尽，除了墙壁、地面、水池，只剩下他们几人，别无他物。

宗政无忧看着半蹲在浴池边的女子用手在池中撩拨了几下，现出碧色涟漪，衬着莹白纤细的手指，更是如青葱白玉，柔美至极，他忽然想起昨晚温泉池边，阿漫也曾用手在温泉池里拨起层层涟漪，她的背脊也是这样纤瘦，总带着股子倔强。

他情不自禁就要朝女子走过去，这时女子开口道："这浴室虽比不得启云国皇宫里的奢华绮美，但也够宽敞，只可惜这水不是温泉之水，真凉！"女子说完起身，似是在看傅筹，眼角余光却瞥见宗政无忧的目光落在她的手上，她面色微微一变，不着痕迹地用衣袖笼了手，似乎是被冷水冰着了一般。池中水涟依旧，她人已步出门口。经过宗政无忧身边，又是一股子脂粉香气扑鼻，似乎还夹杂着一丝淡雅馨香，若有若无，难以捕捉。

傅筹歉意笑道："公主所言极是，但这附近实无温泉可引，只好委屈公主将就了。"

女子没再言语，双手在衣袖里紧紧攥住。

宗政无忧扫了一眼清明的浴室，随之而出，轻轻抬手一挥，冷炎立即现身，在他耳旁轻声说道："找遍了，还是没人。"

宗政无忧目光一凛，问道："你确定她没离开将军府？"

冷炎很肯定地点头，这将军府四周全都是他的眼线，飞出只苍蝇都能查出是公的还是母的。

宗政无忧沉声道："继续找。吩咐下去，仔细留意今日进出将军府的每一个人。本王就不信，她能上天遁地。"

将军府的宴客厅很宽敞，足以容纳数十人之多。众人各自落座，太子与宗政无忧并排上座，傅筹与容乐长公主对席，余大人坐在傅筹下手。宴席开场，自是先客套一番，官面礼仪傅筹做得无比周到。这顿晚宴，不仅请了京城最有名的厨子，还叫了天香楼的姑娘抚琴跳舞以助酒兴。

琴音流转，悠扬欢快。精致菜肴逐一上桌，太子尝了一口，赞道："不愧是京城第一食府的厨子，色香味俱全。好！傅将军有心了。"

经他这么一说，似乎这顿宴席是专为他而准备。

"合太子的口味就好。"傅筹温雅而笑，低眸时，一抹淡淡的嘲讽轻轻划过嘴角，转瞬即逝。

宗政无忧面无表情，目光有意无意地扫过静坐的容乐长公主，她身上的脂粉气味被食物的香气所掩盖，闻不到了，便觉得熟悉。

容乐长公主望着面前的美酒佳肴，神情淡淡，全无半点食欲，只是安静地坐着。

席下女子的琴音突然一转，柔媚婉约的曲调从指间流泻而出，厅外八名蓝衣女子应声分列两排迈着轻浅的碎步，袅袅而入，双臂聚拢于中间高高举起，天蓝色的水袖一直垂到地上。走到屋子中央，八人围成一个圈，随着曲音柳腰轻摆，十六只长袖一同舞起，在空中划出一个半圆的弧，忽有两只七彩水袖自蓝衣女子围成的圈子中央凌空而起，在四周的蓝色之中如同春日里的天空骤然升起的彩虹，美得炫目，一下子便吸引了太子的目光。

八名蓝衣女子忽地散开，中间身着七彩丝织就的薄纱衣的女子，腰肢细软，柔若无骨，舞动的身姿轻盈似蝶，酥胸随着她的舞动在纱衣下起伏轻颤，若隐若现。一袭水色轻纱覆住了她的整张容颜，看上去隐约而朦胧，配上她美妙的舞姿，更添几分神秘魅惑之感。

太子惊艳地望着那名女子，身子不断地前倾。

宗政无忧怔了怔，怎么觉得这女子的身形也与阿漫相似，他是不是走火入魔了，看谁都像她？

“好！”一支舞毕，太子起身，拍手叫道，“月宫里的嫦娥见到姑娘的舞姿，怕是都要羞愧而死了。”

淫邪的目光上下打量着彩衣女子，太子走下席间，伸手就想取下女子的面纱，女子连忙退了几步，避开他的手，他也不恼，反倒更多了几分兴趣，干脆背了双手，端出他太子的架势，用高高在上的语调问道：“你是天香楼里新来的？以前没见过你，叫什么名字？”

彩衣女子朝他行礼，垂下头，低声应道：“小女子痕香，前日进的天香楼。”

“哦，痕香，好名字。你想不想离开天香楼？”

痕香把头垂低，默然不语，似是在犹豫。没有太子预料中的欣喜或感激涕零，太子不悦道：“怎么，你觉得太子府还比不上天香楼？”

痕香忙跪道：“小女子不敢。”

“谅你也不敢！”

太子好色，尽人皆知，从青楼带女人回府，也不止一回两回。余大人想着自家的女儿，面色便不大好看，灌了口茶，轻咳一声，以提醒他们此行目的。太子会意，但眼神还是不住地往痕香身上瞟去，虽然还没看到脸，但光凭她的舞姿、身段就足够让人神魂颠倒。他看了眼傅筹，似是有些顾忌，傅筹心中了然，笑道：“太子喜欢痕香姑娘，是她的造化。等晚宴结束，末将遣人去天香楼说一声，应该不是什么大事。”

太子乐了，牵了痕香的手，带她坐到他身旁去。

宗政无忧目光微沉，直盯着被面纱覆住的女子低垂的脸庞，心道：宗政筱仁你最好祈祷你身边的女人不是她。

傅筹扬手朝外面打了个手势，一名侍女小心翼翼地捧着一个密封的白玉酒壶走进席间，傅筹笑道：“给各位贵客斟上。”

侍女应声揭开壶盖，一股醉人心脾的浓郁醇香扑鼻而来，瞬间充斥了整个屋子。

宗政无忧面色蓦然一变，听到有人惊异地叫道：“十里香！”

太子和余大人双眼遽亮，齐齐盯住侍女手中的酒壶，惊讶不已。

十里香，京城郊外秦家酿造，据说此酒独一无二，香飘十里。

闻着酒香，太子惊叹：“原来这便是‘十里香’，果然名不虚传。听说这酒已经不存于世了，不知傅将军从何处得来？”

傅筹答道：“偶然得一位朋友所赠。”

余大人道："十三年前的那场御宴，席间的文武百官无不赞叹这'十里香'乃酒中极品，但不知道那场宴会之后究竟发生了什么事，令陛下大怒，下旨将秦家满门抄斩。可惜这酿酒的好手艺连个传承下来的人都没有。"

傅筹不着痕迹地看了眼一直不曾出声的宗政无忧，只见他脸色发白，阴郁的眼底正酝酿着一场风暴。傅筹笑道："余大人还未沾酒就已经醉了。"

余大人一愣，蓦地想起十三年前的秦家惨案过后，临天皇曾下旨禁止任何人提起此事，违者按谋反罪论处，且从那以后，宫里设宴再也没见过一滴酒星子。想到此，他心中一惊，慌忙笑道："是，是啊，看我光闻着酒香就开始说胡话了，呵呵呵。"他笑得一身冷汗。

容乐长公主对于眼前发生的事情就仿佛一个看客，淡然而平静。偶尔抬眸扫过一眼，似是看到太子身边的痕香在余大人提到十三年前的那些事情时眼光微变了变。她不禁想，世人皆凉薄，只遗憾秦家的酿酒手艺失传，却无人为这惨死的人命扼腕长叹。

傅筹端起酒杯，道："今日美酒当前，不谈其他。各位请！"

太子也不客气，端起酒杯就欲一品甘醇，忽觉一股寒气直逼面门。抬头看到宗政无忧邪眸冷如冰刺，浑身都散发着极其冷冽的气息，不禁心头一颤，猛然想起宗政无忧似是从十三年前开始讨厌酒和女人。

"七皇弟，这'十里香'乃酒中绝品，你也破回例尝尝。否则，就是人生一大憾事。"

宗政无忧额头隐有青筋暴动，身子僵硬似铁，十里香，"十里香"这三个字一经提起，便在他脑海中挥之不去，他极力压制住胸腔内的翻涌之物，抬手一挥，太子递到唇边的玉杯倏然碎裂，杯中酒水凝成一道水柱擦着太子的鼻尖划过他身边女子的脸庞直直冲向一旁的廊柱。

酒穿廊柱，留下一个细小黝黑的穿孔，溅在对面的墙壁上。

从鬼门关转了一圈回来的太子惊得瞪大眼睛，呆愣住。

整个屋子里被一种彻骨的寒气笼罩着，连呼吸都要被冻结。余大人刚饮的一口酒还含在嘴里，怎么也咽不下去。那口酒，此刻于他而言不再是美酒，而是随时都有可能会致命的毒药。

离王忌酒，这么大的事，居然给忘记了。余大人懊恼非常，嘴唇微张，那口酒便从颤抖的嘴角流了出来，顺着脖子淌入衣襟之中，如一条毒蛇蜿蜒爬行在他的身体里，止不住地战栗。

一时寂静无话，气氛诡异得令人窒息。

痕香面上的轻纱被水柱割裂，飘落在地面，现出一张极美的面容。

眉如远山黛，肤白犹胜雪，一双美目水波潋滟，明明看上去是不知所措的表情，但眼波流转间竟有挡不住的艳光四射、妩媚撩人。

原来跟她有着相似身形与声音的女子，长着这样一张明艳照人的脸庞。容乐长公主珠帘背后扬起讽刺的笑。不错，她便是在浴室里悄无声息换下假公主的漫夭，而那名曾

在皇宫大殿替她选夫的假公主如她之前那样潜入水底，在他们离开之后，充作天香楼的舞姬，蒙着面纱，是为转移宗政无忧的视线。

太子一转头看见痕香艳丽的面容，惊喜得连自己鼻尖的痛都忘记了，赞道："美，太美了。"胜过他府中任何一个妻妾。

望着彩衣女子完全陌生的脸孔，宗政无忧眼光忽明忽暗，不是她？他忽然不清楚他究竟希望那女子是她，还是希望那不是她。轻轻垂下眼睑，再不看那彩衣女子一眼，空阔的屋子里四处都是浓郁的酒香充斥在他的鼻尖，他心中已是纷乱。

傅筹一直保持着温和的笑容，他的情绪从始至终没有过任何起伏，令那笑容看起来更像是一张面具，偶尔嘴角略深，深得让人看不透其中的含义。他放下杯子，起身致歉道："是末将一时疏忽大意，竟然忘记离王忌酒一事，真是抱歉得很。来人，快将酒水撤下，换上茶。"

下人一阵忙碌，这一席本就是各怀心思，经此一事，众人更无胃口，宴席便草草结束。

将军府外，宗政无忧上了马车，漫夭终于舒出一口气，心虽空落，却也渐渐踏实，她正待举步上车，身后那辆华丽马车内忽然传出低沉的一句："容乐长公主请留步。"

漫夭心间一沉，身子僵住，这个时候宗政无忧叫住她做什么？莫非被他看出端倪了？她自认在这宴席中并未露出马脚，忙敛了心神，缓缓回身，平静道："离王殿下有事请讲。"

不同的嗓音，但这样平静的语调，以及那一转身的优雅自如，都带来一种隐约的熟悉感，非常浅淡，浅淡到容易被忽略掉，除非有着异常冷静和清明的头脑，可宗政无忧此刻恰恰就缺了这个。

宗政无忧懒懒地坐在车内，目光似是要透过珠帘望进她的眼里去，但她却垂了双目，他的视线只能停留在她面前细密的珠帘之外。他沉声道："公主在大殿之上冒着生命危险也要取得半年之期，就是为等待傅将军的凯旋？真可谓用心良苦。"

原来是说这个。漫夭放松下来，嘴角浮出一丝苦笑。两个多月无人打扰的自由以及她顺利为自己安排的虚假身份，在傅筹刚刚还朝的第一日便出现一个假公主代她选夫的那一刻开始，令这之前的一切看上去顺利得不正常。

她嘲弄道："是啊，的确是用心良苦呢。"只是用心良苦的那个人，不是她。

她所追求的不过是自由与真心，如今，自由已失，或许，她从未真正拥有过自由，那两个月里，她其实一直都没逃开别人的掌控，皇兄不加以阻止，是因为还没到时候。而她所以为的真心更是可笑，一场幻梦罢了。

宗政无忧微微一愣，眼神倏然变得犀利，漫夭立刻回过神来，连忙笑道："离王此言差矣，我乃一国公主，既知离王对我无意，便也不愿委曲求全去做那自讨没趣之人。不错，定下半年之期为让离王回心转意确实是个幌子，真正的原因，是我想借此机会多了解那些贵族子弟，从而选出一个最适合的人做我的夫君，毕竟这桩婚姻关系到两国的情谊，总不能因为离王的拒婚而随便选出一人替补吧？那样，我启云国的脸面不是让我给丢尽了？”

她淡淡地笑，就像第一次在乾坤殿与他说话时的表情。

宗政无忧似笑非笑道：“看来你认为手握兵权的大将军比人们眼中有着高贵血统的皇亲贵族更能增长你们启云国的脸面？”

漫夭讥诮道：“离王此言差矣，那日在皇宫宜庆殿，离王殿下不是也看到了，容乐选夫之时，那些皇子贵族因我容颜丑陋，无不避我如蛇蝎，唯有傅将军不同，我不选他还能选谁？”

她倒是句句在理，令宗政无忧回想起大殿上的情景。漫夭见他若有所思的模样，心中有些不安，这个时候，她不适合与他说太多话，她必须马上离开他的视线。想到此，她笑道：“怎么，离王殿下后悔了吗？若是后悔，现在还来得及。”

宗政无忧嗤笑一声，满眼的嘲弄与不屑，对下人吩咐道：“回府。”再没看她一眼。

她就这样逃离了他的掌控。

一粒散香丸，一颗变声丹，一个身形相似的蒙面舞姬，一壶为他所禁忌的陈年佳酿，这些本是她用来脱身的计谋，却在痕香与傅筹的配合下，天衣无缝，堪称完美，但正因他们配合得太过完美，让她感觉到这一切，仿佛是为她量身定做的。

前方的豪华马车渐渐远去，消失在她的视线之内，剩下能映在她眼中的，也仅是漆黑的夜幕。她仰起头，重重地吐出一口气，但那沉重的窒闷感依旧重重压在心里，挥之不去。

“宗政无忧，再见！”

上了马车，漫夭也消失在这片夜幕之中。

傅筹这才走出门口望着马车消失的方向，一贯温和的笑容从唇边缓缓隐去。任宗政无忧如何睿智，也断然不会料到他要找的人其实就一直坦然地坐在他的身边。那个女子，真是心思缜密，善于运用周边可用的一切事物、人，还包括人心。空旷的、一眼即可望尽的浴室，碧色不透底的浴池，痕香的形似，太子的色心，宗政无忧的自负和禁忌，以及他必定的配合，这一切都在她的预料之中。但是有一点，她也许不知道，若他准备的那壶酒不是“十里香”，那么想骗过宗政无忧的眼睛，只怕不会那么容易。

傅筹背着手站在台阶之上，目视远方，如同立在高处之人俯视苍生的姿态。他微挑了嘴角，轻轻地笑，两日后的婚礼，他已经越来越期待了。

第十章　浮出水面

夜凉如水，离王府，无忧阁内没有掌灯，一片漆黑。

宽敞的大床上，宗政无忧睡得并不安稳，似被梦境困扰，眉头紧锁。

“父皇，这是什么酒？闻起来好香。”七岁的男孩长着一张比女孩儿还美的脸，像是仙童一般。他身边的男子冷峻的眉目荡漾着专属于慈父的温柔，笑着说道：“这酒叫作‘十里香’，皇儿若喜欢，明日晚宴，父皇叫他们多送些来。”

“好，可是，母亲不喜欢我喝酒，我只能喝一点点。父皇，您也少喝一点，不然，母亲更不会理你了。”男孩郑重其事地说。

那么小的孩子，当时怎么也想不到，就是那么好闻的味道，最终将他和他最亲的人全都送进了地狱。

冷峻男子的目光逐渐黯淡下去，过了好久，才叹出一口气。

黑夜如同一个幽暗冰冷的地狱深潭，似要将人吸附进去。沉浸在梦里的宗政无忧眉头皱得更紧了，像是打了一个死结。

画面轮转，那令人神魂俱碎的一幕开始上演……

充满浓重药味的屋子，零落散乱着的破碎衣衫，失去理智的男人疯狂索取，身上每一滴汗液都充满了令人作呕的欲望气息，身下之人早已面无人色，纤细的十指抠进了床板，用血淋淋的皮肉宣示着无法舒解的痛苦和绝望，死亡，在无声中蔓延……

面如死灰般的惨白一片，豆大的汗珠自沉浸在噩梦中的男子的额角滚落下来，濺湿了雪白的床单。

宗政无忧一声惊喘，猛地睁开眼睛，漆黑如幽潭般的眸子充斥着悲绝和痛苦的神色，他闭了闭眼，平了喘息，再睁开眼，又是一片清明的冷漠。掀开被子，起身走到窗前，窗子吱呀一声被打开，冷风透入，鼓吹着他被冷汗浸湿的中衣，一阵透心的凉。

“冷炎。”黑暗中，他叫了一声。

身后立即闪出一个黑影。

他问：“‘十里香’不是都毁了吗？为何将军府还会有那种东西？”

冷炎回道：“当年秦家被抄斩，酒窖里的酒，的确一滴不剩。今日出的‘十里香’，闻起来与当年酒窖中的‘十里香’味道一样，但是香气并没有传出将军府，不像多年陈酿。”

“不像多年陈酿？”宗政无忧一怔，旋即回身，眯着眼睛，目中寒光闪耀，“你的意思是秦家落江的那两个孩子没死？速速去查！”

“是。”

“等等。”宗政无忧叫住他，停了一会儿，又道：“将军府那边还是没动静？”

冷炎点头：“找不到人，也没见她离开。”

宗政无忧面色已然恢复如常，但内心却因那梦境仍然起伏难定，脑子里很乱，无法静下心来思考。他在窗前来回踱了几步，拧着眉，沉声道：“继续盯着。明日封锁城门，挨家挨户地搜，一定要找到她。”

无比坚定。那时候，他不知道自己为什么这么坚定地要找到她？是因为不能容忍她不经他允许就擅自逃离他身边，抑或是别的什么原因？他没仔细想。

整整两日，京城里四处都是官兵，从东城到西城，每一寸土地几乎都翻了个遍，就连皇宫和太子府都安排了人去查探，可就是找不见那人。她好像从这个世界里凭空消失了，无影无踪。

外面的绵雨细细碎碎地落，屋里一室静默。

进来汇报情况的侍卫忐忑不安地伏跪在地，心高高悬起，额头抵着地，不敢出气。

宗政无忧攥紧了双手，心下一阵阵烦躁，再没有当日她离开时那样闲定的心态。

九皇子大步走了进来，没打招呼就在他对面的椅子上坐下，为自己倒了一杯茶咕噜咕噜地一气灌下，重重吐气：“累死我了！七哥，你说这璃月究竟藏到哪里去了？京城大街小巷，茅屋房舍，就连茅厕也都找遍了，这活生生的人，怎么就凭空消失了呢？”

宗政无忧握拳抵唇，窗外蒙蒙的雨雾铺天盖地，像是幽幽诉说着谁的心事。

九皇子见他没反应，撇了撇嘴，似是想起什么有趣的事，凑近他，面色神秘道：“哎，七哥，你说这璃月长得那么美，她会不会是仙女下凡？被你伤了心，化作一缕青烟飘然离世，回归仙界本处……”

“你胡说什么！”宗政无忧不等他说完，猛地打断。

所谓说者无心听者有意，那个女子本就是一缕孤魂寄于别人体内，如今突然消失，似从人间蒸发，踪迹全无。宗政无忧蓦然想起，她离开那日，傲然冷笑着对他说：“我知离王殿下你权势滔天，但这世间之事，不会永远都在你一人的掌控。总会有那么一个人，是你求而不得；终会有那么一件事，任你宗政无忧翻云覆雨，也无法扭转乾坤。”

这句话，她说得那么决绝而肯定，莫非……

想到一种可能，宗政无忧心头陡然一紧，升腾起一股莫名的恐慌，他没有细想这恐慌从何而来，只是垂着眼，握住椅子扶手的指尖渐渐泛白。但转念一想，又觉不对，她说过不知道怎么回那个世界，她说那个世界没有值得她留恋的人，即便她真的回去了，那她的身体总还在，可是现在，连躯体也没找到，就说明这个可能性不大。

她究竟去了哪里？这京城就这么大的地方，怎会有他宗政无忧找不到的人？心中越发烦闷，手下不觉就使了力，终于咔嚓一声，椅子扶手承受不住他手上的力道被狠狠折断，木屑碎了一地。

毫无预兆的闷响，令伏跪在地的侍卫身子一抖，冷汗如瀑。

九皇子一愣，瞪大了眼睛，很是诧异。他所了解的七哥，冷漠深沉，不论遇到什么事都会很镇定，对一般人也不会上心，可是现在，七哥却为了一个女人大肆搜城，还动了真怒，这在他眼里，真的是了不得了。

宗政无忧怔住，看着一地飞散的木屑，有瞬间的迷茫。

屋檐的雨还在滴滴答答落个不停，九皇子倾了身子，探头，眼珠一转，突然说道："七哥，你为什么这么急着找璃月？我从没见过你对哪个人哪件事这样上心。你该不会是对璃月动真心了吧？"

宗政无忧身躯一震，直觉抬眼，嘴角习惯性地带着讽刺，仿佛他说了什么天大的冷笑话。但当他对上对面男子的眼，九皇子那平常玩世不恭的眸子此刻竟认真无比，还带着犀利，宗政无忧嘴角的讥讽一寸寸僵硬，他腾地站起，背转身子，极力抑制心中突然涌起的慌乱。

真心是个什么东西？他怎么可能会有。

"你是闲着没事干了吗？那就接着去找人，找不到就不要回府。"宗政无忧沉着声，冷冷说道。

九皇子怔了怔，他本是随便说说，以为他的七哥会嘲弄他的信口胡说，却没料到竟是这种反应。他起身，看了会儿七哥僵直的背影，无可奈何地摇了摇头，临出门时，他说："七哥，你有没有想过，像璃月那么聪明又谨慎的人，为什么会这么轻易地掉进你的温柔陷阱？如果你真的没放半分真心在里面，她会一点都察觉不到吗？"

这绝对是九皇子有生以来说得最正经的一句话。

九皇子走了，所有的下人也都退了出去，门被关上的时候，风吹灭了烛灯。最后一丝光线也被隔绝了，屋里一片漆黑。宗政无忧斜靠着椅榻，一动也不动，手中捧着一杯早已凉透的茶，杯身冰凉的温度透过指尖的肌肤直直地渗进了心里，化作了无边的寂寞孤单，无止境地蔓延开来。

老九的话如同一记闷棍，重重敲在他心上。从来没正视过的问题，此刻全摆在了他眼前。

为什么他非她不可？在碰触别的女人时，会那般抵触，却唯独她，总让他不自觉地想靠近？

他这一生本不打算娶妻，却在偶然想到往后的人生有她相伴，便觉得人生并非全无乐趣。不过是一个利用完的工具，为何他要如此心急地找到她，甚至不惜动用无隐楼的人？才两日而已，她的消失，已令他方寸大乱，无所适从。

这到底是为什么？

他闭上眼睛，脑海中满是女子苍白的面容以及得知真相后嘴角浮现出的那一抹讽刺薄凉的笑，还有她强掩心痛故作坚强的模样。这一切，他并不是没看见，只是刻意忽略，最终埋进了他心底最柔软的一处。

雨落了一夜，淅淅沥沥的声音从紧闭的窗子传了进来，天亮的时候，他就靠在那张软榻上睡了过去，眉宇间尽是倦容，手心里那杯凉茶还在，一滴都没动过。

无忧阁的管家见屋内没动静，吩咐下人在门外候着，别让人进来打扰，却挡不住九皇子的大嗓门。

“七哥——”他一迈进无忧阁的大门就喊开了。

宗政无忧眉头一皱，睁开眼来，眼中血丝遍布，纵横交错。

外面的人朝九皇子嘘了一声，压低声音请求道：“九殿下，您快别喊了，王爷还没起身呢。”

九皇子哪里会听他们的，只管推门大声嚷道：“七哥，这都什么时辰了，你怎么还在睡？”他进屋见宗政无忧满脸倦色，仿佛一夜没睡，笑着调侃道：“七哥该不会是想璃月想得一宿没睡吧？这可不像我的七哥啊。”

宗政无忧面色一僵，横了九皇子一眼，九皇子连忙改口道：“我七哥天人之姿，视金钱，哦不对，视女人为粪土，怎么可能为一个小女子牵肠挂肚、寝食难安呢？对不对呀，七哥？要想也是想我才对嘛，嘿嘿。”

宗政无忧看着他一脸欠扁的笑容，外加夸张的动作，嘴角抽了抽。

有人打了水来，伺候他梳洗。九皇子凑到他跟前，道：“将军府那边是真热闹啊，这下着雨呢，大臣们可一个都没缺，全都到得齐齐的，送礼的人从北城都快排到南城了。”

宗政无忧没作声。洗漱后，管家让人端来早膳，宗政无忧摆手，没胃口。他看了眼九皇子，淡淡道：“让你去找人，不是让你看热闹。”

九皇子坐下，瘪了瘪嘴道：“找人连带着看热闹嘛。这次真是便宜傅筹了，太子大婚都没他这么大的排场，不说别的，单看父皇的赏赐、容乐长公主的嫁妆，还有王公大臣们的礼金，啧啧。”

“怎么，你后悔了？”宗政无忧端起新奉上的茶啜了一口，听着老九语调中的酸意，嘴角微微有了一丝淡笑。

九皇子扬眉道：“后悔倒没有，不过，假如容乐长公主长得跟璃月似的，娶回去还真是不错，那可是人财两得啊！”

宗政无忧斜了他一眼，这世上只有一个阿漫！他随口道：“身形相似，若再长得一样，那岂不是……”

岂不是一个人！

这句话他没有说出口，脸色却突然变了，有什么在脑中快速划过。

“七哥，你……”

宗政无忧抬手制止了九皇子，他缓缓站起身，一步步走到窗前，屋檐大颗的水滴在雨洼里溅起涟漪，一层层的还未荡漾开就被下一滴水珠的到来掩藏了先前的痕迹。

浴室！

他脑子里忽然一片清明。在将军府的浴室里，是容乐长公主唯一消失在他视线中的短暂的一瞬，在他随之入内时，傅筹迅速地掀掉帘子，整个浴室一眼望尽，给人一种无法藏匿的错觉。他看到了容乐长公主用手在池中拨水，她为什么要把手伸进别人沐浴过还没来得及清理的水里去？那水是温是凉只消一眼便能看出，何须她一国公主亲自用手去试？除非，那池中刚潜了人进去，荡起了波澜，需要以此掩饰。

果然是心思缜密，她竟然在他眼皮子底下玩了一招偷天换日！但是，容乐长公主为何要不遗余力地去帮她？

宗政无忧闭起了双眼，极少见地用心去想一件事。

宜庆殿内，她曾经说：“如果我是容乐长公主，你……”那句试探的话语她没有问完，他只当作她是如普通女子那般想要试探他的心意。那场晚宴，她神思飘移心事重重。

温泉池边，她说：“如果我要嫁人了，你可会替我高兴？”那时，容乐长公主与傅筹婚期定在三日后。

有什么在渐渐浮出水面，震得他身躯一颤，心口阵阵发痛，他突然睁开眼睛，竟不能再想下去，一转身，语气中带着难掩的急切：“老九，你过来的时候，启云国公主的轿子可到将军府了？”

九皇子一愣，不明白他怎么问起这个，但还是答道：“这个时辰，应该快要拜堂了。”

他话音未落，宗政无忧已经出了门，九皇子连忙大声叫道：“七哥，你去哪里啊？”

回答他的，是宗政无忧快速消失的背影，以及宗政无忧那白色衣袂甩带留下的呼呼风声。

雨越下越大，没有半点停的架势，但这丝毫不影响蜂拥至北城的马车行人。

由南城到北城的宽阔马路上，大红绸布结成的喜气浩荡的迎亲队伍徐徐前行，雨雾迷蒙，曾有人说过，这种淫雨天气举行婚礼很不吉利，但这婚期是皇帝陛下亲自定下的，谁敢有异议？

漫天安稳地坐在宽敞华丽的马车之内，听着车外的雨滴拍打在车身上啪啪地响，仿佛敲碎梦境的声音。因为下雨，傅筹不便骑马，与她同乘一辆马车，就坐在她的对面。

大红的盖头挡住了她的视线，她只能看到对面男子的一截喜袍，以及搁在膝盖上的修长有力的手。就是那双手，将会牵着她走进婚姻的囚牢。她能感觉到他的目光一直落在她身上，仿佛在探寻着什么。

作为新嫁娘，她此刻的情绪似乎有些过于平静，没有即将嫁为人妇的羞怯和欢喜，没有对未来夫君的殷殷期盼，没有告别家人的哭泣和伤感，亦无嫁非所愿的痛不欲生，她从内心到表面，都平静如一潭死水。

泠儿坐在她的身边，少有地安静，偶尔拿眼偷瞧对面的男子，丰神俊朗，温润如玉，竟是世间少有的能与她主子相匹配的男子。主子嫁给他，应该会幸福吧？

马车路过一个水坑，车身倾斜，漫夭本能地伸手找地方攀扶，却被一双有力的大手紧紧握住，那双手掌心有点粗糙，却很温暖，只听他柔声道："小心。"

漫夭轻轻点头，稳住身子："多谢将军。"

傅筹笑道："你我再过一会儿拜了堂就是夫妻了，何须如此客气。"

他的话说得倒很自然，没有半点生疏感。漫夭闭着唇，没再开口。

马车很快便平稳了，她的手还被他握着。手指纤细，肌肤冰凉，傅筹拢眉，关心道："你的手怎么这样凉？很冷吗？我让他们停车，给你找件袍子加上。"说罢也不等她回应，就对外叫了声："停车。"

马车应声停下，泠儿说："主子您等一下，奴婢这就去找。"

漫夭却淡淡道："不必了，我不冷。"

没有刻意的疏淡，却让人觉得被隔在了千里之外。泠儿微微一愣，有些无措地望向傅筹。

傅筹很自然地用双手裹紧了她的手，微笑道："今天是我们的大婚之日，你可不能没拜堂就先倒下了，还是加件衣裳吧。"他虽是笑着说的，语气中却暗含着一种令人不可反驳的力量。他转头对泠儿道："快去。"泠儿欣喜地应了。

车内就剩下他们二人，空气静谧，一股淡淡的馨香若有若无地充斥在车里，好闻极了，傅筹不禁吸气，想要闻得更清晰一些，那香气却又突然淡了下去。

漫夭几次想收回手，傅筹却不让，他拢紧了手心，轻轻地笑："你的手太凉，我帮你暖一暖。"

手凉了可以暖，但一个人的心若是冷了，要如何去暖？漫夭坚持抽回手，淡笑道："谢谢将军好意！不过我已经习惯了这种温度。"

傅筹闻言一愣，她不是最得启云帝宠爱的公主吗？怎会如此淡然地说着习惯冰凉的温度？就连笑着时说话的语气都能听出发自内心的悲凉之意。眉头一皱，傅筹看了眼自己空了的掌心，换到她身旁坐下，扳过她的双肩，隔着一层盖头，轻叹："不管以前如何，以后在我身边，你要慢慢习惯温暖。我不是旁人，我是你的夫君，是要与你一辈子相守到老的人。"

温和的嗓音似有着某种定力，奇异地令人心安。漫夭竟不能挣脱他的手，感觉有两道灼热的目光透过红色的盖头，直直地落在她的脸上，她不自然地将头转向一边。

两日前为逃避宗政无忧而设计的计谋，傅筹断不可能对她的身份一点怀疑都没有，但他什么也没问，只是用最合适的方法给予她最完美的配合。这个男子的心思到底有多深，她一点也看不出来。他对她的事情究竟知道多少，她也无从知晓。她不敢再凭感觉

去分辨别人情意的真假，因为感觉有时候也会骗人。

冷儿拿来衣袍，傅筹轻轻替她披上，确实暖和了许多。

浩荡的队伍继续前行，走了约莫一炷香的时间，外面传来了喧嚣之声，应该是到了。

人声鼎沸，热闹非凡，大概就是用来形容此刻的卫国将军府。傅筹一下车，就被围住，文武百官、军中将士，皆来道贺，不论道贺之人是出于何种心思，他都一一笑着回礼致谢，礼数周到得无可挑剔。周围看热闹的人群不禁惊叹："卫国大将军平易近人，一点都不拿架子，哪里是传说中的煞气满身？"

漫夭被冷儿扶着正要下车，傅筹回身，接住她的手，声音温柔道："别动，我抱你进去。"

漫夭一愣，成亲的礼仪似乎没有这一项。就在这一愣神的工夫，她只觉身子一轻，人已经被抱了起来。周围看热闹的人一阵惊异，小声议论起来。漫夭能感觉到有无数双眼睛都在盯着他们，她连忙推他道："将军这是做什么？快放我下来，我自己走。"

傅筹笑道："地面有积水，会弄脏你的喜服。"说着双臂还紧了紧，眼中尽是温柔笑意，炫人眼目。

漫夭挣脱不得，也只好随了他去。

但凡有内力的人，通常耳力都会很好，因此，在进了将军府大门之后，她还能听到身后传来的一堆女人的议论声。

"容乐长公主真是好命，长得丑还能嫁给这么好的男人。"

"谁说不是呢，大将军英俊潇洒、武艺不凡，对人又温柔体贴，这么好的男人怎么就娶了一个丑女人呢？唉，没天理。"

"快住嘴吧你，那是陛下的赐婚，你这么口无遮拦，小心脑袋。"

将军府四处都结了红绸，在风雨中飘扬摇摆，似是欲挣脱禁锢，飞往广阔的天空，却始终不得。眨眼工夫，他们已到了大堂。傅筹将她放下来，动作轻缓。

堂内宾客满座，皆是诧异，他们还没见过哪个新娘子在拜堂之前直接被新郎抱着入堂，尤其是那股亲昵之态让人浮想联翩。原本还以为傅将军是碍于皇命才不得不娶公主，可现在看来，也不尽然。

下人将大红花结递上，漫夭伸手去接，却被傅筹握住，直接牵着她的手往里边行去，边走边跟宾客们打招呼。

众人回神，连忙上前恭贺，最高兴的莫过于礼部尚书杨惟，两国联姻是他极力促成，虽有波折，中途还换了人，但终是顺利联成了。他衷心祝贺道："恭贺傅将军新婚大喜！"

傅筹笑道："同喜。"

另一位官员也来相贺，傅筹亦是同样笑着回礼。余大人也随之上前，习惯性的祝贺语脱口而出："恭喜傅将军娶得美人归！"

周围众人皆是一愣，目光齐刷刷地朝余大人看过去。传言容乐长公主容颜丑陋，可他偏偏恭喜人家娶得美人归，这听上去，分明就是一种讽刺。

堂内鸦雀无声，所有人都等着傅将军的反应，而那些先前在名单之内的贵族子弟则是闲闲的一副看戏表情，颇有些幸灾乐祸的意味。虽然他们一开始都不愿娶这位公主，但今日这眼花缭乱的御赐珍宝以及公主那一箱接一箱异常可观的嫁妆，令他们心里很不是滋味儿。

余大人意识到自己说错话了，忙尴尬道："傅将军，下官，下官不是那意思。"

"没关系。"傅筹接口，脸色未变，笑容依旧，但那目光却深沉了几分，令人看不懂其中的含义。他转头望了眼盖头下的女子，继而笑道："多谢余大人吉言。"

余大人微愣，这时外面有人叫道："太子驾到！"

身着明黄色太子服的宗政筱仁阔步行来，他身边跟着一名女子，那女子艳光照人，一出现仿佛将整个大堂都照亮了一般，吸引了众人的目光。

傅筹还未招呼，已有些喜欢溜须拍马之人迎上去行了礼，谄媚笑道："这位便是太子殿下新得的美人香夫人吧？果然是国色天香、倾国倾城，太子殿下好眼光啊！"

周遭一片附和之声。女子美是真的，那马屁拍得响也是真的。

太子心情大好，一把揽住身边的美人，笑道："国色天香，这几个字，香儿当之无愧。"

痕香依在太子怀里，妩媚娇笑，那笑容是个男人见了，骨头都得酥。然而，透过薄薄的红纱，漫夭却隐约觉得那娇媚的笑容底下，隐藏着另一种情绪。

傅筹笑道："有美人相伴，太子今日气色果然不同以往。"

"这都是将军的功劳。"太子走到漫夭跟前，侧头看了她两眼，对于傅筹为两国和平大计牺牲自我，不幸娶了这位和亲的丑公主深表同情，他拍了拍傅筹的肩膀，以一国储君的姿态语重心长道："将军忠心为国，乃当世楷模。假如七皇弟有你一半深明大义，父皇也不必日夜烦忧了。"

听宗政筱仁的意思是，谁娶了她便是深明大义、为国牺牲？世人多浅薄，以貌取人。漫夭勾唇嘲讽而笑，却听傅筹道："太子过誉。能娶容乐为妻，是臣三生修来的福分。"

"将军，吉时到了。"管家提醒。

鞭炮声声，响彻天际，冲散了铺天盖地的雨雾带来的阴郁，整个将军府呈现出一片洋洋喜气。

礼乐奏响，曲调欢快。

礼官唱喝道："一拜天地——"

他们便转过身对着堂外的天地拜了下去。漫夭淡淡笑着，拜天地真的很容易，不过是弯下腰而已。

"二拜高堂——"

没人知道傅筹的父母亲是谁，是活着还是已经死去，高堂之位无人在座，他也就那

么拜了下去，对着的是白色墙壁以及空空的两张椅子，案台之上，连香都不曾焚过。

“夫妻交拜——”

这一拜毕，在这不能离婚的年代，便注定了她的未来是好是坏都已经不由她选择。傅筹已经拜了下去，她却仍然直直地立着，但也仅仅是片刻而已，随着身子的弯曲，心在那一瞬间有些麻木的钝痛感。

就这样，她成了人们口中的将军夫人。

“礼毕，送入洞房——”

漫夭轻轻吐出一口浊气，终于可以远离这群人了，她厌恶极了这些官场之人的虚伪嘴脸。

有人过来扶她，欲引着她往洞房去，却被人拦道：“傅将军，怎么也得让我们瞧瞧新娘子的花容月貌再送入洞房啊。”

花容月貌？可真是直截了当的嘲讽，一点都不带拐弯的。漫夭冷笑，若真当她是花容月貌，在宜庆殿时，他们又何须个个低头，生怕自己被选中？

一人附和道：“是啊，容乐长公主来我朝也有两个多月了，还没人见过公主的真面目呢。前次在皇宫，公主说依启云国习俗，女子出嫁在未行礼之前不得在外人面前露脸，现在行过礼了，应该可以让我等一睹真容了吧？”

“是啊，傅将军不要那么小气嘛，我们就是想瞻仰瞻仰启云国公主的风采。”

这些人都是在宜庆殿拿她当玩笑开的那些皇亲贵族子弟。不管他们安的是什么心，其目的无非就是想知道她这个曾经掌控他们婚姻命运的丑公主究竟丑到何种地步，或者是为了证明他们没被她选中是何等幸运。

漫夭蹙眉，傅筹没作声，一向温和的面容看不出表情，外面起了风，卷了雨幕直直地灌了进来，众人连忙都往两边靠墙让去，那风便长驱直入，直往她面上扑来，掀动红盖头扬起半个角，露出耳根下一小片雪白的肌肤。

堂内的其他宾客都不言语，皆望向傅筹，看他将如何处理此事。有艳光四射的香夫人在场，就算是普通的美貌女子也会被掩去光芒，何况是丑女，这一刻，众人无不是如此想的。

傅筹微微笑道：“虽然公主已嫁与末将，但公主的身份毕竟有所不同，又牵涉到启云国的习俗，还需看公主的意思。”

一句身份不同，已经暗示这不仅仅是一个公主，还是两国和平的标志。傅筹转头问道：“容乐，你意下如何？”

他叫她容乐，叫得很是自然。漫夭却没作声。

那些贵族子弟自然也不是蠢人，一听傅筹言下之意，已明白了七八分，虽心有不甘，却也只得暂时作罢。

太子适时道：“好了，今天是傅将军的大喜之日，谁都不准在此捣乱，你们想瞻仰公主的风采，以后有的是机会。快送进洞房去吧。”

本是很完美的一句话，既是帮傅筹解围，又能抓住机会彰显他尊贵无比的身份地位，在百官面前树立威信，只可惜，天总是不遂人愿，也不知是他太倒霉了，还是别的什么原因。他话音才落，堂外便传来一道冷声沉喝：“慢着！！”

漫天一听这声音，身子陡然一颤，顿时僵硬。

第十一章　公主大婚

随着来人风速一般的卷入，整个大堂的气氛瞬间降至冰点。

来人白衣胜雪，墨发飞扬，俊美绝伦的脸庞阴郁沉沉，如地狱幽潭般的邪眸冷冽慑人，他就那么放眼一扫，目光所及之处，无人不胆战心惊。此人不是宗政无忧又是谁？

本欲上前行礼的官员们个个脚似生根，半步也往前挪动不得，甚至被他带来的那股冷冽气息迫得直往后退。从不参加他人婚礼的离王突然挟带寒怒而至，他们直觉今天有事要发生。

在这种冷冽的气息包裹之中，还能保持镇定自然的微笑，绝对只有傅大将军一人。傅筹温和的眸子闪过一丝异样的光彩，缓缓迎上去，笑道："离王肯赏脸前来参加末将的婚礼，令末将受宠若惊。虽然礼已成，但离王来得也不算太晚，请稍作歇息，午宴很快便会备好。"

礼已成！傅筹是在告诉他，他们已经拜完堂了，他来晚了，宗政无忧只觉心口一紧，面色越发冷沉，他走到大堂中央顿住脚步，隔着一丈远的距离看前方那身着喜服的女子，大红的颜色刺得人眼睛生疼，他从来没有这样讨厌过一种颜色。捏了捏手，陌生的情绪在他体内翻滚叫嚣着，令他只想上前一把将它们全部撕碎。

"容乐长公主嫁人，本王岂能不来？"他说，声音沉缓，咬字极重，语带双关。

众人不明所以，有些纳闷。

傅筹笑道："原来离王是为容乐而来，那末将就代容乐多谢离王的赏脸。"

宗政无忧冷冷道："何须将军代劳，容乐长公主不是就在此处？"

漫天用手紧攥住衣袖，心似是被人勒紧，有些喘不过气。她不知道宗政无忧为什么突然会来，只是听出他口气不善，像是在极力隐忍着什么。会不会，会不会他已经知道了她的身份？如果是，那他下一步会怎么做，她完全无法预测。

漫夭僵直了身子，听着前方沉缓的脚步声沿着浅灰色的冷硬地砖向四下里震开，仿佛踏在她的心上。那人一步一步不断迫近，令人窒息的压抑感，越发地强烈起来。

所有人都感觉到了离王的异样，忙管好自己的喉咙。整个大堂除了他的脚步声之外，再无其他声响，一时之间，气氛有些诡异。

白色的衣摆终于出现在她的视线之内，那人离她的距离不过三步之遥，他顿住了步子。她的心一直悬着，清楚地感受到，他的目光犀利敏锐，仿佛要透过绵密柔软的红纱直直刺进她的眼睛里。这一刻的宗政无忧，像极了第一次见面时带给她的感觉，冷酷，邪妄，危险，压迫感尤为强烈，她的身子不由自主地轻轻颤了颤，只听他道："本王也想瞧瞧这位传言中奇丑无比的容乐长公主的尊容，看看这所谓的奇丑究竟丑到何种地步？是天怒人怨，还是与之截然相反？"

如吐薄冰，语带森森寒意。宗政无忧正要挥手拂去盖头，却被傅筹拦住。

"离王倒是比末将还心急。不过再怎么急，她也是末将的妻子，这盖头还是由末将亲自揭开比较好。"

妻子？

宗政无忧目光一沉，嘲讽地笑道："将军认为拜了堂便是夫妻了？本王以为不见得。"

傅筹道："连拜堂都不能算，那离王认为怎样才算夫妻？"

宗政无忧看了漫夭一眼，那一眼包含了无数的复杂情绪，道："自然是洞房才算。"

漫夭心口一窒，他这是在提醒她已经不是处子之身了吗？

看来宗政无忧是打定主意不放过她了。也罢，他既已来了，不得到答案，定不会善罢甘休，事到如今，她也没必要再隐瞒下去，索性就亮开一切。她就不信，一个启云国加一个手握军权的大将军，临天皇还能事事由着他。

她忽然平静下来，淡淡笑道："没想到以容乐之陋颜，还能得到这么多人的关注，就连尊贵的离王殿下也专门为我跑这一趟，而我又怎好意思令各位失望。"

淡定沉静的气质，略带嘲讽的语调，令宗政无忧心头一颤，他还来不及多想，她已经抬手，自己将头顶的那块大红盖头一把扯了下来。

没有了那块红纱的阻隔，视线豁然开朗，她微抬下巴，冷眼瞧着俗世凡尘之人的千姿百态。

回应她的，首先是满堂的惊诧与抽气声，有人茶杯落地，碎成三瓣，茶水四下溅开。

然后，寂静，死一般的寂静。

所有人的目光皆落在她一人身上，那些先前吵着要看她真面目的皇室贵族子弟，个个睁大眼睛，眼珠子都快瞪出来了，不敢置信地看着曾被他们避之如蛇蝎的女子，心中无一不在问着同样一个问题："她，她她真的是容乐长公主吗？这怎么可能？！"

没有什么不可能的，事实就摆在眼前。

传言说容乐长公主相貌丑陋，可这名女子，她哪里能和一个丑字扯上关系？他们平常自以为学富五车，文采了得，可此刻，面对这样一名女子，他们竟不知该如何去形容她的美丽。其实这女子的容貌美丽还在其次，最摄人心魄的是那双琉璃般明澈的眼睛，还有那份淡然高贵的气质，令他们这些自诩血统高贵的皇室贵族竟生出自惭形秽之心。再看一旁艳光四射的香夫人，竟再也看不出香夫人哪里迷人。

第一次，他们觉得自己真的是浅薄无知，竟然会去相信莫须有的传言，生生错过了千载难逢的机会，将这天仙般的女子拱手让人。

太子更是不可思议地张着嘴巴，这世上竟有如此美人？早知如此，他还不如想个办法休了太子妃，就能成为最有资格迎娶和亲公主的人选了。

大堂之内，百人有余，各人心思皆是不同。香夫人见太子一副丢了魂的模样，无比嘲弄地撇了撇嘴。转眸时，目光落在身穿喜服的男子身上，只见傅筹望着那名女子的目光亮如星辰，眼底的惊艳之色溢于言表，另有意料之外却也是意料之中的淡淡欣悦，心猛然一沉。

盖头揭下的刹那，宗政无忧的心神猛烈一震，有什么在瞬间土崩瓦解。他就站在离她三步远的距离，怔怔地望着那个傲然抬眸目空一切的女子，心中一瞬间百转千回，停止了一切言语和动作。

是她，真的是她！

三日前，她还心甘情愿地将自己交付于他；三日后，她一身嫁衣，泰然自若地与别人拜堂成亲，还用那样清冷淡漠的眼神扫过他的脸，就如同看待一个陌生人的眼光，令他的心不可抑制地狠狠抽了一下。

“都看到了，我可以走了吗？”她问，目光漠然盯着面前的男子，而这男子的眼神，仿佛深受打击，不知道的，还以为他被人抢了心爱之人。她不禁在心中冷笑，到现在他还在演戏，他以为她还会愚蠢地上当吗？

漫夭毫不犹豫地转过身，准备离开。

“我陪你进去。”傅筹温柔地牵住她冰凉的手指。

十指相握，她没拒绝，却没想到这个简单无比的动作竟深深刺痛了身后男子的眼睛。宗政无忧想也没想，就一把抓住她：“你要去哪儿？”

漫夭头也不回地淡淡道：“拜完堂还能去哪儿？当然是洞房。”

“你！”宗政无忧面色勃然一变，冷静全失，望着女子平静的侧脸，忽然冷笑，“洞房？你要跟他洞房？！怎么容乐长公主这么快便不记得三日前的那个晚上？要不要本王给你提个醒？”他冷酷的声音狠狠地敲击在她的心上，令她心口窒痛，身躯僵硬。

三日前，三日前，让她无比痛恨的三日前！他就这样轻易地在大庭广众之下提起，下一句，他还要说什么？双眼竟有些发涩，她抬起头，看着房梁，紧紧抿着唇却不想说话。而这表情看在宗政无忧眼里，却是极度淡漠，好像不论他说什么她都不在乎。他的心猛地沉了下去，世人皆说男子薄情，他却觉得女子无情时，更胜男子无数倍，三日，才不过短短的三日，她便迫不及待地转投他人怀抱。

“这就是你所说的无法扭转的乾坤？”宗政无忧浓眉紧拧，怒极反笑道，“你从一开始就算计好了，接近本王，骗取本王的感情，你想让我为你痛不欲生，以报复我当日对你的拒婚和羞辱？”

漫夭心头一痛，明明是他存心利用，欺骗她的感情，伤了她的心，现在却倒打一耙，说一切都是她的阴谋，真是可笑。她控制不住地笑道：“离王太抬举我了，我哪有那个本事。”

让他痛不欲生？这个世界有那种人的存在吗？她无比讽刺地想，就要挣脱他的桎梏，手臂却被捏得更紧，骨头像是要碎掉。

“放开我。”她皱眉。

宗政无忧反而将她抓得更紧，目光变幻不定，竟隐有恨意，道：“如果不是，那你为何要隐瞒身份？还设下偷天换日的计谋。你以为这样，我就拿你没办法了？你别忘了，三日前离王府后山，你已经成为我的女人。你以为做了本王的女人，你还有权利嫁给别人？”

四周一片哗然。

有人忍不住小声议论：“原来她已经跟了离王，怎么还好意思装作若无其事地嫁给傅将军？真不要脸。”

“傅将军真惨，还没成亲就被扣了顶大大的绿帽子。”

所有人的目光一下子都集中在她的身上，尤其是那些在看到她真容之后悔恨莫及的贵族子弟突然间找到了一个平衡点，立刻又得意起来。

鄙夷、嘲笑、不屑、质问、唾弃，她被这些目光肆意包围着，仅仅因为那个男子的一句话，她在世人眼中就从一个高贵美丽的仙子瞬间变成人尽可夫的贱妇。如果不是碍于她的身份，说不定现在就会有人嚷着要把她浸猪笼，或者烧死！

漫夭闭上眼睛，牵着她另一只手的傅筹正在慢慢地松开她，她没有去看傅筹现在是什么表情。

外面的雨似乎越下越猛，没有丝毫停止的架势，屋檐的水滴被大风裹着砸在半敞的窗子，啪啪地响。

是什么眯了她的眼睛？再度睁开时，视线有些模糊不清，她努力睁大眼，冷风吹动着她的衣摆，整个身子微微颤抖着。她转过头，愣愣地看着她曾放下防备真心爱过的男子，他是那么的无情，撕碎了她的心还不够，还要来践踏她的尊严。真的很想抬手狠狠甩他几个耳光，但她最终什么也没做。她拼命地告诉自己，他只是一个不相干的人，他爱怎么说就怎么说，只要她不在乎，他便伤不到她，伤不到。可是，此刻她的心里为什么那么难受，难受得像是有人在拿刀子不断地捅她？她忍不住吸气，抬高下巴，看窗外雨雾蒙蒙，口中一阵腥咸，唇上不知何时竟被咬出血口，汩汩地往外渗着血，吞咽一口，那腥咸的滋味，从喉间一直蔓延到了心底，苦不堪言。

宗政无忧看到她唇上渗出的血迹，目光一震，之前翻滚在他胸腔内的滔天怒气突然

消弭，更升腾起一股闷痛之感，令他不由自主地想抬手为她擦去唇上的血迹，但那只手始终没抬起来。

周围的议论声还在继续，他目光一沉，冷冷地扫了一眼那些人，厉声警告道："都给本王闭嘴！谁再敢多说一句，本王让他从今往后再也说不出一个字！"

凌厉慑人的气势令周围所有的声音都在那一瞬间消失了，没有人敢质疑他的能力。

宗政无忧望着女子身上刺目的大红喜服，表情冷酷地说道："脱了它，跟我走。"

漫天笑了，这个男人还是这么狂妄，不把一切放在眼里。他以为她是什么？他的奴才，还是他的宠物？

"对不起，离王殿下，我已经嫁人了。我现在的身份，是傅将军的夫人。即便将军休了我，我也还是启云国的公主，不会任你召之即来挥之即去。以前是我看错了你，以后不会了。"

她冷漠地说着，抬手一根一根用力掰开捏住她手臂的他的手指，神色倔强而坚持。

宗政无忧看着她的动作，看着她用尽全力也要逃离他的掌控的决绝，心里突然涌起一种无力感。身份从来不是他的顾忌，但是这样冷漠决绝的她，却让他陡然心生惶恐。

一直以来，他都坚信自己这一生可以做到无心无情，但这一刻，他对自己万分失望。在这个女子面前，他十三年来的努力，竟比不上十几日的相伴。假如换作其他人这么不识好歹地违逆他，他可以用千百种残酷的刑罚令其生不如死，不需要多说一句废话。可是，对她，他现在却连怒气都没了。

"七哥——"

这时候，九皇子突如一阵旋风般冲进了大堂，立刻察觉到情况有异，连忙缓下步子，探头往里慢慢走去。一看到漫天，他怔了怔，继而兴奋地叫道："璃月？你在这儿啊？你害得我好找。你可不知道，这几天为了找你，我是一天也没睡过好觉，都快要累死了。唉，能看到你真是太好了，我终于可以睡个安稳觉了！"他自顾自地说着，也不管别人的反应，伸手拍了拍宗政无忧的肩膀，一边懒懒地打了个哈欠，一边说道："七哥，这回没我什么事儿了，我回府睡觉去。"

说着转身就往外走，堂内除了他的声音之外，依旧很安静，安静得有些不正常，他走了几步，忽然站住了，似是想到什么，双眼蓦地一睁，猛然回头，眼睛瞪得有铜铃那么大，三步并作两步又跑了回来。扯着漫天身上的喜服，看了看她，又看了看同样一身喜服面色深沉的傅筹，以及他七哥那双常年冷漠如冰此刻却纠结着复杂情绪的眸子，他惊讶地张大嘴巴，半晌才找回自己的声音，扯着嗓子大叫："璃月？你，你你怎么这身打扮？你别告诉我，你就是启云国容乐长公主？"

周围的人皆是一愣，璃月？九皇子叫她璃月？众人连忙再次仔细瞧这女子的面容，恍然大悟，原来那个长得比女人还美的"璃月公子"本身就是个女人，还是个传言奇丑无比的公主。怪不得今日离王会来，可是，也不对啊，她都住进离王府了，为什么还要选择傅将军？还有那日大殿上公主选夫时璃月公子是在场的，这是怎么回事？

漫天淡淡地看了九皇子一眼，没说话。

九皇子哀嚎一声，抱头叫道："你怎么不早说啊？早知道是你，我干吗要挨那一百板子？"他使劲儿地跺着脚，简直就是痛心疾首，不为别的，就为那一百大板挨得太冤了。

宗政无忧眉头一皱，冷冷地瞥了九皇子一眼，九皇子立马就安静了，扯了扯僵硬的头皮，垂手站到他身后。

漫夭挣开宗政无忧的手，转身望了望面色沉静的傅筹，对一直呆愣在原地的泠儿吩咐道："去准备笔墨纸砚。"

没人知道她这时候要文房四宝做什么，难不成事态发展成这样，她还有心情吟诗作画？众人更加疑惑。

泠儿不敢多问，转身去了，片刻后，笔墨纸砚被摆上桌，漫夭亲自上前研墨，动作熟练，力道沉缓。一滴墨溅上她的手，顺着指节间的缝隙缓缓滑落下来，留下一道漆黑的印记。走到这一步，她依旧别无选择。回想她二十多年的人生，似乎一直都在别人的掌控中，她总是被命运推动着向前，沿着既定的轨道，没有选择。

九皇子耐不住好奇，凑过去笑问："璃月，你研墨做什么？是要作画吗？你看画我怎么样？我玉树临风、英俊潇洒、风流倜傥，很值得一画。"他展开双臂，原地转了一个圈，以证明他所言非虚，但那一个圈还没转完，就对上宗政无忧阴沉锐利的眼神，连忙停下动作，改口道："你还是画七哥好了，他比我好看。"

那语气，十足像是受气的小媳妇。

宗政无忧嘴角一抽，额头多了几条黑线。

漫夭无语，本来沉重悲凉的心境，被他这一搅，说不上是什么滋味了。她叹出一口气，停下研墨的动作，拿起一旁的朱笔，回身望着傅筹，在众人诧异的眼光下，异常平静地说道："将军，请。"

傅筹微微一愣，似是明白了她的意图，却没动。

漫夭又往前递了几寸，淡淡道："此次误了两国和平大计，乃容乐一人之过，容乐自会一力承担罪责。请将军不必多虑，只管写下休书。"

在这个以夫君为纲的年代，被休弃的女子可以说是再无幸福可言，只能孤独终老。因此，她这一行为令人极度不解，众人面面相觑、惊诧至极。换作一般的女子，遇到这种事，定是一把鼻涕一把泪地下跪乞求原谅，有谁会傻到自觉自愿地请求被夫君休弃？

傅筹定定地望着她，那一双明澈的眸子没有半丝起伏，似是被他休弃不是什么大事，对她的人生根本不会造成任何影响。他不禁皱眉，心中陡然多了一丝愠怒，伸手接过她手中的朱笔将其握在手心，却久久没有蘸墨。

外面的雨渐渐小了，天地间蔓延着令人窒息的潮气。

漫夭垂眸静立，并不催促。这回连九皇子都安静下来，偷瞧一眼宗政无忧，只见他沉寂多年的冷眸竟燃起了点点光华，像是爱的企盼。

时间如指缝里的流沙，一点点悄然流逝。傅筹忽然将朱笔往桌上一丢，抓起面前的宣纸，用力一攥，再摊开掌心时，纸屑如飞灰四散。

众人愕怔，那温和的表情再次回到他英俊的面庞，他抬手轻轻抚顺着她额角的碎发，笑容温柔道："谁说我要休你？你忘了在来的路上，我说过什么？拜了堂，我就是你的夫君，是要与你相守到老的人，不论有什么事，我都会和你站在一起。"

漫夭心神剧震，眼中的平静被震裂开来。她十分清楚今日她为傅筹所带来的一切，在这个年代对他的人生意味着什么——是耻辱，就算休了她也无法磨灭的耻辱。她张了张口，一时间竟不知该说些什么。只是感觉到眼前男子握着她的手，很温暖。

这一幕落在宗政无忧的眼里，真真是郎情妾意，令他有如芒刺在心，不禁冷笑道："傅大将军真是情深意重，感人肺腑。只不过你想跟我宗政无忧的女人站在一起，也得问问本王愿意不愿意！"

他一字一顿，几乎咬牙切齿，在众人来不及反应之前，他已经迅疾掠至傅筹对面，一把将女子拽到自己身边。眯着眼睛冷冷盯住傅筹，那凌厉嗜血的眼光仿佛只要傅筹敢说一个不字，他就会毫不犹豫地将其碎尸万段。

漫夭震住的同时，重重跌向宗政无忧的怀抱。他整个身子坚硬似铁，撞得她身上一阵阵麻痛。她当即用手推他，却被他紧紧箍住腰身，动弹不得。她愤怒地抬起头，推在他胸前的手掌心处传来汹涌如波涛般的猛烈撞击，那是一个人情绪起伏波动最好的证明，与他面上冷酷镇定的表情形成截然相反的对比。

她有一瞬间的错愕，却听傅筹道："不管离王愿意不愿意，末将与容乐成亲已是铁一般的事实。离王别忘了，当初容乐和亲而来，是谁把她拒之门外，说她又老又丑？"

宗政无忧身躯蓦然一僵，漫夭则心神一凛，立刻推开了宗政无忧，退后道："不错！当初我初入京城，是离王你吩咐下人紧闭王府大门，将我拒之门外。次日大殿之上，你又亲口拒绝娶我为妻，极尽嘲讽之能事，并以剑相对，剥我喜服，伤我十指，令我血染乾坤殿。如今，我不过是如你所愿，另嫁他人，你又有什么理由阻拦我？"

她昂首相对，字字如冰。宗政无忧竟忍不住后退一步，没想到她将这些事情都记得如此清楚，她怎么就不记得他们相处的那些日子里他放下身段对她温柔以待？她怎么不记着他们每日品茗对弈畅谈古今？心中一阵抽痛，他狠狠地盯着她的眼，几欲怒气攻心，沉声问道："所以你就心生报复，耍弄心机故意接近本王，意欲在本王对你钟情之时，再另择他人而嫁，以打击本王自尊为快是与不是？"

漫夭笑得无比自嘲，他们之间有什么深仇大恨，值得她拿自己的身子和一生的幸福作为代价去报复他？她冷笑一声，却是不屑分辩，淡淡道："离王要怎么想随便你。"

这种极度漠然的态度比任何无情的话语更能打击一个人的骄傲。宗政无忧面上的冷漠被撕裂，眸子里纵横的血丝透着痛怒交杂的表情。胸口震痛，他忽然怀疑眼前这名女子，是否真的对他用过情。

"跟我走。"他又去拉她的手。

漫夭自然是闪身一避，傅筹立刻伸手拦在他们中间，道："离王要带末将的妻子去往何处？"

宗政无忧眯起凤眸，冷冷道："让开。"

傅筹仍是微笑着，但那笑意却不达眼底。他的手臂纹丝未动，半点没有让道的迹象。

两人就那么僵持着，一个是掌管三军手握兵权的大将军，一个是权倾朝野拥有千里封地的王爷，这是第二次，他们为同一个人对峙。

浓烈的火药味在空气中炸开，冷冽的气息充斥着整个大堂，连呼吸都仿佛含着冰块。

周遭一片死寂的无声。

宗政无忧忽然抬手一挥，叫道："冷炎！"

冷炎应声出现在大堂之内，如鬼魅一般的速度，与他同时现身的，还有大堂之外院落中的二十几人。

狂风骤起，折断院中枝叶无数。这一行人的现身，带来了一股浓烈的肃杀之气，铺天盖地地席卷了整个将军府。他们手执长剑，剑柄如扇形，倒映在水中的锋利剑刃闪烁着冰冷的寒芒，似是沉睡将醒的地狱之魔，渴望着新鲜生命的滋润。

领头的七人，脸上各自嵌了半边红魔面具，喋血的颜色，如同地狱的岩浆。

人群中有人失声惊叫："修罗七煞！"

三日，整整三日，漫夭被关在伸手不见五指的漆黑屋子里，没有食物，没有水，甚至连空气都是稀薄而冰冷的，散发着一股霉味。她不知道现在是白天还是晚上，不知道她被带走之后，将军府会发生什么事……

修罗七煞，江湖中最神秘的组织无隐楼的七大杀手，相传此七人武功奇高，神鬼莫测。其身价五十万两白银，每人一年只接一笔生意，单独出任务，从来都是下手干脆利落，无有败绩。就在他们在将军府出现的那一刻，百官面色惊变，待她回过神来，人已经被宗政无忧带离了将军府。

那是她从不敢想象的速度，然后，她被剥了喜服，扔进了这间几乎是全封闭的暗黑的屋子里，这屋子的上头，是他们一夜缠绵的地方，那个美丽的温泉池边。而与她一同关在这里的，还有宗政无忧自己。

她不明白他这么做的用意，只能防备地待在一个角落里，静静地等待宗政无忧先开口。这一等便是三天。宗政无忧一直很安静，安静得像是不存在。他不说，不动，就连呼吸，都浅得让人觉察不到。

这间屋子不大，但是空阔，除了地面就是墙壁。她蜷着身子，还是觉得很冷，于是又往墙角缩了缩。

"你冷吗？"

黑暗中，宗政无忧说出了三日来的第一句话，问她冷不冷。

漫夭抿着唇，没作声，继续缩着身子，同样的安静。在这样的环境里，人总是会不由自主地回想过去的人生。而她的人生，除了"悲哀"二字，她再也想不到其他可以用来形容的词。

三日不吃不喝，也不曾合眼，她觉得疲惫无力，所有的心情在安静寂寥中被无限放

大，头昏昏沉沉的，她靠着墙，终于有了一丝睡意。

迷迷糊糊中，她感觉自己靠着的那面墙忽然变得很温暖，她自然而然地贪恋那种温度，不自觉往墙边移了移，恨不能将整个身子都嵌进去，完全没觉察到那温暖的“墙壁”竟然也会动。

宗政无忧催动内力让全身变得暖和起来，再将怀中纤细的女子抱紧了几分，他的下巴搁在她的头顶上，轻轻蹭着女子的头发，心中阵阵发软。

这间屋子曾是他的疗伤之地，十三年前的那场噩梦之后，他将自己关在这里，不吃不喝，也不见任何人，在这样的黑暗里，他终将自己的心磨炼得冷酷无情，此后再没来过。如今，重新踏入此地，带着她，只为证明一件事：那十几日的朝夕相处，在他刻意营造出的温情蜜意之中，真正沦陷的人，究竟是她，还是他自己？

漫夭醒来的时候，睁开眼还是什么也看不见，身后的墙壁依旧冷硬，不复梦中的温暖。她不禁自嘲，一面墙，怎么可能会有温暖。梦，永远都只是梦。

“宗政无忧。”她不确定他是否还在这里，便叫了一声。久久没有得到回应，四周一如既往地寂静无声。她忽觉心中一阵发紧，她不得不承认，这三日，她尽管防备，却不曾害怕过，因为有他在。

过了许久，就在她以为这屋子里只剩下她一人时，她的左首边不远处传来轻轻的一声：“嗯。”

奇迹般地，她的心安定下来。

她坐直了身子，收敛心绪，转头朝着他的方向，平静地问道：“你准备关我到什么时候？”

“和我在一起，你害怕了吗？”他声音低沉，语气淡淡，听不出情绪，可她又分明感受到了一种无奈而悲凉的心境。许是在黑暗中待得太久，容易生出错觉。她嘲讽一笑，叹了口气：“放我走吧。别忘了我是和亲公主，又是临天皇亲下的旨意，傅将军虽不如你身份尊贵，但他到底手握三军，在军中有着无上的威信，掌管着一个国家的生死存亡。无论你做什么，都无法改变联姻已成的事实。只要他一日不休我，我便只能是卫国将军夫人，与你之间，不会再有交集。”

“倘若他休了你，你……”略带希望的声音，不像是那个狂傲到目中无人的男子该有的情绪。

漫夭略略一怔，道：“他不会休我。”

如果会，三日前就已经休了。

“你那么信他？”男子的声音忽然变得很冷，冷冽之中夹杂着一丝难掩的怒气。宗政无忧蓦地转过身子，一把扣住她的双肩，目光如刃死死盯着她的眼，黑暗中视物是他十岁就已经练就的本事。

漫夭直觉地想躲开他锐利的眼神，极力保持镇定，平静地吐出一个字：“是。”

她感觉到男子的身躯一震，一种疑似悲伤的情绪飘扬在稀薄的空气里，半晌无声。令人窒息的沉默，让她心中渐感不安。过了许久，那道声音越发冰冷，还有一丝听不分明的复杂情绪。

“为什么？”他问，声音竟然有两分哀伤，“倘若你气我有目的地得到了你的身子，那你以为他娶你的动机又是为何？你怎知，他对你不是心怀利用？”

漫夭苦笑，想说她宁愿被天下人利用，也不能忍受他对她感情的欺骗。可那句话终是没说出口，而说出来的，只有“心甘情愿”四个字，落在宗政无忧的心上像钢刀锐刺，一个字，一个窟窿。

他的手骤然使力，五指似是要嵌进她的肩骨，他突然低头狠狠地吻上她的唇，带着滔天怒意，惩罚般的力道，仿佛要用唇舌将她碾碎吞进腹中。

她拼力挣扎，他双臂如铁钳，任她如何努力，仍是被他越箍越紧。

一丝血腥气卷入口腔，在喉咙深处蔓延，直抵心尖，不知是她的，还是他的，总之是苦涩难言。

宗政无忧一把将她推倒在地，狂吻如骤雨般落下，一刻不曾停歇，令本就稀薄的空气更是有同于无。

片刻，胸腔内的空气被抽干，窒息的剧痛漫天席卷，混合着唇舌交缠带来的奇妙感觉，竟是如此诱人，叫他欲罢不能。这样真实的碰触提醒着他，这一刻，她还是他的，她还在他怀里，在他身下。他的手迅速探入她衣内，寻找着心灵之中濒临绝望的最后一丝慰藉。

漫夭身子一阵战栗，本能地哼出一声，心中一惊，在这样的情形下，她竟然还能产生反应？一种屈辱之感油然而起，这个男人把她当成什么了？不知是哪里来的力气，她一把推开了他，毫不犹豫地抬手，一个极其响亮的耳光结结实实地甩在了他俊美无匹的面庞。

宗政无忧呆住，有那么一瞬，他的大脑处于一片空白的状态。

他这是在做什么？他在对自己喜欢的女人用强。那是他最不能容忍的行为。宗政无忧倏然坐起，薄唇抿成一条直线。心中一片空茫，对脸上火辣辣的痛，一无所觉。

漫夭忙从地上爬起来，紧紧拢住自己的衣裳，脱力地靠在角落里，贪婪地大口呼吸着空气，却还是觉得胸口闷痛至极。

不知道过了多久，宗政无忧突然开口问道：“你，对我究竟有没有真心？如果有，又有几分？”

漫夭呆了呆，心想宗政无忧长这么大，别说一个耳光，就算是一指头也没人敢碰吧。可她竟然打了他，她也是一时气怒攻心所致，原以为他一定会恼羞成怒，更加疯狂，却没想到他沉默良久之后竟问出了这样一个问题。他是那么骄傲自负的人，居然也会问这种问题。她不知该如何回答，便垂下头去，不吭声。

时间一分一秒过去，宗政无忧身子重重往后靠，砸在墙壁上发出一声闷响。再开口时，带了自嘲和苦笑，他缓缓说道：“一分都没有吗？那你走吧。”

出乎意料，漫夭愣住，一时反应不过来。

他主动暴露自己的实力，将她从将军府的婚礼上掳走，把她跟他一起关在这地下石

室里三个日夜，不吃不喝不睡，如今就这么轻易地放她离开？她不禁猜测疑惑，耳边突然传来轰隆一声巨响，石门应声开启，一丝昏黄光线再无束缚地照了进来。她转开头，眼睛不太适应。

那头，宗政无忧重复道："走吧。"

声音低沉，带着几分无望的沙哑。听在漫夭耳中，有些苍凉的味道。

她勉强站起，浑身绵软无力，只能用手扶着墙壁，慢慢地一步一步走了出去。出了门，上了第一道台阶，不知为何，她竟没忍住，回头看了一眼。石室尽头，坐在地上的男子，本是俊美如神，此刻却神色黯淡，眉目低垂，呆呆地望着她之前所在的位置，目光竟含着悲怆和绝望，像是被抛弃的迷途的孩子，令她心头不由自主地痛了起来。

石室里的男子似乎感受到她的目光，抬起头来，对上她眼中一闪而逝的心疼，他黯淡的眼眸骤然燃起光华，她却慌忙转回头，逃也似的抬脚准备离开。

"阿漫！"身后男子忽然叫住她，她身形一顿，不动，亦不回头，却明显感觉到投在她身上的两道视线由悲哀转为炽热，随后，她听到那个一向骄傲自负的男子用无比真挚的语气对她说："阿漫，如果你肯回头，我宗政无忧此生对你必以真心相待，永不相弃，宁负天下也绝不负你！只要你肯回头！"

只要你肯回头。

他的话，如誓言一般，认真而沉重。令她心神剧震，身子僵硬，有什么从心底满溢而出，令她欲离去的脚步仿佛被钉在了地面，竟抬不起来。

真心相待，永不相弃。

宁负天下也绝不负她！

多么美好的诺言，但凡女子都无法抗拒吧？尤其是出自宗政无忧之口。她几乎是直觉地想回头，但理智提醒她，这个男人曾经欺骗她的感情将她玩弄于股掌，他的话，一个字也不能信！但她还是忍不住回了头，他的目光看起来那样真诚，充满了期待，似乎在告诉她，只要她肯往回走，哪怕是只走一步，她和他的幸福便唾手可得。然而，就在这时，头顶传来凿壁之声，一声比一声响亮，宗政无忧进来之时，毁了外面的机关，只能从里边开启石门。想来定是那些人见他三日都没出去，慌了神，便欲打通一条道。

漫夭蓦然醒神，所有理智瞬时回复。她对着他笑，看着他因她回头而灿亮的双眼，她却笑得无比凄凉，无尽讽刺道："你以为，我还会信你吗？我怎知你不是为了证明这个世界没有你宗政无忧得不到的东西而布下另一个陷阱，等着我跳下去摔得粉身碎骨，你再来对我说，是我心甘情愿。宗政无忧，我已经蠢过一次，不想再犯同样的错误。以后，即便被欺骗利用，我也想要活得明明白白。"

说完，她头也不回地离开，没看到身后之人目光碎裂，面如死灰。

外面残阳如血，染红半边天。温泉池边跪了一地的人，个个额头抵着冰冷的地面，在帝王盛怒下的阴沉表情中，大气也不敢出。

这时，石室入口突然传来一声不大不小的轰隆声，令本就极度紧张的众人身躯皆是一抖，继而抬眼望去，移开的石门之内，走出一名美丽女子。女子面色苍白，衣衫不整，脚步虚浮无力，三日前的那身大红喜服早已没了踪影。

众人吸气，不自觉地猜想着这三日她与离王孤男寡女同处一室会发生些什么事。无数双眼睛齐齐望向立在皇帝陛下身后的傅大将军，目光充满了同情。一个男人在成婚当日被人当众指出妻子不洁已是莫大的羞辱，又在拜完堂之后，妻子被人掳走，与他人共度三个日夜，这简直就是奇耻大辱。

傅筹掩在袖中的双手暗暗握紧，面上却看不出丝毫的表情。

临天皇朝她望过去，本是带着欣喜的目光在看见走出石室的只她一人的时候，顿时变得凌厉如刀，沉声下令："来人，拿下她。"

一队侍卫飞快地将她包围，漫夭一愣，本就虚弱无力的身子在这样严厉的阵势下更飘得厉害，她皱眉，强迫自己镇定道："请问陛下，容乐犯了什么罪？"她声音虚弱，形容狼狈。

临天皇道："你不知道自己所犯何罪？哼！你好大的胆子！六日前，皇宫晚宴，你女扮男装随离王入宫，找个假公主冒名顶替你在大殿上选夫，此乃欺君。你身为和亲公主，不安安分分地待在公主府，却四处招摇，勾引离王，迷惑卫国大将军，企图离间我国两大重臣的关系，欲引发我朝廷内乱，罪大恶极。"

他的声音很沉，似是贯注了内力，直直地穿过尚未合上的石门，往地下石室传了过去，又道："来人，将她押入大牢，听候处置。"

漫夭心中一惊，嘴角不自觉露出讥诮的笑容，临天皇这一席话，倒是将宗政无忧的不是给择了个干净。所有的罪责，全扣在她一人身上。制造朝廷内乱？多大的一顶帽子，就这么扣在了她的头上。

"陛下……"傅筹惊得开口，临天皇目光凌厉，朝他直扫而来，沉声打断他："她丢尽了爱卿你的脸面，爱卿还要为她求情不成？"

傅筹忙道："陛下息怒。臣是觉得，公主毕竟是两国的和平使者，纵有不是，也请陛下看在启云帝的面子，网开一面。"

临天皇的脸色这才好看一点，但仍然冷哼道："假如她真知道自己的身份，就不该做出这种有失身份的事情来！"说完看傅筹还想开口，他立即沉了脸，不容分辩道："好了，朕意已决，爱卿不必多说。来人，把她带下去。"

两名侍卫应声抓住漫夭的手臂，漫夭苦涩一笑，连辩驳的力气也没有，更别谈挣脱钳制。

九皇子求情道："父皇息怒，这件事……"

"够了！"临天皇厉声打断道，"朕说过，朕意已决。谁敢再求情，一律同罪论处。带走。"

不可违逆的帝王气势令九皇子讷讷退后，不敢再多言。周围的大臣都知道如果处决了容乐长公主，必然会激怒启云国皇帝，到时兵戎相见在所难免，可是，连傅将军与九皇子都碰了壁，看来皇帝真是铁了心，便也不敢再求情。

就在他们以为一切都已成定局、无可逆转之时，突然，石室方向一声冷喝传来——

“放开她！”

那是毫不客气的命令式的语气，声音不大，却冷沉得令在场所有人的心都狠狠地往下一沉。

架住漫夭将她拖出很远的侍卫不由自主地停下，漫夭不用回头也知道在临天皇面前敢用这种态度发号施令的，除了宗政无忧，天下再没有第二个人。但是临天皇似乎并没有恼怒，反倒像是松了一口气。

九皇子面色一喜，立刻迎上去叫道：“七哥，你终于出来了，真是急死我了。”

出了石室的宗政无忧，又恢复了从前那个高高在上、骄傲自负的离王本色，面容冷酷，双眼如地狱幽潭，冰冷邪妄。他没看九皇子，只扫了眼架住女子的两名侍卫，然后盯着临天皇，冷冷重复道：“我说，放开她。”一字一顿，斩钉截铁。

临天皇面色变了几变，皱着眉头问道：“无忧，你确定要放了她？你可要想好。”语气竟好似别有意味。

宗政无忧没答话，但他坚定的神色足以表达了他的意思。

临天皇无奈叹气，这才朝侍卫摆手道：“罢了！你们去把石室封了，以后，这件事谁都不准再提。”说完又叹息一声，带着人走了。

众人跪送圣驾，漫夭几乎是趴在地上，起都起不来了。

傅筹上前扶她，将她微微凌乱的衣衫拢在一起，神色温柔道：“让你受委屈了。”

漫夭摇头，感觉两道炽热而又冰冷的视线始终盯在她的脊背，她拼命控制着自己不去回头，只对傅筹勉强笑道：“谢谢，我没事。”

宗政无忧在他们身后看着，瞳孔微缩，双拳紧攥。

九皇子叹道：“七哥，你为什么要出来阻止呢？你知道父皇那么做是想帮你……”

“我不需要。”宗政无忧打断他，黯然垂目道，“我还没卑鄙到需要靠那种手段去留住一个女人！”

风轻轻吹过他的脸庞，苍白而没有表情。

“七哥……”

“回府。”

宗政无忧再一次打断九皇子的话，语气淡漠一如以往，他已习惯将所有情绪都埋进心底。昂首，深吸一口气，再不看任何人，径直与前面的女子擦肩而过，朝山下走去。夕阳余晖映照着他颀长的背影，孤清的白色，为这个黄昏增添了几许萧瑟，仿佛要将他与身后所有人的世界都隔离开来。

卷二 红颜白发千般痛

第十二章　同床共寝

在将军府的日子过得很平静，整整一年，漫夭都没再见过宗政无忧，茶园她也很少去了。表面上，拢月茶园被她转给了别人，由沉鱼打理，实际上还是她的。

清谧园。

葱茏苍翠的竹林里，漫夭寻了处阴凉之地摆了棋案，手执一枚红子，望着棋盘怔怔出神。

“主子，您怎么待在这儿呀？不是要午休吗？”泠儿大步走来，边走边笑问。

漫夭神色淡淡道：“天气越来越热，我睡不着，这儿凉快，我出来待会儿。”

泠儿在她身边坐下，拿扇子为她轻轻扇着风。

“主子想下棋了？我陪您下。”泠儿跟了漫夭四年，这象棋她也学过一阵子，但学得不精。

漫夭笑道：“你啊，让你一半的子，你也挨不过一炷香的工夫。萧煞呢？最近他总是神龙见首不见尾，比我还忙。”

泠儿道：“是啊，我每次有事找他总找不见，下回看到他，您可得好好说说他。”

漫夭微笑，竹林外梁管家带着下人捧着几个盒子朝这边走了过来。

“禀夫人，这是将军刚刚差人送回来的，说是皇上的赏赐。请夫人过目。”

漫夭象征性地扫了一眼，无非就是些金银珠宝、绫罗绸缎，可看到最后一个精致小巧的木箱时，她目光瞬时一亮，站起身来。

泠儿好奇道：“主子，那是什么呀？”

“荔枝。”

深红的颜色，看起来还很新鲜，漫夭拿了一个在手里，冰冰凉凉的触感，在这浓烈

典藏版［上册］

的夏日，感觉异常舒心。她拨了拨上面的一层，见下面还裹着些碎冰。这个世界，水果极少，尤其是不易贮存的荔枝，在这交通不发达的年代，往往运输到京城都已经不再新鲜，而冰块更是难得一见。

梁管家笑道："夫人真是见多识广。湘梅，这箱荔枝给夫人留下。"

漫夭摆手道："不用，留几个尝尝鲜，其他的送去地窖，等将军回府再用。"

梁管家欣然应诺，领着众人退下。漫夭剥着荔枝壳，一种久违的熟悉感自内心升起，她已经不记得有多久没吃过荔枝了。这些水果，启云国没有，临天国的京城也只有皇宫才吃得上。

泠儿打趣道："主子，将军对您真好，不管皇帝陛下赏了什么，将军总是命人先送回来给主子。"

漫夭笑笑，没有说话。

泠儿偏头看她，总觉得她眉间有一股淡淡的说不上来的忧郁之色。

"主子，您知道吗？现在呀，整个京城的女子都在羡慕主子嫁了个好夫君呢。可是，为什么我觉得主子您还是过得一点都不开心呢？"

要说傅筹待她的确是极好，关怀备至，呵护有加，几乎是无可挑剔，可偏偏这样的好，让她觉得不真实，像是刻意做给别人看的，仿佛在向世人宣告，他对她有多么的好。即便这样，她也应该知足吧？

"以前没来临天国的时候，奴婢觉得主子好像有很多心事，后来到了临天国，主子的心事比以前更多了。主子，都过了这么久，您还在怨皇上吗？"

泠儿所说的皇上，自然是启云国皇宫里面的那个清隽儒雅的男子，传说中对她宠爱有加的年轻皇帝。

怨？她摇头，说不上。她现在的日子也没什么不好，至少风平浪静。傅筹没有妾室，她不必面对女人之间的钩心斗角。

淡淡的笑挂上女子的唇边，那种笑容似乎已经成了她的一种习惯。

"我没有不开心，"漫夭淡淡道，"现在这样，就很好。"

心如止水，平静无波，无所谓快乐不快乐。她剥了一颗荔枝，递给泠儿："你也尝尝。"

泠儿尝了一口，欢喜道："好甜啊！可惜那个箱子太小了。"

漫夭嗔道："你真贪心。这一箱已经不少了，听说只有江南才生产荔枝，运到京城还这么新鲜，一定是快马加鞭，也不知沿途换了多少人、倒下多少匹马？"

泠儿才不管这些，只管说道："既然主子喜欢，就让将军派人去江南快马加鞭多运些回来就好啦，反正将军手下有的是人，他对主子又那么好，一定会答应的。"

漫夭失笑道："你以为我是杨贵妃啊？"

一骑红尘妃子笑，无人知是荔枝来。那个传奇女子与帝王之间的凄美爱情，除了证明那句"最是无情帝王家"之外，最后什么也没留下。

"杨贵妃是谁？"泠儿好奇地问。

漫夭道："一个古人。"

泠儿"哦"了一声，突然想起什么，叫道："咦？主子说荔枝产自江南？江南不是离王的封地吗？"

漫夭手一颤，剥到一半的荔枝掉到了地上，远远地滚了出去。"离王"这两个字，许久没人向她提起了。

一年前，黑屋里的三日之后，他不顾临天皇的极力阻拦，毅然离开京城去了江南封地。新年时，所有地方皆积极上贡，唯江南之地没有任何贡品，只是传来消息，数百年来一直不和的江南五大大家族不知什么原因突然变得和睦，并自愿献出白银数百万两供离王建设藩地之用。听说如今的江南，比以前更加繁华。可是，以宗政无忧的性子，连皇位都不屑一顾，又怎会对一个小小的江南如此用心？他对皇宫更是厌恶，为何要快马加鞭送荔枝入京？这似乎不符合他的行事作风。

漫夭想得出神，泠儿叫了她几遍她都没听到。

"容乐，在想什么？这么入神。"

不知何时，傅筹出现在她的身边，泠儿忙搬了凳子，傅筹挨着漫夭坐下，看着摆在她面前的棋子，他目光略略一暗，没说什么。

漫夭回神，微微笑道："将军今日怎么回来得这样早？"

傅筹习惯性地握了她的手，温和笑道："怎么，不喜欢我早回吗？"

漫夭摇头道："当然不是。我只是觉得有点奇怪，你一向公务繁忙，每日太阳落山才回府。哦对了，今日陛下赏赐的荔枝很新鲜，我让人放到地窖里去了。泠儿，你让他们再拿些过来。"

泠儿喜滋滋地应了，还没转身就听傅筹问道："荔枝？陛下今日的赏赐只有金银珠宝绫罗绸缎，何来的荔枝？"

漫夭一怔，旁边的泠儿已先开口道："有的有的，奴婢也尝了。将军您看，那地上还有一颗。"

傅筹顺着泠儿所指方向，看到滚落在地上的那颗果肉晶莹圆润的荔枝，目光顿时犀利，对竹林外叫道："项影。"

"属下在。"

"今日陛下的赏赐，何时多了份荔枝？"

"回将军，属下奉将军之命送陛下的赏赐回府。刚出皇宫，陈公公便追了上来，说我们少拿了一样，还说这箱荔枝是给夫人的。"

给她的？漫夭微愣，她记得，因为宗政无忧的关系，临天皇在心里对她有了成见，只是碍于她的特殊身份才勉强应付表面，又怎会突然赐她一箱这么新鲜的荔枝呢？

平静的心湖忽然生出丝丝涟漪，漫夭蹙眉，又听傅筹说道："看来，他已经回京了。速度还真快，这么远的路程，才用了短短五日。容乐，这箱荔枝还是早早吃了吧，别糟蹋了他的心意。"

她怎么听着傅筹的语气带着点酸意，还有隐约的讥讽。

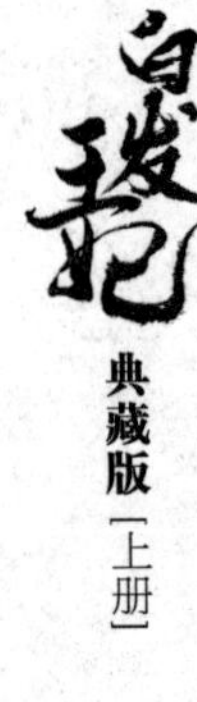

“他是谁？”漫夭直觉地问，如扇长睫轻轻地颤了一下。

傅筹望她，轻声笑道：“自然是离王。”

明明已料到是这个答案，她的心还是不由自主地乱了。照这么说，这荔枝是宗政无忧给她的？他为什么要送她这个？他不是应该恨她讨厌她吗？

“你怎么了，这么热的天，手怎么还这样凉？”傅筹再次握了握她的手，剑眉微皱。

漫夭不自然地收回手，淡淡道：“我没事。他——我是说离王，不是不喜欢皇宫吗？为什么突然回来？”

傅筹不答反问道：“容乐怎知他不喜欢皇宫？”

他明明是笑着，且是一贯温和的笑容，她却莫名地感觉到有丝凉气自心底掠过，连忙低头，没有说话。

傅筹似是并不在意，复又笑道：“七日后，皇宫会有一场赏花宴。你提前准备准备。”

又是宴会，她皱眉。

傅筹这次连同她掌心的那枚棋子一并握住，力道有些大，像是要把她手掌间的那枚棋子压碎。他说：“我知你素来不喜那种场合，但这次是陛下的旨意，所有大臣必须携妻女参加，所以只好委屈你了。”

漫夭抿了抿唇，这也算不得什么委屈，只是少不得又要多听几句闲话。就是不知临天皇为何要让大臣们携妻女参加，还是以圣旨的方式？她暗暗想着，却没问出来。

夜里的将军府很宁静，漫夭本想早些休息，可躺到床上翻来覆去，怎么也睡不着。索性起身，出去走走，不想这一走就走出祸端来，遇到两个不懂事的小丫头躲在假山后头谈论她的是非，而她坐在假山一侧被树木挡住的石凳上。风轻轻吹过她的脸颊，带着夏日特有的燥意，周围静悄悄，除了那两个丫头的窃窃私语，没有别的声音。

“哎，你说奇怪不奇怪，一年多了，听说将军晚上都没进过夫人的房。这是为什么？”

“那还用说，嫌她身子脏呗。别看白天把她捧手心里跟个宝似的，那心里哪能没根刺？男人啊，最不能忍受的就是自己的女人不干净。”

“也是哦，我好好奇，夫人当初既然把身子给了离王，为什么又不嫁给他呢？离王身份尊贵，是陛下最宠爱的皇子，说不定将来还会当皇帝，而且他长得那么好看，听说啊，整个京城只要是长得有几分姿色的千金小姐，第一个想嫁的人就是离王，要是离王能看上我，让我死了我也愿意。”

“做梦去吧你，离王再好，我也不喜欢，我只喜欢将军。”

“你喜欢将军，就让将军娶你做侧夫人啊。”

这样的言论漫夭也不是第一次听到，早已习以为常，她淡淡地起身，正准备离开，突然听到扑通两声，紧接着是假山后的那两个丫头害怕到极致的颤抖的求饶声：“将，将军，将军饶命。”

漫夭一愣，傅筹竟然也在这里？看来那两个丫头运气不大好，傅筹虽然看起来温和，但将军府规矩极严，这回被他撞见，那两个丫头没好果子吃了。她正犹豫着要不要过去，就听傅筹淡淡问道："是谁想做侧夫人？你吗？"

有深深的吸气声，其中一丫头磕头如捣蒜，声音带着哭腔，连连道："奴婢不敢，奴婢该死，请将军饶命。"

"带下去。"傅筹对那丫头的求饶充耳不闻，声音听不出喜怒，"以后再有人敢在背后胡说八道，编派主子，一律送去刑讯房，杖毙。"

杖毙？漫夭心中一惊，再没多想，连忙转身过去拦道："等等。"

项影拖住两个丫头的动作顿了顿，两个丫头一看她也在，更是吓得面无人色，连求饶都忘了。

傅筹对于她的出现似乎并不感到意外，迎上几步，温和笑道："这么晚了，容乐怎么还没睡？"

"睡不着，出来走走。"漫夭看了看那两个被吓傻了的丫头，十七八岁，跟泠儿差不多的样子。她不忍道："她们两个只是口无遮拦，也不是杀人放火犯了什么不可饶恕的过错，小惩大戒就好，无须要了她们的性命吧？"

她知道这两个丫头说的不只是她的痛处，也恰恰是一个男人最不愿被人提及的耻辱。可毕竟是人命，她没法坐视不理。

傅筹嘴角的温柔笑意仍在，目光却渐渐沉了下去，如同一片看不见底的沼泽。他看了她一会儿，忽然笑道："好吧，既然容乐开了口，我又怎好驳了你的意。就留她们一条命，拖下去，执哑刑。"

地上的两个丫头一听，两眼一翻昏了过去。

哑刑，就是拔了舌根，从此不能再开口说话。漫夭怔住，没想到是这种结果，她还想再说些什么，可两个丫头已被迅速拖走了。她愣愣地看着面前英俊男子的脸上依旧是惯有的温和表情，忽然觉得有一股寒气掠过她的身子，令她在这大热天里不由自主地打了个寒噤。

傅筹看出她的异样，叹道："你太善良了，容乐。外面那些闲言碎语我封不住，但至少这将军府里，我不想你再听到那些话。你懂吗？"

他看着她的眼睛，那么温柔，那么体贴，漫夭低下头去，没吭声。

远处梁管家闻讯而来，战战兢兢地向傅筹请罪，他训了两句，就上来牵她的手，动作无比自然道："天色已晚，我们回房歇息吧。项影，今夜本将军歇在清谧园，你就不用跟着了。"

漫夭闻言身躯一震，瞬时僵硬如铁。

清谧园，寝阁。

傅筹屏退了泠儿及所有的丫头，偌大的屋子只剩他们二人。漫夭站在窗前，有些紧张。

一年了，她还是逃不掉这一关。她知道为人妻这是她应尽的责任，本是无可厚非，

可她……唉，她轻轻叹了一口气。

窗外一弯新月挂在当空，点点银辉倾洒而下，将浓郁的夜色笼上一层清寂的薄光，她却无心欣赏。

傅筹坐在床沿，看窗边女子白衣染着月华，如缥缈之境的仙子，连月光都成为她的点缀和陪衬，令人不禁想要触摸她的真实。而她纤细的身躯似是画中柔美的线条，透着一种沉静却又惊心动魄的美，吸引着他的靠近。他忍不住去想象她此刻面上的表情，她的唇大概是抿着，嘴角微微上翘，挂着一丝淡漠和薄凉，她的眉轻轻蹙起，眉心处轻愁暗藏，她的眼空蒙如雾，却又清澈如泉，应该正望向遥远的天空，带着犹豫和挣扎。

漫夭听到身后传来的脚步声，是唯恐惊扰了这宁静夜色般的极轻极缓。那脚步声越来越近，她的身躯绷得越发紧了。当一只手抚上她的肩头，她微微一颤，常挂在嘴角的那一抹薄凉的笑意完全僵住，再勾不出半丝弧度。

傅筹双手握住她的肩，她的身子比他想象中的更为单薄，单薄得令人忍不住疼惜。他感觉到她身体的僵硬，手略略一顿，低头在她耳边柔声唤道："容乐。"

他话音未落，漫夭突然转过身来，退后两步，撞上了窗户，心中已是无数个念头在转，却找不到一个合适的理由作为拒绝的借口。

"将军，我……"

话才出口，他的手指迅速点上她的唇，深邃的瞳孔荡漾着丝丝温柔，他低头，紧紧看住她，轻声道："不要找借口，更不要说你身子不方便。容乐，一年多了，你还要我等多久你才能准备好？"

漫夭愕怔，他倒是将她看得清楚。她轻咬下唇，推开他的手，身子往旁边挪了挪，轻咳一声。

"我要去沐浴。"她说，脸色很不自然。

傅筹笑道："你不是已经沐浴过了吗？"

漫夭目光一闪："天太热，刚才又出了汗。我身上有汗会睡不着觉，将军就请先歇息吧。"说完不等他反应，她已转身大步出了门。

傅筹望着她急急离去的背影，唇边笑意愈深，低低笑道："原来你也会紧张，沐浴？好，我就在这里等你。来人，沏壶茶来。"

极品西湖龙井，清香四溢，沁人心脾。

傅筹眉头几不可见地一皱，问道："只有这个吗？"

泠儿回道："这是主子平常最爱喝的。"

最爱喝的？如果他没记错，这似乎也是另一个人最爱喝的茶。

目光渐渐沉郁，他仰首便是一杯，边喝着茶，边静静地等。等到他手中的茶壶已经是第四次空了，她还没回来。

"你去浴房瞧瞧，"傅筹放下茶壶，对泠儿说，泠儿应了，正要离开，他却又拦下道，"算了，还是本将军自己去吧。"

雾气蒸腾的浴室，有淡淡的香气丝丝缭绕于空。

正中央一个偌大的浴池里碧色的水面，铺满了娇艳的花瓣，衬得池中的女子更是肤白若雪。

漫夭闭着眼睛靠在浴池的边缘，水又要凉了，她不记得这已经是第几次添水。

心里很乱，她不知道该如何面对傅筹，她毕竟占着他妻子的名分，他要求同房，合情合理，而且他又没有妾室，这样下去，总不是办法。她叹口气，心中郁结难舒。自从一年前，她委婉地拒绝过他一次以后，他就再没为难过她。不知今日为何突然要留下？是为了证明他并没有嫌弃她的身子，还是另有原因？

她撩起一捧水，浇在自己脸上，双手捂住脸庞，感觉很疲倦。为什么她身边的人都这么复杂？一个都不让她省心。放下手，她唤屏风外的丫头再给她添些热水。

外面没人应，却有轻微的脚步声靠近，然后是水注入池中的声音。她因为困倦一直闭着眼睛，懒得睁开。

温水入池，冲散了她面前的花瓣，露出胸前细腻光滑的肌肤，透着饱满诱人的光泽，在水波里若隐若现，引人无限遐思。黑缎般的长发半湿着散落肩头，将露出水面的单薄香肩衬得更加莹白如玉，美不胜收。

来人拿起她身旁的浴巾，蘸水擦拭着她纤细优美的颈项，动作温柔至极，像是情人的手在触摸的感觉。有些奇怪，漫夭蹙眉道："我不需要人伺候，你退下吧。"

身后之人并没有因她的话而离开，反而凑过来，呼吸骤然间粗重许多，她甚至感觉到身后之人呼出的气息也变得炽热滚烫。她正要睁眼，那人放下浴巾，用手抚摸上她的手臂线条，手臂上传来与对方掌心摩擦的略微粗糙感令她困顿的意识骤然清醒。

漫夭睁开眼，往一旁闪躲，惊颤道："将军，你，你怎么过来了？"

傅筹似是料到她会是这般反应，一把握住她的手臂，让她无法逃开，在她耳边笑道："我看你那么久不回房，怕你出什么事，就过来瞧瞧。怎么了，是不是嫌天气太热，泡在水里就不舍得起来？你这样睡觉，会着凉的。"

漫夭不自然地转开头，将身子沉下去几分，才道："将军明日一早还要上朝，就先回房歇着吧。我，我想再泡一会儿。"

傅筹用手撩了一把她颈间湿漉的发丝，声音带着微微的暗哑，道："不碍事。既然容乐喜欢泡在水里，那我就下来陪你。"

说着作势就要宽衣，漫夭愣住，慌忙阻止道："不用了，将军。我虽然很想再多泡一会儿，但今日泡的时间够久了。我这就起来，请将军去外面等。"

傅筹没动，过了一会儿，一阵低低沉沉的笑声从她耳际传来，她才知道她被戏弄了。顿时着恼，一转头，他灼热的气息便喷洒在她的耳畔，有些麻痒，她不由得一慌，缩了缩脖子，就要躲开，却被他的大掌迅速托起下巴，狂热的吻突如其来，狂风骤雨般将她席卷，带着急切，还有几分霸道，一改他平常的温和。

猝不及防，漫夭身躯一颤，僵在那里。相处这么久，傅筹从未对她有过分的举动，充其量就是牵牵手、揽揽肩，她怎么也没料到他会这样突然地吻上来，心中方寸大乱，连忙挣扎，却不承想，傅筹此刻身子半倾，被她这一挣，他重心不稳，扑通一声，翻进

了池子里，激起大片水花，浇了她满头满脸。

她用手抹了把脸上的水，睁眼见池面竟没有傅筹的影子，满池漂浮的花瓣盖住了整个水面，根本看不见他人在何处。而她身无寸缕，他在水下，岂不是将她看了个透彻？这傅筹，真不知他是故意的，还是不小心掉下来？

漫夭有些懊恼，伸手抓过池边的衣物就要上岸，可还没踏上池边，脚踝就被一只大手握住，往水下猛地一拉，她惊呼一声，整个人栽了下去，被潜在水下的男子抱了个满怀，她慌乱中吸气，呛了一大口水。

傅筹连忙将她带出水面，圈在浴池边。

她猛烈地咳嗽着，像是要连心肺一并咳出来。

傅筹用手轻轻顺着她的背，漫夭瞪着他，终于不咳了，嗓子却还是火烧一样地疼。心中气闷，眼光便有些清冷。而傅筹，一层单衣入水，紧紧贴在肌肤上，勾勒出刚毅的线条，他面上布满水痕，五官分明的英俊脸庞在流于表面的温和表情褪去后，皱起的剑眉多了几分冷峭意味，更显得英气逼人。他的目光灼热，停留在她的胸前，漫夭这才发现自己的胸脯几乎露了一半在水面，连忙用手去掩，却被他握住了手腕。

"你是怕我吗，这么久都不出去？"他看着她的眼睛问。

漫夭低下头，不吭声。

傅筹也不生气，只将她赤着的身子半圈在怀里，看她湿漉漉的长发结成缕，零落地散在身后或者胸前，堪堪挡住水中隐现的一片春光，她娇嫩润泽的唇瓣紧抿着，嘴角勾着一丝薄怒，漆黑明澈的眸子透着倔强的坚持，如扇般的眼睫挂着一滴水珠，轻轻颤动，欲落不落，仿佛是钻进人心里面去的那滴眼泪，让人不由自主地心疼。

傅筹面色一变，突然放开她，身子一跃就出了浴池，背对着她，语气少有地僵硬："泡久了对身子不好，我在门口等你。"

漫夭不知道他为什么突然变了脸色，但很庆幸他的离开，因为那样赤身相贴，她实在不习惯。

月光皎洁，将军府被镀上一层银辉。

漫夭跟着傅筹回了寝阁，傅筹当着她的面把一身湿衣脱了，换上干净的里衣，向她招手："容乐，过来。"

漫夭抬眼望他，脚步纹丝未动，淡淡道："我们可以谈谈吗？"

傅筹笑问："容乐想谈什么？"

漫夭道："我们的婚姻，是建立在政治的基础上，虽然我带给你不可磨灭的耻辱，却也为你带来了一些你想要的东西。"

傅筹目光微动，面色不改，道："比如？"

漫夭答道："权势的稳固。"

虽然她被很多人不齿，但她毕竟是一国公主，而且是人们口中最受启云帝宠爱的公主，她的存在，代表着他的背后有一个国家的支持。这一年边关平静，临天国得以休养生息，与启云国屯兵边关牵制周边各国有很大的关系。试想，两大强国联手，谁还敢轻易来犯？

此外，朝中百官趋炎附势，这一年，他借此经营自己的势力，如今朝堂至少有一半以上的官员都与他私交甚笃。假如他也是临天皇的儿子，漫夭丝毫不怀疑，他可以不费吹灰之力推翻太子，自己坐上那个位置。

傅筹眼神微微一变，竟有几分厉光透出来。她却淡淡笑道："你不用担心，我什么也不求，我只想要一直这样平静安稳地过下去。我们就保持这一年来的相处方式，可以吗？"

她的声音很平静，语气淡漠听不出情绪。

傅筹看着她，半晌没说话，之后，他朝她走过来，目光复杂道："如果我说不呢？容乐，我很贪心，还想要你的人、你的心。"

大掌迅速握住了她的双肩，那面对他时总是挂着薄凉笑意的唇，他只想将它含住。

漫夭也不挣扎，知道他武功高出她许多，她挣也挣不过，只得转过头，淡漠道："将军难道不介意我已非清白之身吗？"

傅筹微微一震，笑容自嘴角褪去，目光瞬时暗了下来，手上力道加重几分。他定定地望着她清寂淡漠的眼，皱眉，再皱眉，眉心处竟暗藏了几分薄怒，道："我就这么令你讨厌？为了拒绝我，你宁愿自揭伤疤？"

漫夭咬唇，视线落在浅灰的冷硬地砖上，一双秀眉冷冷蹙着。

"我没有讨厌你。"她说，"你很好，是我不想做一枚有感情的棋子。我不知道你跟皇兄之间到底是什么样的关系，也不知道你们有什么约定和谋算。那个被派去太子身边的痕香，当初冒充我进皇宫选你做我的夫婿，是你的计划还是皇兄的主意？你对我好，为了做给谁看？这些我通通都不想知道。既然进了将军府，我也不愿再多想，我只希望，你能成全我过无人打扰的平静日子，这个愿望，不过分吧？"

她那样清清冷冷的声音，仿佛勘破世间一切的苍凉表情。

一年来，她看清了很多事。不说并不代表她不知道，不反抗并不代表她就认可，只是还没触到她的底线。

傅筹眼光变了几变。一直都知道她聪明，却没想到她通透至此。

"既然都知道，为什么还要嫁给我，不愿跟他走？"他放开她，退开少许。

漫夭没有回答，傅筹又道："因为你不爱我？因为你太骄傲，不能容忍感情的欺骗和利用，所以你宁可当一枚政治棋子，也不肯回头去他身边？"

他紧紧盯着她的眼睛，她转开头，袖中的手不自觉握紧了，心里又有巨浪翻腾。原来他也是什么都知道吗？所以每次都恰好赶在她最需要的时候出现在她的面前。

漫夭抿着唇，不承认也不否认。

一阵长时间的沉默，两人都没再开口。银白的月光透过凉白的窗纸洒在相距三步却心思各异的两人身上，这炎炎夏日，不知不觉融入了几分清冷的意味。

"很晚了，睡吧。"傅筹忽然叹了一口气，过来牵她的手，将她带往床边，她却不动，他又叹道："我不碰你。"

安详的夜，没有烛火，只有月光淡淡。

傅筹一来，连着就是六天。

漫夭还是没能习惯身边多出一个人，总是难以入眠。因为不知道身边躺着的那个人的心思，不知道他这么做又有什么目的。

生活真的让人觉得好累，连枕边人都要猜来猜去，不得安生。她闭着眼睛，呼吸轻浅。

夏日里的空气，含着那样炎热燥闷的因子，让人静不下心。

“睡不着吗？还是对我不放心？”躺在身边的男子突然转过身来，笑着问她。

漫夭一直都知道他没睡着，但她不想开口，她就想安安静静地躺着。对傅筹，她倒没什么不放心的，他那样的人，若真要对她做什么，也不必等她睡着。

见她闭目不语，傅筹支起手撑着头部，看着她乌黑的秀发铺满了枕头，他忍不住伸手去触摸，那如锦缎般柔滑的触感，在这寂静的黑夜里，令人的心也不自觉地变得柔软起来。还有她偶尔轻颤如蝶翼般的眼睫，仿佛在不经意间被拨动的心弦，那么轻那么轻的一下，又一下，不易觉察，却真实存在。

她还是紧闭着眼，不开口，也不动，似是睡熟了一般。他不禁笑道：“我知道你醒着。容乐，既然睡不着，那我们说说话。”

“将军想知道什么？不妨直说。”漫夭这才睁开眼，不知从什么时候开始，她越来越不喜欢那样拐弯抹角的说话方式了。

傅筹无奈道：“你，唉，我就想多知道一些关于你的事，我对你的了解，太少了。”

漫夭淡淡道：“我的事，都很稀松平常，没什么特别的。”

傅筹不以为然，稀松平常的经历，能造就这样清冷淡漠的性子以及那阅尽沧桑的表情吗？他用手指轻轻梳理着她枕边的秀发，又是一叹：“你啊，总是这样拒人于千里之外。容乐，我真不知道，要怎样做才能消解你的防备，走进你心里去？”

漫夭转头来看他，他的表情看起来很诚恳，她忍不住又转开眼，轻轻蹙眉道：“现在这样，不是很好吗？将军何必……”

“别这么叫我，”傅筹突然打断她，准确地找到她右手放置的位置，紧紧握住，目光灼灼，声音低沉缓缓道，“将军这个称呼是给别人叫的，我是你的夫君，是要和你一辈子相依相守的人，你就叫我的名字。”

一辈子相依相守，和他这样心思深沉的人？

夏夜宁静，熏香袅袅，格外蛊惑人心的语调萦绕在她的耳畔，她敏感地觉察到身边的男子似乎并不满足于仅仅是躺在她的身侧，他正一点一点靠近她，试图打开她的心防。这种感觉，有一点熟悉。

恍惚记起，曾经也有一个人这样对她说：“就这样，叫我的名字。”

“以后无人时，你，可以叫我的名字。”

叫我的名字。

心下一沉，她忽然皱眉，冷声问道："得到我的感情，对你又有什么好处？"

宗政无忧为的是借她身子解除走火入魔之征兆，那傅筹呢，傅筹想要她的感情做什么？

面色一怔，傅筹看了她半晌，眼底的温柔在她清冷而警惕的目光注视中慢慢沉了下去。他放开她的手，翻回身平躺下去，语气幽幽道："看来你被他伤得很深，对所有人都失去了信任。"

漫夭身子一僵，眉头依然皱着，眼眸低垂，又听他叹道："不管你信不信，我对你好，都是出自真心。我的名字已经有很多年没人叫过了，想听你叫一声，没有别的意思。"

他的叹息，带了伤感，似乎忆起了伤心往事，让她想起东郊客栈里他琴音的沧桑。也许每一个光鲜亮丽的外表背后，都藏着不为人知的苦涩，她是如此，宗政无忧如此，傅筹亦是如此，可这并不代表，他们受了伤就可以肆意拿别人来填补伤口。

"不过是一个名字。有没有人叫，或者叫什么，又有什么关系？"她淡淡道，"你不要总想着已经失去的东西，多想想你现在拥有的，权势，地位，武功，生死与共的弟兄，忠心耿耿的下属，别人穷尽一生也得不到的财富……就算这些都不是你想要的，或者有一天这些你都失去了，至少，你还有你自己，你的身体，灵魂，思想，只要性命还在，这些总还是你的。比起那些连最基本的都无法完整拥有，甚至需要倚仗别人才能活下去的人，你已经很幸福了。"

声音幽静而缥缈，她定定地望着紧闭的窗子，没看到她身边的男子目光在一点点变化。

幸福？傅筹垂了眼光。"身体，灵魂，思想？"他喃喃道，"如果拥有这些，却不能做自己呢？你也觉得他会幸福吗？"

拥有自己却不能做自己？漫夭微愣，转眼看他，便看到了他眼中迷蒙的哀伤，只一瞬间，就淹没在了他深沉的眼底。

之后，无话。

彻夜寂静，只听得到枕边人的心跳和呼吸声。

四更刚过，外面渐渐有了些光亮。傅筹今日较前几日起得早了，漫夭也准备起来，却被傅筹阻止道："你不用上朝，起这么早做什么？再睡会儿，我不用你伺候。"

漫夭却道："没关系，反正也睡不着，好歹尽一尽做妻子的责任。"

傅筹笑道："做妻子最大的责任是替夫家繁衍后代。"

漫夭动作一滞，却听他又道："我不要求你做到这一点。我十二岁进军营，习惯自己动手，这些事哪用得着别人伺候。你睡吧，听话。"他的口气像是哄孩子，温柔地扶住她的肩膀，让她重新躺下。

很快便穿戴整齐，梳洗过后，他坐到床边，对她抱着歉意笑道："今天军中有些要事需要我亲自处理，得晚些才能回来。你若是觉得闷，就出去散散心。对了，你还记得我以前说过的清凉湖吧？那里一到夏天就很凉快，你如果想去那里游湖，我让项影

送你。”

漫夭摇头道：“不用，有萧煞、泠儿陪着我就好了。”

目送他走到门口，傅筹突然回头道：“赏花宴就在明日，陛下命所有大臣带妻女参加，你不奇怪吗？”

漫夭顺势问了句：“为什么？”

傅筹敛目，似是想了想，才道：“尘风国王子听闻我朝美女如云，想择女联姻，这是其中一个原因；至于另一个，到时候你就知道了。”

说得似乎很神秘，漫夭也懒得追问。

她总是这样，一副对什么都无所谓也不关心的模样，傅筹目光闪了闪，刚踏出门口一步，又顿住脚步，回头嘱咐：“最近京城不太平，你出门一定多加小心。记得多带几个人。”

漫夭点头，他走了几步，再次顿住，又转过头，目光在清晨明亮的光线中显得有些复杂难辨。

漫夭奇怪笑道：“你今天怎么了？好像你这一走，以后再也见不着我了似的。”

傅筹面色一僵，继而半开玩笑道：“我突然不想上朝了，想留在家里陪你。”缱绻难舍的情意自他眼中流溢而出，漫夭移开目光，他却认真起来：“容乐，假如你真当自己是我的妻子，就要记得把你的心留给我，这才是我最想要的。”

这回他是真的走了，留下一室清寂的空气，搅乱人的心湖。

第十三章　命悬一线

“主子主子……”

漫天刚用了点早饭，就见泠儿大呼小叫地跑了进来，边跑边叫道：“主子，不得了了。”

漫天蹙眉问道：“什么事？”

泠儿道：“我刚听人说，萧煞昨天跟人打架了，为了软香楼的姑娘。”

软香楼的姑娘？萧煞不是一向都很讨厌青楼吗？

“你听谁说的？萧煞人呢？”

泠儿道：“好像又出去了。我就觉得他最近怪怪的，总是神出鬼没，找不见人，原来整天泡在青楼里。这件事，外面的人全都知道了，是将军不让告诉主子，怕主子担心。”

连傅筹都惊动了，看来闹得不小。漫天凝眉，萧煞一向稳重，怎么会为一个青楼女子惹出这种风波？这事传出去，别人定会说她纵容下属仗势欺人，若被有心人利用，说不定还会给傅筹带来更多麻烦。

泠儿又道：“听说为这事，将军还被召进宫了呢！”

进宫？漫天一惊，忙问：“对方是什么人？伤得重吗？”

泠儿答道：“是莲妃的弟弟，听说一条腿差点被打断了，现在还在家里躺着。”

竟这样严重？漫天脸色微变，关于那个莲妃，她知道一些，听说因为长得有几分像当年的云贵妃而备受皇帝宠幸，是个得理不饶人的主。难怪临天皇平白赏赐了傅筹那么多东西，想必昨日傅筹进宫受了不少刁难。

漫天皱眉，在屋里踱步，萧煞行事怎么变得这般不知轻重了？

“泠儿，你去打听一下，那个青楼女子是个什么来历。”

泠儿去了没多久就匆匆回来了，说没见到萧煞，也没见到那个青楼女子，只听说那女子名叫“可儿”，刚来京城不久，人长得很美，虽然人在青楼，但是不接客。

这就奇怪了，不接客，萧煞怎么和连家公子打得起来？漫夭满腹疑惑，软香楼，软香楼，怎么有些耳熟？

“你去查查软香楼是什么人的地盘。”她说完见泠儿愣了愣，脸色有些变化，漫夭立刻想到什么，目光倏然一厉，问道：“你知道？”

泠儿忙不迭地摇头，漫夭面色一沉，回到桌边坐下，语气淡淡道：“这一年多你给皇兄传递消息，都是送去哪里？”

她本是试探着问，可话音未落泠儿脸色就变了，扑通一声跪在她面前。漫夭凝眉看她，心底微凉。主仆四年，她从来没真把泠儿和萧煞当成下人看，甚至没当外人看。

泠儿在她的注视下低了头，轻声道：“原来主子都知道。”说完又猛地抬头，目光急切地辩解道：“请主子相信，我绝对没做对不起主子的事。”漫夭沉着脸，没说话。

泠儿忙又道：“我知道主子不相信，我跟了主子四年，虽然主子嘴上从来没说过，可我知道，主子待奴婢如同亲姐妹。奴婢从小无依无靠，连爹娘长什么样子都不知道，是皇上给了我活下去的希望，我曾经发誓一辈子效忠皇上，可如果皇上让我伤害主子，我断不会做。虽然皇上给了我活下去的勇气，但真正让我感受到这世上还有情义的人，只有主子一个。”

她说得很真诚，语气有些激动。漫夭看着她，仍旧不说话。

泠儿跪着朝她面前挪去，抓着她的手，急得哭了：“主子真的不相信我吗？我虽然是个奴婢，可我也是有感情的人啊。别的主子把奴婢就当奴婢，只有主子对待我和萧煞像对自己的亲人一样。我去软香楼是为了领药，有时候会传些无关紧要的消息，皇上想知道主子过得怎么样，想知道主子和离王之间发生了什么事，想知道将军对主子好不好。还有主子的身体，每个月的月圆之夜喝完药头还疼不疼。皇上是关心主子的，我相信皇上不会做伤害主子的事。”

漫夭看她哭得伤心，终是不忍，便扶了她起来，叹道：“既然这样，你这么紧张干什么，我又没怪你，你跟萧煞是我在这个世界唯一相信的两个人，我不想怀疑你们。以后有什么事，不要再瞒着我就是了。”

泠儿破涕为笑，用衣袖擦了把眼泪，这才高兴起来。

漫夭却心情沉重，从她四年前自那张华丽的大床上醒来之后，就得知她这身体有病，听说是小时候在冷宫里得了风寒落下的头痛症的病根，每月十五会发作一次，若不提前服药，寒毒侵入肺腑，后果难料。至于那药材，她曾偷偷找大夫看过，其中有几味药的确是用来驱寒，而另两味药，她找的几名大夫都不认得，据说是有人根据她的特殊病情用很多种稀有药材独立配制而成。

“夫人，车备好了。”梁管家差人来报。

漫夭抬头看了看天上的日头，还没到正午，已经热得人心里发慌，让人恨不能钻到地窖里待着去。

泠儿见她面色好些了，忙上前拉住她手臂，笑道："主子，萧煞的事，您先别生气，等回来再好好教训他。我先陪您出去散散心。"

漫夭想了想，萧煞不是一个冲动的人，他这么做，虽然不对，但必定事出有因。

"好吧。"她点头。没带多余的人，就和泠儿乘车去往东郊。

清凉湖是由两个天然湖泊在险峻的峭壁的夹缝中连接而成，有些曲折，一眼望不到头。湖岸的崖壁不算很高，但正好遮挡了天上的骄阳。

漫夭下了马车，一股清凉的风带着湖面微潮的气息扑面吹来，清幽凉爽的感觉仿佛夏日已去。她凝目四顾，周围青山碧水，心中豁然开朗，烦闷尽去。漫夭闭上眼睛，深吸一口气，空气清新舒畅。傅筹说对了，这个地方，她喜欢。

两人朝着湖岸行去，岸边宁静开阔，却不见有船只停靠。泠儿不禁嘟囔："奇怪，这里怎么连船都没有？"

漫夭也很疑惑，既然是夏天游湖的好去处，怎么会没有船只？正想着，突然又听泠儿兴奋地叫道："那里有一艘大船，啊，好漂亮。"

漫夭闻声抬头，两湖相连的夹道中缓缓驶来一艘精致的画舫。顶盖镶金镀面，奢华绮美，由七七四十九根雕花柱子支撑，每一根柱子间有白色浮纱飞舞，在碧水蓝天之间，如女子轻盈的舞姿形成一道独有的旖旎风景。一阵歌舞琴音自画舫内飘扬而出，在宁静的上空涤荡，悠扬悦耳。画舫周围有不下二十名护卫，个个表情严肃，目光戒备，一看便知这画舫的主人身份非同一般。

漫夭唤泠儿离开，想着既然租不到船，找个清净无人的地方走走也好。可才走了几步，就见那画舫直直朝她们驶了过来，一个留着大胡子的中年男子撩开白纱，朝她们招手喊道："我家主人请岸边的姑娘留步。"

漫夭眉心微微一蹙，泠儿不满地回道："你家主人是谁呀？叫我们留步我们就要留步吗？"

中年男子回头朝里边说了一句什么，里边走出一人来。

紫衫白襟，黑玉带覆额，身形高大，气质华贵，动作豪爽。这人她没见过，看上去不像是京城人氏。

漫夭微微诧异，但出于礼貌，她颔首静待画舫靠岸。

紫衣男子率先上岸，抱拳之际，惊艳的目光在她面上流连，毫不掩饰，并朗声笑道："敢问姑娘可是来游湖的？"

"当然啦，不为游湖，我们来这儿干什么呀？"泠儿抢先答道，那表情和语气，似是责备他问了句废话。

漫夭轻斥道："泠儿，不得无礼！"

她对紫衣男子歉意一笑，正想道歉，那紫衣男子却摆手根本没放在心上，笑道："没关系，这位姑娘真性情，在下很欣赏。"声音粗犷，笑容爽朗，语气真诚，不做作，是个有涵养的大气之人。

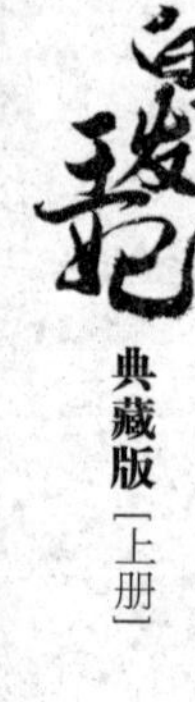

漫夭也不好失礼，微微一笑道："我二人确是为游湖而来，只可惜来得不是时候。"

她声音空灵，宛如天籁，容颜清丽脱俗，气质优雅高贵，笑容清淡疏离，却并不失礼，看得紫衣男子眼光一动，灿亮如日，一时忘情道："早就听闻京城美女如云，果然不虚。不知姑娘芳名，可否告知？"

果然不是临天国人，这人如此直接，令漫夭不好拒绝，却又不愿说出姓名，不禁蹙眉，看了泠儿一眼，泠儿立刻回道："你这人怎么这样？第一次见面就问人姓名。我们又不认识你，干吗要告诉你啊？再说了，你也没说你叫什么名字、是哪里的人啊？"

紫衣男子被抢白一顿，愣了愣，很快便反应过来，出乎意料地没有尴尬。不知中年男子附在他耳边说了句什么话，紫衣男子恍然大悟，不好意思地冲漫夭笑道："在下唐突，姑娘莫怪。"

漫夭笑笑摇头，问道："不知公子方才叫住我二人，所为何事？"

紫衣男子似是这才想起来叫住她们的初衷，忙道："是这样的，因为我今日在此游湖，我的家奴们小题大做，让这里的船家都收了船回家休息。我看姑娘在岸边巡视，像是在找船，所以贸然叫住姑娘，如果姑娘不嫌弃，同游如何？"

男子做了个请的手势，漫夭正想拒绝，泠儿拉了拉她的衣袖，在她耳边说："主子，我们好不容易出来一趟，他们看起来不像坏人。"

漫夭低声嗔道："你又知道。"

泠儿俏皮地吐了吐舌头，目光流连在岸边停靠的精致画舫之上。

漫夭无奈地叹气，转头见紫衣男子和中年男子看着她们呵呵直笑，显然是听到了泠儿说的那句话，现在她再拒绝，反倒是以小人之心度君子之腹。而这紫衣男子笑容真挚坦荡，应该是个君子。她想了想，礼貌笑道："既然公子盛情相邀，那就恭敬不如从命了。"

紫衣公子立刻欣喜地将二人请上画舫。

舫中宽敞，有歌舞乐队及下人无数。

漫夭在紫衣男子的邀请下入了座，男子命人撤酒，换了新的点心和茶水，并亲自为她倒上一杯，这才笑道："在下宁千易，初到京城，有幸在此遇上姑娘，真是不虚此行。"

这回拐了一个弯，还是想知道她的姓名。漫夭觉得有些奇怪了，这人看着很爽朗，不像是会计较这些事情的人。

宁千易？这名字好像在哪里听过。

漫夭凝眸想了想，愣是没想起来，便淡淡笑道："俗话说，君子之交淡如水。你我萍水相逢，就不必自报姓名了吧。"

紫衣男子愣了一下，继而豪爽笑道："姑娘说得有理，姑娘是个高雅之人，倒是在下俗了。姑娘，请用茶。"

漫夭浅笑不语，微微垂眸，端起茶杯浅啜一口，直觉紫衣男子一直在盯着她看，不禁蹙眉，一抬眼，两人的目光撞了个正着。她本以为他至少会有一丝被撞破的尴尬，或者眼神会有一些闪躲，却不料，他依旧含着笑，目光灼灼，竟是大大方方地注视着她。她怔了一怔，若不是胸怀坦荡，一般人恐难做到。

紫衣男子面上虽无波澜，心中却是暗暗称奇，一般女子倘若被男子这么大胆直视，只怕早就双颊飞红、目光羞怯，但此女在他注视之下，却能保持淡然平静，丝毫不受影响，自然优雅地饮着茶，这等闲定气度，在女子之中实属难得。看她始终神色淡淡，必是喜欢清净之人，他很识趣地不作声。静静地听着悠扬的琴音，品一等好茶，赏山湖美景，观绝世美人，心想这世上可还有比这更为惬意之事？

画舫又驶过通道，行至北边半湖，这里别有洞天，竟比南半湖还要大上一倍。清凉的风微微吹来，漫夭眉头舒展，心境安宁。忽然，船身轻轻动了一动，底部船板有细微的声响传出。漫夭一怔，敏锐地嗅出一丝混在凉爽的清风中随之掠过的杀气，她迅速抬眼，同时见紫衣男子浓眉一皱，盯着幽静湖水的目光如电。

趴在画舫边缘用手指在湖中划水的泠儿突然叫了一声："啊？这水里有人！"

中年男子面色一变，立刻去查看，再回来时，低声对紫衣男子禀报道："不好了，这水里潜了人，我们得尽快上岸。"

"来不及了。"紫衣男子与漫夭几乎同时出声。紫衣男子诧异地朝她望过来。

前面陆续传来扑通之声，有侍卫跃入湖中，半晌却不见上来，漫夭看到一丝血气在碧色湖水中漾开。

紫衣男子目光微变，站起身，对中年男子道："叫他们别下去了，赶紧往岸边靠，能靠过去多少是多少。"

泠儿见他们如临大敌的模样，有些慌了："主子，我们怎么办？"她有些后悔不该劝主子上船。

漫夭看了看四周空阔的一碧如洗的湖面，估了下距离和这里潜水上岸的可能性，然后轻轻拍了泠儿的手，安抚道："不必惊慌。既来之，则安之。静观其变吧。"

事已至此，只能与舫中之人同舟共济。

紫衣男子见她临危不惧，镇定如常，对她好感倍增，既欣赏又惭愧道："今日本是好意邀姑娘同游赏湖，没想到竟要连累姑娘了。"

漫夭淡淡地笑了笑，没说什么，只抬眼一扫，看向四周。

画舫之内，那些女子还不知危险降临，琴声依旧，歌舞未歇。而画舫之外，水面波澜骤起，水下暗潮汹涌。

突然，不知是谁喊了一声："啊——船舱进水了！"

这一声惊叫，抚琴跳舞的美人瞬间停了下来，乱成一团。

船板出现裂缝，湖水直灌而入。一时惊叫四起，天地忽然变色，乌云笼聚于空，一股浓烈的肃杀之气，铺天盖地卷动风云。

二十多名黑衣人破水而出，于四面八方围将上来，带着一道道泛着寒气的白光，直冲舫内。

舫上侍卫拔剑迎上，留了几人将紫衣男子护在中央。紫衣男子一把拉住身旁的女子，沉声道：“姑娘只管跟在我身后，我会保护你。”

漫夭微愣，这时候他竟不忘要保护她这个萍水相逢的女子，看来一场惨烈之战在所难免。

黑衣人武功极高，个个勇猛非常。剑之所至，血溅如雨，舫中护卫很快不敌。那些黑衣人目光嗜血，仿佛是地狱来的屠夫一般，见人便杀，那些抚琴跳舞的女子手无寸铁，毫无还击之力，黑衣人长剑扫荡，一声声惨叫不绝于耳。只消片刻，漫夭他们已被围住。船板上，断肢残臂，血沫横飞，湖水浸染成鲜红的颜色，浓烈刺鼻的血腥味于泛着潮气的湖面上空无尽漫开。这原本清幽宁静的清凉湖，瞬间成了惨烈的修罗场。

紫衣男子不知何时已握剑在手，中年男子护在他身前。泠儿也夺了剑挡在漫夭的前面，一改平常鲁莽冲动的性子，摆出一副拼命的认真姿态。

“你们是什么人？”紫衣男子问。

黑衣人不答，相互对了个眼色，便挥剑招呼过来，动作迅猛。中年男子与泠儿挺剑迎上，很快被围困。

紫衣男子目光一冷，眉宇间一股凌厉的霸气直冲而出，将漫夭护在身后，运气执剑横扫，剑气强势霸道，有力压泰山之顶的气势，将迎面而来的黑衣人暂时阻隔在剑气所及的范围之外。

船中积水愈多，船身摇晃不定。以紫衣男子的剑法若不用分心于身后女子，同时对付几名黑衣人，不会有太大问题。黑衣人似是看准了这一点，每一招都冲着漫夭而来，令紫衣男子分心，以致险况频生。

漫夭目光骤沉，对护在身前的男子说：“公子不必担心我。”说罢足尖一挑，接住飞空的长剑，把心一横，一剑刺穿朝她招呼过来的黑衣人的肩膀。鲜血飞溅，映在她清冷的美眸之中，一片猩红。倘若这个时候，她还存有怜惜人命的想法，那她只能等着剑穿入喉，沉尸湖底。她不想杀人，但更不愿被人杀。

紫衣男子闻言转头，惊在当场，只见被他护在身后原以为柔弱的白衣女子，此刻正衣袂翻飞，身形疾转，出手快如闪电，动作干脆利落，竟不逊色于他。他心中震撼至极，原来她也会武。只是，她虽剑法极快，但刺进敌人身体的利剑没有一次是对准敌人的心脏，总会偏出那么几分，留有余地。

他看着她，就像在看着一个被激怒的仙子动了杀念之后在挣扎中的沦陷，他有种想制止她的冲动，让她安心待在自己身后，以保护仙子圣洁的双手不被血腥污染。可惜现实不允许他那么做，身后有剑刺来，他蓦地回神，闪身堪堪避过。

漫夭手中之剑带出的鲜血，将她胜雪的白衣染上大片的殷红。看着活生生的人在她剑下倒下，眼前充斥的全是翻飞的血肉，耳旁阴风阵阵，心头寒栗直起，这是她第一次杀人。没有恐惧，没有慌乱，只有蚀骨的冷意侵入肺腑，一寸寸漫过心尖，在这炎热的夏日，她冷汗遍布全身，双手控制不住地颤抖。

当周围的黑衣人全部倒下时，她紧抿双唇，脸色发白，握剑的手指有些麻木。

整个画舫中只剩下他们四人，泠儿手臂受了两处伤，伤口正汩汩地往外冒着鲜血，见漫夭神色不对，她也顾不上痛，赶紧跑过来，拉着漫夭紧张地问道："主子，您怎么了？是不是受伤了？在哪里？要不要紧啊？"

漫夭摇头，声音缥缈："我没事。过一会儿就好了。"说完才看见泠儿受了伤，忙道："你受伤了？让我看看。"

泠儿听说她没事，才松了一口气，道："主子没事就好。"

漫夭看泠儿的伤不算严重，伸手撕下条舫中的轻纱草草给她缠上止血。

紫衣男子望着她，道："姑娘是第一次动手杀人吧？这些人不值得你难过，你不杀他们，他们就会杀你。"

漫夭没有回头，这些她当然明白，但是明白是一回事，做起来却又是另一回事。杀了这些人，她并未感到罪恶或内疚，她只是不习惯。

紫衣男子又道："船要沉了，我们得赶紧想办法离开，这周围埋伏的也许还不止这些人。"

船中积水已深，晃得很厉害，船身在迅速下沉。漫夭蹙眉，这里正处于湖中央，离岸边的距离太远，以她的轻功要直渡对面，根本没有可能。只能是能行多远就行多远，然后潜水过去。她将这提议说了出来，中年男子立刻反对。

泠儿问："为什么？"

紫衣男子面露尴尬之色，道："我，我不会水。"

漫夭微愣，一个不会水的人竟能眼看着船舱进水，还能如此沉着冷静地应对黑衣杀手，没有一丝慌乱，她不禁有些佩服这个人的定力。

紫衣男子抬头，目光锁定离得最近的那座不高的山崖，中间有一个缺口，他说："以我们的武功，要跃上那个山口应该不成问题。只不过，那里很可能有更多的人在等着我们。姑娘，你们就按照你刚才所说的方法先去对岸，我们二人上那座山，如果能平安出去，到时，我定会备上厚礼，去府上登门拜访，以谢姑娘方才援手之情。"

漫夭却道："一起上山吧。泠儿受了伤，不适合潜水。"而且她也不确定这么远的距离她们是否有力气游上岸。

紫衣男子不是婆婆妈妈的人，当下点头，几人交换眼神，先后飞身而起，直往对面山口跃去。

乌云开裂，仿佛被当空的烈日劈开般地四散而去，焦灼的阳光透过茂密的枝叶在山口洒下斑驳的痕迹。两侧的石壁凹凸不平，他们落脚的崖边，正好容得四人并肩而立。

脚跟还未站稳，强烈的肃杀之气扑面而来，紫衣男子所料果然不差。这里的确有埋伏，而且人数相比之前只多不少。

三丈开外的距离，无数黑衣人将整个出口都包围了起来，黑压压一片，湖中画舫已沉，他们四人立在原地，握紧手中长剑，再无退路。

就在这个山口之上的一块巨大岩石上，一名戴着面具的黑衣男子背对着他们，眼中是对自己毫无遗漏之算计的笃定神色。

“让你们主事的出来说话。”紫衣男子对黑衣人大声叫道，声音洪亮，传遍山野。

没人理他。

紫衣男子又道：“你们要的是我的命，与这两位姑娘无关。她们与我萍水相逢，并无深交，请放她们走。”

当真是君子行径，可那些黑衣人又岂会管这些。

黑衣人还是没理他，紫衣男子还想再说，漫夭阻止道：“公子不必跟他们多费唇舌。今日得公子相邀游湖，算是有缘，如今遭遇困境，岂有弃之而去的道理。不如我们四人放手一搏，来得实际。”

她也许生性凉薄，但对于真诚待她之人，却是无论如何也做不到弃之不顾。

紫衣男子被她这番话感动得热血直往上涌，这个女子似乎总在给他惊喜，他忍不住望着她，神色激动道：“如果今天能顺利走出去，我一定……”

他一定怎么样，漫夭没听见，漫夭只看到上方岩石上的黑衣男子在听到她说话之后蓦然转身，朝她们这边望了过来。

黑衣男子一看到她，目光明显一变，继而从岩石上一跃而下，立在众黑衣人的前头，指着紫衣男子，压着嗓音道：“我们只要这个人，其他人可自行离开。”

这明显的变声，隐约有几分说不出的熟悉之感。漫夭目光犀利，直直望向黑衣男子，他戴着面具，身躯被包裹在宽大的黑袍之中，看上去很奇怪。她轻轻拧眉，直想看清面具后的那双冷然的眼，竟发现对方目光一闪，竟避开了她的视线。

“如果我不走呢？”她说，紧紧盯着对方的眼睛。她觉得，这个人她认识。

黑衣男子身躯微微一震，却轻微得几不可察。

空气中有片刻的静默，浮尘不落。

黑衣男子向一侧抬手，立刻便有一柄三尺青锋长剑递到他手中。剑刃薄如蝉翼，透过枝丫印在刃口上的白色寒芒，令人不寒而栗。他五指收紧，指节透着坚定的力量，剑尖横空一指，剑气凛然破空而出，碎叶成灰，瞬间四散开来。

然后，他命令道：“要活的。”

又是一场惨烈非常的打斗！

漫夭压下心头所有的不适，眸子里一片清冷。看眼前尸体堆积，连呼吸都是令人作呕的血腥气。

过不多久，他们四人多多少少都受了些伤，动作明显较之前迟滞了许多，可那些黑衣人依旧勇猛，前仆后继，仿佛永远也杀不完。若不是黑衣男子说“要活的”，恐怕他们不被杀死也会被逼退落入湖中。体力渐渐不支，对面的黑衣人仍然如潮水般层层涌了过来。

漫夭感觉到整条手臂麻木得似乎不是自己的了，精疲力竭，她还在拼命挥舞着手中的剑。又是一下狠狠地刺入对方的身体，湿热的鲜血喷溅而出，糊住了她的眼睛。

紫衣男子忙道：“你不要紧吧？”

漫夭伸手在脸上抹了一把，满手鲜红，就像她曾经在临死前从车里爬出来的时候，手在脑门上抹过一把的情景，那是她在那个世界看自己的最后一眼。刺鼻的血腥味充斥着鼻尖，一寸一寸浸入心底，挑动了五脏六腑都在轻颤。鲜红的颜色也掩不住她脸色的苍白。她坚定地摇头，几乎失去知觉的手指还在努力地握紧手中的剑柄。

黑衣男子看着她，瞳孔一缩，再次开口："你们现在离开还来得及。"

紫衣男子一听，立刻道："姑娘，你们快走吧。不用管我。"

漫夭紧抿着唇，目光定定地望着黑衣男子的眼睛，不说话。

"主子……"

"姑娘，快走吧。"

漫夭忽然笑了，她说："我是不想死，但并非贪生怕死。"

她的笑容很淡，很淡，淡得让人觉得有些悲伤。

紫衣男子看了她两眼，突然扔了剑，对黑衣男子道："我束手就擒，让他们都罢手吧。"

中年男子大骇，惊叫道："不行，您不能这么做，您别忘了您的身份，还有您背负的使命！"不再是什么都任由着他，而是很严肃地以一个长者的口气来提醒他该做的或不该做的。

紫衣男子昂首道："我也不能让一个女子为我枉送性命。否则，我将来何以顶天立地，教化子民？"

"您……"中年男子被他堵得说不出话，只能用剑挡在他面前。

漫夭皱眉，正要开口，忽闻远处传来一道劲力十足的洪亮嗓音："都住手！"

随着这道声音响起，山上突现许多弓箭手将整个山头团团围住，个个都是弓拉弦满，足有千人之多。

"项影！主子，是项影啊，将军派人来救我们了……"泠儿开心地大叫，漫夭却再也笑不出来。

黑衣男子闻声目光一变，瞬间涌现无数个念头，趁所有人愣神之际，那柄青锋剑对准紫衣男子脱手而出，做最后一搏。

嗖的一声，青锋剑破空而来，迅猛无比。紫衣男子手中无剑，根本没法抵挡，他们立在山口边缘，并列成排，连避都避不开，只能眼睁睁地看着那柄剑直直地朝着他的心口刺来。

漫夭想也没想，与中年男子同时用剑去挡，却没料到那剑上被赋予的内力是那般强劲，她用尽了全力，也只是稍微改变了那柄剑的方向而已。而那方向，正是她所在的位置。

青锋剑顺着她的手臂方向没入肩头，剧痛席卷而至，她还来不及痛叫出声，身体已被青锋剑的剑势击得飞了出去，直往湖心疾坠。

山崖口，泠儿惊骇大叫："主子！"而惊骇之色溢于言表的除了泠儿，竟还有飞奔而至山崖口的面具黑衣人。此刻，他正朝她伸出了手，张开的五指似是拼命想要抓住她却徒劳无力的表情。

漫天不禁难过地笑起来，果然是他！

肩膀处传来蚀骨的痛感，却抵不过她内心的悲凉。其实死亡对她而言，也没有多可怕，至少，她在这一刻是这么觉得。睁着眼，这个世界依然是蓝天碧水、青山白云……

恍惚中，好像有个白色身影仿佛从天而降，于湖面踏水疾驰，向她飞奔而来，速度之快，就像一支满弓而出的箭，那么急那么急地朝她射了过来，姿态完美得像是一场幻觉。

她忍不住自嘲，觉得好累，今天杀了那么多人，颠覆了她曾经接受过的二十多年的思想教育。而这一天，她接受了一个事实，生命在这个世界里，根本一文不值。

闭上眼睛，她静静等待死亡的来临，不奢望有奇迹。然而，身体还未触及水面，便猛地一震，她被一股极其强大的力量卷入了一个温暖而坚硬的胸膛。

一股熟悉的清爽气息瞬间铺满了她的鼻尖，她似乎听见了那个胸膛的主人剧烈的心跳声，带着似愤怒又似恐惧的慌乱表情将她牢牢箍在怀里，那一瞬，她有种错觉，她是那人生命中最不可或缺的一部分。她想抬头看看那人的脸，看看这世上还有什么人会如此紧张她？可是，眼皮还未抬起，肩膀处传来的剧痛已令她陷入了昏迷。

第十四章　离王选妃宴

这一夜，星疏，云淡，卫国将军府的下人们走路都低着头，不敢发出半点儿声响。

清谧园的寝阁外端端正正地跪着府中两位主子身边最为亲近的侍卫，项影、萧煞。他们背脊挺得笔直，垂首敛目，心思各异。

漫夭醒来的时候，已是夜半三更。一睁开眼睛，便对上坐在床边的男子来不及收拾起来的复杂目光，那目光中似乎有愧疚、担忧、挣扎，还有难得一见的真正的柔软，唯独没有平日里如面具般的温和。

漫夭愣了愣，微微蹙眉，就见他眼中所有的复杂情绪在刹那间全部化作欣喜。

“容乐你醒了？躺着别动。来人，夫人醒了，快去把燕窝粥端来。”

门口的婢女领命快步去了，傅筹又转头问道：“容乐，你感觉怎么样？有没有哪里不舒服？”

漫夭没说话，怔怔地望着他，他是那么的温柔又体贴，还很紧张的样子，任何人看了，都会觉得这个男人是百年难得一遇的好丈夫，可是，她却无法感动，只觉得好笑。静静地抽回手，她垂眸看着自己略显苍白的手指，仿佛又望见了满手猩红。

屋子里点着一盏灯，灯影昏黄带着浅浅橙红，一阵风从敞开的窗口吹了进来，随着光影的摇曳整间屋子似乎都在晃动。漫夭总觉得眼前看到的东西都带着鲜红的血迹，稍微一动，肩膀剧痛袭来。

终究还活着。她闭上眼睛，喘了口气，脑海中渐渐浮现一个踏波而行的白色身影。

“我是怎么回来的？”她声音虚弱地问，问完不等傅筹答话，飞快又道，“是将军救了我吗？将军真是神机妙算，知道我一定会遇到危险，就安排项影提前带人埋伏在那里。”

她笑着说，眼睛在他英俊的面庞上来回巡视。

傅筹不自然地转开眼，目光再度变得复杂，正不知看向何处时，婢女端着粥进屋了，傅筹立刻笑道："你刚醒，不宜费神。来，喝点粥。"说罢扶她起身，让她靠着摞起来的柔软垫子，然后接过粥碗，舀了一勺燕窝粥送到她嘴边。

漫夭没张口，定定地看着他的眼睛，心潮翻涌，冷冷问道："那位紫衣公子是尘风国王子吧？你早就知道他会去那里游湖？"

傅筹握着勺子的手微微一颤，惊讶地抬头看她，却见她笑了起来，无比讽刺道："看来你跟皇兄的合作也不过如此，皇兄要杀他，你却借我来救他。如果这次我死了，也不知如了谁的意？"

傅筹身躯一震，随即将勺子扔回碗里，一把抓住她的手，像是久沉黑暗里的人想要抓住生命里的最后一丝光明。

"你不会死的。"

"我不会让你死。"

他英气的眉皱得死紧，语气很坚定，带了些心悸的颤抖。

漫夭听着这话只觉得很讽刺，不让她死，无非就是她还有利用价值。可如果她没看错，如果那一瞬间她没有出现幻觉，那么，她几乎可以肯定，救她的那个人并不是傅筹，而傅筹又凭什么说不让她死？

用力挣脱男子的手，却不小心扯到伤口，剧痛令她一阵眩晕，险些坐不住。

傅筹眼光一沉，忙扶住她晃悠的身子，语气紧张道："你别动，小心伤口。"漫夭转过头去，不看他。

傅筹低眉，轻轻叹道："把一切都看得清清楚楚，容乐，你不累吗？"

灯光又在摇曳，一晃一晃地照着她苍白的脸，她抬高下巴，面无表情道："累不累，又能怎样？我倒不想看清楚，可所有事情都与我息息相关。"这次还差点要了她的命，能看不清楚吗？早上离开前，这个人还那么认真地让她把心留给他，把心留给一个时刻不忘利用她的人？她有没有那么傻？

薄凉又讽刺的笑容弥漫在她的唇角，傅筹看着她这样的表情，心里涌起一股难言的滋味，张了张口，最后却只叹了一口气，无奈道："容乐，我不想伤害你。我会让你去，是因为我知道他们不会伤害你。可你为什么要拿命去救一个初次相遇的陌生人？"

"陌生人？"漫夭苦笑道，"这个陌生人，可以为我放下武器，把自己的性命交给敌人！"她回眸望他，目光明澈而犀利，似乎在问：你可以吗？口口声声说要和我相守终生的夫君大人？

傅筹被她看得心直往下沉，竟然有些不敢看她的眼睛，连忙起身道："你休息吧。"随后匆忙逃离般地朝门外走去。

"将军，"漫夭在身后叫住他，淡淡道，"不管是项影，还是萧煞，让他们都起来吧。他们不过是听命行事，何须他们在此跪着请罪？"

走到门口的傅筹身躯一僵，脚步顿了顿，没有回头。

床头桌上那碗燕窝粥还冒着热气，寡淡的粥香蒸腾一室，漫夭扫了一眼，没食欲，就让人撤了，之后了无睡意，睁着眼睛安静地躺在床上，看着已经起身却站在窗外不曾离去的萧煞，心里涌起一股悲凉的情绪。在她的记忆里，自来到这个世界，萧煞和泠儿就一直陪在她身边，教她练剑，陪她弹琴，看她下棋，从来不问她为何突然间好像什么都不会了，而她会的，却又是他们所不曾见过的。

算算已有四年，四年的诚心以待，朝夕陪伴，风雨同舟，如果这样还不能全心信任，那这个世界还有什么是值得她去相信的？

闭上眼睛，脑海中又浮现出那个白色身影，凌波踏水，朝她飞奔而来。心中一阵窒痛，她慌忙又睁开眼睛。

见到泠儿，是在第二天早上。阳光炽热，空气燥热难耐。

泠儿以龙卷风一样的速度冲进寝阁，扑到漫夭床前，欣喜叫道："主子，您终于醒了，昨天吓死我了。"

漫夭淡淡笑道："没事了。"

泠儿点头，眼里却噙了泪，哽咽道："幸好离王及时出现，不然奴婢真不敢想象。"

那"离王"二字，令漫夭心底一震，从昨晚到现在一直盘旋在她心里的答案就这样轻易被泠儿摆了出来。

"你说是离王？是他救了我？"她轻声问，声音竟有些颤抖。

"是啊，主子，离王的轻功好厉害，那么宽的湖面，他竟然像走在平地上一样，安然无恙地救回了您。您没瞧见，当时离王的脸色好吓人，那表情，就像别人杀了他全家一样。"

"别胡说！"漫夭皱眉轻斥，心里一下子就乱了。

泠儿道："我没胡说，是真的很吓人！我们都不敢看他。他还抱着您，冷冷地对冷炎命令'平了它'！然后就出现了很多戴着面具的玄衣人，几乎把那座山夷为平地。"

一些被刻意沉进心底的东西随着泠儿的那些话悄悄涌了出来，令漫夭的心顿时纷乱如麻。而泠儿所说的那个男子当时的反应，就像昨日在生死一线间被他抱进怀里的时候，她感觉到的他的紧张、愤怒、恐惧、慌乱，这一切的情绪都会让人错觉她对他而言是不可或缺的存在。然而，那么冷酷无情的离王宗政无忧，会有人是他生命里不可或缺的存在吗？她不由自主地想，先是快马加鞭送荔枝，再是清凉湖相救，他从不是那种愿为别人花心思的人，他也不喜欢游湖，那他怎么会出现在那里，又恰好救了她的性命？是巧合，还是别的什么原因？

心口忽然痛起来，她抬手按住，有些窒息的感觉。

泠儿见她脸色不对，忙道："主子，您怎么了？伤口疼了吗？我去叫大夫。"

"不用。"漫夭拉住泠儿，喘了两口气，才道，"我没事，可能天气太热了，胸口有些闷。对了，那位紫衣公子怎么样了？"

泠儿说："他没什么事，只受了些轻伤，还说了句奇怪的话。"

漫夭问："什么话？"

泠儿回忆道："他说'这个人就是离王吗？历武，你以前说错了，他的狂傲自负并不是倚仗皇帝的宠爱，而是他有那样的资本。只要他愿意，这个江山，迟早是他的'。"

漫夭一愣，这是宁千易说的？看来他这次来临天国并不只是为了选个妻子那么简单。

"后来呢？"漫夭又问。

泠儿道："后来，所有的黑衣杀手全都死了，就连项影带去的弓箭手也没有一个活着走出那座山。他们抓了项影和黑衣人的头领，主子，您知道吗？那些黑衣人的头领居然是萧煞。我做梦都没想到，差点害死您的人会是他。我问他为什么，他像哑巴一样，一个字都不肯说。"

泠儿越说越气愤，可漫夭却淡淡道："无隐楼的人，果然厉害！"

泠儿愣了一下，奇怪地问："主子，您怎么不生气？我昨天看到是萧煞，我都想亲手杀了他。"

漫夭道："杀了他有什么用，他不过是听命行事。"

"听命行事？听谁的命？"泠儿问，问完突然想到什么，瞪大眼睛，吸气道，"主子的意思是皇上？不可能不可能，皇上不会害主子，不会的。"

泠儿惊慌摇头，似是不能相信，漫夭却淡淡笑道："他要杀的人又不是我，你这么紧张做什么？"说完去拉泠儿的手，望着泠儿的眼睛，漫夭认真地说道："泠儿，我不管你和萧煞还听谁的命令、替谁办事，我在这个世界能相信的只有你们两个，无论发生多大的事，我都不想去怀疑你们。"

"主子……"泠儿感动得快要哭出来。漫夭拍了拍她的手，笑道："好了，我相信这一次萧煞有他自己的理由，我会受伤也是意外。你去告诉他，我不怪他，让他回去休息，这件事过几日再说。我想休息了，没什么事，别让人进来打搅我。"

说完她闭上眼睛，等泠儿出去后才又睁开，依旧毫无睡意，不知要怎样才能让自己的心静下来，不去想皇兄的算计，不去想傅筹的利用，更不去想宗政无忧救她的理由。

这个夏天闷得让人心里发慌，漫夭直觉，平静的日子，已经差不多快要到头了。

清凉湖遇刺之后，因尘风国王子受伤而被延后七日的赏花宴设在京城北郊，云莲山避暑别宫。

云莲山钟灵毓秀，清幽雅静，避暑别宫亭台楼阁，假山怪石，建造得精美绝伦。圣莲苑里，一个巨大的碧塘，连着三座水榭楼台呈三角凌立，楼台四周翠碧色莲叶铺满整座池塘，看不见浑浊的水面。

漫夭随傅筹到来时，离晚宴开始还有一个来时辰，但观荷殿已十分热闹。文武百官及女眷们分聚几处，聊得甚是起劲，殿内气氛融洽极了。而最引人注目的，便是那些精心打扮过的官家小姐，环肥燕瘦，娇艳无比。

赏花赏花，原来赏的并非池中之花，而是美人花。看着那些小姐眼中盛满期盼与憧憬，倒让漫夭觉得奇怪，这场赏花宴既然是为与尘风国联姻所准备，按理说，一般女子应该不会喜欢离乡背井、远嫁他国，可为何那些小姐却好像都盼着能被选中呢？

见傅筹与漫夭到了，百官皆起身相迎。

不知是哪位官员的夫人一见漫夭便热情地挽了过来，满脸堆笑道：“这位就是容乐长公主吧？果然是国色天香，倾国倾城，再配上这身打扮，跟天仙似的，怪不得我朝最出色的两名男子都为您倾倒呢。今儿晚上有您在呀，这些郡主小姐们也就剩下凑凑热闹的份儿了。”

最后一句话还没落音，四周充满敌意的目光唰唰地朝这边望了过来，漫夭蹙眉，不着痕迹地避开那位夫人故作亲热的动作，听着明褒暗贬的言语，她很得体地笑道：“夫人真会说笑，容乐已为人妇，怎能跟如花似玉的小姐们相提并论。”

那位夫人道：“公主太谦虚了，咦？公主这身衣裳真好看，是锦衣坊的新货吧？一定是傅将军特地为公主准备的，瞧瞧，傅大将军对公主多好呀，我家大人对我若是有傅将军对公主一半的好，我做梦都要笑醒了。你们说是不是呀？”

众夫人皆笑着围过来，不知是谁推了漫夭一把，正好推在她受伤尚未痊愈的肩膀上，一阵撕裂的疼痛，令她心生烦躁，没心思与这些人周旋，便礼貌地笑笑，寻了借口早早躲开。那些夫人在她背后撇了撇嘴，各自重聚在一起说笑聊天。

漫夭找了个清净点的地方坐下，看见傅筹被百官围在中央，应对得体，游刃有余。而她独自静坐，一身沉静清傲的气质与这热闹的人群有些格格不入。

天色渐暗，半敞开式的观荷殿四周已经挂满了各色宫灯，灯光倾泻而下，映照着一池荷花，仿佛未出阁的少女装点上最美的妆容，看上去更加娇艳而美丽。漫夭坐在这里，却一点赏景的心情都没有。

“主子，晚宴还早，您要是觉得闷，就出去走走吧。”泠儿提议。

漫夭想了想，点头，带着泠儿悄悄下了观荷殿。

一出圣莲苑，空气似乎好了许多。漫夭寻了条幽静的小道慢慢走了出去，那条道路的两旁树木蓊郁、假山林立。她这才吐出一口浊气，可刚拐过一座假山，便听到假山后头传来一阵打骂之声。漫夭皱眉，怎么哪里都不清净？

她不欲多管闲事，正待转身离开，就听一个男的骂道：“贱人，你一个人跑出来干什么？是不是想去找你的那个无忧哥哥？哼！离王要是看得上你这贱货，你也不至于嫁给我了。我告诉你，既然你爹把你嫁给了我，你就得给我安分一点，要是还敢惦记别的男人，看我不剥了你的皮。”

漫夭怔了怔，随即循声而去。

假山后面，一个衣饰华丽却相貌猥琐的男人正叉着腰对一名女子拳打脚踢，女子衣衫染土，发丝凌乱，嘴角挂着血迹，却是冷笑着盯着对她拳脚相加的男人。那男人火冒三丈，一脚就要踹向女子的脸。

“住手！”漫夭及时叫道。

那男人愣住回头，本是大怒，但一见漫夭，便双眼一亮，猥琐地笑道："哟，这位美人是打哪儿来的？是不是看小爷我寂寞，特意来安慰我的？"

这就是昭云的丈夫，逍遥侯的公子肖布，名冠京城的泼皮无赖。漫夭对他早有耳闻，却没想到此人如此不堪，不禁皱起眉头，对昭云生了怜惜之心。

男人说着话已经凑过来，伸手就要抬漫夭的下巴，但手还没碰到漫夭，就被泠儿一把扭住。

泠儿怒道："你好大胆子！敢对我家主子无礼！"

那男人手臂咔嚓一声，他连叫几声"哎哟"，骂道："你才大胆！也不打听打听小爷我是谁，就敢……啊　，我不说了不说了，你快放手。"

"泠儿，放开他。"漫夭淡淡道。

泠儿猛地松手，那男人摔了个四脚朝天，他爬起来，脸色阴狠道："你们是什么人？小爷我管自己的女人，关你们屁事，你们凭什么阻拦？"

漫夭懒得理他，径直走过去扶昭云。看着昭云唇边的冷笑，她心中说不出是什么滋味。记得以前的昭云单纯活泼，为爱情可以不要名分，最后却嫁给了这样一个声名狼藉的男人，如今还要为曾经的爱恋遭受丈夫的羞辱打骂。而这个男人之所以这么嚣张，无非是看昭云的父亲燕国公已经过世，听说昭云的几个哥哥都是妾室所生，根本不管昭云的死活。

这大概就是这个时代的女子的悲哀了吧，没有权势的庇护，就会被人歧视，即便活得猪狗不如，也无法逃脱不幸。

扶昭云起了身，漫夭才扫了男人一眼，目光犀利道："打女人不是男子汉大丈夫应有的行为，燕国公虽然不在了，但昭云郡主还有陛下钦封的郡主名号，你如此虐待她，就不怕传到皇帝陛下的耳朵里？"

男人眼中闪过一丝惧意，立刻警告道："你敢说出去，我一定饶不了你！"

泠儿嗤笑道："我家主子是启云国公主、卫国大将军的夫人，你能怎么样？"

男人一听愣住，瞳孔缩了缩，他再怎么不了解朝中形势，也知道卫国大将军的权势远胜于他那个没有实权的侯爷老爹，只得强忍住垂涎欲滴的口水，朝漫夭扔了句"一路货色"，就快步离开了。

昭云这才向漫夭道谢："多谢公主出手相救。"

漫夭叹道："郡主不必多礼。"说着递了帕子过去。

昭云接过，擦了下嘴角的血迹，衣袖滑下时，露出青紫瘀痕遍布的手臂。漫夭看了忍不住摇头，赶紧让泠儿去找些伤药来。

昭云阻止道："没关系，我习惯了。这么久不见，没想到公主还认识我。如果公主不介意，可不可以陪我走走？"

昭云问得小心翼翼，令漫夭不禁轻叹，生活真的能完全改变一个人。如今的昭云，再没了初时的单纯活泼，只剩下忧郁和成熟。

漫夭点头，吩咐泠儿不用跟着。

两个人静静地走着，都很安静，这条路上没有灯，到处都映着天将黑未黑的浅灰颜色。

“容乐姐姐，我可以这样叫你吗？”昭云转头看她。

漫夭笑道：“当然可以。”

昭云道：“那容乐姐姐也叫我昭云吧。”

漫夭点头，看昭云一副欲言又止的神情，微笑道：“昭云可是有话要对我说？”

昭云被看穿心思，低下头去，咬了咬唇，才道：“容乐姐姐，他回来了，你知道吗？”

漫夭自然知道昭云所说的“他”指的是谁，但没应声。

昭云自嘲道：“姐姐一定在想，他那么对我，我为什么还惦记着他。”

有一年多了，昭云不敢跟任何人提起那个男子，很多话憋在心里，无处可诉。

漫夭了解昭云心里的苦，轻轻叹道：“要忘记一个人不容易。”

“是啊，好难呢。姐姐这一年过得幸福吗？”

漫夭脚步微滞，没有回答。

昭云转头看她，脸上是凄凉的笑以及了然的神色。其实幸不幸福，何须问呢？在昭云的记忆中，第一次见她是在美如仙境的拢月茶园，那时候，她一身男子装扮，眼睛如琉璃般明澈耀眼，如今却空蒙清寂。昭云顿住步子，道：“我很羡慕姐姐，以前还嫉妒过、恨过。那段日子不知道你是女子，我多么希望自己也是男子之身，这样就可以像你一样，留在他身边。可是后来才知道，原来跟那些没有关系。”

突然听别人提起那些早已被自己埋葬的日子，漫夭也停下脚步，思绪飘远。那段日子，她宁愿没有那段日子。

“现在不恨了？”她淡淡地问。

昭云摇头，自嘲道：“他不喜欢我，我恨你有什么用？”她倒是想得通透了。

漫夭淡淡笑着没再说话，别人恨与不恨，对她来说没什么紧要。

两人踏着石板路，慢慢说着话就进了一个园子，这座园子名为扶柳园，不太大，景色却极为雅致。青翠的竹林，轻垂的杨柳，一碧如洗的青湖，湖中有大片大片的白莲，有的开得正盛，有的已经凋零，在靠近湖岸的位置掩映着一只精致的小船，那只船安静地停靠在岸边，船上没有点灯，看不见船舱里的景致。

昭云的目光定定地望向那些盛开的白莲，神色凄然道：“姐姐知不知道陛下为什么命大臣们携女眷参加今晚的赏花宴？”

漫夭道：“听说一半是为了尘风国王子。”

“那另一半呢，姐姐可知？”

漫夭摇头，昭云走到一棵柳树下突然顿住，漫夭看她脸色不好，停下脚步，淡淡笑道：“怎么，昭云知道？”

昭云轻轻“嗯”了一声，仿佛用了很大的力气，才忧伤地开口：“另一半原因，是为无忧哥哥选妃。”

漫夭心中一沉，想起傅筹那日说了一半又停下的表情。原来如此，怪不得大殿里的郡主、小姐们个个都打扮得那么娇艳，原来是为他。心头忽然有什么划过，似乎很轻又似乎很重的一下，没觉得多疼，却让她呼吸困难。

昭云转身，目光直直地看她，漫夭不自然地扭过头去，眼睛竟不知要看向哪里。空气骤然燥闷难耐，连风都不再凉快。漫夭握了握自己的手，指尖冰凉。

“姐姐也没有忘记无忧哥哥，是不是？傅将军待你再好，你不喜欢他，又怎么可能会幸福。”

漫夭皱眉，不喜欢这种被人窥探的感觉，她直觉道：“不，我很幸福。其实，忘记一个人，爱上另一个人也没有多难。”

她淡淡地笑，早已习惯把所有情绪都埋进心底。

不远处似有一声闷响传来，很轻很轻的一下却又异常沉闷，让人以为错觉的同时却又无法忽视。漫夭下意识地扫了一圈这座园子，除了她和昭云，没看到有别的人。

昭云苦笑道：“姐姐不承认没有关系，这种事，骗别人容易，骗自己却很难。”

漫夭无意识地攥紧了手，凝眉道：“我先回去了，再晚将军怕是要出来寻我。”说着转身就走，刚走出几步，昭云在她背后叫道：“容乐姐姐，你真的爱过无忧哥哥吗？”

这么直白的询问，令漫夭身子僵住，昭云又道：“如果你真的爱过他，你忍心看他一辈子不幸福吗？”

心口像被针扎，有些刺痛，漫夭背对着昭云，微抬下巴，抑制住心头的颤动，淡淡道：“他幸不幸福，不是你我所能左右的。而且，他不是就要选妃了吗？”

“他选不到他想要的。”昭云追上来，跑到漫夭面前，有许多话一直都想说，但是没有机会，这一次，昭云不打算再憋在自己心里，于是她抓住漫夭的手臂，急切道：“容乐姐姐，我不知道你们之间究竟发生了什么事，但我想告诉你，无忧哥哥心里有你，如果容乐姐姐你心里也还有无忧哥哥，请你不要不管他，好吗？”

宗政无忧心里有她？漫夭觉得好笑，望着昭云恳切的目光，奇怪地问道：“你不恨他吗？”她清楚记得，一年前，昭云无比愤恨地对他们大声喊“我恨你们”，然后哭着跑开。

泪水一下子涌上了昭云的眼眶，昭云扭头看向远处，声音凄凉道：“我是恨他，我恨他不愿给我幸福，我更恨他让自己过得也不幸福。”

漫夭愣住，她以前一直以为昭云对宗政无忧的感情不过是少女时代的一种迷恋，想不到竟然深沉如斯，不禁叹道：“忘了他吧，他是个无心无情的人。你再怎么为他，他都不会领情。”

“不，不是。容乐姐姐，你错了。”昭云用力摇头，泪水倏然落下，目光变得遥远，像是陷入了回忆。

“无忧哥哥不是你说的那样，他以前很正直、善良，如果没有他，九哥哥也活不到今天。你知道吗？我娘和云姨娘是很要好的姐妹，我爹因为我娘生我难产而死所以讨厌我，云姨娘就把我接到宫里抚养，那时候，云姨娘的身子不好，无忧哥哥对云姨娘可孝顺了，对我也特别好。宫里宫外的人，都喜欢他。直到我四岁那年，不知是什么原因，云姨娘突然扔下我们走了，从那以后，无忧哥哥就像变了一个人，再没见他对什么人什么事上过心，就算陛下生病，他都不进宫看一眼。”

昭云顿了顿，吸了吸鼻子，擦了把眼泪，猛地转过身去抓住漫夭的手，情绪激动地道：“可是，他对姐姐你上了心。从他接连十几天去茶园开始，之后把你接到王府，他为你大闹婚礼，不顾身份把你劫走，连无隐楼的修罗七煞都出动了。他还把你和他一起关进黑暗的密室——你一定不知道，他只有很难过很难过的时候才会走进那间密室，就像云姨娘刚走的那段日子，他就是在那间密室里度过的，一连七天，水米不进，差点死掉。他还为了你，离开京城一年多，他从来都没有隔过三个月以上的时间不去皇陵看望云姨娘……

“这些，容乐姐姐你都知道吗？”

昭云哽咽着说不下去了，漫夭却震惊在原地，脑中一片混乱。

从昭云断断续续的话语中能听出云贵妃的死对宗政无忧造成了很大的打击，可是，云贵妃的身体一直不好，正常死亡应该不至于会有这么大的冲击力，除非云贵妃的死真如传言所说另有蹊跷？漫夭想起那间阴冷的密室，没有光，没有食物，连空气都很稀薄，想起那三日宗政无忧安静得仿佛不存在的感觉，想起他最后放她离开时的表情，还有那句：“如果你肯回头，我宗政无忧此生对你必以真心相待，永不相弃，宁负天下也绝不负你……”

“容乐姐姐，我希望他幸福，我想要他幸福，只有你能给。”昭云抬起一双泪眼，带着乞求望着她。

漫夭久久没有反应，“幸福”这个词，距她遥远到不可触及。她自己都无法幸福，又怎么去给别人幸福？更何况，那人是宗政无忧。一个利用她感情，在得到她身体之后又践踏她的尊严，逼得她不得不向命运俯首称臣的男子。他那么强势霸道，好像无所不能，他的幸福，她怎么可能给得了？

漫夭挣开昭云的手，边后退，边强压下心底一切情绪，尽量平淡道：“对不起，我帮不了你。我在他心里的位置，没有你想象的那么重要，不管过去我们之间发生过什么事，走到这一步，都回不去了。”

先不说宗政无忧那样的人不可能会要一个嫁作人妇的女人，单凭她的身份，也不是她想要怎样便能怎样的，傅筹不会允许，皇兄不会允许，她自己也过不了自己的那一关。心底的苦涩就如同一根有毒的藤蔓，一经触动，便无可抑制地蔓延开来。她垂下眼睑，盖住了眼中的空茫神色。

昭云看着她淡漠的表情，眼中升腾起绝望的怨责，忽地笑了起来，喃喃道：“我明白了，你不爱他，我求你有什么用，你根本就没有真正爱过他。”

爱没爱过，只有自己知道。漫夭不予解释，如果可以，她宁愿没爱过。抿着唇，转身去看湖面，期待湖面的平静带给她片刻的安宁。

就在这时，陈公公疾步而来，见到漫夭，微微一愣，匆匆打了个招呼，就朝湖岸快步走过去。

漫夭的第一反应，就是那湖中有人。随后，她就听到陈公公对着掩映在白莲之间的那只精致的小船恭恭敬敬地叫了声：“王爷。”

漫夭心底遽沉，身躯蓦然僵硬。昭云也愣在原地。

整个临天国，只有一个人，可以被人如此称呼。

漫夭下意识地朝那只小船望去。船舱里走出两个人，一个手摇折扇，面目俊朗，永远扬着一副没心没肺的笑容。另一个，出了船舱于船头负手而立，面容俊美绝伦，双目邪妄如地狱阎罗，不是宗政无忧又是谁？

凉白的月光笼着一湖碧水，随着风落尘埃在水中漾着轻浅的涟漪，将映在湖中的白莲倒影细细地碾碎开来。

这是密室幽禁三日后一别至今的第一次真正意义上的重逢。从她站立的位置到湖岸的距离，数丈相隔，算不得远，但也不近。漫夭有瞬间的恍惚，遥遥望向那张曾经熟悉无比的容颜，恰逢那人的目光也朝她扫了过来，只是淡淡的一眼，她却浑身一颤，在这朦胧而又清冷的夜色中，她隐约觉得，这个男人似乎比一年前更加冷冽了。

第十五章　久别重逢

九皇子率先上岸，笑道："陈公公走得这么急，一定是父皇害怕七哥反悔了吧？七哥，为了你的婚事，父皇这回可是把全京城尚未出阁的小姐全都召来了，如果七哥现在改变主意，父皇又要白忙一场了。"

宗政无忧看了眼陈公公，面无表情道："本王既承诺一年之后回京选妃，自然是要办的。你们先去吧。"

陈公公不敢多言，领命去了。

漫夭闻言，红唇染上几许薄凉。心想宗政无忧不是不能碰女人吗？难不成那一夜纠缠，他连这毛病也给治好了？那他可真是一计多成。心中一涩，她扭头就想走开，却被九皇子叫住。

九皇子大步朝她走来，一边走一边不断回头看仍负手伫立在船头的男子，脸上带着一个多日来百思不得其解之人急切想知道答案般的表情，朝漫夭问道："璃月，七哥亲自带回来的一箱荔枝，是不是送给你了？"

提起这事，九皇子就很郁闷，当日还以为七哥那箱荔枝是特地带回来给他的，他兴高采烈地去了，结果翻遍整座离王府，连个荔枝壳儿都没见着。

漫夭一怔，从那日听傅筹说临天皇的赏赐里并无荔枝时，她就猜到是宗政无忧给她的，但没想到那箱荔枝竟是他亲自带回京城的。一瞬间，她心神有些恍惚，不记得多久以前，在那个名为漫香阁的园子里，她曾说，所有的水果之中，她最喜欢的是荔枝，只可惜这个世界很难见到新鲜的。她还说了一个与荔枝有关的帝王和贵妃的故事，一骑红尘妃子笑，无人知是荔枝来。

当时，是谁玩笑道："倘有此一日，我亲自为你千里一骑，只不知，能否换阿漫你

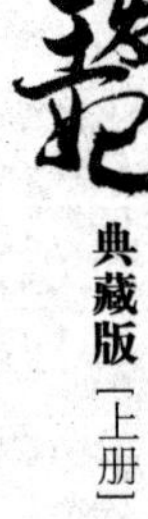

开怀一笑？”

那时候，他眼光温柔，能溺毙芳心，为的是让她心甘情愿奉上自己的身子，可如今，他又是为了什么？

再次望向立在船头的男子，他清冽沉寂，冷漠非常，似乎知道九皇子问了她什么，他本就冷冽的眼光又沉了几分。

九皇子顿觉后心一凉，缩了缩脖子，立刻扭头换上讨好的笑，朝宗政无忧道：“那个，我还是先走了。七哥，璃月，你们那么久没见，好好叙叙旧。”

叙旧？她和他，还有旧可叙吗？漫夭嘲弄地想。这边，九皇子已经拉了昭云的手，想带昭云一起走，却听昭云痛呼出声。

漫夭连忙提醒道：“她手上有伤。”

九皇子顿住，一把捋起昭云的衣袖，看到昭云手臂上到处都是青紫瘀痕，不禁叫道：“姓肖的那小子打你了？”

昭云缩回手，不吭声。

九皇子怒道：“姓肖的太过分了，俗话说，打狗还得看主人，燕国公是不在了，可那小子也不想想，昭云从小是谁带大的？七哥，你说是吧？”

宗政无忧斜了他一眼，目光如夜里的湖水般冰凉，像是在说：想帮她你就直说，少拐弯抹角。

九皇子嘿嘿一笑，扬眉道：“我是为七哥你着想。姓肖的那小子太不长眼了。”九皇子说完跑去宗政无忧身边拽了拽他的衣袖，朝昭云努嘴，宗政无忧看了眼垂着头泫然欲泣的昭云，浓眉几不可见地皱了皱，淡淡道：“明日叫人写封休书送去逍遥侯府。”

九皇子喜笑颜开：“昭云，还不快谢谢七哥。”

昭云吃惊地抬头，有些不能相信自己听到的话。她怔怔地望着一直以来痴心以待的男子，无忧哥哥竟然愿意帮她？她没有听错吗？

“我真的可以吗？”泪水再次涌出眼眶，昭云低声喃喃。真的可以摆脱那个禽兽不如的男人？

漫夭也很震惊，女子休夫，在这个男权至上的年代可谓惊世骇俗，也只有宗政无忧这样的人才能说出这种话，也只有他才能替昭云办到。看着昭云泪水涟涟的眼，她忍不住上前握了握昭云的手，衷心微笑道：“昭云，恭喜你，自由了。”

昭云哽咽，回握住她的手，像是握住了一股力量，一边哭一边笑。

自由真好。漫夭忽然有些羡慕她。

船头上负手而立的男子望着她们紧紧相握的手，眼睛眯了一下，如果没记错，这个女子跟昭云不过才见过三次面，除了刚才说的话多一些，前两次加起来也才几句而已，可她对昭云却如此真挚，这样一个情感真挚的女子为什么独独不能对他宽容一些？脑海中不断闪现一年前的那间密室里，女子毫不留恋地扭头离去的背影，是那么的决绝，不留余地。那是十几年来，他唯一一次对真心还有期望，唯一一次觉得他也许还能拥有幸福。他鼓起勇气说出那句话，那句本不适合他的话，却终归没能挽留住她离开的脚步。

从没想过，有一天他宗政无忧也会为一个女人而心灰意冷。

“七哥，七哥？”

不知不觉沉浸在回忆中的宗政无忧猛地回神，眉心深深锁起，不悦地问道：“你还不走？”

九皇子打了个寒噤，连忙道：“我走，马上走。就是那个，昭云以后怎么办？住哪儿？她肯定不能回国公府了。”

宗政无忧淡淡道：“你府中不是很空？”

“啊？”九皇子叫了起来，“住我府里啊？”

“你不愿意？”宗政无忧不咸不淡道，“那就让她回逍遥侯府好了。”

“不行不行。”九皇子忙摆手，他是看不惯那姓肖的小子这样欺负昭云，在背后偷偷说七哥的闲话，不把他们放在眼里，但也没想过七哥居然就这么把昭云塞给了他。他可不想府中突然多出一个女人，虽然昭云也是个美人，但总是不方便的，他不喜欢，可又不能让昭云再回逍遥侯府，怎么办呢？九皇子眼珠滴溜溜地转了几圈，忽而一亮，朝漫夭凑过去，讨好道：“璃月，我们是不是朋友？”

这眼神，这口气，傻子也知道他这是想打她的主意。漫夭警惕道：“九殿下有话不妨直说。”

九皇子笑得灿烂，连连摆手道：“你看你，生疏了吧。殿下这种称呼是给别人叫的，璃月你以后就跟七哥一样，叫我老九就行了。”

他倒是很会套近乎。漫夭笑道：“这恐怕不妥。”

“有什么不妥的，你又不是外人。哎，璃月，跟你商量个事儿，你在西郊的拢月别院，能不能暂时先借给昭云住住？你看啊，她休了那个姓肖的小子，住我府上会引来闲话，我是不在乎，但这对她不好。看在朋友一场的分上，你就帮帮忙。”九皇子挤眉弄眼，一脸“你不帮忙就不够朋友”的表情。

漫夭却是心神一凛，面无表情道：“你怎知那个别院是我的？”

拢月茶园在表面上已经不属于她的产业，西郊别院是用来与新开的几家茶园管事议事之地，一般人并不知晓那别院为她所有，除非他们一直在监视或者调查她。

九皇子自知失言，在漫夭犀利的目光下，在宗政无忧一记冷眼杀到的瞬间，他充分展现出专属于他的无赖本质，一拍脑门，仿佛想起什么要紧事一般地大声叫道：“啊！糟了！我竟然忘了一件这么重要的事。七哥，璃月，我先走了，一会儿观荷殿见。”话没落音，人已经很不负责任地溜之大吉了。临时，还不忘将昭云一并扯走。

夜色渐深，天际浮云聚散不定。这个优雅而僻静的园子里，就剩下漫夭和那个面容沉寂、神色冷漠的男子。

空气中静默无声。湖中有白莲倒映，高雅圣洁，一副不沾人间烟火的姿态。

二人皆是沉默。

漫夭不知道先前她和昭云的对话，他究竟听到多少，但凭刚才九皇子透露的西郊别院一事，已足够令她心生警惕。良久，还是漫夭先开口道：“容乐身为和亲公主，一直

安守本分，自认为不会对离王以及临天国构成任何威胁，不知离王何以如此费神调查于我？”她不知道自己为什么会这样说，她只是想不明白一向对任何人都漠不关心的男子为何至今还要调查她的一切？连西郊别院都知道，那她这一年来的一举一动大概也都尽在他掌握。这种意识，令她很不舒服。

宗政无忧朝她望过来，眼光幽深寂远，复杂纠缠，口气却是冷淡道：“你不必以容乐之名自称，处处强调你的身份。本王知道你是启云国的公主、卫国大将军的夫人，倘若本王真有什么心思，这些都不在本王的计算之内。”

他还是那么狂妄，目中无人。

漫夭嘲弄道：“我知道离王权势滔天，行事无忌，从来都不将任何人放在眼里。”

这话若是放在从前，宗政无忧也就坦然受了，如今从她嘴里说出来，他只倍觉讽刺。

她继而又道：“但我还是要感谢离王，七日前的救命之恩。不管是有心，还是无意。”

客套的话语，道尽了彼此之间的距离，一句“不管是有心，还是无意”令宗政无忧面色一沉，眼底瞬间结了一层冰霜。

他看着她的眼睛，从前淡然明澈的美眸似是被蒙上了寂寂烟尘，如一汪死水，不起波澜。明明就在眼前，咫尺之遥，却如同隔了天涯海角，往日的种种纠缠，在她心里，终究是什么都没留下吗？他在心里问着，想到她之前对昭云说的那句话，便有如芒刺在心，痛不止息，不禁冷笑道：“事到如今，你以为，你对本王还有利用价值？”

冷冽讥讽的语气令漫夭心口一窒，她反射性地抬高下巴，同样冷漠道：“我也认为，应该是没有了。可我实在不明白，离王为何还要费心调查我？又何以在那样恰当的时机出现在清凉湖救我一命？我不相信这世上怎么会有那么多的巧合。”也许是杯弓蛇影，但她却不得不如此。悲哀无奈的人生，便是在身边人一次又一次的欺骗利用以及伤害背叛中一步一个血印踏过来的。她总在不由自主想起他的时候，一遍一遍提醒着自己，这个男人曾经利用她的身体做他练武的工具，在她卸下心防的时候，给了她致命一击，那种鲜血淋漓的教训，她不敢忘，也不能忘。

淡漠和怀疑从来都是双刃剑，刺伤别人的同时，那咽下的痛也如利刃穿心。

宗政无忧目光一暗，勾唇笑得自嘲，却又极尽冷酷道：“本王只是觉得无聊，想看看你选的男人，能给你怎样的幸福生活？是否离开本王，你就能远离利用和伤害？”

漫夭心头一阵刺痛，原来救她性命只是他无聊时的消遣，只为证明她离开他是错误的选择。没有他，还有别人利用她，视她为棋子。

心头窒痛，她却极力笑得灿烂，道：“离王看到了？将军待我很好。倒是离王你，我该说声恭喜。今日名门闺秀齐聚，赏花宴名副其实，想必离王殿下定能得偿所愿，择佳人相伴。”

平静无波的声音，每一句听起来都没有半点的言不由衷。

宗政无忧心间一沉，他选妃，她如此言笑恭喜，竟是这般无所谓。他突然生了恼恨之心，不受控制地朝她疾掠过去，猛地拽过她的身子，力度极大。漫夭本就不防，哪里经得住他这猛力一拽，身躯不稳，便直直地朝他扑了过去，如同一年前的茶园那次，猝不及防。

熟悉的气息一瞬间染满了鼻尖，往事如烟，席卷了他和她的脑海。这一年多，被刻意压抑在心底的情绪汹涌而出，淹没了他的怒火，撕裂了她的淡漠。

他不由自主地抱住她比一年前更加单薄的身子，双手越箍越紧，竟不想再松开，这种感觉令他恐惧，却又着了魔似的疯狂迷恋。不知从何时起，只要遇上她，他便好像不再是他。

突然渴望，时间能倒回从前。想唤她一声“阿漫”，那萦绕心头的名字，一如从前，唤得极尽温柔。

他想问她，傅筹是真心待你好吗？这样的日子，真是你想要的？你当真对选妃一事半点都不在意？

她说：忘记一个人，爱上另一个人，其实也没有多难。他想问她，真的不难吗？如果不难，那他这一年为何食不甘味寝不安席？

最终他什么也没说，这些话终究不适合他。就连那声“阿漫”，也卡在了喉咙，如一根长刺，不得而出。

猝不及防的拥抱，令漫夭完全僵住，一年不见，他的行为还是这般出人意料，一会儿漠然相对，形同陌路；一会儿冷酷无情，说话伤人不留余地；一会儿又紧紧拥抱，仿佛拥抱他生命中最重要的人。

到底哪一个才是真正的他？她早已经分不清了。而这样熟悉的怀抱、熟悉的气息，深夜里寂静无人时，不是没有想过，只不过每每都被那刻骨的痛意狠狠压制下去。

她不受控制地想，如果当初没有利用，又或者真相揭晓时，他不曾那般冷漠伤人，那么，一切是否都会有所不同？

可惜，没有如果，那些利用、那些伤害，都是真真实实存在的。

她不由自主地闭上眼睛，心乱如麻，她想让他放开她，喉咙处却像哽住了一样，突然失去了语言能力，肩膀上的伤口被压得很疼，她咬紧牙，没有吭声。

宗政无忧突然问道：“为什么一年不跟他同房，偏偏选在我回来的那一日跟他同房？你故意做给我看的，是不是？”

漫夭心底一震，那些话，他果然听到了。她睁开眼睛，极力让自己平静道：“离王想多了，请离王放开我，这般行为，不合身份。”

身份？那是什么东西？宗政无忧冷笑，不松手，也不说话，就那么抱着她，抱得死紧，似乎想通过这样一个拥抱将这一年来的想念全部宣泄出来，直接注入怀中女子的心上。

时间在变，时势在变，身份在变，她的心或许也不复从前，只有他还站在原处，停留在那间漆黑的屋子里，愈陷愈深。是从什么时候开始明白，自己早已在心存利用之时泥足深陷无法自拔？他忘了。

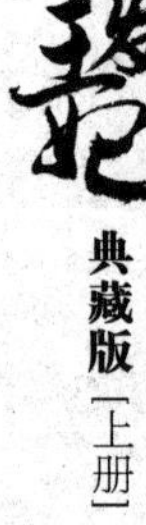

“阿漫……”

他最终还是唤了出来，磁性略带低沉的嗓音仿佛想要刺穿时光的隧道，回到最初，拨动她心底最柔弱的那根弦。

晚风轻轻拂过她单薄的身子，带动湖中白莲轻轻一颤，那盛开到极致的白莲花瓣仿佛留恋风的清爽，欲随之而去，却因追不上风的脚步，最终无力垂落，落在碧水湖中，失了自身，也碎了银白的月光倒影。她就像是那片落水的花瓣，随波逐流，早已被命运规定了走向，由不得自己。

闭了闭眼睛，她突然聚了内力，猛地推开紧紧抱住她的男子。宗政无忧始料未及，两人骤然分开，各自踉跄退后。

她左肩伤口本就未能痊愈，这一运功，伤口撕裂了一般，疼痛难忍，她大退六步都未能稳住身子。

“容乐小心！”

身后传来温和的提醒，同时，她跌入一个温暖的怀抱。

不用回头，她也知道是谁。心中蓦然一惊，她的心竟然已纷乱至此，连身后多了一个人都不知道，抬眸看见宗政无忧眼中是同样一闪而逝的震惊，继而面沉如水。她愣了愣，已被傅筹扶住腰不着痕迹地拥入怀里，仿佛宣示所有权般的姿态。她微微蹙眉，却没挣扎，只淡淡地叫了声：“将军。”

傅筹目光一闪，被身旁柳树投下的暗影模糊了表情。

“没事吧？”他低眸朝她问了一句，语气中并无半分喜怒，也没责怪或者质问她为何在此与人私会。

漫夭也不做任何解释，只摇头道：“让将军担心了。”

傅筹微笑，面容是一贯的温和，道：“你没事就好。这里风大，你头发都被吹乱了。”他抬手帮她理了理额头散落的几缕发丝，将其别在耳后，温柔而熟练，仿佛这个动作他做过无数遍。漫夭不自然地转开头，殊不知，这种情境下的这个动作看起来像极了新婚不久被丈夫肆意疼爱的娇羞少妇。

宗政无忧看着，眼睛里像是扎了一把刺，瞳孔骤然一缩，重重转过头去，咽下一腔苦涩。到底是夫妻，一年的相处，早已超越了他们之间的短短十数日。而她与另一个男人的生活，果然如那几百个日夜里他每日听人禀报的那般琴瑟和鸣幸福无比。

他抬头，望了眼黑如泼墨般的天空，心凉如水。最后冷哼一声，拂袖离去。夜色这样浓郁，掩映了他周身的孤寂，却掩不住他眼底神色的黯然。

观荷殿灯火辉煌，将夜点亮得如同白昼。

大殿里的官员及女眷们各就各位，渐渐安静，等待几位主角的到来。而阔别京城一年的离王宗政无忧的入殿令已然安静的大殿再度沸腾起来。这一年来江南的繁荣，令很多大臣对这个狂傲的皇子又有了新的认识。他们虽知离王脾性，却仍然不约而同地起身相迎，将一身冷冽气息的尊贵男子围在中央。

大殿里的小姐们皆是目光一亮，有些年纪小沉不住气的女子忍不住从座位上站了起来，痴痴地望着那被百官簇拥着穿了一身绣有金龙暗纹的白衣男子，再挪不开目光。

宗政无忧今晚的耐性似乎格外地好，不仅没有对那些迎上来的官员冷眼相待，甚至还淡淡地打了招呼，令那些受惯他冷眼的大臣受宠若惊，比得到皇帝的赏赐还要开心。

直到漫夭进殿，宗政无忧拿眼角冷冷地瞥了一眼她被傅筹紧紧握住的那只手，面无表情地走出大臣们的包围，选了一个位置坐下，那位置正好在漫夭的正对面。她只要一抬眼，就能看到他是喜是怒。桌下，傅筹仍然握着她的手，始终不曾松开，先前一路过来，傅筹没问她为什么会和宗政无忧在一起，关于她和宗政无忧之间的一切，他从来闭口不提，仿佛什么都不知道、什么都没看见。

尘风国王子宁千易是随临天皇一起入殿的，从踏进观荷殿的那一刻起，宁千易炽热的目光就一直停留在漫夭的身上，漫夭淡漠有礼地和他打招呼，仿佛第一次见面，令宁千易即将出口的担忧和询问都收了回去，他的笑容依旧大气爽朗，只是再看她时的眼神不如七日前的那么明亮，而且似乎还多了几分深深的遗憾。

作为临天国的贵宾，宁千易的座位在漫夭的上首，他不断地朝她望过来，漫夭始终垂着眼，谁也不看。

宴会开始，舞乐齐上，众人举杯同饮，清一色的茶水。

尘风国人好酒，临天皇特意命人单独为尘风国王子准备了美酒，宁千易也没拒绝，三大碗烈酒入肠，笑容依旧，话却变得稀少。

席间，那些小姐开始献艺，琴棋书画，诗词歌赋，尽展所长的同时，眼睛全部盯在默然静坐的离王身上，美目流转，秋波频送，只盼望以一己才华留住那个人上之人的优秀男子的目光。然而，从始至终，宗政无忧连眼皮都未抬一下，只是自顾自地饮茶。

临天皇皱着眉头看了他一眼，对宁千易笑道："王子以为我朝女子与贵国女子相比如何？"

宁千易笑道："贵国女子虽无我国女子马上之飒爽英姿，但端庄娴雅、才貌不凡，令小王大开眼界。"

临天皇开怀道："那王子以为她们之中，谁更胜一筹？朕赐她公主封号。"言下之意，已是让宁千易选妃了，选中之人，会被封为公主。

宁千易礼貌地朝席下众女子看去，目光一一掠过那些目光闪烁的小姐，这些女子的相貌美是美，但在那一女子的映衬下，便都成了庸脂俗粉。而他想要的妻子，是一见倾心从此令他魂牵梦萦的绝世女子，不仅要姿容绝世，还要有过人的胆识，临危不惧，有情有义，这几年辗转各国，终于被他遇到一个，却已经是别人的妻子。宁千易摇头，对临天皇抱歉道："贵国美酒果然名不虚传，小王一时贪杯，竟饮得多了，现下有些头晕，不如先请离王品评。"

临天皇目光微微一沉，不动声色地扫了眼面色冷漠的宗政无忧，眉头一皱，对席下一名身着碧色纱裙尚未献艺的美貌女子道："雅黎，朕听闻你近日习了一支舞，跳来为大家助助兴。"

被提名的绿衣女子名叫孙雅黎，是当朝丞相之女。此女琴棋书画样样精通，尤其舞

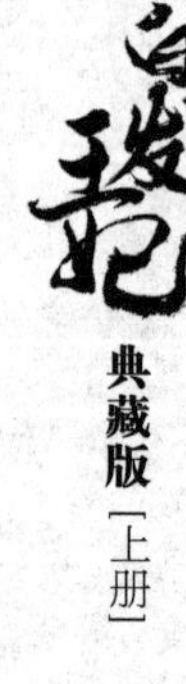

姿一绝。她听闻皇帝叫她，连忙起身应了声“遵旨”，然后款款步出席位，来到大殿中央，鼓乐齐响时女子嫣然一笑，曼妙起舞，身姿轻盈如同振翅欲飞的蝴蝶。

百官看了直点头称赞，这时，两座阁楼相连的长廊之顶忽然垂下一根五彩锦缎，女子旋步，在飞扬的轻纱中挽了那跟彩色锦缎，轻轻纵身一跃，以无比美妙的姿态朝与之相邻的三层阁楼飞去。

风吹动女子乌黑的长发，舞动她柔软的长裙，纱袖飘舞间，女子竟宛如奔月的嫦娥仙子。

“嫦娥奔月。”不知是谁惊呼一声，引得始终垂眸的宗政无忧面色一变，蓦地抬头。

与此同时，高位上的临天皇冷峭深沉的眼神也变了几变，望着飞向高楼的翩然身影，脑海中浮现许多年前的一幕。

女子一身白衣在他册立四妃的大典上跳了一支舞，艳惊四座，令本就如仙一般纯净美好的女子仿若奔月的嫦娥仙子，他当时喜不自禁，以为她不怪他了，却不知她当时重病缠身。记得那支舞毕，女子站在丹陛之下，双目盈泪，却笑着对他说：“臣妾以此舞，恭祝陛下喜得四位美人相伴，从此江山稳固，美人在怀。而臣妾体弱福薄，不适合再侍奉陛下，愿自请搬入清心殿，青灯古佛，了此残生。”

她是那么坚定而决绝地向他请命，自求搬入冷宫。那段日子他忙于政务，不知她身染寒疾为免他担忧而隐瞒不报，他以为她一切都好，以为她能接受他娶一个傅鸳便也能容忍他册立四妃，却不料册妃之事令她急痛攻心，致使刚刚出现好转的病情再度加重。

她对他说：“你曾经说，一生只娶我一人。当年，你为形势所迫娶傅鸳为妻，我理解你肩负黎民百姓天下苍生之重任，你说等你登上皇位，便只要我一人做你的妻子。如今你又为了稳固朝堂，再纳四妃，我仍然理解你身为皇帝许多事身不由己，但是我不能再原谅你。我不怪你，怪只怪，我爱错了一个皇帝。”

那一日，她一口血喷出，倒在冰冷的地上，从此一病不起。他日复一日守在她床前，不论他说什么做什么，她却再也不肯看他一眼。

往事如烟，一切都随着时光流逝，唯有那名女子在他心底刻下了永远也抹不去的伤痛与悔恨。忽然悲从中来，眼中一片哀伤浓郁。

宗政无忧亦是定定地望着那三层阁楼之顶翩然起舞的身影，目光一瞬不瞬，思绪飘远。

清冷的宫殿中，一个四岁的男孩依在重病的母亲床前，笑着对母亲说：“母亲跳舞的时候，像仙女一样好看。”

女子慈爱地抚摸着男孩的脸，温柔笑道：“等母亲的身子好些了，再跳舞给我的忧儿看，好不好？”

“那母亲要快快好起来。”

那时候，他知道自己是支撑母亲活下去的全部动力，所以，即便是那样担忧母亲的病情，他也还是会笑着与母亲说话，装作什么都不懂，让重病的母亲不舍得抛下他，却没想到，最后害母亲死得那样惨，心口一阵一阵抽搐，他握着杯沿的手已是一片青白颜色。

三层阁楼之上，绿衣女子的舞蹈仍在继续，底下的那些女子或羡慕或嫉妒，却都如周围的人一样看得入神。

漫夭不经意地朝对面望了一眼，发现对面男子面色苍白，深沉而邪妄的凤眸里闪过一丝浓郁的悲伤，就像以前她在离王府偶尔听他提到云贵妃时的表情。再看临天皇，同样神思恍惚、悲伤流溢。想来，绿衣女子的这支舞定然和云贵妃有关，而这名绿衣女子显然是有备而来，离王妃之位，非她莫属了。

心里忽然窒闷难当，仿佛夏日的暑气一下子全部涌进了她的肺腑。

“怎么了？脸色这么难看？”傅筹发觉她面色有异，附耳低声问道。

漫夭连忙垂眼，淡淡摇了摇头。有宫人上了新茶来，她端起一杯便饮，动作有些急，却不知广袖一角被挂在了何处，导致杯子还没递到唇边，手中茶杯已被打翻，一满杯滚烫的茶水尽数泼在了她的左肩，顺着伤口的位置往下流淌，火辣辣的痛感似乎一直延伸到了心底。

青瓷杯掉在地上摔成了几瓣，清脆的响声混在优美的鼓乐之中尤为刺耳。鼓乐齐停，沉浸在绝妙舞姿中的众人回过神来，听到傅大将军紧张地询问：“容乐，你怎么样？可有烫着？”

傅筹拿了帕子为她擦拭，漫夭怔怔转头，望了他半晌却没说话。之后，她低眸看自己的衣袖，那样柔滑的锦缎，与被打磨得极为光滑的桌角，这样也能挂上？当真奇了。也难怪周围的人都用异样的眼光看她，好似她是故意想破坏这场选妃宴，就连临天皇看过来的眼神都带着审视和不悦。

唯有宁千易关心地询问：“公主烫伤了？要不要紧？”

漫夭正想回话，就听对面男子声沉如水道：“传御医。”

“不用。”漫夭连忙阻止，抬眼间对上那双邪妄的凤眸，此刻，宗政无忧正直直地望她，目光竟有几分奇怪。她慌忙移开视线，淡淡道：“不碍事，一杯茶水而已。扫了大家兴致，容乐十分过意不去，还请各位继续。”说罢起身行礼致歉。

鼓乐再次响起时，她听到对面传来一声冷哼，宗政无忧眸寒如水，周围的人也都没了观舞的兴致。孙雅黎坚持着跳完这一舞，下了阁楼回到大殿，眼中隐藏的浓浓敌意令漫夭感觉如芒刺在背。看来，今日又有麻烦了。

果然，孙雅黎并没有回到属于自己的座位，而是直接走到漫夭面前，微福一礼，语调听起来很是恭谦，道：“都怪雅黎跳得不好，害公主打翻茶杯烫伤玉体，雅黎向公主赔罪了。”

这一赔罪，丞相家千金的端庄得体、谦卑大度，与她这一国公主的鲁莽失仪形成了强烈对比。

漫夭在心里叹气，面上却礼貌地笑道：“孙小姐这么说，容乐真是要无地自容了。孙小姐舞姿出众，令容乐大开眼界，只怪容乐当时看得太入神，才会失手打翻茶杯，惊

扰了各位，十分抱歉。”

孙雅黎娇笑道：“久闻公主貌比天仙姿容绝世，今日一见，果然如此，叫雅黎好不羡慕。”

“小姐谬赞。”漫夭淡淡回应，心知这女子这般盛赞，怕是还有后话。

果不其然，孙雅黎很快又道：“雅黎听闻启云国的女子最善音律歌舞，想必公主对琴曲更是精通。雅黎从小便喜欢抚琴，尤其喜欢《高山流水》一曲，并为伯牙子期的故事深深感动，一直盼望有朝一日能得一琴中知己，共奏一曲《高山流水》，正巧这里有两座琴台，雅黎冒昧相邀，不知公主可会嫌弃？”孙雅黎说完，微微挑了挑眉。

启云国女子善音律歌舞是不假，但她们擅长的是琵琶而非古琴。先前传言容乐长公主无才无貌，虽然容貌与传言不符，但这一年来，她行事低调，从未在人前展示过任何的才艺。外人对她的印象，除了美貌，也仅仅是她曾设计过一个美轮美奂如仙境般的茶园。

今日本是选妃宴，在座的未出阁的女子展示才艺为的是取悦离王以争得离王妃之位，倘若她真应了孙雅黎的邀请，若是赢了，她一个有夫之妇抢了这些女子的风头自是不妥，况且尽人皆知，她大婚之前便失身于离王，如此一来便有不忘旧情之嫌。若是她输了，那便是技不如人愧对她一国公主的身份，丢了启云国的脸面。倘若她不应，别人又会说她徒有容貌却无才德，这些她倒是无所谓，关键今日有尘风国贵客在场，她的身份代表的就不只是她自己，而是一个国家的礼仪。

应与不应，都是错。

漫夭蹙眉，感觉到周围无数双眼睛都在盯着她看，有妒忌、有算计、有幸灾乐祸，还有一部分在等着看她笑话。

对面九皇子低声道：“七哥，这个孙雅黎人长得倒是美，舞也跳得好，就是心眼太小，她这明显就是在为难璃月嘛，你可千万别选这种外表看起来端庄大方其实是小肚鸡肠的女人做我的嫂子。”

宗政无忧没说话，淡淡地扫了眼绿衣女子，目光冷若冰霜。

孙雅黎见漫夭半晌没动声色，看不出她在想什么，便转而朝临天皇行礼请求：“请陛下恩准。”

这是两国女子的较量，孙雅黎的琴技不凡乃众所周知，临天皇自是没有异议，却也不好直接下旨，便端着不开口，只将目光转向不动声色的漫夭。

丞相夫人见状，忙对孙雅黎斥道：“雅黎，你太不懂规矩了！公主身份尊贵，哪里是咱们这种身份可以高攀的。”说罢便去拉了孙雅黎跪下，请罪道：“臣妇教导无方，雅黎年纪轻，不懂事，冒犯公主，请陛下恕罪，也请公主宽恕。”

这下好了，又多了一条自恃身份目中无人。这母女二人是非要逼她答应不可。漫夭看了看对面阁楼之琴台背后的帷幕，心中一动，缓缓起身，不慌不忙走下席位，微微笑道：“孙夫人言重了。容乐只是担心自身技浅音陋，恐污了陛下、王子以及众位大人之贵耳，才一时拿不定主意。”

临天皇笑道：“公主不必谦虚，朕也想听听启云国的琴音。来人，备琴。”

漫夭回眸望向对面阁楼上的那座琴台，似思忆又似怀念道：“那琴台，云纹雕刻，帷幕在悬，与容乐从前在启云国皇宫所用的那座琴台倒有几分相似，看上去真是亲切。”

临天皇立刻吩咐：“将公主的琴摆到对面琴台。”

孙雅黎到底年轻，沉不住气，眼中已有得意之色，心想她在这大殿中自能受人瞩目，而对面琴台距离虽然不远，但同等的琴音从对面传过来势必会弱上几分，这正合了她的心意，遂笑道：“公主，请。”

漫夭点头，扶着泠儿的手朝对面琴台走去。迎面有风吹来，抖动她的衣袍，她的脚步看上去有些虚浮，令人不禁怀疑，拥有这样纤细单薄身躯的女子，能弹得出那样大气的曲子吗？

出了大殿，走在两座楼阁相连的长廊上，漫夭唇边淡定的笑容慢慢消失，她看了眼曲折幽静的长廊，缓缓抬手抚上左肩，在走到长廊拐角处的时候，掌心聚力朝伤口处猛地一震，一股撕裂的疼痛猛烈袭来，她的身子不由自主地一晃，在泠儿还来不及扶住她的时候，已然撞上了长廊的拐角。

坚木雕刻的犄角对准的位置，正好是她的左肩。

第十六章　角色倒转

剧痛袭来，女子闷哼一声，脸色煞白，扶着廊柱身子不受控制地朝地上滑去。豆大的汗珠从她额头冒了出来，鲜红的血透过层层包扎的布帛，大片大片浸染了她白色的衣裳。她闭着眼睛直吸气，泠儿在她身后惊叫道："啊！主子，伤口流血了。"

身后大殿，传来杯子落地的声音，还不等众人反应，殿中已有一青一白两条人影同时朝大殿外的长廊疾掠过去。

"容乐，你怎么样？"傅筹伸手就要扶她，但手还未碰到女子的衣裳，女子已被人捞住身子抱在怀里。

众人惊诧，被其中一名男子飞掠而过时浑身散发出来的凛然怒气震慑住，只有宁千易不感到惊讶，因为与七日前相比，宗政无忧此刻的脸色已经算是很好了。

熟悉的气息又一次笼罩了女子的鼻尖，一如七日前她受伤落湖的那一刻，她又听见了这个胸膛的主人剧烈起伏的心跳声，似愤怒又似慌乱的表情出现在一向冷漠无情的男子的面庞，这一回，她一睁眼就清楚地看见了，不禁愕然。

"还愣着做什么，传御医。"宗政无忧冷冷一扫长廊外呆立的宫人们，沉声呵斥，声音如闷雷般地炸开，惊得那些宫人身子一抖，忙不迭地朝外跑去，一边跑一边喊道："传御医！快传御医！"

漫夭醒神，望着抱住她的男子，突然想到什么，笑起来。以前，她和宗政无忧纠缠的时候，每逢她遇到危险或需要帮助，傅筹总像是提前算好了似的，及时出现在她的面前，现在她嫁了傅筹，那样的角色似乎又换成了宗政无忧。叫她怎能不觉得好笑呢？

傅筹以前所做的一切皆因她启云国公主的身份，那么如今的宗政无忧却又是为了什么？

殿内的少女们神色惊异，琴台上的孙雅黎表情更是僵硬到极致，龙椅上的临天皇面沉如水，其余的人目光各异，齐齐望着曲折长廊上的三人。

漫夭被宗政无忧紧紧地抱在怀里，而她的丈夫就站在他们身边，默不作声。气氛诡谲。

大殿之内无人出声，大殿之外，月光透过乌青色的浮云，与头顶高悬的宫灯投射出来的暗黄光线糅合在一起，轻轻地笼罩在他们身上，更增添了几分诡秘。

泠儿想询问漫夭伤势，张开口却没敢发出声音。

漫夭终于缓过一口气，用手捂住伤口，轻轻动了动身子。

宗政无忧皱眉，不禁含了怒气道："你这个模样，还想做什么？"

漫夭紧抿的唇半点血色也无，她看了眼傅筹，他一双温和的眼看起来仍然温和，但眼底的神色却复杂深沉。望着傅筹向她伸过来的手，她的嘴角浮出浅淡的讥诮，最终还是将手搭了上去。

宗政无忧目光一沉，原先冰冷的眼神在怀中女子似嘲弄似悲哀的表情中渐渐开裂。她无声的选择，令他意识高于理智下所表现出来的一切行为都变得十分可笑。他自觉地放开了手，眸中掠过一道浓浓的自嘲，继而面无表情地回到座位，再不看女子一眼。

漫夭垂下眼眸，竟不敢朝大殿里望去。

"容乐，伤得重不重？给我看看。"身边傅筹温柔地询问，就要拿开她捂着伤口的那只手。

她轻轻摇头，不说话。

这时候，观荷殿里，孙雅黎眼珠一转，起身来到长廊上，看了眼漫夭，然后用手摸了下长廊的犄角，神色疑惑道："也没有多利啊，怎么把公主伤得这么重呀？"她说完似乎觉得不妥，立刻换了口气道："公主千万别误会，我不是说你故意的……啊，不，不是，我的意思是……唉！都是雅黎不好，刚才跳舞害公主烫伤玉体，现在想邀公主共奏一曲，却又害公主平白无故地受了伤……看来今天，雅黎是没有福分得公主指教了。"说完重重叹一口气，似乎无比遗憾。

漫夭忍不住冷笑，看来这女子是非要和她过不去了。

此时殿内，有人小声议论起来。

有人说："是没见撞得有多重啊，怎么就连站也站不稳了呢？"

有人说："还不是怕丢人，为了逃避跟孙小姐对琴呗！"

还有人说："依我看，她这是苦肉计，故意吸引离王的注意，虽说傅将军也很优秀，但也比不得离王身份尊贵。再说了，离王可是咱临天国第一美男子，又是她的第一个男人，她哪能甘心看着离王当着她的面选别人做王妃啊！"

"真是，嫁了人也不安分，不看看自己多大岁数了，还跟我们抢男人，真不害臊！"

"启云国的女子都不用背女德的吗？"

"你不知道啊？我听说她从小是在冷宫里长大的，是启云帝登基以后才把她接出

典藏版［上册］

来的。”

“怪不得呢，原来是冷宫里长大的公主啊，平日看起来高贵得不得了，其实骨子里就是个不守妇道的贱女人……”

含讥带诮，嘲弄鄙夷，那些人自以为压低了声音，然而，就连长廊上的漫夭都听了个清清楚楚。她本不想听，奈何耳力太好，又或许那些人是刻意说给她听的也不一定。

喉头翻滚的血腥气终是压不住，渗过她咬紧的牙关，沿着微微翘起的薄凉嘴角蜿蜒流淌下来，一滴一滴溅在傅筹的手上，温热而黏腻。

傅筹目光一变，皱眉道：“那些人的话，你别往心里去。你一向不爱计较，别跟她们一般见识。走，我带你下去处理伤口。”他用手擦拭着她嘴角溢出的血迹，眼底浮现出一丝歉疚与心疼。

漫夭推开他的手，不计较是因为她不想为一些不相干的人枉费心神，但这并不代表她没心没肺无知无觉，她又不是木头人，倒要看看，那些人还能说出些什么话。

殿内的议论依旧小声却越发地不堪入耳，九皇子望着平静得有些异常的宗政无忧，心中渐生不安。

抚琴不成，孙雅黎自是要回大殿向帝王行礼才能归其座位，她行礼之后，眼波一动，转身时用手扶额，似是头晕，身子摇晃了几下，脚步一个不稳，便朝着右边歪倒下去。而那个方向，正是宗政无忧所在的位置。

宗政无忧眉也不抬，任她倒下，在即将碰触到他的时候，冷炎适时现身，一把未出鞘的剑稳稳地托住了孙雅黎的身子。

冰冷的剑气透鞘而出，惊得孙雅黎连忙站直了身子，瞪了眼坏她好事的冷炎，恼恨不已。

这时，临天皇道：“雅黎可是身子不适？老九，你去下边坐，让雅黎就近歇会儿。”

孙雅黎闻言一喜，席中少女面色皆变，心想这琴没弹成，她反倒坐到离王身边去了，莫非皇帝已经中意了孙雅黎？否则，那么浅显的伎俩，怎么瞒得过皇帝陛下？

九皇子不情不愿地站起来，撇了撇嘴，孙雅黎在丫鬟的搀扶下，终于坐到了她心仪已久的男子身边。咫尺的距离，他的人，他的气息，他的一切一切，都挨得那样近，近到她只要一呼吸就可以触碰到，不由得一颗芳心怦怦乱跳。有宫人上前撤去九皇子的茶杯，为孙小姐换上一只新的。

临天皇语带深意道：“无忧，你要好好照顾雅黎。”

宗政无忧仿若未闻，孙雅黎偷偷拿眼瞧他，只见他一只手撑在桌上，微微斜着身子，慵懒的表情迷乱人心。

宗政无忧突然从宫人手中夺过茶壶，睨了一眼身旁双颊红晕心跳如擂鼓的女子，他冷笑一声，抬手缓缓地往她面前满水之杯里注入茶水。

孙雅黎愣了愣，水立时满溢而出，顺着桌子流淌下来，她慌忙挪开身子，还是被茶水溅湿了衣裙。男子并没有停手的意思，孙雅黎有些手足无措，见他面沉如水，她也不敢吭声。殿内也因宗政无忧这一奇怪的举动重又安静下来。众人面面相觑，不明白他这么做是何用意。

九皇子扬唇，幸灾乐祸地笑，等着看好戏吧。

“这……”丞相夫人正要开口，被孙丞相急忙给制止了。孙丞相冲她摇了摇头，皱着眉头，脸色凝重。

孙雅黎的丫鬟沉不住气，小声提醒道：“王爷，小姐的水杯已经满了，不能再倒了……”

咣！

那丫鬟一句话没说完，宗政无忧突然将手中茶壶狠狠掷了出去，一阵咣当震响回荡在整座大殿，连临天皇都惊得身子一颤，更遑论其他人。宗政无忧冷冷地掀了眼皮，地狱阎罗般的邪眸冷漠一扫，众人皆是身躯一抖，心被高高吊起，大气也不敢喘一声。

茶壶碎了不知多少瓣，那些碎裂的青花瓷片四下弹开，砸在桌子或地上叮叮作响。临天皇皱眉，看了眼宁千易，继而对宗政无忧低声斥道：“无忧，你做什么？别惊了贵客。”

宗政无忧头也不抬，冷笑道：“怕我惊了贵客，你就别自作主张。”他的言语那般放肆，半点情面也不留给那个帝王。

“你！”临天皇脸色骤变，就欲发作。

陈公公忙道：“陛下，您先喝口茶压压惊。”

临天皇强压下心中怒火，接过茶杯，饮了一口，心中仍是气郁难舒，重重地将茶杯放到桌上。

宗政无忧不看他，只冷冷道：“方才，是谁说水满不能再倒了？”

“奴……奴婢多嘴……”孙雅黎的丫鬟早已吓得魂飞魄散，双腿一软，跪在地上，声音打战。

“你是多嘴。”宗政无忧凤眸半眯，面无表情道，“本王的事，岂容他人说三道四、指手画脚，找死！来人，拖她出去，本王不想再见到她。”

孙雅黎大惊失色，忙道：“王爷……”

“谁敢求情，一并拖出去。”他冷冷地看了孙雅黎一眼，吐字如冰，毫不留情。孙雅黎蓦然住口，娇躯在丫鬟反应过来后的惊恐求饶声中不住颤抖，而这个位置，她先前是求之不得，如今却如坐针毡。

宗政无忧端了宫人奉上的新茶，轻轻啜了一口，转动着手中的杯子，凌厉的目光透过浅灰色的杯沿扫向身边的女子以及之前小声议论的众人，沉声道：“想活得久一点，就管好自己的嘴巴。该明白什么话当说、什么话不当说，也别以为有点小聪明，就可以在本王面前肆意妄为。”

周围一片寂静，只有他冷冽低沉的声音不断回响在大殿里的每一个人的心里，让他们在浓烈夏日感受到了透骨的寒冷，像是浸了冰。空气中仿佛有血腥气在蒸腾，孙雅黎双唇颤抖，脸色发白，十指绞在一起，惊恐地瞪着他，说不出话来。其余的小姐们更是

个个捂紧了嘴巴，生怕一不小心叫出声，惹祸上身。

临天皇似怒似叹道："无忧，你闹够了？好好的晚宴被你搅得乌烟瘴气。"嘴里斥着他，眼睛却瞟向长廊上面色苍白的漫夭。

漫夭也说不清此时心里究竟是什么滋味，宗政无忧这样为她出头，到底是好是坏？他封得了这些人的口，又如何封得了天下人悠悠众口？此时，殿中之人是不能再说什么，但她的尊严、她启云国的脸面，却不能靠别人来保全。

她推开傅筹，微微上前，叹道："今日之事，全因容乐一人而起，容乐心中甚感愧疚，就以琴曲相寄，聊表歉意。孙小姐，请！"

孙雅黎睁大眼睛惊讶地望向她，一时反应不过来。所有人都以为这个女子是为了逃避与她对琴，才故作受伤极重的模样，没想到在离王出面镇住全场之后，她竟主动提出弹琴一事，怎不叫人奇怪？

宗政无忧面色变了几变，带着盛怒的眼光如利剑般射来。

漫夭微微垂眸，只当未见。

傅筹也很不认同地叫道："容乐！御医已经到了，你先去处理伤口。"

漫夭淡淡地望了他一眼，那一眼似是望穿了一切，带着了然的嘲讽。

临天皇皱眉道："公主的伤势……"

长廊上的光线较暗，之前，漫夭一直用手捂着伤口，宽大的袖袍，遮住了浸透衣衫的血迹，没人知道她到底伤得重不重。此刻她放下手来，刺眼的猩红一目了然。

众人这才心下一惊，明白她并非装腔作势。

漫夭道："陛下放心，容乐还能撑得住。"话音刚落，脚下便虚晃了一下。

"别逞强。"傅筹拉住她，第一次用责怪的语气同她说话。

临天皇皱眉道："容乐长公主还是先行处理伤口吧。朕虽然很想听听启云国的琴音与我临天国琴音有何不同，但公主的凤体更为紧要。"

漫夭微笑道："多谢陛下体恤。既然陛下想听，容乐倒有个两全其美的法子。"

临天皇道："公主请讲。"

漫夭拉过一旁的泠儿，道："以前学琴的时候，泠儿每天都会陪我练琴，她的琴艺与我相差无几，如果孙小姐不介意，就让泠儿代替我与孙小姐同奏一曲，以弥补我今日无法操琴之遗憾。只是不知孙小姐可会嫌弃泠儿婢女的身份？"

她望着孙雅黎，淡淡地说着，目光带笑，却毫无表情。

孙雅黎当然不愿意，以她丞相千金的身份跟一个婢女比琴，不管是赢还是输，都不光彩。可她又不能拒绝，是她先挑战公主不顾身份尊卑在先，现在自食其果，进退不得，一张俏脸涨得通红，不知道该怎么办了。

临天皇脸色也不好看，望着漫夭的目光变得犀利，漫夭坦然回视，神色不卑不亢，唇边扬起恭敬有礼的微笑。不是说想听启云国的琴音吗？那就听吧！

"主子！"泠儿不安地看着她，漫夭拍了拍她的手，让她安心。泠儿会弹琴不假，但要跟孙雅黎比，自是远远不及。

孙雅黎绞着手中的帕子，咬着唇，用求救的目光望了望她的父母，又望向临天皇。

这时，宁千易先开口笑道："当真是两全其美！公主这法子甚好。泠儿姑娘虽为婢女，但既然她的琴艺为公主所授，代表的也就是公主，与孙小姐同奏，倒也不算辱没了孙小姐。看来，小王又有耳福了！"

既然尘风国王子开了口，此事已成定局。临天皇自然不好说什么，只得点头同意。

傅筹叹道："你现在可以去处理伤口了？"

漫夭摇头："我先帮泠儿调琴，看看顺不顺手。她呀，跟我一样，对琴挑得很。"

泠儿搀着她来到琴台，漫夭坐下，勾动琴弦试了几个音，传到观荷殿听起来就是散乱的几个音符，众人以为她也就是做做样子罢了。

漫夭微微一笑，忽然指尖流动，一串清扬随意却能荡人心魄的音符缓缓传来。短短的一串，在这月光笼罩、宫灯影摇、荷花满池的夜景中，听似缥缈，柔中有刚，仿佛要直接拨到人的心底里去，却又在将达未达之时，骤然停住，叫人意犹未尽，好不难受。

这一串音符，漫夭是要告诉别人，她并非技拙才找人代替。也是在警告那些人，她虽淡然处世，不喜与人争锋，但并不代表别人找上门来她会忍气吞声、任人欺辱。她抬眸看了眼对面琴台上脸色大变的孙雅黎，轻轻笑道："这琴有些不合手，麻烦这位公公再取一架来。这一架就放在这里，我还要再比较一番。"

公公领命去了，片刻后就送来了另一架琴，漫夭点头道："你们都退下吧。泠儿弹琴，不习惯身边有旁人。"

周围的宫女太监都应声退下，这座大殿里就剩下漫夭、傅筹、泠儿三人，两座阁楼相对的位置都是半敞开式的建筑，坐在对面大殿之中能看见这里帷幕之前的情景。

漫夭象征性地瞧了瞧，低声跟泠儿交代了几句，将其中一架方琴摆到琴案上，顺着地板轻轻推到帷幕背后，然后才起身离开，到了被雕花屏风遮挡的楼梯口，又悄悄转到帷幕背后。

傅筹跟在她身边，静静地看着她。直到她盘膝坐地，将琴放在身前，他才明白她的意图。他先前就很纳闷，以泠儿的性子不大可能拥有高超的琴艺，原来她只是拿泠儿做了幌子。他再一次感叹她的聪明，就如同一年前的那场布局，对形势以及各方人心都把握得恰到好处。只不过，这一次，她对自己也够狠！

琴声扬起，她染了鲜血的十指在琴弦上飞舞拨动，丝毫不顾及左肩的伤势。这一幕，令他忽然想起很多年前，他初入军营，孤身奋战，为夺军功，既要躲着敌人的明枪，也要防着身边人的暗箭，周围没有一个可以信任的人，能依靠的，也只有自己。

人生便是这样残酷，有时候，为环境所逼，对自己残忍，也是不得已的一种手段。看着她苍白的面容、染血的左肩，她平静苍凉的眼神、薄凉带笑的嘴角，总能牵动埋在他内心深处的疼惜。

"容乐，你有伤在身，让我来。"一段音符结束后，他按住她的手。

漫夭抬头，看到他眼底的温柔怜惜，不似平日里永远也看不穿的温和面具。她微微一怔，淡淡拒绝道："男子和女子的琴音，有差别。"

帷幕前方，泠儿很有礼貌地说道："孙小姐，该您了！"

孙雅黎的琴音，韵律悠扬清悦，如淙淙流水，让人倍觉舒畅。果然是技法纯熟，只可惜少了一份内心的恬静和淡然，听起来虽动人却不足以动心。

而漫夭的琴音，古朴苍茫，铮然铿锵，令人如临高山之巅，陡然心胸开阔，心潮澎湃。可每每即将到达巅峰之时，却又逐渐收势，给人一种不能完全尽兴之感。

高山流水，流水高山，两人的琴音听上去似是不分伯仲，各有优劣。但真正的个中高手，必能听出其中差别。一个全力施为，一个有所保留。

观荷殿里的众人面色不一，有惊诧，有思疑，有赞叹，也有少数不懂琴音的不以为然。

一名琴技不俗的女子感慨道："想不到容乐长公主身边一个小小婢女都有如此琴艺，那容乐长公主的琴技岂不是登峰造极了？"

一名对孙雅黎先前抢尽风头很是不满的女子道："孙小姐自以为琴技京城第一，无人能比，什么人她都不放在眼里，今日还想尽办法挑战容乐长公主，想不到却是自取其辱！哼！看她以后还怎么嚣张！"说完捂着嘴发出低低的笑声。

孙雅黎咬着唇，回到座位，面上一阵红一阵白。这场琴技之争，谁胜谁负，她比任何人都清楚。

一场波涛暗涌的晚宴终于在琴声中落下帷幕，但离王与尘风国王子都还未能定下妃子的人选。

傅筹和漫夭来到为他们安排的寝居，叫来御医为她看诊，开了方子，傅筹坚持亲自为她包扎伤口，这时，九皇子送来一个白玉瓷瓶，说是治外伤的灵丹妙药，漫夭本想拒绝，九皇子没给她机会，迅速将药瓶塞进她手里，挤眉弄眼道："七哥叫我送来的，你不要就自己去还给他。"九皇子说完挑衅地望一眼傅筹，便走了，漫夭看着手中药瓶发呆。

傅筹笑道："既然离王有心，我们可不能辜负了他。"

他很自然地从她手里拿过药瓶，开始动手替她处理伤口，漫夭疲惫地靠在床头，轻轻合上眼，痛感越发地清晰透彻。

泠儿在旁边想事情想得入神，等漫夭的伤口处理完了，才开口问道："主子，我不明白，您明明可以胜过孙小姐的，可为什么……"

"为什么我要故意控制在和她同一水平？"漫夭缓缓睁眼，接了一句，却没有下文。

她可以赢过孙雅黎，让不知天高地厚的女子输得很难看，但她却不能让临天皇下不了台。只要保持在伯仲之间，那便是胜了孙雅黎，又不至于让临天皇在尘风国王子面前失了颜面。这之间分寸的掌握，极为不易，甚至比全力施为还要难上许多。更何况，一个婢女的修为本就摆在那里，若是太过了，就等于昭示其中有异。

傅筹为她搭上薄被，目光深远，笑道："不胜，已是胜了！"

不胜而胜。她轻轻地笑，眼中满是无奈，没有一丝胜利的喜悦。

第二天一大早，太阳还没冒头，宁千易前来探访，漫夭以身子不适不便见客为由拒绝了。

这一日的选妃宴，她没去参加，昨夜没睡好，现在头有些沉。她遣退下人，独自坐到院子里的长廊下，身边一株石榴开着花，颜色有些枯败，风一吹，没了生气的花朵落了下来，萎靡在她苍白的手指上。她手中还握着那个白玉瓷瓶，背靠廊柱，抬起目光望向重重楼阁之外的一处，眼神缥缈无依。

过了这半日，孙小姐便不再是孙小姐了吧？临天皇中意的人，也是那群女子中的翘楚。以后人们会叫她离王妃，她会同那个男子一起出现在京城各处，会和他同床共寝、琴瑟和鸣。宗政无忧会像昨晚抱着她那样去抱着孙小姐，孙小姐却不会像她一样呆愣怔忪，而是羞怯喜悦、心跳如擂鼓。

心蓦地一痛，她直觉地闭上眼睛，止不住翻腾奔涌的狂乱思绪。原以为时隔一年，她可以做到心如止水，可这短短十几日，因他归来，她的心湖被搅乱无数次。原来她并没有自己想象中的那么坚强淡定。

“主子，您怎么起来了？”

泠儿回来了，漫夭缓缓睁开眼睛，已走到她面前的泠儿单纯的脸上流露出对她的真切关怀，她心中一动，突然问道：“泠儿，你想不想离开这里？”

泠儿愣道：“主子是要提前回将军府吗？”

漫夭摇头，将军府不是她的家。

“离开京城。”她淡淡地说。

泠儿目光一亮，兴奋道：“主子要回皇城？”泠儿所说的皇城是启云国国都。

漫夭再次摇头，那里也不是她的家。

泠儿愣了愣：“那主子想去哪里？”

去哪里？漫夭也不知道，只是突然想离开了，远远地离开。她说：“去一个没人认识我们的地方，远离皇权，远离阴谋斗争，过平静的生活，让别人都找不到我们。”

她说着凄凉地笑起来，这世界会有那样一个地方吗？一个可以容纳擅离和亲之地的和亲公主的安宁之处。

泠儿慌忙道：“那可不行，皇上不会答应的。”

漫夭淡淡道：“我不需要他答应。”

泠儿怔住，提醒道：“主子您是认真的？您忘了吗？您每个月用来抑制头痛症的药物，只有皇上才有。”

漫夭心下一沉，这才想起她还有头痛症，无人能治的头痛症，只有皇兄手里有药。她自嘲地笑，作罢，望了一会儿天，才又开口道：“泠儿，你不是最喜欢看热闹吗？怎么没去圣莲苑？”

泠儿回道：“我去了，选妃宴结束了我才回来的。”

漫夭微愣，这么快便结束了？好像还不到一个时辰。她看着手上开败的枯萎花瓣，深褐的颜色衬着她略显苍白的肌肤，显得格外凄凉。目光暗垂，她轻轻攥紧了手心的药

瓶，随口问了句："是孙小姐吗？"

那个千方百计想给她难堪的女子，无非是因为她和宗政无忧曾有过一段纠缠的孽缘。她径自想着，却见泠儿摇头。

漫夭奇道："不是她？那是谁？"

泠儿道："谁也不是。主子，离王他谁都没选。"

漫夭诧异抬眼，坐起身来问道："为什么？"

这次选妃宴不是经过他同意的吗？他这样临时反悔，只怕临天皇要大发雷霆了。

泠儿摇头说："我也不知道原因。反正听说当时有位小姐正准备唱歌，离王突然叫人摆了象棋，说谁能和他对弈一局，他就选谁做他的妻子。"

"象棋？"漫夭心中一震，直觉问道，"然后呢？"

"然后，那些小姐都不会啊，连认识象棋的都没有。大臣们都在私底下议论，说离王是故意刁难，他们心里有气却不敢发作，面色都很难看。临天皇叫人送尘风国王子回去休息，让大臣们都散了，还让所有宫女太监都退到十丈以外去。"

十丈以外？漫夭心下一惊，临天皇这回是真的动怒了。宗政无忧也奇怪，若是一开始便无心选妃，为何又要同意办这个选妃宴？

观荷殿外，白晃晃的日光照在湖面上，湖水随风而动，荡起波潮，折射到半敞的大殿里面，晃得人眼睛疼。

此时的观荷殿，方圆十丈内，除了临天皇父子二人，再看不到一个人的影子。

临天皇脚步沉沉地走下龙椅，盛怒的眸子紧紧盯着他一生中最心爱的女子为他留下的唯一的孩子，胸口不住地起伏。

宗政无忧却是镇定悠闲地坐着，面无表情地把玩着手中一枚黑子，对于朝他走来的怒容满面、随时都会发作的帝王看都不看一眼。

临天皇怒不可遏，来到他面前拂袖一挥，好好的一盘棋被稀里哗啦地扫到地上，白玉棋盘碎成几瓣，棋子四下滚开。临天皇仍不解气，又飞起一脚，宗政无忧面前的那张桌子便横飞了出去，咣的一声，撞上大殿外面的雕花柱子又弹了回来，木架四散，木屑飞扬。

青花茶壶碎裂，茶汁茶叶溅得满地都是，整座大殿一片狼藉。

宗政无忧这才抬眼，眼光冷漠，像是看着一个与他毫不相干的人。

临天皇心头一凉，嘴上质问道："你从始至终根本就没打算选妃，是不是？枉朕为你操碎了心，你却戏弄朕！你到底要置你父亲的颜面于何地？"临天皇情绪激动，满脸痛苦与愤怒。

宗政无忧却面无表情，淡淡反问道："我何时戏弄你了？"

临天皇怒道："你明知这象棋天下女子无人会下，还摆出来当作选妃的条件。你敢说你不是事先盘算好的？"

宗政无忧反问道："谁说这象棋天下女子无人会下？"他忽然垂下眼眸，语气复杂难辨道："她就与我，棋艺相当。"

“她？”临天皇皱眉，愣了愣，问道，“谁？”

宗政无忧没回答，低眸望着地上被摔碎的白玉棋盘，一抹似淡似浓的哀伤轻轻划过他的眉梢眼角，消失在他眼底深处。

临天皇目光一怔：“你说的是容乐长公主？莫非她……”

临天皇忽然顿住声音，急切地蹲下身子紧紧抓住宗政无忧的手臂，先前强烈的怒气瞬间荡然无存，只剩下深深的期盼，压低嗓音问道：“容乐长公主，是从那个世界过来的人吗？无忧，她可有告诉你，如何才能去往她们那个世界？你母亲……”

“我母亲十四年前已经死了！”宗政无忧突然打断临天皇，重重地甩开他的手，冷冷道，“你以为那样悲惨地死去，母亲还能在另一个世界活着吗？即便活着，母亲也不会原谅你。

“永远不会。”一字一顿，冰冷无情。

临天皇身躯一颤，像是突然被人狠狠打了一棍子，脸色倏然惨白。

十四年前如噩梦般的惨烈一幕骤然从眼前掠过，一下子抽干了他的力气。临天皇跌坐在地上，平日里帝王的威严不复存在，只剩痛悔填心，肝肠寸断。

宗政无忧目光一痛，立刻移开眼眸，又道：“七日前的刺杀案，与她无关，你别打她的主意，否则，我不会袖手旁观。”

他的神色有多坚定，口气就有多强硬。

临天皇抬眼看他，许久都没再说话，胸腔内有一股血腥气因方才激烈的情绪起伏直往上涌，他皱了皱眉头，悄然平复下去，沉声提醒道：“她是启云国公主！”

宗政无忧道：“不管她是谁，我说了，这件事与她无关。”

临天皇叹气，道：“你还想着她？”

宗政无忧眉心一动，冷淡道：“那是我的事，不用你操心。”

临天皇苦笑道：“当初你若不跟朕置气，她早就是你的妻子了。”

宗政无忧转开头，看外面阳光炽热，他却心凉如水。当初，当初……如果当初能预料到今日，那便不会有当初。

临天皇望着他的侧脸，那眉眼间不易觉察的懊悔和伤痛多么熟悉，就如同从前不被原谅的无数个日夜里暗自神伤的自己。不觉心头一凛，正视着他最疼爱的儿子，声音不禁多了几分严厉，道：“这样也好。她是别人的妻子，你尽快忘记她。不然，迟早有一天，她会成为别人用来控制你的筹码。你是未来的皇帝，不能有任何弱点，否则，会要了你的命。”

宗政无忧冷声道：“我几时说要做皇帝？”

临天皇道：“这个江山，迟早是你的。”

宗政无忧道：“我不稀罕。”

临天皇面色一沉，语气坚决：“你不稀罕也得要！这个江山断送了我和你母亲的幸福，只有你才有资格继承它！”

宗政无忧冷笑：“断送母亲幸福的不是江山，而是你对权力的贪婪。我不需要你所说的这种资格，我也不想成为和你一样的人。”

空气顿时凝重，一股浓烈彻骨的哀伤充斥在他们父子二人的心头。

临天皇目光悲凉，每次提到这个问题，必然会引发他们父子二人埋藏在心底最深沉的痛处，然后，便是窒息的沉默。

周围一片寂静，时光似乎一触即碎。他们相互瞪着对方，都有自己的坚持，这么些年，谁也不肯让步。

最后还是临天皇的目光先软了下去，无奈又悲伤地叹道：“算了，总有一天你会明白，活在这个世上，没有权力，就无法保护你心爱的女人，尤其是像容乐长公主和你母亲那样才貌兼备的优秀女子。过几日就是你母亲的忌日，你收拾下东西，去思云陵好好陪陪你母亲吧。”

第十七章　离王认输

下午的阳光益发焦灼，晒得地面发烫。

漫夭坐在阴凉的屋子里，听泠儿念着从观荷殿传出的圣旨。

“离王目无君上，屡次违逆圣意，本该严惩，但念在离王曾对社稷有功，又有心悔改，就罚其一年薪俸，去思云陵面壁思过三个月。”

漫夭蹙眉，这大概是宗政无忧第一次被责罚吧？不禁问道：“他什么反应？”

泠儿道：“离王没反应。既没领旨，也没反抗，就那么走了。”泠儿说着，偏头看她，问道：“主子，您在担心离王吗？”

漫夭一怔，直觉地皱眉：“别瞎说，我只是随便问问。”

这时，一个宫女进来禀报道：“夫人，冷侍卫求见！”

漫夭扭头，看到园门口立着的不苟言笑的冷炎，她微微一愣，道：“请他进来。”

冷炎进院，也不行礼便面无表情道：“我家王爷请公主去一趟。”

漫夭心头一跳，疑惑地问道：“离王找我所为何事？”

冷炎道：“属下只管请人，不问别的。”说罢让开道，做了个“请”的手势，似乎她若不去，他便会用强硬的方法带她去。

漫夭蹙眉，心知宗政无忧遣了冷炎来，她不去都不行。泠儿有些不放心，附耳道：“主子，要不要我去找将军回来，让他陪您一起去？”

漫夭摇头道：“不必了。等将军回来，你跟他说一声便是。”

冷炎带着她来到扶柳园，这里依旧杨柳拂岸，白莲盛放。

岸边成荫的柳树下，男子一身白衣，背靠柳树，眼眸半合，神情倦怠慵懒，面前的石桌上放了一个新的白玉棋盘。远远看上去，像极了一个偷懒的神仙。

冷炎无声退下，漫夭不由自主地放慢脚步，缓缓朝他走过去。

“你来了！”宗政无忧懒懒地睁开眼睛，淡淡地望着她，眼中有密布的红血丝。

漫夭轻轻点头，在这样的情景下，她平常那些保持距离的客套话怎么都说不出来。

桌上楚河汉界两边的棋子各归其位，她愣了愣，泠儿说观荷殿传出棋盘被砸的声音，这里却还有一副，莫非他上山之前早已料到会有此一幕，所以多备了一副？

心里说不上是什么滋味，她拿出昨晚九皇子送去的白玉药瓶，朝他递过去，尽量用平淡的口吻说道：“谢谢你的药，我已经好了很多。”

宗政无忧没接，甚至都没看上一眼，只神色淡漠道：“效果好就收着。陪我下盘棋，算作你的谢礼。”

这是他们重逢之后最平静的一次对话，漫夭蹙眉，犹豫半晌，终是在他对面坐了下来。

静谧的园子，除了浅浅的风声以外，便只有偶尔响起的落子之声，极轻极轻，仿佛怕稍重一点，便惊扰了那不为人知的心事。

空气中弥漫着似怀念又似伤感的浅淡气息，那些朝夕相处，那些雷打不动每日一局和棋的日子，随着每一子的落下，变得愈加清晰，仿佛就在昨日。

宗政无忧的目光越过棋盘缓缓上移，看向那双明澈聪慧的眸子，不论何时何地，不论过去还是现在，也不管她对面坐的是谁，她下棋总能全神贯注，动一子而观全局。

岁月如洪流一般卷走了过往那些美好的感觉，只留下了斑驳的刺痛人心的记忆，像烙铁一样印在他的心里。

漫夭等了一会儿，见他无意识地握着棋子，半晌都没动静，便抬眼看去，目光对上的一瞬，那幽深冷漠的眼底掠过的悲伤和温柔让她的心为之一震。

夏日的风，有几分沉闷，几分清爽，混合着湖水的潮气，以及白莲淡雅的清香，轻拂过他们的眉梢眼角。她恍然回到了那些静好的岁月，他也如此刻这般握着棋子，时不时抬头看她，眼底隐现温柔之色。她有瞬间的恍惚，不知怎的就叫出了那个名字：“无忧，该你了。”

说完她心头狠狠一震，竟没想到分别一年后的今天她还能这么自然地叫出他的名字。他曾经伤她骗她利用她，她曾经发誓要远离他，宁愿被天下人欺骗利用，也不愿再为他伤心流泪。今天这是怎么了？

她懊恼万分地低下头去，黛眉紧蹙。

宗政无忧手中棋子一个不慎滑出指尖，滚落在地，他却懵然不知，眼光倏然炽烈，望着她低垂的眼睫，酸楚莫名道：“阿漫……”

“离王殿下！”漫夭猛地打断他，再抬头，面上神色又恢复了一贯的淡然平静，心中却是五味杂陈。她弯腰捡起他落到地上的棋子，递到他面前，仿佛在纠正之前的错误：“离王殿下，该你了。”

宗政无忧目光一顿，那眼中刚刚燃起的炽烈光芒像是遭到重锤一击，碎裂开来。他紧紧握住那枚棋子，修长的手指在烈日的照射下，白得发青，忽觉喉头涌上一丝血气，他忍不住咳了一声，强自将那血气咽下。原来人的内伤，也可以是这样一点一点忍出来。

宗政无忧重又将眼光放于棋盘，随手落下那枚棋子，早已忘了先前的布局。

就是那一子，打破了一直以来的和棋局面。

几起几落，胜负分出。

漫夭看着那局棋，有些错愕。就这样结束了？才不过一炷香的工夫，以往他们一局棋需要那么久那么久。

宗政无忧自嘲一笑，那笑容竟有几分惨然，他抬头，直直地望向她，似要望进她的心甚至是她的灵魂。

漫夭默然回视，压下心头的惆怅，抿着唇，两人都没出声。

过了好一会儿，宗政无忧似是喃喃自语，声音很轻，带着几许自嘲，几许缥缈茫然，他说："我输了！"

褪去了冷漠伪装的言语，像是风的叹息，忧伤而绵长。

他说，他输了！

漫夭心底巨震，诧异不已，此刻的宗政无忧与平日那个骄傲自负、冷酷邪妄的他是那样的不同。好像他输的不是一局棋，而是整个人生。她呆呆地望着他，一时无语。

宗政无忧垂眸盯着棋盘上惨败的棋局，其实从一开始，他就已经输了。他和她，从相识的那一刻起，就彼此试探，各有算盘。不同的是，她一直都是小心谨慎、步步为营，而他总以为一切尽在掌控，以为只要是他想要的，就逃不出他的手心。那时候，他并不知道，爱情不容算计，真心不能利用。在那些日子里，亦真亦假的情感中，他不知不觉投入了全部感情。她却一直保持着清醒，总记得为自己多保留一分。虽然她会痛，但她勇敢地承受了那些痛，并理智地封存了自己的感情，设下连环计决绝地走出他的生命。当他蓦然惊醒，却为时已晚。

这一场无意识的感情较量，他惨败而终。她心里已经有了另一个人，他还能做些什么？

宗政无忧缓缓站起身，撑着石桌的修长手指，仿佛褪去了那些坚韧的力道，他慢慢地走过她的身边，风扬起他毫无束缚的长发，扫过她略显苍白的脸颊。

漫夭坐在那里一动不动，似是还没从他的那句话中回过神来。

宗政无忧从袖中取出一把精致的墨玉折扇，放到她面前，语气不明道："收好它，也许你用得着。"说完不等她反应就放下扇子离开了。

她没有回头去看他的背影，只是静静地坐在那里，望着棋盘，怔怔发呆。心口传来阵阵苦涩的痛感，她突然不明白自己，到底都是在做些什么？

半晌之后，她才拿起那柄折扇，难得一见的上好墨玉，光泽圆润，触手光滑，玉骨一侧，雕有夔纹，栩栩如生，极具气势。与九皇子经常拿在手里的那柄折扇除了颜色之外，其他相差不大，只明显比那个看上去更显得尊贵和神秘。

一场筹备良久、声势浩大的选妃盛宴就这么结束了，无论是临天皇，还是离王，又

或者尘风国王子，甚至文武百官，原先对这场盛宴所寄予的厚望终究全盘落空。究其原因，也不过是因为一个女子。

漫夭随傅筹回了将军府，一切又重归平静。

宁千易来探望过她几次，对她当日以命相救甚为感激，说是再逗留一个月，赏尽山水就回尘风国去。这一个月里，为防止清凉湖之事再度重演，临天皇明里暗里派了大量高手护卫宁千易的安全，并将当日的刺杀案交给傅筹查办。

漫夭伤势渐渐好转，仍然每日待在清谧园里，很少出门。傅筹这段日子早出晚归，虽然还是会来清谧园歇息，但两人说过的话加起来却不超过十句。他总是在她睡下之后才进屋，喜欢从身后抱住她，动作异常轻柔。她偶然半夜醒转，会听到身后传来轻微的叹息。

这晚，傅筹出乎意料地回来得很早。

漫夭用过晚饭，坐在院子里乘凉，随手从袖子里掏出一柄折扇，自顾自地扇风。

傅筹在她对面坐了，眼光一扫她手中折扇，温和的眸子顿时一变，问道："容乐，你这扇子很特别，哪里来的？"

漫夭这才惊觉自己拿的竟然是宗政无忧给她的墨玉折扇，她连忙收了，垂眸淡淡道："别人给的。"

傅筹剑眉一皱，望着玉骨之上雕刻得栩栩如生的夔纹，目光沉了沉，朝她伸手道："给我看看。"

漫夭凝眉，不动声色地拒绝道："一把普通的扇子而已，有什么好看的。"她将扇子收进袖中，左右一顾，岔开话题道："最近怎么不见项影？"

傅筹望着她的衣袖，随口道："他护主不力，以后不会出现在将军府。"

漫夭一怔，立刻想到那一夜假山后头的那两个丫头，不禁惊道："你把项影怎么了？"

傅筹慢慢呷了口茶："我罚了他去军中看守大门。"

漫夭这才松了一口气，项影是个不错的人，究其原因，那件事错不在项影，以他的能力，看守大门实在是太委屈了。想了想，她叹道："将军如果只是因为我受伤而责罚项影，那我觉得，第一个要受罚的应该是将军你。"

傅筹愣了愣："容乐是要罚我吗？你想怎么罚，我都认。"他笑着说，神色竟然有两分认真。

漫夭故作轻松地笑道："我随便说说，我哪敢罚将军你啊，我只是想跟将军讨个人情。项影我看着不错，我身边正好缺一个这样的人，将军能不能……"

"你想要项影？"傅筹似乎很意外，目光一瞬变得复杂。

漫夭淡淡地问道："将军不肯吗？"

傅筹没有立即回答，只是看着她发愣，漫夭也不催，她知道傅筹行事一向都有自己的考量。过了好一会儿，傅筹都没给她答案，就在漫夭以为他不会同意的时候，他却忽然小心翼翼地抓住她的手，面色复杂地叹道："容乐，我们成亲一年多了，一直都是我问你需要什么、想要什么，你从来只是摇头，说不用。我一直等着有一天你能主动开口，把我当成你的夫君那样，想要什么就跟我说。我以为我这一辈子都等不到了。容乐，谢谢你，还肯信任我。你放心，项影虽然跟了我七八年，但既然你要了，你就可以信任他。我向你保证，以后你的事、你不愿告诉我的，我绝不会私下里去问他。明天我就让他来找你。”

他握着她的手，第一次目光诚挚。

那一晚，月光格外明亮，透窗照在清谧园寝阁的地面上，印下窗花碎影。她依然面朝着里边侧躺着，傅筹在她身后轻轻搂着她的腰，听着她轻浅而均匀的呼吸，清楚地知道她没睡着。

他的目光越过她的头顶，望着她无意识地放在枕边的墨玉折扇，无言的酸楚翻涌在他的心间，任他怎样努力也压制不住。脑海中浮现出扶柳园里的那株柳树下紧紧抱住的两个身影，难过，慌乱，恼怒，怀念，失落，挣扎，无措，决绝……只有面对那个男子的时候，她才会有那么多的情绪涌动，而面对他时，她永远都是那么平静、淡漠，只有那一次，他要求同房，才看到她一闪而逝的惊慌，也不过刹那，她便冷静地和他谈判。她所作出的最大让步，是同意他睡在她身边。

他重重地闭上眼睛又睁开，突然控制不住地支起身子，一把将她扳了过来。

“容乐！”他哑着嗓子叫她，对上她猛然睁开的明澈的双眼，他突然不知道自己到底想干什么。

漫天愣道：“将军？”

“我不是圣人！”他说完这一句，猛地低头含住了她的唇。

漫天心中一骇，还没叫出声，就被他侵入口腔，搅乱了她的气息。这一刻的傅筹让她觉得陌生，他似乎很狂躁，心智不知被什么扰乱，失去了平日的温和。漫天连忙推他，却被他捉住手，翻身压了下来。

夏天的衣裳本就薄如无物，此刻被他这样压着，双方身体的曲线毫无隐藏。她感受着身上男子的焦灼渴望，一下子慌了神，才发现她的那点武功在他们这样的人面前有等于无。

心中一片荒凉，她挣扎了几下，干脆放弃，不动了。

身上男子又亲了她几下，见她没反应，诧异地停住了动作，抬头问道：“为什么不反抗了？”

漫天悲凉道：“我不是将军的对手。”

傅筹望着她淡若死灰般的眼神，心头一震，眼中灼热的欲望骤然冷却，滚烫的身子慢慢变凉。

他苦笑：“有人说，只要得到女人的身子，她的心就会慢慢向你靠拢。我真想试试。”

漫天蹙眉道：“人和人也不一样。将军与我，到底是怎样一种关系，你比我更清楚。我这副残躯，将军若是真想要，又不嫌弃，那就拿去吧。反正对我来说，这不过是

一副皮囊罢了。”她缓缓地闭上眼睛。

夜，静谧极了。她的面容和这夜晚一样平静，仿佛失去灵魂的躯体，默默等待着狂风暴雨的蹂躏。

周围没有声音，只有男子极力平复内心情绪的喘息。

漫夭等了许久，预料中的风暴没有到来。她强压住心里的不安，依然紧闭着双眼，似乎感觉到一股悲哀的气息渐渐充斥了整个房间。傅筹忽然笑起来，怎样的开始，便决定了怎样的结局。

他一个翻身坐起，随手抓了件衣裳，打开房门，大步离去。

七月的天气越来越炎热，连夜里的风都带着焦灼的暑气，漫夭在床上翻了几个身，没能睡着。

第二天一大早，宁千易派人来约她去拢月茶园一叙。

拢月茶园自从一年前打破每日只迎接二十位客人的规矩之后，生意出奇地好，相继又开了几家分园，竟也有盈利，只是白天客人会少些。漫夭走过通道，远远地，一眼便看到一身贵气的紫衣男子坐在绿叶满枝的樱花树下。茶园里的侍者朝她躬身行礼，却并未上前招呼。

宁千易起身相迎，关怀地问道："公主的伤，可痊愈了？"

漫夭道："烦劳王子惦记，已无大碍。"

宁千易笑道："这我就放心了。都是因为我，你才受伤的，我一直也没好好向你道谢。"

漫夭道："王子不必客气。我说过，我帮你，但不是为了你。我若知道那一剑差点要了我的命，我也许就不会帮你挡了。"

她笑起来，从来都不是喜欢欠别人情的人，也不需要别人时刻惦记着她的救命之恩。

宁千易摇头道："这世上，像公主这样的女子真不多见。"

她救了他的命，却不让他对她心存感激。

两人落座，宁千易要了一壶茶，亲手为她倒上一杯，对她说道："公主往后直唤我千易吧，我们也算是生死之交。我就叫你璃月。璃之通透，月之皎皎，这个名字很适合你！"

明灿的阳光透过琉璃天窗，洒下一轮浅浅的橙黄，宁千易端着杯子，笑得爽朗而明快。

璃之通透，月之皎皎，不过是九皇子随性起的一个名字，到每个人的口中都不尽相同。她恍惚记得，曾经也是在这棵樱花树下，那人说"琉璃目，月华人，女子当如是"，一语道破她女子真身。一切纠缠，从那个时候已经注定。

自从上次扶柳园一别，过去的一切似乎在她心里变得越发清晰，总是让她在不经意间想起。她低眉，摇了摇头，想摆脱那些莫名的思绪，问宁千易道："你一个人进这茶园，也不担心再有人对你不利吗？”

宁千易目光炯亮，半开玩笑道：“这是你的地方，我不担心。”

这听似简单的一句话，却着实令漫夭大吃一惊。她缓缓抬眼，目光犀利了几分，却见他笑容坦荡，眼中并无试探，而是一种透彻的了然。她不禁诧异地坐直了身子，重新审视面前豪爽大气的男子，君子坦荡荡，形容的大概就是他这样的人。

她冲宁千易微微苦笑，先拣了一个最不敏感的问题，问道：“你怎知这是我的地方？”

宁千易望了眼门口的侍人，笑道：“别人进园，会有人上前相迎、打招呼并引到座位，只有你进来，他们只是行礼，却无别的动作，这是对待主人的方式。”

一个不起眼的细节也能让他看出端倪，漫夭真的没想到，宁千易的心思这样敏锐。她赞许地一笑，又见宁千易很认真地环视着四周，他的眼中有着毫不掩饰的欣赏和赞叹：“我听说这个茶园是你亲自设计的，很美，像是仙境。看看这圆润如珍珠般的鹅卵石堆砌的明溪水渠，修剪得宜品种稀少的细枝杨柳，明灿华贵精致小巧的琉璃宫灯，品质上乘的白玉石桌……放眼整个园子，从地面到园顶，哪怕一个小小的角落，无不是精心雕琢，完美到极致。而这些，都不及你这满园的仿佛天河银水倒流般的波光水纹，以及明月笼罩为一人而明的绝妙心思，这样费尽心力精心建成的园子，已经不是金银财帛可以衡量，况且你并不缺银子，又怎会真的舍得轻易卖出去呢？”

宁千易记得他第一次进来这里是一个晚上，当时真是惊呆了，说不出的震撼。那时他就想，设计这个园子的人，该是多么的不一般。

漫夭点头道：“你分析得似乎有些道理。”

宁千易自得一笑，流露出一个王子与生俱来的骄傲与自负。他忽然眼波一转，好奇地问道：“你一个公主，怎会懂得这些？”

漫夭目光一闪，没有回答，只低头去喝茶。宁千易很聪明，见她不愿说，自然不会再问。他端起茶，饮酒似的一口饮了满杯，换了个话题，又道：“那天在观荷殿，你虽然伤了自己，但你却将事情处理得很好，你很聪明，聪明得让我心折。你的琴弹得也好，超出了我的想象。如果那一曲《高山》你尽全力发挥，我想，一定会震惊世人，令你名传天下。”

漫夭先是一怔，继而淡淡道：“名传天下又如何？”

名传天下，能给她安稳平静的生活吗？能远离伤害和利用吗？

宁千易一愣，世人追名逐利，总希望能一鸣惊人、名垂千古，谁会去想，名传天下又如何？是能带来更多的利益，抑或是赢得更多的尊重和敬仰。

他望着对面笑意轻浅疏离的女子，如果说第一眼，她的美貌和气质令他惊艳，她面对强敌不畏生死救他于危难令他感动，选妃宴上她自伤身体扭转局势的聪明才智让他折服，那么今日，她超凡脱俗的淡泊宁静、如影随形的薄凉忧伤，令他感到发自内心地心疼。

“璃月，你好像过得并不开心。上次刺杀一事，恐怕傅将军早已了然于胸。过几日

我就要走了，你愿不愿意跟我走？”

漫天一愣：“跟你走？去哪里？”

宁千易道：“跟我回国。我们尘风国民风淳朴，没有那么多的阴谋算计，我想你一定会喜欢那里。”

漫天笑道：“我去那里能做什么？”

宁千易道：“做我的妻子！我们尘风国的王后！你愿意吗？”他突然冲动地握住她的手，目光灼灼。

如此直白的方式，令漫天呆住了，起先她只当他是开玩笑，但一对上他炽烈坦然的双眼，她的心便沉了下去。不禁疑惑，这个世界的男子不是都很看重女子的贞洁吗？傅筹的忍辱负重她可以理解为她的身份有利用价值，宗政无忧的纠缠也许是因为不甘心被一个女人抛弃，而宁千易又是为了什么？带一个别国的和亲公主回去做一国王后，除了有可能为他及他的国家带来灾难之外，还会让他成为天下臣民耻笑的对象。

面对他盛满期盼的眼神，她的神色渐渐变得凝重起来，忙收回手，目光流连在他大气的五官上，她用极认真的口吻问道：“你知道你在说什么吗？以你的身份娶一个有夫之妇，就算你不在乎，你的父王母后、你的臣民，能答应吗？你别忘了，我是启云国的和亲公主，我的丈夫，是临天国三军统帅，你让我做你的王后，你可考虑过后果？”

一个未来的国王，应该时刻保持着清醒，不该感情用事。用现实提醒他，是她此刻唯一能做的。

宁千易神色一顿，倒没料到，她一个女子竟也能在这么短暂的时间内，将一切利害关系一针见血地指出来。他很镇定地想了想，方道：“你说的这些，我考虑过。只要临天皇拿到足够的好处，有的是办法赐你一个新身份，只要你愿意。”

“我不愿意。”她很干脆地拒绝，丝毫不留余地。看着宁千易一瞬暗下的眼神，她没有犹豫。就算没有那些身份，她也不会走进一个君王的后宫，成为三千佳丽中的一名。就算尘风国真如他所说民风淳朴，但只要有后宫，就一定会有斗争。

人，大概是因为料不到未来，才会如此肯定。那时候，她真的是那样想的，绝不入后宫。

宁千易虽然失望，却也尊重她的意愿，离开茶园前，他诚恳地对她说：“如果有需要，尽管去找我。”

漫天道了谢，留在茶园与沉鱼说了会儿话，回到将军府已是下午，项影正等在清谧园门口，见她回来，便规规矩矩地朝她行了个大礼，并改口叫主子。漫天让他去查软香楼那个女子的身份，他二话不说就去了，当晚就把那个女子带到她面前，她很意外，意外那女子的干净和单纯。

“你是公主姐姐吗？”

项影房间，十六七岁的俏丽女子眨巴着灵动的大眼睛，干净地笑着问她，没有半点害怕。

漫天微愣道：“萧煞跟你提起过我？”

女子笑着点头，不染俗世污浊的眼睛清清亮亮，毫无杂质："公主姐姐，我可以看看你的手吗？"

漫夭诧异，虽不知她要做什么，但还是同意了。女子走到漫夭跟前，将手指搭上漫夭的脉搏，表情认真，竟像是在号脉。漫夭心下微怔，却是不动声色地看着她。

不多时，女子纤细的眉轻轻蹙了起来，疑惑地说了句："奇怪！"

漫夭心里咯噔一下，问道："我的身体有问题？"

女子摇头道："就是因为没问题才奇怪。哥哥说，公主姐姐因为风寒留下了头痛的病根，每月十五都要按时吃药。可是，我看不出公主姐姐得过风寒之症啊。"

哥哥？漫夭一愣，心中豁然开朗，问道："你是萧煞的妹妹，萧可？雪孤圣女的关门弟子？"

雪孤圣女素有医仙毒圣之称，性格孤僻，脾气古怪，一生之中唯一收过的徒弟就是萧煞的妹妹萧可。据说萧可小时候体质很弱，大夫都说她活不过五岁，当时也才十一二岁的萧煞抱着萧可攀上雪玉山，在雪孤圣女的门前跪了几日几夜，天寒地冻，漫天冰雪，萧煞为此险些废了双腿，雪孤圣女却不为所动，直到萧煞准备放弃的时候，雪孤圣女出门看了萧可一眼，不知怎的就突然答应了。但是也提出了条件：在她有生之年，萧可不准离开雪玉山，别人也不能上山探望。萧煞为救萧可性命，只得全部答应，从此遵守承诺，没去雪玉山看过萧可。

如果这个女子是萧可，那萧煞这段日子的异常行为就都说得通了。可如果她是萧可，她怎会不顾师命下山，跑来临天国，并沦落软香楼？难道……

漫夭面色微微一变："是谁把你送进软香楼的？你下山，你师父知道吗？"

萧可难过地回道："师父她老人家已经仙逝了，是一个长得很好看的公子上山找我，他说会带我去找哥哥，我就跟他下了山。我不知道他是坏人。"

长得很好看的公子？漫夭忙问："他是不是穿云灰色龙纹长衫，脸色略显苍白，偶尔会咳嗽？"

萧可连连点头，漫夭却心凉如水，果然是皇兄，为了控制萧煞，他竟然拿萧可当筹码。她也是第一次听人用"坏人"来评价一个皇帝，也许在单纯的萧可眼里，人只分两种，一种好人，一种坏人。对她好的就是好人，对她坏的就是坏人。

"你刚才说，我没有得过风寒之症？你确定吗？"漫夭蹙眉问道，"如果不是风寒所致，那我的头痛症从何而来？"

萧可十分确定地点头，明显对自己的医术有十分的自信，不愧是雪孤圣女的徒弟。但是对于她为何头痛，萧可却又说不清楚，只说她脉象奇特，与常人有异，至于头痛症的根治方法，萧可只是摇头。漫夭不禁失望，难道她这一辈子都只能依靠皇兄才能活下去吗？心中一阵黯然，漫夭突然又想到一件事，问道："他们是不是用什么手段控制了你？"

萧可柳眉倒竖，点头道："他们给我下了七合花。"

漫夭疑惑道："是毒吗？有没有办法解？"

萧可摇头：“除非独门解药。哦，对了，还有七绝草。”

漫夭问：“七绝草是什么？”

萧可回答：“能解百毒的圣药。”

能解百毒必是药中奇珍，世间罕有。漫夭蹙眉：“你知道哪里有吗？”

萧可茫然摇头，漫夭忽觉头疼，恍然想起今天是月圆之夜，她扶了扶额，叫道：“项影，你先送她回去。可儿，今天的事，你不要告诉任何人，包括你哥哥。”

萧可睁大眼睛，奇怪道：“为什么？”

漫夭牵着她的手往门口走，边走边道：“为了救他，也为了救你。等再过几日，我会让人去接你。”

萧可听话地跟着项影走了。

漫夭一个人慢慢走在回清谧园的小道上，沿途的下人向她行礼，她抬头看明月，圆圆的一轮挂在当空，清辉洒下，寂寂寥寥地笼在她的周身。她还记得，离开启云国的时候，皇兄亲送数百里地，站在启云国与临天国交界的那块大石碑前对她说：“朕此生最大的心愿，是皇妹你能好好地活着，幸福地活着。”

春日的冷风里，清隽儒雅的男子站在一片荒芜的土地上，一边咳嗽一边不舍地望着她，目光真切，哀伤浓郁。她当时觉得，那就是她在这世界的亲人。

可是，他就是这样希望她幸福的吗？

先是替身择夫，逼她就范，如今又在临天国的土地上下死令刺杀尘风国王子，他可想过，如果计划败露，她这个和亲公主将会是什么下场？

刚到清谧园门口，她头痛欲裂，痛得像是要炸开一样，连站都站不稳了。等在门口的泠儿见状，急忙将她扶进屋坐下，慌乱道：“主子您去哪里了？怎么才回来？药已经准备好了，快服下吧。”

漫夭瞅了眼泠儿递到她面前的一碗黑乎乎的药汁，心里一阵翻涌，越发地不确定这每月的一碗药到底是救她还是害她？既然她头痛症并非风寒所致，那为什么皇兄要骗她？连雪孤圣女的徒弟都看不出病症所在，她的身体究竟有什么问题？

“拿下去。我今天不喝了。”

泠儿惊道：“那怎么行啊？”

“怎么不行？”她头痛欲裂，心生烦躁，抬手一挥，药碗咣的一声掉到地上，碎了。黑褐色的药汁洒得到处都是，一眼看上去，像是干涸的血迹。泠儿从来没见她发过火，一时愣住，说不出话来。

漫夭叹道：“碎了也好，我倒要看看，不喝这碗药，会有什么后果。”

后果是，将军府鸡飞狗跳，整夜灯火通明，全城的大夫一个不落都被请进了将军府，所有大夫为漫夭诊脉之后，皆说她身体无恙，只是睡着了，但奇怪的是，她气息全无。

一向温和的傅大将军大发雷霆，平日最为清净的清谧园里跪满了人，皆是满心惶恐。

床上静静躺着的女子面容安详，呼吸停止，任人如何叫唤她也没反应，像是魂魄已经归天。傅筹呆呆地坐在床边，握着女子微凉的手指，心似乎一下子空了。泠儿疯了似的冲出将军府，大半夜的将软香楼的大门拍得啪啪直响。

那一晚，泠儿没有拿到药，因为这种药每月一份，必须经过上面的同意才能取得第二份。飞鸽传书，最快也得一日两夜，所以，当第二份药拿到泠儿手上已是两日后。这两日，漫夭就那么静静地躺着，她的意识很清醒，周围发生的一切她全都知道，知道傅筹为她发脾气，知道他一直寸步不离地守在她床前，紧紧地抓着她的手。她动不了，也睁不开眼睛。这一次的尝试，让她知道了，如果没有那碗药，她就不能活下去。

"秋猎快要到了。容乐，我该怎么办？"

耳边传来一声无奈而又挣扎的叹息，与其说是问她，不如说是傅筹问他自己。

秋猎怎么了？难道又有事情要发生？漫夭本想问问，但一睁眼，看到眼前男子的双眼，她就愣住了。那是一双布满血丝的眼睛，眼中盛满浓烈的悲哀，映着下眼睑因两日不眠而衍生出的深青色的眼袋，触目惊心的憔悴令她心头一震。

"将军？"她不确定地问。这还是那个不论遇到什么事情都能从容镇定地应对，然后温和笑出来的傅筹吗?

傅筹愣了片刻，直到她坐起身来，他才欣喜道："容乐！你醒了？"

不是开怀的笑，也没有激动的拥抱，但漫夭就是感受到了眼前人内心深处骤然涌现的喜悦，那是一种发自内心的毫无伪装的欣喜，将他英俊面庞上积聚的无数疲惫一扫而尽。漫夭不由自主地对他笑道："将军今天还不去上朝吗？也不怕陛下怪罪。"

她的笑容仍然和以前一样，淡然，却多了几分生动，不再像这两日了无生气的安安静静。傅筹看着她，没说话，几近贪恋的目光流连在她带笑的容颜上，像是怕错过一分一毫，从此便看不到了。

漫夭忽然有些感动，一直觉得傅筹对她不过是表面功夫，但经过这两日，他的紧张和在意，出乎她的意料。

"将军……"她唤他的声音还未落下，就被他抱住了。

"容乐，别动，也别说话，让我抱抱你。"傅筹闭上眼睛，低低的嗓音带着乞求般的语气，极轻极轻地传进了她的耳朵里，让她心口不自觉地发涩，无法拒绝。

今日的傅筹，与往日有些不同。

她索性放松了自己，安静地靠在他胸前，从他胸膛剧烈的起伏感受到男子内心的不平静。

守了两天，傅筹几乎以为她不会再醒过来了，前所未有的恐慌将他紧紧笼罩，对她如此在意也出乎了他自己的意料。他抱着怀中纤细柔软的身子，感受着女子温香淡雅的气息，数日前的夜里从这里愤然离开时的郁怒早已消失殆尽，此刻他竟然觉得幸福，能这样抱着她，就是一种幸福。忽然有种强烈的渴望，要一直这样抱着她，永不放手。

"将军。"门外，他新换的侍卫常坚面色凝重地唤他，似是有事。

傅筹皱眉，慢慢放开怀中的女子，柔声说道："我去去就来。"

漫夭点头，看傅筹走出门外，常坚在他耳边低声说了句什么，傅筹面色一变，眉峰闪过一丝凌厉，很快恢复常态。他进屋对漫夭温柔笑道："我出去办点事，你先吃点东西，好好休息，等我回来。"

正午的太阳很毒辣，好像要将人点燃。

东郊客栈竹林后方一间不起眼的小屋里，傅筹掀开书桌，触动机关，开启了一道暗门。

那是一条幽暗森冷的密道，与外面的炎热截然相反。一进到这里，便感到无形的压力当头罩下，他的脚步在不知不觉中缓慢了许多。

"参见少主。"走过密道，来到宽敞的殿堂，四处的守卫见到他毕恭毕敬地行礼。

这里的每一座大殿，都只有两种颜色，鲜红与漆黑。在一扇黑沉沉的巨大石门前，他停住脚步，里面传来一道声音，那声音如被一把钝刀割过的低沉嘶哑，不辨男女。

"你回来了？进来吧。"

石门开启，里面没有窗户，常年进不来一丝光亮。傅筹踏进去，石门在他身后砰的一声被关上，发出异常沉重的闷响，让人的心也跟着堕入了这无边的黑暗之中。

深沉的漆黑铺天盖地地笼罩了他的视线，他走了几步便停下，眼睛慢慢适应。他看不见屋里出声的那个人，只看到一道灰黑的幕帘，一个似被撕裂过的嗓音，暗藏着尖锐和凌厉道："你回来晚了，整整晚了一个多月。"

傅筹轻轻掀起眼皮，面无表情道："近来很忙，耽误了。"

"是吗？"那人明显不信，笑了一声，森然的笑声在这样封闭的暗室里格外瘆人，像是要把人的灵魂都掏尽的感觉。

傅筹衣袖轻垂，长身玉立，刻意忽视掉那些不适的感觉。这么多年，他也该习惯了。

"找我何事？"他问。

那人道："我听说你这两日为了那丫头不睡觉、不上朝，你是不是也对她动了真心？你可别忘了，她只是你手上的一枚棋子。"

傅筹眼光一沉："你找我来就为了说这个？"

那人道："我是提醒你，别忘了你的身份，还有你身上的使命。"

傅筹眉头一皱，语气坚定道："我当然不会忘。"

那人道："不会忘就好，我可不想看你这么多年的努力，因一个女人而毁于一旦。不然，你这些年的罪都白受了。去吧，他们在那边等你很久了。"

傅筹身躯一颤，似乎那人所说的那边有什么恐怖的事情在等着他，他攥紧了双拳，黑暗中他的眸子依旧是万古不化的温和，在那温和之中却又燃烧着激烈的火焰，这是对那人那番话的强烈反感，也是对于某一个信念的执着和坚定。

"这是最后一次。"他说。挺直了腰，人还没过去，脊椎处已经灼灼发痛。

那人笑道："本门主也希望这是最后一次。秋猎不久就要到了，你都准备好了吗？那个丫头……"

“这件事不用你操心。”傅筹不等他说完，断然开口，语气竟变得有些强硬，“你的任务，是辅助我完成大业，至于用哪种方式，我说了算。这些年，你对我的悉心栽培，我铭记在心。待将来大仇得报，我一定会好好地报答你。”

那人笑道：“报答就不必了。我知道你心里痛恨我，甚至超过了痛恨你的仇人。但我不在乎，只要你大仇得报，我对得起你母亲的托付，能让她瞑目，这就够了。”

幕帘背后有影子晃动，立刻传出几声吱呀吱呀的响动，那人又道：“其实我也没有要左右你的意思，我就是提醒你，你母亲，她在地底下等得太久了。”

“我知道。”傅筹眉间深锁，隐含沉痛，沉声道，“我不会再让她等很久。所有伤害过她的人，都会付出惨痛的代价。”

“这才是她的好儿子。自古成大事者，不拘小节，更不可执着于儿女私情。去吧，去领受你母亲曾受过的穿骨之痛，记住那种感觉，你就能记得自己的身份，头脑也容易变得清醒。去吧。”

封闭的地宫，不知从哪里刮来阴风阵阵，他认命地转身，面无表情地朝着地狱般的刑室而去。

阴寒地宫之外，酷暑当空，京城的街道行人稀少，路边的店铺生意惨淡。

第十八章　千古罪人

下午的卫国将军府，笼罩在烈阳之下。漫夭用过午饭，在屋里看了一会儿书，叫来项影，刚说让他去打听七绝草何处可得，门外就有人叫道："璃月，你要七绝草做什么？"九皇子顶着大太阳，人还没进屋，已经先嚷嚷开了："不会是你中毒了吧？什么毒那么厉害，居然要用七绝草？"

漫夭微笑着迎上去，看到九皇子身后还跟着冷炎和一名背着药箱做御医打扮的男子，她愣了愣，九皇子带御医来看她倒不奇怪，冷炎跟着就显得有些奇怪了。她笑道："这大热的天，九殿下怎么来了？"

九皇子进屋道："还不是为了你，我听说璃月你生病了，特地带御医来给你瞧瞧。咦？你现在看着挺好的呀，不像是有病的样子，怎么回事？"九皇子围着她转了一圈，上下打量一番。

漫夭请他们坐下，让人奉了茶水，才道："大概是天气太热，中了暑气。已经没事了，多谢九殿下惦记。"

九皇子道："你没事就好了。我说璃月，不是说了吗，你叫我老九就行了，别'殿下殿下'地叫，听着生疏。既然没事了，常御医，你可以回去了。"

常御医还没来得及喝口水，就被九皇子赶着走，还没出门呢，冷炎拦道："慢，常御医既然来了，就替公主诊了脉再走。"不诊脉，他回去没法交代。

常御医又折回头，漫夭推辞不过，就随了他们的意。意料中的结果，一切正常，看不出有什么问题。

九皇子摆手道："看吧看吧，没问题了，冷炎你快回去复命，免得七哥担心。"

漫夭闻言心里一震，还没多想，冷炎和常御医就走了，九皇子咕咚咕咚喝了一大口水，才畅快道："渴死了，那个冷炎，跟催命鬼似的催着我走，害得我连口水都喝不成。"

他夸张地抱怨着，漫夭忍不住笑，想到他刚进屋时说的那一连串话，忙问道："老九，你知道七绝草，对吗？"

九皇子点头："知道啊，你要那个做什么？不会真的是你中毒了吧？"

"不是我，"漫夭摇头道，"是我的一个朋友。"

九皇子"哦"了一声，笑道："这样啊，那还好。"

漫夭道："听你这口气，你真的知道哪里有？"

九皇子神色犹豫道："知道是知道，不过……"

"不过什么？"漫夭连忙道，"老九，你要是知道就告诉我，我要七绝草有急用。"

九皇子好奇道："那你告诉我，你那朋友是什么人？我看你有没有机会得到七绝草。"

漫夭蹙眉，直觉这七绝草不好弄到手。

九皇子又道："你不说，我怎么帮你啊？我告诉你，七绝草可是疗伤和解毒的圣药，几十年才得一株，可遇而不可求。当今世上现仅有一株，不对，是半株，再多的金银财富也买不来。"

漫夭料到七绝草珍贵，但没料到如此珍贵难得。若果真这世上仅存半株，要想得到，岂不难如登天？她心头一沉，正失望间，又听九皇子话锋一转："不过……"

漫夭急道："老九，你就别卖关子了，有话直说吧。"

九皇子凑过脸来，朝漫夭很神秘地笑了笑，笑得漫夭浑身不自在，他才扬着眉，俊脸摆出一副欠扁的笑容，语气暧昧道："不过，那是对别人而言，如果是你想要啊，倒也不太难，去找七哥就行了啊。"

漫夭愣住，这么巧，那半株七绝草正好在宗政无忧手上？她用怀疑的目光望着九皇子："你不是逗我玩吧？"

九皇子咋呼道："哪能啊！不信你去问，谁能拿出第二株七绝草，我把脑袋给他。"

他指着自己的脑袋，虽然笑嘻嘻的，但的确不像开玩笑，漫夭却笑不起来了，她宁愿花百万两白银去别处购得此药，也不愿跟宗政无忧开这个口。她微微犹疑，忽然讨好地对九皇子笑道："老九，你能否……"

"不能！"九皇子一看她这表情立刻从椅子上跳起来，一本正经道，"璃月，别的事咱都好商量，唯独这件事我帮不了你。我知道你想说什么，你想说让我帮你用银子从七哥手里把七绝草买过来，对不对？我劝你赶紧打消这个念头，七哥最不缺的就是银子，如果我真这么做了，不但我要遭殃，你也拿不到七绝草，说不定七哥一怒之下就把它给毁了。"

漫夭脸色一白，知道九皇子不是吓唬她，便问道："那他缺什么？"

“这个嘛——”九皇子摸着下巴，状似思索道，“七哥他好像什么也不缺，如果一定要说他缺什么……啊！我知道了！”

漫夭目光一亮，连忙问道：“是什么？”

九皇子扑哧笑道：“就是你呀。对，七哥现在缺的就是一个璃月。”

漫夭心里一沉，说不出的异样感立刻盈满心扉，她顿时恼怒道：“老九，你再这样拿我寻开心，我可要生气了。”

九皇子见她真的恼了，立刻收起玩心，正经道：“唉，其实我说的是实话。有一点你还不知道，七绝草对于别人来讲，只是一种药材，对于七哥而言，它还有着另一层意义。除非你亲自开口，否则，我也爱莫能助。”

九皇子摊手耸肩，漫夭却无奈地苦笑，她很怀疑，她在宗政无忧面前，有没有那么大的面子？

九皇子见她犹豫，接着道：“璃月，如果七绝草对你真的很重要，那你跟七哥低一回头，又能怎样呢？”

低头？如果低头能讨来那半株七绝草，她倒觉得没什么不可以的，怕就怕，她低头也讨不来。漫夭抿了唇，下意识地从袖中取出宗政无忧给她的那柄墨玉折扇。

九皇子一看到那柄扇子，眼睛瞪得铜铃般大，指着墨玉上特有的夔纹，惊叫道：“璃月，这，这扇子怎么在你手上？”

漫夭看着九皇子震惊的神色，立刻意识到什么，将扇子翻来覆去看了好几遍，状似随意道：“怎么了？这扇子有何特别吗？我前两天还打算把它卖了，应该能换个好价钱。”

九皇子一听说她打算卖了，张大嘴巴叫道：“你可别吓我。你知不知道这扇子是干什么用的？”

漫夭疑惑道：“不就是一把好看点的扇子嘛，除了扇扇风，还能干什么？”

九皇子噌地跳到她面前，拿出自己从不离身的那柄白玉折扇，道：“我这个，能调动无隐楼消息阁里的所有信息，以及杀手阁里的一半杀手。而你这个，能让我发出的所有命令，被人当作是放了一个屁。它是无隐楼最高首领的信物，能号令整个无隐楼的人，也包括无隐楼楼主、我、冷炎、修罗七煞！”

漫夭完全被震住，她曾想过这把扇子不一般，但没想到不一般到这种地步！她愣愣地望着手中的墨玉折扇，忽然感觉沉甸甸的，仿佛有什么重重压上心头。难怪傅筹那日的反应会那么奇怪，他大概知道这柄扇子来历不凡。可是，这般重要的物品，宗政无忧为何要给她呢？

“璃月，璃月你不是吓傻了吧？”九皇子凑近她，嘿嘿笑道。

漫夭回了神，将墨玉折扇往九皇子面前一推：“麻烦你帮忙把它交还给离王。就说我没能力保管好这样贵重的物品，请他收回。”

九皇子一怔，立刻将扇子塞回到她手里，拒绝道：“那不行，东西是七哥亲自交给你的，要还也得你自己还。反正你也是要去找他的，不如我现在就带你去。”

九皇子说着就拉她朝外走，刚出了门口，恰在这时，傅筹回来了。看到她紧紧握在手中的扇子，傅筹眉头略略一皱，面上却温和道："九殿下这是要带末将的夫人去往何处？"

九皇子昂首道："当然是出去走走，傅将军要不要一起来啊？"

傅筹皱眉道："容乐身子不适，不宜出门。多谢九皇子好意。常坚，替我送送九皇子。"说完便来拉漫夭的手，要带她回屋。今日的傅筹似乎格外没耐心，握住她的手指很用力，漫夭疑惑地看了他一眼，发现他的脸色很不好，比上午她醒来时看着更加憔悴，眼中的红血丝交错密布，有些吓人。她连忙哄着将九皇子打发走，然后问道："将军怎么了？是不是发生什么事了？"

傅筹望着她，没说话。

漫夭见他虽然站在阳光里，却似乎有一股悲凉的气息，她直觉他有事，但他不说，她也不好强问，便微微笑道："外面太阳大，别站在这里了，进去喝杯水，然后去睡会儿吧。这两天，你一直守着我，一定又累又困。"

她将他让进屋，傅筹脚步沉缓，平常四平八稳的步子此刻看上去踏得竟有些艰难。她看着奇怪，但也没太在意。

进屋后，一杯茶水喝完，傅筹也没有开口说一句话，更没有要进屋休息的意思。他坐得很端正。

漫夭拿起之前扔在一旁的书，心不在焉地看着。傅筹也不打扰她，安静地坐在她对面，一直凝视着她的脸、她的眼、她的每一个细微的动作和表情。身上被尖利的倒钩刺穿脊骨的痛楚似乎轻了一些，但是心里的痛却剧烈得让人难以忍受。

他想，她刚才拿着那把扇子，是要去见那人吧？在她心里，永远都只有一个男人，一点位置也没给他留。他不禁问自己：这样苦苦挣扎，到底是为了什么？

离开了那座阴寒的地宫，这外面灼热的阳光为何还是不让人觉得暖？他坐在那里，冷汗直往外冒，身后有热流涌出，淌过了背脊，将后背的黑色衣裳几乎贴在了身上。

漫夭看书看得很不安，隐隐觉察到今日的傅筹不对劲，却又说不出哪里不对。他很少穿黑色的衣裳，冬天都不曾，这大夏天的，怎么穿了这么一身厚实的黑色衣袍？

傅筹见她时不时抬一下眼，或疑惑，或蹙眉，又或沉思，并不如以前看书那么专注了，便问道："怎么了？我在这里，你觉得不自在吗？那你看吧，我先走了，晚饭时再来陪你。"他说着起身就要走，身后衣裳贴在他显得僵硬的脊背上，大片大片的润湿皱起。

"将军。"漫夭叫住他，不知怎的，很想去帮他把衣衫抻平。

她的手指触碰到他的脊背，感觉他的身躯剧烈一颤，她微愣，连忙收手，看到他额角有大颗的汗珠落下来，滑过眼睑处深青色的眼袋。傅筹突然转身，一把将她纤细的手指握在他宽大的掌心里，神色温柔而又复杂地冲她微微笑道："你要出门吗？早些回来，我等你一起用晚饭。来人，给夫人备车。"

漫夭愣了一下，刚才他还那么强硬地跟九皇子说，她身子不适不宜出门，现在却又

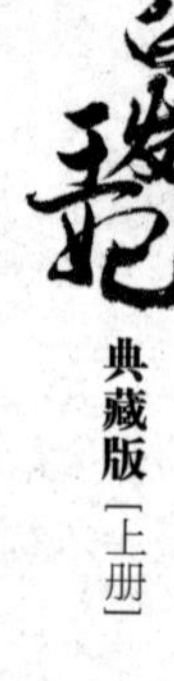

主动让人备车？

正疑惑间，傅筹已经放开她的手，走了出去，她微微垂眼，突然看到指尖上一片艳红，蓦然一惊，原以为那湿漉漉的是汗，没想到竟然是血！

"将军！"她惊得追上去，拉住他问道，"你受伤了？"

傅筹转眸，看到她眼中竟有担忧之色，那么真切，他心中一动，原先冰凉的一处忽然暖了起来。

"容乐，你在担心我吗？"他看着她的眼睛，认真地问，仿佛她的担心比他受伤本身还要来得重要。

漫夭叹气："我让人去请大夫。"

"不必。"傅筹慌忙阻止，又淡淡道，"一点小伤，不必放在心上。去办你自己的事吧，皇陵阴气重，你别待太久。"他轻轻拍了下她的肩，微笑着转身走了，他的身影缓缓走过苍翠的竹林边，仿佛刺眼的阳光不小心遗漏掉的一抹黑暗。

漫夭怔在那里，他竟然知道她要去找宗政无忧。那他还命人备车？傅筹，他在想些什么，她真的猜不透。

北郊皇陵。临天国皇室之人的陵寝之地，宏伟壮观，气势绵延恢宏，占据了大半个北郊。这日下午，一向最为凄清的皇陵竟然戒备森严，禁卫军层层把守，漫夭的马车刚驶入皇陵，就被拦下。

"何人擅闯皇陵？"禁卫军拦住马车喝问，面色肃穆非常。

车夫连忙勒紧缰绳，项影跳下马车，那人一看是他，连忙放下剑，拱手道："原来是项侍卫，车内……"

"哦，车内是我家夫人，想求见离王，请代为通传。"

"这……"那名禁卫面色为难道，"现在恐怕不行。陛下正在思云陵，我等奉命在此看守，任何人不得入内。"

漫夭一见这里的防守阵势，也料到是临天皇驾临，看来她赶得不是时候。她让车夫找了个不起眼的地方将马车靠边，等临天皇走了，她再进去。

天气炎热，烈日如火般焦灼。

马车内空间本就狭窄，又无风进来，漫夭不一会儿便被汗浸湿了衣裳。她掏出袖中的扇子扇了几下，却不管用。也不知临天皇还要多久才离开。她掀开车帘，见不远处的汉白玉台阶上有个八角凉亭，想必会凉快一些。她下了马车，带着项影往凉亭走去，禁卫军没有阻拦。

亭中一石桌，四个石凳，简洁干净，似是专门有人清扫过。

漫夭随意拣了个凳子坐了，指着圆桌对面的位子："项影，你也坐吧。"她还是不太习惯她坐着的时候有一个人站在她背后。

项影略微犹豫了下，也知道她其实不那么讲究身份尊卑的脾性，便大大方方地坐了下来。

风徐徐吹着，驱不走浓浓夏日里的炎热之气，此时的思云陵墓室，与外面是截然不同的两个世界，一个是火，一个是冰。

思云陵与其他陵墓建造得不同，这是一座后修的精妙地下墓室，分里外三层。

里面寒玉为壁，冰水为池，一年四季都冷得让人发抖。墓室中央的冰水池的上方放了一个雕有凤凰图案的玉棺，那玉也不知是什么玉，竟然是透明的，从外面就可以清楚地看到棺内。

无数做工精细惟妙惟肖的冰玉莲花摆放在棺内四周，中央平躺着一名女子，那女子面容纯净，美得不似凡尘中人。

宗政无忧静静地立在玉棺前，一动不动的像座雕像。他面容平静，唯有那双平日里邪妄的眼此刻蕴含着深深的敬爱和怀念。

临天皇站在对面，同样望着棺中女子的脸庞，目光痴迷，冷峭的眉眼溢满浓浓的哀伤与思念。他多想伸手去摸摸女子的脸，却又害怕他这双沾满血腥和尘世污浊的手玷污了女子圣洁的容颜。

十四年了，他的云儿离开他十四年了。这十四年来，岁月在他眼角刻下了浓重的沧桑痕迹，但他的云儿还同十四年前一样年轻美丽。

思绪突然飘远，临天皇至今仍记得第一次见到棺中女子的情景。

那时候，他还是一个皇子，无休无止的储位之争令他时刻生活在水深火热中，每日面对的都是兄弟间的阴谋算计，一个不慎便是万劫不复。那时的她，如同一个悄入凡尘无忧无虑的仙子，飞扬戏逐在绿柳花园，身姿轻盈与彩蝶共舞，偶一回眸，竟醉了皇室众皇子的心。

从此，争斗越发激烈残酷，不仅为江山，还为美人。

为了得到她，他费尽了心机，不择手段地娶她进门，在日夜相处中，他用一腔深情慢慢地消弭了她心头的抗拒，终于赢得芳心。但他却不能给她正妃之名，因为那个位置要留给另一个能助他登上皇位的女子——与她并称“京城二美”的傅鸳，手握军权的傅将军之女。

那也是一个很特别的女子，有着倾倒众生的姿容，遗世独立的气质，还有超出一般女子的聪明冷静的头脑。如果没有先遇到云儿，也许他也会爱上那个女子吧?

为了得到傅家的倾力相助，他刻意冷落云儿，并想方设法接近傅鸳，最后终于在那双理智而又清醒的眼眸中看到了日益增长的情愫。他一边暗喜，一边对躲在屋子里黯然垂泪日渐消瘦的云儿心疼不已。他也曾想过放弃，放弃皇位，放弃权势，带着云儿远走高飞，可是，命运由不得他选择。他们周围有太多人觊觎云儿的美色，有太多人想要这个江山、想将他踩在脚底，如果没有至高无上的权力，他就保护不了他心爱的女人。

登位之初，天下不稳，傅鸳的父亲仗着拥帝有功兵权在握，日渐嚣张跋扈不将他放在眼里，他设下计谋夺其军权，取其性命，计划着废傅鸳立云儿为后。可就在那时，北夷国进犯，来势汹汹，朝臣结党各有盘算。内忧外患让他寝食难安。为稳固江山、安定局势，他千方百计与启云国结盟，谁知启云帝听说云儿貌美如仙，竟打起了她的主意……

典藏版［上册］

想到此处，心头大痛，临天皇突然咳嗽起来。

宗政无忧皱眉道："受不住这寒气，你就出去。"

临天皇止住咳嗽，满眼悲痛，抬头看着他最疼爱的儿子，没有平日里的恼怒责怪，只是苍凉叹道："一家人难得团聚，你每次都急着赶朕走，不让我多陪你母亲一会儿。"

宗政无忧想说"母亲不需要你陪"，但周围的气息哀伤得让他无法出口。

临天皇垂眸，再度将视线停留在棺中女子身上，又道："秋猎快要到了，你也该准备得差不多了，早些做决定吧。朕累了，想下去陪你母亲。她一个人孤单了这么多年。无忧，你忍心吗？"

宗政无忧面色微微一变，眼中一闪而逝的痛楚深沉刺骨。他抬头，用冷漠掩去了眼底的情绪，冷冷道："我说过，我不要你的江山。你若不想江山易主，最好还是好好活着。母亲不需要你，没有你打扰她，她会过得更好。"

临天皇心头一痛，整个人没了生气，全无平日里的无上威严，只有身为父亲教子不听的悲哀无奈，叹道："无忧，你别这么任性，以后没有人会再纵容你，这些话我都说了十几年了，你还是这性子，一点听不进去。罢了，我走了。你别总待在这里，虽说你有内功护体不怕寒气，但时日一久，总还是不好。白天陪陪你母亲，晚上去外面的云思殿睡吧。"说罢又是一声叹息，缓缓转身，像一个暮年的老者。

宗政无忧不由自主看向他，发现他的脊背不像以前那么直了，头发也失去了往日的乌泽。不禁目光一暗，这十几年的时间，他们都像是过了几十年。

走到门口的临天皇突然回了一下头，宗政无忧迅速移开眼，墓室之门开了又合，这寒冷如冰的空阔墓室又剩下他一个人。宗政无忧看向棺中女子姣好的容颜，一股浓烈的哀伤和孤独的情绪从平常邪妄冷酷的眸子透出来，在无人看见的地方一点点蔓延开去，将整座墓室全然笼罩。

再过不久，他的父亲也要离他而去，不论他如何努力，都留不住。

这个世上，有千千万万的人，却不会再有他的父母亲，也不会再有人像他们那样全心全意地爱着他。

从此以后，他连恨也只能藏在心底，再找不到可以发泄的对象。

他缓缓抬起头，看着四周冰冷的墙壁，那幽幽的冷气一点一点渗透到他的骨髓，将他本已冰凉的心，冻结。

他这一生，一共爱过三个人。

一个是他的母亲，在十四年前的一场噩梦般的惨变之中永远离开了他，在他心里埋下了他对深爱的另一个人的浓烈恨意。

他有多爱他的母亲，就有多恨他的父亲。

抬手轻触石棺，指尖在棺中女子的脸庞上方的透明玉石上轻轻抚过，四周高悬的价值连城的夜明珠发出幽凉惨淡的光，打在棺内棺外两张相似的脸庞，不一样的阳刚和静柔，却是一样的了无生气。

还有那名叫阿漫的女子，带给他从未有过的情爱体验，只可惜，她爱他的时候，他不知道他爱她。等他知道了，她却已经对他死心，嫁给了别人。

在江南的一年，他把所有的时间和精力都放在政务上，以为一年的时间足够他忘记，但每每听人禀报关于她的消息，他都心潮起伏，不能自控，尤其得知她始终没有和傅筹同房，他心里还残留着希望，所以他回来了，可就在他回来的那天晚上，得到他们同房的消息。那晚，他夜不能寐，在他们曾经缠绵过的温泉池边坐了整晚。

"王爷。"墓室门外，冷炎突然叫了一声，打断了他的思绪。

"进来。"

冷炎进墓室禀报道："秦家后人有消息了。"

宗政无忧目光一凛，眉梢眼角瞬间冷冽，张口吐出一个字："说。"

冷炎道："秦家后人的确还活着，是被天仇门所救。"

"天、仇、门！"宗政无忧沉声念道。那是一个行踪诡秘的门派，因行事低调，名声不算很响亮，但实力绝对不容小觑。他们很少在江湖上走动，但凡有所行动，必是一击而中，从不拖泥带水，事后迅速隐没，不留痕迹。

宗政无忧凤眸半眯："傅筹与天仇门是何关系？"

冷炎道："还不确定。"

"继续查。"宗政无忧冷冷说完，见冷炎还站在那里，不禁皱眉，"还有事？"

冷炎犹豫道："公主来了。在清风亭里。"

临天皇走出陵墓，外面光线强烈，照得他睁不开眼，看不清脚下的路，下台阶险些踩空，守在外面的陈公公慌忙迎上来搀扶，紧张道："陛下小心。"

临天皇望了眼天，抬手摸了把下巴刺一样坚硬的青色胡楂，幽幽地问陈公公："朕是不是老了？这个样子去见云儿，她会嫌弃朕吧？"

陈公公心中一紧，忙道："陛下不老，陛下还正当壮年，奴才记得，贵妃娘娘以前总跟奴才们说，就喜欢看陛下留点胡子的模样，看起来更有男人味。"

"是吗？"

"是的，陛下。"

临天皇的心情一下子好起来，他其实还不到五十岁，说起来是不算太老，可他怎么觉得自己已经活得太久了？

陈公公扶着他上了御辇，刚到皇陵入口，临天皇见不远处靠边停着一辆马车，便问道："那是何人马车？"

有人回禀："回陛下的话，是卫国将军府的马车。将军夫人说有事求见王爷。"

"将军夫人？"临天皇眉头一动，"她人呢？"

禁卫还没来得及回话，陈公公已经眼尖地看到了山上八角亭里的女子："陛下，将军夫人在清风亭里呢，老奴这就去传她过来。"

"等等。"临天皇制止，见右边台阶延伸往上的八角凉亭里，一名白衣女子背身而立，身姿飘然若仙，他双眼微眯，看着她就仿佛看到了二十年前的另一个名女子。他心

中一动，对陈公公吩咐道："朕过去走走，你们不用跟来。"

北郊皇陵地势极高，站在山上的凉亭里能一览京城之貌。漫夭站在八角凉亭的亭栏边，看着浩渺重叠的高山，觉得人是这样的渺小而平凡。

身后项影看到了拾级而上的临天皇，忙叫了她一起行礼。

临天皇摆了摆手，对项影道："你先下去，朕跟公主说说话。"

漫夭点头，项影下了山，漫夭独自面对这个深沉而又威严的皇帝，总是不由自主地紧张，但面上始终保持着恭敬有礼的微笑，心中却甚觉奇怪，临天皇若要与她说话，哪需要他亲自来这亭子？大可直接叫人传她过去便是。正疑惑着，临天皇指着对面的石凳，冷峻的眉眼较平常稍显平和了一些，以一个长者的口吻说道："这里不比宫中，不必讲究那些规矩，你坐吧。"

"谢陛下。"漫夭人是坐下了，心却还提着，摸不准临天皇的心思，因此，临天皇不说话，她也不敢随意开口。

临天皇自上了这凉亭，目光就落在她身上，几分犀利，几分探究，一如她第一日进宫时所见到的他的眼神，令人不敢直视。

"傅筹对你好吗？"临天皇突然问，目光深沉不明。

漫夭只当是他随便问问，便回答说："将军对容乐很好。"

临天皇又问："那无忧对你好吗？"

漫夭一愣，敏锐地意识到今日的谈话也许并不如她想的那么寻常，微微蹙眉，她想了想，才小心回道："离王曾救我于危难，对我也好。"

临天皇点头："哦，都好。那你呢？"他突然目光锐利，盯着她的眼睛，问，"你对他好吗？"

"我……"漫夭心里一沉，没想到他会问这样的问题，一时竟不知该怎么回答。她抿了抿唇，正在心中措辞，却听临天皇道："你不用犹豫，也别考虑怎么回答最合适，跟朕说实话。朕就是想知道，你对朕的儿子，到底有情无情？若是有情，为何你会选择嫁给傅筹？若无情，你今天来找他，又是为了什么？"

这种问题，怎么回答都是个错。漫夭握了握手心，想着既然不知该怎么回答，那就索性说实话。

"回陛下，不管有情无情，都已经是过去的事了。容乐之于离王，只是一个练武工具，他本无情，我自收心。至于嫁给将军，容乐身不由己。今日来见离王，实是有事相求。"

临天皇拧眉道："练武工具？他亲口承认的？"

漫夭点头，时过一年，再将伤口剖开，依旧鲜血淋漓。她苦涩一笑道："是。"

临天皇皱眉，看着她的眼睛，女子的眼光平淡如水，但眼底极力掩藏的被情爱所伤的痕迹却逃不过他的法眼。临天皇目光一动，问道："你不是他，你怎知他心中无情？你若真收了心，此刻怕也不会心潮奔涌，意难平。"

漫夭心底一震，被人看透心思的感觉令她十分不自在，她连忙深吸一口气，低下头去。

临天皇却不放过她面上的任何一个表情，从第一次见到她，他就觉得这个女子绝对不是传言中的无才无貌、平庸无奇。她聪慧、理智、大胆、心细，这让他想起二十年前的皇后傅鸳，他心里立刻有了一分不自在。漫夭见临天皇眼色有变，更是小心翼翼。

短暂的沉默之后，临天皇直了直身子，忽然说了一句：“你的一曲《高山》，弹得不错。”

漫夭惊得抬头，只见临天皇用似笑非笑的表情望着她，眼沉如水，面色不定，她心头一跳，忙跪下请罪：“容乐该死！”

临天皇沉声道：“你何罪之有？”

漫夭忐忑道：“为保全两国情谊，容乐不得已犯下欺君之罪，请陛下宽恕。”

她低着头，额角薄汗密布，心悬于空。以为观荷殿一计能瞒天过海，谁知他们个个心明如镜。到底是哪里出了问题？是她弹得太过了吗？还是这些人太精于算计？

临天皇盯着她低垂的眼睫，沉声道：“你假借婢女之手，在尘风国王子面前辱我临天国之威，欺骗朕和满朝文武，你确实犯下了不可饶恕的欺君大罪。”

漫夭心头一凛，深知这种罪可大可小，全看皇帝的态度。她连忙镇定心神，把心一横，抬头直视了临天皇，说道：“陛下说得是。此事容乐确有不是之处，但容乐斗胆请陛下为容乐设身处地想一想，以当时情形，唯有此法，方能保证不伤两国颜面，请陛下明鉴！”

她语句铿锵，大胆明辩。

临天皇审视着她，凌厉的目光渐渐平和下来，竟笑道：“朕不得不承认，你很聪明，懂得拿捏分寸。倘若你当时有争斗之心，不知收敛，一心要超过雅黎给她难堪，那朕也必不会姑息于你。好了，你起来吧。”

漫夭这才松了一口气，手心里全是汗：“多谢陛下宽宏大量。”

临天皇看了看她，突然叹道：“你这丫头，胆子够大，心思细腻沉稳，也够聪明，又懂分寸。无忧看上你，倒也不算他笨。”

漫夭蹙眉，低着头，没说话，又听临天皇语出惊人道：“若有朝一日，你能成为一国之母，必能有所作为，甚至流芳千古也不足为奇。”

她才刚坐下，一听这话，立马站起来，神色不安道：“容乐惶恐。”

她是傅筹的妻子，临天皇竟能说出这种话，怎不叫她心惊胆战。她暗想，如果临天皇不是有意试探傅筹是否有不臣之心，那就是试探她对宗政无忧的心思。图谋后位这种事，会让人死无全尸。漫夭出了一身冷汗，觉得跟这个帝王谈话，处处都是机关暗箭，一不留神，可能就会大祸临头。

临天皇见她神情忐忑，精神紧张，整个人都处于防备的状态，不禁又笑道：“行了，朕就是随口说说。你只要记住一点，做人要谨守本分，在什么位置做什么事。你是将军夫人，就做将军夫人该做之事。若有朝一日，你不再是将军夫人，换成另一种身份，那就该承担另一身份该尽的职责。你明白吗？”

漫夭还真是不明白。这番话似乎大有深意，但她不能问，只得仔细地应了声："是。多谢陛下教诲，容乐谨记于心。"

临天皇点头，叹道："就算你现在不明白也不要紧，等将来你自会明白。好了，去见无忧吧，将来若有机会，你好好待他。他是个孤独的孩子，朕欠了他太多，总希望有一个人能陪在他身边，给他幸福。"

漫夭眉心纠结，越来越不懂临天皇到底想表达什么？如果是别人说这话，也不难理解，但临天皇为何感觉那么奇怪？他不是因为一年前她与宗政无忧纠缠最后选择嫁给傅筹而对她存了偏见吗？这一年来，临天皇表面对她还算礼遇，但她却能感受到他是发自心底地不喜欢她，可如今，这态度的转变以及这一番让人摸不着头脑的话，叫人好生疑惑。且不说这年代一个身份就代表着一生的烙印，别说是一国之母，就算只是再嫁给一个普通人也没有可能吧？

见临天皇起身要走，她暂时收敛心绪，行礼恭送。

临天皇走了几步，突然顿住，回头怅然叹道："你说无忧对你无情，但朕的儿子，没有人比朕更了解他。这十几年来，从来只有他拒绝别人，没人敢拒绝他，你是个例外。如果他没有将你的意愿看得比他还重，他一定宁可毁了你，也绝不允许他的女人另嫁他人。你是个聪明的孩子，若非自闭视听，又岂会分辨不出真假？朕会赐你两样东西，等过几日，叫陈公公给你送去。你切记，今日朕对你所说的每一句话，你不可对第二人讲。那两样东西在你还是将军夫人的时候，绝对不能打开，否则，你会成为临天国的千古罪人。"

漫夭震住，千古罪人？这么严重。她惊得不能回神，却也在临天皇凝重的目光注视下，下意识地点头应道："容乐记住了！"

临天皇这才满意地走了，漫夭还愣愣地站在亭子里，心绪纷乱，似有千头万绪在脑子里纠成一团，怎么理也理不清楚。

第十九章　讨要真心

思云陵的建造必是花了大心思的，这里一草一木一石一阶，处处表现着临天皇对陵寝之人的珍视。

寒气透骨的墓室里，冷气氤氲，感觉像是进了一个建造奢华的大冰柜，她一进去，就不由自主地打了个哆嗦。凝目四望，空气中寒雾缭绕，隐隐透出浅碧色的玉石墙面。宗政无忧正侧对着墓室之门，站在冰水池上的白色石桥上。

知道她进来了，他眉心微动，却没有回头，脚下冰水升腾起薄雾缭绕在他的周身，他听着那个令他朝思暮想的女子轻缓的脚步声，心绪如潮涌，百转千回。

漫天缓缓踏上石桥，望着前面清减了许多的身影，他的面容依旧俊美绝伦，但她却直觉地感觉到，这里的宗政无忧跟外面的他似乎有所不同，好像柔和了许多。他一个人静静地站在那里，看着他母亲的遗体，显得忧伤而孤独。她走到他身边停住，想着要客气地见礼吗？这里就只有他们两人。

“离王……”她犹豫了一下，缓缓开口，却被他打断。

“什么事？”

他淡淡地望过来，眼中全然不见了平常的邪妄狂肆，他问得那么直接，将她先前酝酿好的那些话全部都给堵了回去。她慌忙垂眼，看到棺中女子美好纯净得让老天都会妒忌的容颜，有种神圣感。

“我是来还你扇子的，这样贵重的物品，不适合放我这里。”不知怎的，先说出来的竟是这个，她从袖中拿出扇子，递到他面前。

宗政无忧看了一眼，没接，微微皱眉道：“要保住你想保的人，总需要一些信得过的人手。你若不想欠我的，就当作是，我偿还那一夜，对你的亏欠。”

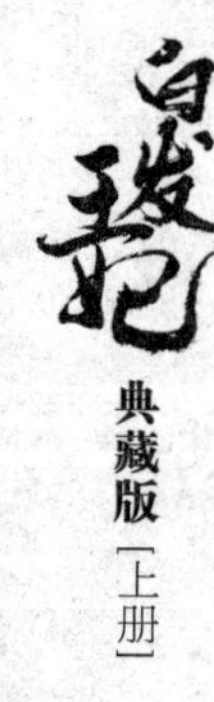

那一夜……

漫夭心间猛地一阵刺痛，这就是他为她的身体所估出的价值吗？她禁不住笑起来，苦涩道："听说无隐楼的杀手全部都是天价，想不到我的身体，这样值钱。"她的语气充满讽刺，心中悲凉无比。

宗政无忧一震，似是才意识到自己到底说了些什么，心中一阵懊恼，见她放下扇子转身就要走，他忽然慌了神，下意识地抓住她的手。

"对不起。"

一声对不起冲口而出，不假思索，令她转身的动作瞬间凝滞，惊诧无比地回头看他，便看到了他眼底的懊悔和自责。她愣住，她以为他这样的人一辈子都不会对任何人说对不起。他抓住她的动作那么急切，急切得像是害怕她的离去，令她心里刚刚升腾而起的愤怒和苦涩瞬间消失无踪。她愣愣地望着他，忘了该如何反应。

"阿漫，"他叫她，目光黯淡，嗓子微微沙哑道，"既然来了，就留下来陪陪我。这是我的母亲，你给她行个礼吧。"他拉着她的手，将还在愣怔的她拽到身边去，像是一个很孝顺的孩子拉着别扭的初恋情人去见母亲的动作和语气。

漫夭有些反应不过来，她见识过狂妄自负的宗政无忧，见识过邪魅温柔的宗政无忧，也见识过冷酷无情的宗政无忧，就是没见过像普通人一样会道歉会自责会真情流露的宗政无忧。

她按照身份和规矩，朝云贵妃的遗体行了一礼，带着十二万分的虔诚，表达着她对棺中女子的敬意。

宗政无忧打开棺盖，从玉棺里最大的一朵冰玉莲花中取出一样东西，递给她："这是母亲给你的见面礼，好好收着。"

那是一片看起来极为普通的叶子，有着世上最清透的碧色，仅巴掌大，叶片较厚，形状似枫叶，裂片有七。她没问这是什么，只用双手接了，小心翼翼地放进袖子里，那叶片上氤氲的冰冷寒气贴着她的肌肤直窜进她的肺腑，她不由自主打了个寒噤。

这墓室里本就极冷，她只着了一件单薄的纱衣，此刻有点经受不住寒气的侵袭。

一件白色的狐裘披风立刻披到了她的身上，那是宗政无忧进来那日，临天皇让人送来的，他原想扔出去，没想到此时会派上用场。

漫夭忍不住回头看他，他也只穿了一件单衣，却在这里一待便是一个月，他不会觉得冷吗？她又想起初见之时，他给她的感觉像极了这冰池里的水，远远的都能感受到那股直沁人心的冷意。原来是这么来的，不知要习惯这样的冰冷，需要多少日夜煎熬？

不知为什么，心间陡然划过一丝疼痛。

身上的狐裘已经将她裹得很紧，她还是觉得冷，又打了个寒噤，立刻被拥进了一个宽实的怀抱。竟不觉得突然，他的动作很自然，像是早已在心里演练过无数遍。

漫夭身子僵硬，不能动弹。他的怀抱并不温暖，可她却奇异地不想推开，不想挣扎。耳边响起临天皇的那句话："如果他没有将你的意愿看得比他还重，他一定宁可毁了你，也绝不允许他的女人另嫁他人。你是个聪明的孩子，若非自闭视听，又岂会分辨不出真假？”

是这样吗？她忽然觉得害怕，竟不敢往下想。忍不住闭上眼睛，一股名为绝望的气流在二人的周身流转涌动，缓缓注入她和他的心田，让他们的心也跟着绝望起来。上一回，她这样安静地、毫无抗拒地待在他怀里，已是很久很久以前的事了。

“阿漫，你可曾后悔？”宗政无忧望着角落里发出惨白光芒的夜明珠，突然问道。

漫夭心底一震，后悔？

在一年前的那间地下石室里，她一念之间令幸福变得遥不可及，这一年里，她也曾问过自己，如果当时不那么决绝，给他一次机会，又会是什么结果？

没有答案。

因为她不确定他那一刻所说的真心是不是他为她设下的又一个甜蜜陷阱？

“不后悔。”她答，仍旧安静地待在他怀里，没有挣扎，却听他悲声笑道：“可是我后悔了。”

漫夭身躯剧烈一震，惊讶无比地抬头望他，有些难以置信。

他说他后悔了？

后悔什么？是后悔当初不该欺骗、利用她，还是后悔不该放她走？不管是什么，她心底都无比震惊，震惊他那样骄傲自负的人，竟然会对她说“后悔”二字。

宗政无忧这时放开了她，重新将那把墨玉折扇递回到她手里，背过身去，语气淡漠道：“你走吧。”

漫夭浑浑噩噩地出了那间墓室，天已经黑了，外面空气中蒸腾的热气依旧滚烫，如火扑面，一下子融化了她周身的寒气，却融化不了她内心的悲凉。她蓦地闭上眼睛，眼睛干涩疼痛，有些东西已经呼之欲出，她仍然不敢去想，只怕一想，她的世界便是翻天覆地。

项影看到她脸色发白，吓了一跳，忙问：“主子身子不舒服吗？”

漫夭摇头，被扶着上了马车，一路飞奔回了将军府，竟有些急切，像是在逃避着什么。袖子里，那把扇子又被放了回去，还多了一样东西，她这一趟，没有拿到她想要的，还招来了一腔心事。

将军府里，傅筹已经在清谧园等了她一个时辰。

她一进园子，远远看到饭厅里傅筹一人独坐，他正望着面前满桌的饭菜发呆，周围一个人都没有，整个清谧园安静得有些不寻常。

漫夭本想先跟他打声招呼然后再去沐浴更衣，但是又看了看手中的那两样东西，想起傅筹之前因为这把扇子的反应，还是决定先去寝阁把东西放下，以免再惹他不快。

她转了一个弯，就往寝阁行去，但只走了一小段，突然听到饭厅传来咣的一声响，然后是噼里啪啦盘摔碗碎的声音，震得她头脑发蒙，她心中一惊，连忙折身返回，在小岔路口正碰到大步而出的傅筹。漫夭愣住了，他的脸色比之前还要差，一向温润的唇白得吓人。而他的目光在看到她的那一刻转换了无数种情绪，却一句话也没有说。

“将军。”她惊讶地叫了一声，望着浑身散发着说不出是喜是怒的强烈气息与平常

温和判若两人的傅筹，她愣道："将军因何事大发脾气？是怪我回来晚了吗？"

傅筹复杂的目光在她脸上流连，动了动唇，依然没出声。

漫夭走到他面前，探头看了眼杯盘狼藉饭菜满地的屋子，蹙眉又问："你把桌子掀了，晚上我们吃什么？"

这是极其简单而平常的一句话，然而，就是这句话让堵在傅筹心口的郁郁之气忽然全盘皆散。他嘴唇动了几下，傻瓜一样地讷讷问道："你还没吃饭吗？"

漫夭扬起长而浓密的眼睫，奇怪地望着他，理所当然道："当然没有。你不是说要等我回来一起吃晚饭吗？"

原来她记得。傅筹眉心一动，一个箭步上前，突然从背后一把将她抱住，抱得很紧，仿佛要将全身的力量都用尽，尽管会撕裂伤口，他也不愿放手，他就是要用这种深刻的痛，来证明他的爱，证明他活着的意义不仅仅只有仇恨。人的一生，总应该留下些什么，爱也好，恨也罢，总要有一点是只属于自己的，那样才无愧于来人世走一遭。

"容乐，你不会离开我，对吗？"他低声问道。

那种小心翼翼带着乞求般的询问令漫夭微微一愣，胸口被他勒得发疼，就想抬手拨开他的手臂，傅筹一低头看见了她手中拿的东西，眼光一凝，将手臂又收紧了几分。

漫夭皱眉道："将军这是怎么了？我不过是晚回了一会儿。"她一句话还没说完，傅筹突然放开她的身子，一把捧了她的脸，就直直地朝她唇上吻了上来，急切得像是在证明什么。漫夭顿时恼了，用力推开他，叫道："傅筹，你到底怎么了？"

傅筹愣住，随后竟笑了，她第一次叫了他的名字，虽然连名带姓。

漫夭被他笑得莫名其妙，觉得今天的傅筹怎么跟宗政无忧似的，喜怒无常？她转身走进屋里，对着被打翻在地的丰盛的饭菜叹息："真可惜，都是我喜欢吃的东西。"

傅筹一听，立刻上前拥住她，心情大好，低头在她眉眼之间落下一吻，眉开眼笑道："不要紧，我现在就带你去酒楼把所有你喜欢吃的全部点齐，如果一张桌子摆不下，我们就多要几桌。"

用宠孩子般的口气，想将自己所有的爱通过这一件事全部灌注到她的心里。漫夭愣愣地看他，她还是第一次看见傅筹露出这样轻松开怀且又十分满足的笑容，仿佛她一句话，全世界都成了他的。

那一晚，傅筹几乎将京城第一酒楼里的所有菜品点了个遍，整整摆了九桌，她拦也拦不住，傅筹不住地笑道："难得我想依着自己的性子办一件事，你就成全了我吧。就当是我宠你的方式，又或者，你偶尔宠我一次。"

不是不动容，她也是有血有肉有感情的人。这样的傅筹，她无法做到无视。

回到府中已经很晚，准备就寝之时，她发现傅筹后背的衣服又染了血，便命人拿了伤药和布帛来，准备替他换药包扎，怎么说也是为了陪她出去吃饭才又触动了伤口。

她把傅筹按坐在凳子上，伸手去解他的衣裳，却被他捉住手。

傅筹摇头道："还是叫常坚来吧。"

漫夭拨开他的手，嗔道："你也不看看什么时辰了，常坚也要休息啊。换个伤药而已，谁换还不是一样。”说罢也不管他答不答应，就解了他的上衣脱下。

傅筹看着她那一闪而逝的嗔责表情，意外地心花怒放，都忘了身上的疼，便不再阻止。

漫夭揭开缠在他伤口被大片鲜血浸透的白布，当那伤口呈现在她面前的时候，她连人带心都不可抑制地颤抖起来。

那是一个幽深的血孔，在男子脊椎骨的正中央，似是被尖利的钩子完全洞穿，露出森森白骨。血口边缘有倒刺刮过的密痕，带出翻卷的血肉，触目惊心。

她看得僵住，有些不敢置信，白日里，他竟然带着这样的伤口来陪她坐着，温柔地同她说话，体贴地帮她备车不介意她要见的人是宗政无忧，还对她说，一点小伤而已。晚上，他又带着这样的伤口让人备了满桌子的菜坐着等她回来，因她晚归而气得掀翻桌子，见到她却连一句责怪的话都没有，还高兴地带她出去吃饭，折腾了一个晚上。

她真的以为他的伤不严重，因为她完全看不见他露出任何不适或痛苦的表情，她只看到他眼中少有的快乐，那样真实而浓重地在她眼前盛放。

眼眶突然发红，她站在原地，手足无措。

傅筹回眸，见她脸色发白、眼眶泛红，忙道：“吓着你了？”

漫夭抿着唇摇头，颤抖的手拿起一旁蘸了水的湿巾轻轻擦拭伤口边缘的血迹，她清楚地感觉到傅筹的身子颤了一下，然后皮肉绷得死紧。她不禁问：“很疼吧？”

这是个白痴问题，不用想也知道，那一定是痛得让人想立刻死去的感觉。然而，傅筹却淡淡道：“习惯了。”

漫夭心头一震，这样的痛也可以习惯吗？她低头，发现脊椎骨上一个挨一个从上往下、由浅至深的痕迹，她默默地数了一下，十三个。

竟然有十三个！

这样的痛，他承受过十三次！这是为什么？他是这样精于算计事事周全的人，他是手握重兵权倾朝野的卫国大将军，究竟是什么原因让他心甘情愿遭受这样的穿骨之痛多达十三次？

漫夭无法说清此时内心的震颤，她这才发现，她对自己的丈夫其实一无所知，她只看到他外表的光环、温和的表象、精于算计的一面，却不知道他的身世、成长，以及过往。

她仔细地帮他换完药包扎好伤口，没叫泠儿，自己就把东西简单地收拾了。

傅筹也没叫人，他觉得此刻的她像是一个妻子在为丈夫忙碌，心中充满了幸福和满足。他站起身，悄悄走到她身后，伸手搂着她的腰，那样小心翼翼的动作泄露了他内心的不安和恐惧，轻声问道：“容乐，你会一直陪我走下去吗？”

漫夭愣了一下，目光微闪，淡淡笑道：“我这身份不陪着你，还能去哪儿？”

傅筹将她身子转过来，抚着她的双肩，眼神在她脸上流连辗转，声音无比温柔，情深缱绻道：“容乐，我希望有一天，你留在我身边不是因为你无力改变的和亲公主身份，而是你想留在我身边，因为我是你认为值得托付终身的男人，我想要你的心甘情

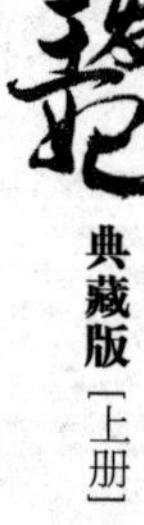

愿。我允许你心里面有别人，但是，你能不能空出哪怕是一点点的位置给我，至少让我有机会走进你心里？”也许永远攻占不了另一个人的领地，但至少要有一个机会。有机会，活得才有希望。

他期盼地凝望着她，那么卑微的姿态，令漫夭心间一颤。他又在跟她讨要真心。她的头脑忽然清醒起来，他可以要求她尽一个妻子的责任，也可以警告她遵守一个妻子的本分，但是，他要的是她的真心、她感情的回应。

漫夭抬眼，嘴角含笑，口气却薄凉道：“那将军可不可以少利用我一点？”

傅筹目光一变，顿时握紧十指，扣住她单薄的香肩，眼神和语声中满是挣扎和疼痛，道：“容乐，你知不知道？带给你伤害，我比你还要痛苦。”

“你痛苦？那你也没有停止过对我的利用和伤害。”漫夭直直地望着他那深沉痛楚的眼，她嘴角的笑意渐渐冰冷，“那晚的赏花宴，你故意扰乱我心绪，暗中做手脚使我不慎打翻茶杯被孙小姐嫉恨，我一心想躲着风浪，你却处心积虑把我推往风口浪尖。我不知道你这么费尽心思阻止宗政无忧选妃、阻止临天国和尘风国合作，究竟是为什么？但是你对我的利用是实实在在的！你说我受到伤害你会难过，我信。可是傅筹，即便是你对我真的有情，但你又怎能这样一边利用我，一边向我讨要真心？”她一字一顿，笑着问他。

傅筹双手就僵在她的肩头，十指如铁，半分都不能动弹。面对她的声声质问，他哑口无言。那刚刚才充满希望的一颗心，此刻复又重重地堕入了无边的黑暗之中。

漫夭又道：“刚才那个问题，我重新回答你。如果可以，我不会一辈子都待在你身边，做一个任人摆布的棋子。我是一个人，被别人当作棋子是身不由己，非我所愿，也许我无力改变别人对我的阴谋利用，可我一定会控制住自己，不把心交给一个成天只想着如何利用我的人。这是我对自己活着最起码的要求。如果有一天，我控制不住自己的心，那我宁愿碾碎它。”就像对待与宗政无忧的感情的方式。面对爱情，她固执而决绝。相爱的人，至少要忠诚，那是她唯一的执着，不容阴谋利用。

傅筹震愣住，忽然觉得很无力。当初她选择他，原来是因为她知道她永远不会爱上他。这一意识，令他感到绝望。他是一个久经黑暗的人，有一天突然窥见了一丝光明，他误以为那光明是为他而现，却原来，不过是为了将他打入更深的黑暗。

那一夜，他们相对默然，心头各自纷乱，彻夜无眠。

第二日，傅筹早早离开，漫夭用过早饭，心思沉淀下来，想着宁千易快要走了，刺杀一事必在这几日有个了结。她静坐屋内，细细凝思，昨日一行无功而返，事到如今，她又要到哪里去弄七绝草？

随手拿起枕边的折扇，一眼瞅见被她用来放那片奇怪叶子的锦盒，心下一动，她伸手将它打开，发现盒里那片有着饱满生命的叶子干瘪了许多。

她愣了愣，将那片叶子拿在手上，总觉得宗政无忧用一片叶子作为云贵妃赐给她的见面礼有些奇怪，而这片叶子先前是放在云贵妃的遗体旁边，想必不是凡品，她忍不住盯着那叶子直看，只见叶片似乎是因丢失了水分而变薄，那叶片的七个角看上去更加清晰分明，她忽然想到一个可能，会不会……

“项影，”漫夭一下站起身，对外叫道，“快去请九殿下过来一趟！”

九皇子仍是人未到语先闻，一进园子便大声嚷道：“璃月，我来了，快出来迎接。”

漫夭无奈摇头，老九总是这样，一出现就恨不能让周围所有人都知道。漫夭将他迎进屋，屏退旁人。

九皇子见她如此神秘，当即笑道：“璃月不会是得了什么宝物，找我来鉴赏的吧？”

漫夭没答话，径自拿了旁边的锦盒递给他，九皇子好奇地打开锦盒，一下子站起来，蹭到她身边，指着锦盒中的物品，万分得意地笑道：“你瞧瞧我说什么来着，只要是璃月你开了口，七哥他保准会割爱，把这七绝草送给你。哈，还是我最了解七哥。”

尽管已经猜到七八分，但漫夭还是心神一震，不敢相信道：“这真的是七绝草？”

九皇子拍着胸脯道：“如假包换。”

漫夭愣住，她以为七绝草是一株草，没想到就是一片叶子。宗政无忧竟然用这样简单的方法尊重了她的骄傲，解决了她难以开口的难题。不是施舍，不是交易，而是以他母亲的名义送给她一个见面礼，作为她对云贵妃行礼的回馈，无须她承情。

漫夭喉咙发涩，低眸问道：“那日，你说这七绝草对他意义不一般，是什么意思？”

九皇子道：“哦，我也是听来的。听说七哥小时候被人暗算，中了一种很厉害的毒，云贵妃不知用什么方法向当时的启云帝求来了一株七绝草，惹得父皇大发雷霆，听说那是父皇第一次对云贵妃发脾气，整整三个月没踏进云思宫。之后，云贵妃就生病了，再没好过。”

原来如此，漫夭心里越发沉重了，照这么说，这七绝草对于宗政无忧的意义的确不一般，它代表着云贵妃对他深沉的爱。而他，就这么送给了她。

她又问道：“既是为了解他的毒，为何又留存至今？”

九皇子拿起七绝草，用手指比了叶片两倍多的厚度，道：“听说这叶子以前有这么厚的，挤了一半的汁液用来入药就能解百毒。剩下的一半不容易保存，当时云贵妃让人收在皇宫地下冰库，后来被七哥放进棺中。你看，离了墓室，这已经快不行了，你要给谁用，就尽快把它入药，别辜负七哥一番心意。”

漫夭沉重地点头。

九皇子半开玩笑道：“璃月，我真嫉妒你。”

漫夭道：“嫉妒我什么？”

九皇子叹道：“嫉妒七哥对你好啊。七哥如果用对你五成的好来对我，就算让我这辈子不娶媳妇儿我也干。”

这是什么逻辑？漫夭忍不住笑起来，将七绝草小心翼翼地放进锦盒之中，只当他开玩笑，没放在心上。

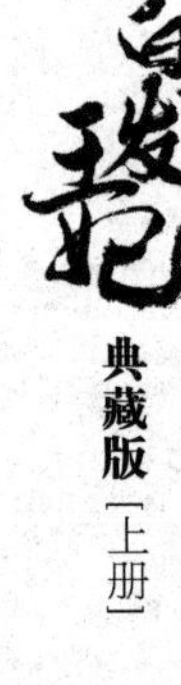

九皇子却收了笑，又道："七哥如果用对你三成的宽容来对待父皇，这个江山早就是他的了，父皇也不至于十几年忧思难眠，落下个心痛的毛病。"

漫夭仍在笑着，那笑容却是渐渐僵硬。她盖上锦盒的盖子，回身欲将锦盒放到柜子里。

九皇子继续道："七哥要是能用对你一成的情意去对待昭云，你就算把昭云扔到一个大火坑前，让她现在就去死，她也会毫不犹豫地笑着跳下去！"

漫夭蓦地心间一抽，顿住手中动作，再笑不出来。他这是在指责她拥有对他们来说最为珍贵的感情却不知珍惜。她苦笑道："他对我真有你们说的那么好吗？"

九皇子朝她重重点头，很严肃且十分肯定地答道："有，绝对有。除了你以外，别人都知道。其实你也知道，你就是不愿去想，不愿去相信。也许，你是不愿承认离开七哥是你这辈子做的最错误的决定。璃月，你在意的东西太多了，感情是没有理智的，如果一个人的真心因为受了伤，想收回便收回，那还叫什么真心？如果那样，我七哥这一年也不会那么痛苦了。反正你都已经嫁了人，他做这些又有什么意义呢？你说是不是？我都知道的东西，你还能不知道？其实你仔细想想，一个人的感情是怎样开始的，真有那么重要吗？结果才是最重要的吧。"

从来只流连烟花之地、只谈风花雪月对婚姻避之不及的九皇子，竟能说出这样一番话，实令漫夭诧异，并对他刮目相看。

她沉默了，一个人的感情是以利用为起点的，难道不重要吗？

九皇子见她面色渐转苍白，心有不忍，扬了扬眉毛，跳过去到她身边，一副恨铁不成钢的无奈表情，却是笑道："你呀你，你要不是你，我一定去找块大砖头敲你脑袋，把你敲醒。可你就是你，这么漂亮的脑袋敲破了，我会心疼的。最主要的是，七哥知道了，一定会杀了我。算了，权衡利弊，我还是用手吧。"他说着飞快地用手指在她额头敲了一记，倒是真舍得使力，好像真为泄愤似的。

漫夭抚住额头，方才那样沉重的心情因九皇子这一个动作忽然变得轻松了许多，那些问题还在，但是九皇子发泄情绪的方法真是令她哭笑不得。他这样直接，喜欢与她笑闹，对她关心有加，却又因为宗政无忧而直接表达着对她的不满。

九皇子敲完她，嘿嘿笑了一声，似是解气般地开心，并不忘嘱咐道："你千万别跟七哥说啊，他会敲死我的。拜托拜托。我走了，有事再来找我，保证随传随到。"话没说完，人已经在园外了。

漫夭还愣在屋里，思绪如潮。宗政无忧，宗政无忧……

上午的阳光明媚灿烂，她看着手中还未来得及收起的锦盒，脑海中闪现宗政无忧和傅筹两个人的脸孔。直到项影进屋她才醒过神，将七绝草递给项影，让他悄悄送给萧可。然后拿了墨玉折扇给他，又交代了他去办几件事。

下午项影回府时，漫夭正在屋里来回踱步。

人手有了，萧可的毒也解了，但是平息刺杀一事仍然不好办。

皇兄对萧煞下达的死令，必须杀了宁千易，若是这次任务失败，就算她这次能救得了他们，以后的事却又不好预料。要怎么才能让皇兄觉得萧煞已然尽了全力，刺杀失败非他之过？

临天皇命傅筹调查此案，搜罗证据，想必也是对这件事有所怀疑。要怎样才能不让傅筹抓住萧煞的把柄，又不至令傅筹落得个办事不力的罪责？同时还要确保宁千易的安全。真是头痛，她拧着自己纠结的眉心，难以舒展。

“主子，”项影将墨玉折扇双手奉上，道，“无隐楼楼主让属下回复主子，整个无隐楼的人将听从主子的调遣。”

漫夭接过扇子，握在手心，想到临天国太子曾经费尽心思花重金都请不到的无隐楼杀手，如今竟然全部听她调遣，不禁感叹，宗政无忧是太相信她还是太相信他自己？

漫夭深吸一口气，将扇子小心收起来，才问道：“萧可那里如何？”

项影回道：“萧姑娘很开心，说她身上的毒终于可以解了，让我代她谢谢主子。”

漫夭点头：“你安排好，在行动那天提前将她接出来。对了，让你查的地势，查得如何了？”

项影忙道：“从京城到尘风国的边境需要经过大小城池二十个，这一路最适合设下埋伏的地方是离京城三十里地的伏云坡。说是坡，其实是个险要的山谷，那里四面高山环绕，只有相对的两个窄小的出入口，一旦有人在那里中伏，很难突出重围。属下打听到，已经有人去那里勘察过地势了。”

漫夭凝眸道：“那大概就是了。那附近可有盗匪出没？”

项影道：“伏云坡附近有个连云寨，那里有一伙强盗，大概几千人，个个武功不俗，专劫过往的富贵行人以及商队，从不管对方身份，很是猖獗。”

漫夭问道：“朝廷为何不管？”

三十多里地，离京城并不远，朝廷没有道理置之不理。

项影道：“前几年朝廷派人去剿过几次，但都是无功而返。那伙人很精，一听到动静就躲在山寨里不出来。那山寨地势非常好，易守难攻，山寨门口有一排奇怪的暗器，只要有人接近，就会自动发出有毒的银针，每次去围剿都会死伤很多人，成为朝廷的一块心病。后来这两年，他们变得谨慎，偶尔出来作案，也都是寨中的一些小人物，寨中的五位当家的一个也不露面。”

漫夭凝眉思索道：“那五位当家的平常可会悄悄入京？有没有固定出入的场所或者特别喜好？”

项影道：“听说四当家好赌，偶尔在城里和欢街的祥和赌坊现身，赌完钱他会去一趟汇聚茶楼。爱好，除了抢劫金银财宝和美人之外，倒是有传言说那五位当家还好男色。”

第二十章　皇兄皇妹

夏日里的夜晚，京城和欢街总是最热闹的。这里聚集了赌坊、妓院、食楼、茶馆，各个门口皆是人头攒动，龙蛇混杂。

紧挨着祥和赌坊的汇聚茶楼早已是人满为患，人们一边喝着茶一边聊着天。

一个拿着阔刀大斧脸上有着一道长长疤痕的男子一边骂着粗口一边大摇大摆走进来，口中大声嚷嚷道："小二，给大爷我找个靠窗的好位置。"

小二显然是跟他熟了，一见他便扬着笑脸赔着小心上前哈腰道："四爷，您来了。哎呀，今天真不凑巧，人都满了，您看，要不小的给您找个别的位子。"

"去去去，本大爷就要靠窗边的，你叫他们滚开。"刀疤男扬着手中的大刀，那小二吓得一哆嗦，正不知该怎么办的时候，左侧窗边走了一桌人，店小二忙不迭地将那刀疤男子引了过去。这时旁边一桌人正在议论着的一件事瞬间引起了刀疤男子的注意。

"听说了吗？尘风国王子五日后就要回尘风国了，咱们皇帝送了他很多稀世珍宝，要是能分咱一两样，那就几辈子都不用愁了。"

"宝物算什么，我听说他那次赏花御宴没有选妃的真正原因，是因为他在民间四处赏玩的时候，看上了一个特别特别美的男人，听说那个男人比女人还美呢！"

"真的吗？比女人还美的男人，我没见过，干脆咱们兄弟去劫了吧？稀世珍宝，绝色美人，咱就是摆着看一眼，这辈子也值了。"

"你疯了？人家是一国王子，你也敢打主意？不光尘风国王子自己就有很多护卫，皇帝陛下肯定还要派人保护他，你去劫他，那不是找死吗？再说了，他回尘风国路上要经过伏云坡，那伏云坡是连云寨的地盘，你总不能跟连云寨抢人吧？就算是连云寨，他也得倾巢出动，才有成的把握，你呀，就别白日做梦了。"

刀疤男子听到这里，眼露精光。此人便是连云寨的四当家。他们山寨已经很久没有大干过一场了，这次终于又能过过瘾。一国王子怎么了，连皇帝老子都拿他们没辙，他们还怕什么？稀世珍宝，绝色美人，他们怎么能轻易放过？但是，这个消息可不可靠？

刀疤男子正犹豫着，二楼走廊处走下三个人来，瞬间吸引了整个茶楼的注意。两男一女。其中一个男的，气宇不凡，看上去是极为豪爽的阳刚男子。而他旁边的女子长得那叫一个美，刀疤男看得有些愣了，他们山寨以前也抢过不少美女，但跟这女人一比，简直云泥之别。他不禁吞了一口口水，再看向三人之中的另一个男人，更是眼睛都直了，乖乖，这个男人居然比那女的长得还好看。

不用想，这个让刀疤男看直了眼的正是女扮男装的漫夭，另两人是宁千易和沉鱼。他们三人说笑着下了楼梯，漫夭走着走着忽然一脚没踩稳，惊呼一声，整个身子便向楼下摔去，引来楼下众人惊叫。

宁千易手疾眼快，一把拽住她的手，身姿潇洒地旋步下了两层台阶，手往她腰间一揽，漫夭人就在他怀里了。

楼下众人看得目瞪口呆，想不到两个男人搂在一起竟然也这么好看。

漫夭被他扶着站稳，低眉间看似有几分波动的羞涩和尴尬，却是微微压低了嗓音，清楚地说道："多谢王子出手相救。"

茶楼里众人闻声一阵沸腾，刀疤男子眼光一亮，似发现猎物般兴奋起来，心想那消息果然是真的。

宁千易笑道："你我之间哪里还需要说个谢字。"说罢捏了捏她的手，那眼神任谁都能看出其中含义。

漫夭拿眼角不着痕迹地扫了眼那刀疤男子，只见刀疤男子此刻正直勾勾地望着她，两眼发着贪婪的光，嘴角还流下让人恶心的口水。漫夭见目的已经达到，便与宁千易、沉鱼三人一起出了汇聚茶楼。

"璃月，你让人说有很多护卫会保护王子，将后果说得那么严重，那些人还敢冒这个险吗？"回到拢月茶园后，沉鱼才将心里的疑问问了出来。

漫夭肯定道："会的，他们太久没遇到过挑战，一直谨慎行事好几年，寨中之人不能像从前活得那么痛快，时日一久，必有很多怨言，而且朝廷这两年也不曾明着下大力气去围剿，所以他们没有外来的压力，当家的只为防范而谨慎，寨中之人定会觉得他们的当家胆子变小了，就会有人不服，继而生出事端。而大当家想必在等待一个时机去重新树立他的威信，所以，他们一定不会放过这次机会。"

宁千易赞赏地点头道："璃月果然是心思细腻，我也认为，他们一定会来。"

漫夭道："连云寨的实力不容小觑，虽然我们布局周密，但你们仍有一定的危险。"

沉鱼笑道："你不用担心，有无隐楼的人在前，卫国大将军的人马在后，连云寨的人即使倾巢出动，也是以卵击石。"

漫夭淡淡一笑，她真正担心的，其实不是连云寨。

五日后，宁千易在太子带领群臣的送别下离开了京城，以漫夭的身份不宜远送，所以她让沉鱼扮成她那日的模样，在城外等着宁千易，实施她的计划。

那一日，空气沉闷至极，天空阴云密布，似是要下雨的样子，却又一直落不下来，让人感到极度的压抑而烦闷。

伏云坡，四方埋伏，风云齐涌。

漫夭人在将军府，心却始终牵挂着伏云坡的一切。她知道萧煞必定会埋伏在那里，因为那里虽然危险，却是最后一个可以执行任务的地方。即便他料到傅筹会在那里等着他，他也仍会去。她要做的，就是阻止萧煞的行动，又不让皇兄有借口处置萧煞。项影带着无隐楼的人会扮作那日清凉湖的黑衣人，引傅筹出现，让萧煞看清实力相差悬殊，刺杀无望，自然就会知难而退。而傅筹只要借这次机会歼灭连云寨一伙，去掉朝廷的一块心病，临天皇不但不会怪他，还会给予嘉奖。

俗话说，百密总有一疏，她不知道会不会有意外。

漫夭在屋子里来回踱步，心里还是有些不放心，又不见泠儿，她想了想，便往泠儿住的小屋去了。

这个计划，她没有让泠儿参与，却也没有刻意地瞒着泠儿。

陈设简单的屋子里，泠儿站在窗前，托着一只鸽子，还攥了张字条，她已经维持这个姿势很久了。心里在挣扎，不知道该怎么办。第一次动摇了，这次的消息，她到底要不要传给皇上？

泠儿犹豫再三，将手中的纸条慢慢绑上了鸽子的腿，心情沉重。松开手，鸽子扑腾着翅膀飞了起来，泠儿眼前忽然就闪现出自家主子那双仿佛看尽人世苍凉的眼，还有曾对她说过的话："如果连你们都信不过，那这个世上，还有谁值得我信任？"

心头一紧，泠儿直觉地伸手一把抓住了白鸽的尾巴，咬着唇把那个纸条解了下来，然后迅速地撕毁。她看着飘到窗外的白色纸片，眼中盈泪，心中难过道："对不起，皇上。我已经不确定您所做的一切，是不是真的为主子好。"

"谢谢你，泠儿。"漫夭突然从门外进来，泠儿的犹豫和挣扎，她都看在眼里。

泠儿惊得回身，见漫夭竟然在她身后笑着望她，她眼中的泪水顿时滚落下来。随即在原地跪下，一年多的通风报信，她始终心安理得地以为那是为主子好，但当清凉湖一事之后，她便想得多了些，又有上回的讨药风波，她开始有些动摇。于是，她意识到，自己的行为也许是不忠的表现。所以，她感到不安，惶然无措。

漫夭笑着拉她起来，帮她抹了把眼泪，道："傻泠儿，哭什么？"

泠儿眼泪落得更凶："主子，我害怕，我真的很害怕。"

漫夭用手轻轻抚着她的头发，轻声问道："你怕什么？"

泠儿哭道："我怕皇上以前跟我说的话都是假的，我怕我以为是为主子好其实是害了主子，我真的很怕。"泠儿哭得很无助，像个孩子。

漫夭心头一软："傻丫头，我不怪你。"她突然不想对他们有什么要求，他们本就是皇兄的人，为皇兄办事天经地义，能在执行任务的同时顾到她已经算是很好了。而这次，萧可之所以会被下毒用来控制萧煞，就是因为萧煞已经不再为皇兄所掌控，所以才会有这样毫无胜算的刺杀，皇兄，他是想要萧煞死。

如果她不能给他们保护，那她凭什么要求他们忠诚？如果对她忠诚的代价，是让他们付出生命，那她宁愿不要他们忠诚。这样，就很好。

扶起泠儿，她对泠儿摇了摇头，柔声安慰道："别担心，纵然他有什么不对，总还是我的皇兄。"

天色越发暗了，天空似是被泼了一层浓墨。

漫夭等项影一直没有等到，最后等回了傅筹。他深青色的衣袍很干净，没有一丝血迹，头发整齐，不曾有半点凌乱，不像是从打斗场上归来。她微微一愣，心中有些没把握。

傅筹温和的神色掺了一抹复杂，进屋之后，在她面前坐了，随手倒了杯水，喝了一口，抬头深深望着她，说道："你的计划，很好。各方面都照顾得很周到。"

漫夭一怔，傅筹又带了几分自嘲道："谢谢你在计划之中也顾全了我，送了我一个连云寨，让我可以跟陛下交差。连云寨窝藏北夷国奸细，企图刺杀尘风国王子，挑起两国争战，以图夺回北夷国领土这个理由，似乎很不错。容乐，你真是我的贤内助。"

漫夭面色一白，转过脸去不看他。

傅筹却是一直看着她，看着她掩藏在浓密睫毛下的不明情绪，过了半晌，他才轻叹了一口气，复又道："无隐楼的杀手果然是身手了得，个个以一敌百。可是容乐，为什么你宁愿接受他的帮助，也不愿意跟我开这个口？我是你的丈夫！想保住萧煞，不过是在等你一句话罢了，我不信你不知道。你为了不欠下我的人情，宁可大费周折，但你可知，伏云坡连绵十里的埋伏。萧煞就算不现身，又能逃得了吗？"

漫夭震惊抬眼，连绵十里的埋伏？原来他早有计划，要趁此机会剿灭连云寨。

"那萧煞他……"

"既然知道是你的人，我自然不会动他。"傅筹神色恢复一贯的温和，却沉声道，"但，仅此一次。若有下次，我便不敢保证。我有我的立场和职责，启云帝擅自挑起我们和尘风国的战争，我是绝对不会允许的。容乐，我希望你能明白。"

"我明白。"漫夭点头，她知道能做到这样，对他而言已经很不容易。她在他对面缓缓坐了，很诚挚地向他道谢："谢谢你，阿筹。"

傅筹端着茶杯的手轻轻一颤，杯中之水溢出几滴，不过是一声称呼，他却仿佛等了几辈子似的忍不住心思狂涌，内心波动如潮。他放下杯子，去握她的手，万般柔情尽在那掌心之间，道："以后，就这么叫我，我喜欢听。"

见到萧煞，是在第二天傍晚。漫夭当时真的是吃了一惊，多日不见，他竟然憔悴成这个模样。

"萧煞愧对主子。没脸再留在主子身边，请主子容萧煞先去办一件事，再以死谢罪。"萧煞半跪在屋子中央，恭恭敬敬地对她说。

漫夭蹙眉叹道："起来吧。"然后对着里屋叫了一声："可儿，你可以出来了。"

她话音刚落，萧可便从屋里急急跑了出来，开心地叫了声："哥哥。"

萧煞一震："可儿，你怎么在这里？"

萧可道："是公主姐姐让人接我来的，公主姐姐说，以后我再也不用回那个地方了。啊！还有还有哥哥，我身上的毒已经解了，是公主姐姐帮我找到了'七绝草'。"

萧可笑得极欢快，边说边蹦跳着来到漫夭身边，双手挽住漫夭的手臂，那模样亲昵极了。

萧煞震惊地望着漫夭，久久说不出话来。他以为她会怪他，却没想到，她一直在暗中帮他。此刻心中的震撼和感激无以言表，一个大男人婆婆妈妈也不是他的风格，萧煞便恭恭敬敬地向她磕了三个头。

漫夭淡淡笑道："可儿，去把你哥哥扶起来吧。看他瘦成那样，你开个方子帮他调理调理。萧煞，你的命是我的了，好好保重自己吧。别做傻事，以后再有什么事，先跟我商量，别擅作主张。"

萧煞愧疚地低下头去，漫夭重重吐出一口气，这件事总算告一段落，她是不是可以清净几天了？

"你们都下去吧。"

"主子，主子。"她刚准备休息一会儿，泠儿却一路叫着跑过来，像是天要塌了。

漫夭下意识地皱眉，问道："什么事？"

泠儿向她展开手中收到的书信："皇上要来看您了。说是应临天皇邀约来参加秋日狩猎。"

漫夭脑子轰的一声炸开，她想清净清净，怎么就那么难？

自从得到启云帝要来临天国的消息，漫夭心中没来由地生出许多不安，直觉这次皇兄的到来并不简单。

八月初，漫夭听闻宗政无忧提前离开皇陵，回了离王府，她让项影去还回折扇，但项影跑了五趟，都没进去离王府大门，找九皇子代转，九皇子很干脆地拒绝。她只好自己走一趟，毕竟这么重要的东西，在她身边多放一日，便多一日的不安心。

离王府的大门，依旧气势威严，泠儿叩了两遍，那扇门才缓缓打开，看门的侍卫一见是女子，立刻将她们拦在外面，口气不善道："敲什么敲，也不看看这是什么地方。快走快走。"

泠儿被他一推，怒道："你干什么？也不看看我家主子是谁就赶人？"

那侍卫道："我管你们是谁。谁不知道，我们离王府从不让女人进门。你们赶紧走，再不走我可不客气了。"女人来访，他们从来都不用进去禀报，连昭云郡主都不让入内，何况是别人。

泠儿脱口道："谁说离王府没进过女人？我和我家主子都进去过，我家主子还在这里住过十……"

“泠儿。”漫夭沉了声，泠儿立刻意识到说了不该说的话，连忙闭了口，退到漫夭身后。

漫夭对那侍卫道：“你进去禀报一声，就说我是为还离王的扇子而来。”

那侍卫从前没见过漫夭，虽能看出她身份不凡，但还有些犹豫。

“什么事这么吵？”这时府中走出一个四十多岁颇有几分威严的中年男人，不悦地问道。

那侍卫忙道：“管家，您来得正好，这个女子说要见王爷，还什么扇子……”

王府管家听说是女子，眼中便有了轻视之意，连眼都没抬，正想说“打发走便是”，却在一转身目光扫过漫夭时，怔了怔，他不确定地多望了几眼，心中一凛，面色顿时肃穆且恭敬，三步并作两步跨下台阶，朝漫夭恭声行礼道：“原来是容乐长公主大驾光临，有失远迎，府中下人方才多有得罪，还望公主见谅。”

管家说着已出了一身冷汗，别人不知，他却知道，自家王爷为这位公主都快魔怔了，而这边，公主好不容易上门一趟，还被拦在门外，要真给撵走了，他这个管家恐怕也不是做到头了那么简单。他沉着脸对一旁呆愣的侍卫喝道：“你真是不长眼，连容乐长公主都敢冲撞，嫌活的时间太长了是不是？还不快向公主磕头赔罪。”

漫夭制止道：“不必了。离王可在府中？”

管家道：“在，王爷此刻正在漫香阁，公主，请！”

“漫香阁”这个名字，那么熟悉。

离王府的一切似乎都没有什么改变，管家将泠儿拦在漫香阁外，只让漫夭一个人进去。

漫香阁的一草一木看上去是那样熟悉，她走在青石板铺就的地面，有股恍若隔世之感。园中杨柳依依，棋台光滑如镜，地面干净整洁，空气中充斥着那个人的清爽气息，一如她曾经住在这里的感觉。

园子里一个下人都没有，她穿过庭院，看了一圈也没看到宗政无忧的影子。走到从前的寝阁，见房门轻掩，窗子半合，她微微一顿，来到窗前，轻轻将窗子打开一条缝。

只见曾经属于她的那张床上，此刻斜躺着那个面容纯净如仙的男子。他身上白色的衣裳，一角垂到地面，床上的锦被叠得整整齐齐，不似是特意来此休息，反倒像是太过疲惫不经意地睡着了。她忽然想起，她第一次在这里醒来时的情景，那时候，宗政无忧端着一碗药，坐在她身边等着她睁开眼，然后故意逗弄她，用嘴喂药，害得她差点连肺都一起咳出来，他还取笑她，说她笨。

一晃一年多，那些事在她脑海中清晰得就像昨日。而那时的他，如仙如魔，邪魅而张扬，如今却只剩下冷漠寂寥。

她看着那张恍如孩子般纯净完美的面庞，眉宇间藏不住的疲惫，让人忍不住地心疼，想要走到他身边替他抚平哀伤。

她忽然觉得她不该来这个地方，这里有那么多的记忆、有那么多的情感，她控制不住自己心底蔓延的疼痛。紧抿着唇，抿出一丝苍白的颜色，将手中的扇子放到靠窗的桌

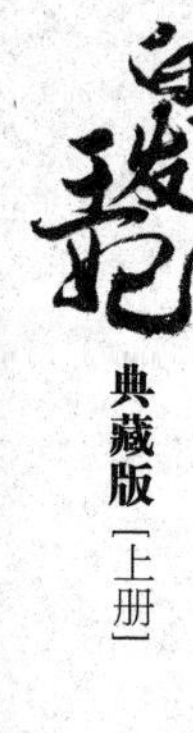

子上，便转身逃跑似的离开了，没听见身后传来的如梦呓般的呢喃：“阿漫，别走。”

转眼入秋，启云帝到临天国已是九月份，离秋猎的日子不到十天。

这日，秋阳夕照，迎接启云帝的仪仗从皇宫一直摆到了城外，相比二十二年前上一任启云帝的到来，有过之而无不及。

当晚，皇宫摆宴，为启云帝接风洗尘，漫夭身在其列。

二十一岁的年轻帝王，一身云灰色的锦龙长袍，面容清隽，身材颀长，行为举止之间，除具备一个帝王的威仪外，还多了一份儒雅俊逸，让人很自然地便会生出几分敬仰，不因他年纪尚轻而有轻视之心。

漫夭上前见礼：“臣妹拜见皇兄。”

“快快免礼。一年多不见，皇兄甚为想念。皇妹似乎清减了，可是来这里水土不服所致？”启云帝温文笑着，扶起漫夭，关切地问。

漫夭淡淡道：“回皇兄，臣妹很好，并无水土不服，烦劳皇兄惦记，臣妹心中惶恐。”她不着痕迹地避开他的触碰，笑容恭敬有礼却带着淡淡的疏离。

启云帝眼光微滞，似乎不曾察觉有异般地笑了笑，应临天皇邀请坐上与其并排的主位。

这是分别一年后的第一次会面，席间，启云帝不间断与她说上几句话，神态间并无一个帝王高高在上的姿态，反倒自然流露出身为兄长对于妹妹的宠溺和关爱。

漫夭始终微笑应对，扮演好一个和亲公主重见亲人的角色。傅筹坐在她身边，时不时为她布菜，启云帝目光微闪，嘴上笑道：“看将军与皇妹如此恩爱，朕心甚慰。”

席中其他人听后连忙跟着一阵赞叹，说傅将军与公主如何如何般配，简直就是天造地设的一对。

临天皇端出一国帝王应有的姿态，眼底神色却是莫测高深，叫人看不通透。他若有所思地拿眼角扫了眼太子与九皇子之间空出的席位，这一次，他没再逼着宗政无忧参加筵席。

傅筹很应景地执起漫夭的手，在众目睽睽下望着她深情笑道：“能娶到容乐这样的女子为妻，是我一生之幸。我非常感激两位陛下赐予我的这份天大的恩典。”他起身行了个大礼，温和的面容无其他表情。

话，是心里话，情，也是心中情，但是在这样的场合说出来，漫夭只觉得有些讽刺。她浅浅笑着，直笑到嘴角僵硬。

年轻的帝王目光一转，似有所思，不经意地扫了眼太子下方的空席，笑道：“这事，要真说起来，将军得感谢离王。”

众人微愣，启云帝又道：“当初离王拒婚，朕听闻后，心中对皇妹深感愧疚，担心因此毁了皇妹一生幸福，却没想到，竟还能促成一对神仙眷侣，当真令人高兴！朕心里的这块大石，总算是落地了。”

殿内和乐融融的气氛瞬间凝滞，漫夭心间一刺，面上笑容却是不变。

临天皇眼光转了几转，笑得深沉，道：“启云帝不用为他们操心了，既然是容乐长公主亲选的驸马，自然是心中十分中意的人选，又怎会不幸福？”

帝王终究是帝王，总能抓住最关键之处。一个拒婚，一个设计选夫，两厢平等。

启云帝笑道：“临天皇说得极是。”

一场晚宴在惊心动魄的波涛暗涌以及众人阿谀奉承的觥筹交错中进行得有声有色。

这席间，她偶尔动一下筷子略微一尝。多半时候，只是端坐在那里，看着那些精美的菜肴，面对那些虚伪的脸孔，即便饥肠辘辘，也毫无食欲。

散席后，临天皇安排人送启云帝去行宫别馆休息，临别前，启云帝对漫夭道：“明日一早，皇兄在行宫等皇妹来叙旧，你我一年多不见，皇兄有许多话想对皇妹讲。”

漫夭恭声应了，目送他离开。出了皇宫，才吐出一口气。这样的宴席，应付下来，只觉筋疲力尽。

回到将军府，漫夭只觉浑身酸痛，这场宴席整整用了三个时辰，就是场煎熬。她一回府才意识到自己其实还饿着，但已是深夜，也不好再让厨房给做吃的。只好空着肚子洗漱完躺在床上，不知是心里装的事情太多了，还是其他什么原因，她竟翻来覆去，怎么也睡不着。

这些日子傅筹每日都宿在这里，今日不知为何，回了府让她自己先回房，也不知他去了哪里。

过了挺长时间，门外传来脚步声，人还没进屋，已经有食物香气飘了过来。她的肚子适时叫了一声，傅筹便端着香喷喷的饭菜进了屋，对她笑道：“饿了吧，快过来吃。”

漫夭披衣起床，到桌边坐下。很简单的饭菜，也就是些家常食物，与她平日吃的那些精致的饭菜看起来不同，却是热腾腾、香气扑鼻，令人胃口大开。她扑扇了两下睫毛，不禁疑惑道：“这是哪里来的？”

这个时间，厨房的人应该早就休息了。

傅筹在她身边坐下，为她盛了饭，随口道：“我做的。”

漫夭一愣，似是不能相信地看着他。一个大将军还会做饭？说出去一定没人相信。

傅筹笑道：“别愣着了，快吃。”

漫夭夹了菜，放进口中，不知是不是她正好饿了的缘故，觉得这味道竟奇好，心底忽然生出一丝异样的感觉。她吃得很慢，细细咀嚼着这种家常的并不算多精致的菜肴，心中涌出一阵阵感动。

傅筹专注地望着她吃饭的样子，看她那眉眼间隐藏的倦意，有些心疼。他伸过手去拂开她额角落下的碎发，温柔而怜惜地问她：“连亲人都需要应付，很累吧？”

漫夭拿着筷子的手微微一僵，苦涩一笑，真是什么都逃不过他的眼睛。她叹道：“是啊。人活着本来就很累。对了，为什么你会做饭？”

傅筹道：“很小的时候，在被人追杀的逃亡的日子里，慢慢学会的。”

漫夭一怔，很小是多小？十三岁谱了一曲悲凉曲，十二岁入军营，到如今权倾朝野

的大将军，他的人生路定然也满是荆棘和辛酸。

傅筹忽然笑道："你不好奇是什么人追杀我吗？"

漫夭道："每个人都有自己不愿敞开的秘密，你若想说，自然就说了，你若不想说，我又何须问。"

屋里的灯光有些昏暗，傅筹看了她半晌，转过身，揭开灯罩，挑了下灯芯，火苗啪的一下炸开。

他目光投在那火苗之上袅袅升起的青烟，唇边噙着一抹冷笑，他却淡淡道："是把我带到这世上来的男人，我母亲曾经的丈夫。"

漫夭愣道："你父亲？"

"不，他不是我父亲。一个追杀我长达五年的人，我不承认他是我父亲，就像他不肯承认我是他的儿子一样。"

漫夭惊诧抬头，看他转过身来，他的面色依旧温和，似乎在说着一个完全与他不相干的话题。但是，她没有忽视掉，在他深沉的眼底划过的浓烈的悲哀。她心底震动，是什么样的人，竟然连自己的孩子都要追杀，还追杀了五年？不能想象，一个在自己父亲的刀口下活下来的人，心里的痛苦。忽然有点心疼眼前的这个男人，他一定承受过许多别人无法想象的痛苦，才能如此平静地说出这些话来。

漫夭不禁问道："你恨他吗？"就像她曾经恨过她的父亲，不择手段地毁她梦想，逼她按照他的意愿去生活；恨他只要情人不顾家庭，连母亲死的时候都不肯露面，将所有的一切都扔给她这样一个十一二岁的孩子；恨他为她选了那样一个男人，以及他后娶的继母，令她死于非命。

傅筹目光一闪，直视过来，面上是温和如面具般的笑容，声音却突然变得狠绝，他说："当然。他毁了我母亲的一生，害我受尽苦难，我会让他付出天大的代价，以慰我母亲在天之灵。"

这是他曾经的誓言，也是一直以来支撑他活下去的不可动摇的信念，他一直为此而努力。

漫夭似乎感受到了那温和背后痛穿心骨的浓烈恨意，她第一次见他，觉得他温文尔雅，是个谦谦君子，却原来这虚无的光明背后竟是最深沉的黑暗沉积。一个活在仇恨里的人，心中何来光明？他应该是向往光明的吧？所以才做出那样的伪装。难怪，傅筹，原来是复仇。

漫夭脑海中蓦地闪现另一张脸，那是她曾意识到的，与他长得有几分相像却因两人完全不同的神态不易发觉的另一个男人，临天皇。

这一意识，令漫夭心底巨震，不敢置信。以他如今的地位，手握三军，权倾朝野，还有什么人是他所不能掌控的呢？没有别人，只有帝王。难道他是临天皇的儿子？他以傅为姓，二十一岁，与宗政无忧同龄，他就是当年与云贵妃同时怀孕的傅皇后的儿子？可他对着临天皇的时候，完全看不出有一点点的恨意，怎么看都是一个忠心的臣子，要练就这般的隐忍，何其难啊。

没人知道当年傅皇后生下的孩子去了哪里，有人说那个孩子在出生时就死了，也有人说那个孩子突然失踪，但真正的去向，无人知晓。只是知道傅家倒台后，傅皇后被幽禁冷宫，凄惨度日，在云贵妃去世的同一年死于一场大火。

如果他真是傅皇后的儿子，为什么临天皇要杀他？即使临天皇不喜欢他的母亲，也不至于要杀死自己的儿子啊？

傅筹见她眼神震惊，如一个局外人般地笑道："你猜到了？我就知道，你那么聪明，总是一点就透。"他说着将一盘菜推到她面前，"再不吃，就要凉了。"

漫夭放下筷子，伸手抓住他推碟子的手，眼中满是担忧："阿筹，我不管你想要做什么，我也不会劝你放下仇恨，毕竟那是你的自由，你承受过的或者你正在承受的痛苦，总要找到一个发泄的途径。但是阿筹，他毕竟是你的父亲，血浓于水，他犯过的错，你不该再犯，至少弄明白他为什么要杀你？我没有别的意思，只是不想你将来后悔。"

傅筹没有不理智地因为别人的劝告而怒气冲天，反而很是感激地反握住她的手，无比凄凉道："他要杀我的原因，我知道。但我不想说，因为那是对我母亲最大的侮辱。"其实他不说也已经说了。

"父子相残或者手足相残，从来都是人间惨剧，伤人又伤己，就算报了仇又如何呢？不会得到快乐，你要三思而后行。"漫夭深深叹息，这个世界，有太多的悲剧。

傅筹轻轻摇头，他的仇恨已经太深，深到不拔除就会穿心。他从怀中掏出一张折叠好的纸张递给她，神色有几分凝重："这是给你的。"

漫夭疑惑地接过来，正准备展开，却被傅筹一把按住："现在别看。等秋猎过后，若是，若是发生变故，你再打开。"

漫夭心中陡生不安，问道："是什么东西，这么神秘？"

傅筹道："你收着就是，也许在关键时刻，它能帮得上你。"

漫夭没再说什么，将其收在一个锦盒里。

这一夜，傅筹抱她抱得比往日还要紧，他的心跳速度似乎也快了些，他的喘息撩在她的耳边，微促。

漫夭闭着眼睛，静静地平躺着，两人的呼吸在空中交缠，曾经隔了万丈远的心，此刻仿佛靠近了那么一点。

"容乐。"他的嗓音微微喑哑，唤得极轻。

她轻而又轻地应了一声，带着几分鼻音地轻"嗯"一声，都不知道在这样的夜晚有多么的暧昧。

傅筹搂着她的腰，忽然往怀里一带，将她转了过来，让她面对着他。身子相贴，两人的鼻尖相对，彼此的呼吸离得那样近。

他的眼神含着急切的期许，灼灼相望，他的手在她腰间缓缓地摩挲，带起细微的战栗。

墙角的香炉之中，丝丝缕缕的淡青色烟雾，在透窗而入的莹白月光中，于空中交缠

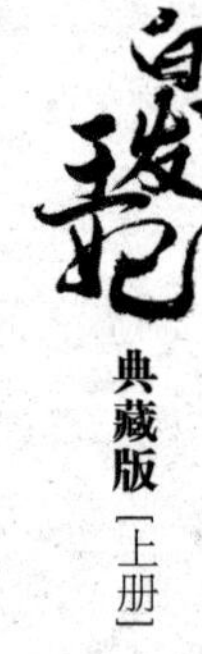

缭绕，再轻轻消散。

浅淡的薄香混合着肌肤的馨香，散发着诱人的味道，本能的驱使撩拨着埋藏在人心底里最深处的渴望。交缠的鼻息变得急促而粗重，傅筹一只手臂垫到她的颈后，揽住她的身子，一翻身压过去。

月色漫漫洒入西窗，照在地上印出被拉长的雕花窗棂，定格在那里。

漫夭的身子微微有些僵硬，傅筹的吻轻柔而缠绵，却是在诉说着内心最深沉的情感，那样浓烈不息的爱恋，随着呼吸，直抵她心间，在心底漫出一丝丝的疼，为傅筹，为宗政无忧，也为她自己。

傅筹小心翼翼地吻着她，似是准备好了随时被拒绝。然而，她却轻轻地闭上眼，竟然没有抗拒，只是为自己感到悲哀。

曾经要求，爱情和婚姻最起码要忠诚，但似乎，她全都背叛了。用身体背叛爱情，用爱情背叛婚姻，这样矛盾。

思绪混乱间，衣裳已半褪，她在心里挣扎，找不到出口，开始陷入了迷茫，无法自救。

傅筹的吻缓缓移至她粉白的颈项，他的唇力度越来越重，似要将她啃食入腹，叫她一辈子都无法逃离他的生命。他的气息随着她陡然而生的绝望而绝望，他的内心何尝不在苦苦挣扎？

以婚姻的名义巧取豪夺她的身体，试图用身体征服她的心，在汲取甜蜜的同时，他也在感受着悲哀的痛楚。

忽然顿住动作，万分沮丧地看着身下僵硬的人儿，他不稀罕用伤害爱人的方式，去成全破碎婚姻的完整。

终是敌不过自己的心。他帮她拉好衣襟系上带子，她诧异地睁开眼睛，看到他眼里深深的隐忍和哀伤。

这是第三次，他放过了她。

他躺下，在她耳边轻轻叹道："我不想勉强你，我愿意等。等你心甘情愿，爱上我的那一天。"

也许永远不会有那一天，但他还是想为自己留一份希望。

细细碎碎的感动慢慢浸满了女子的心田，她没有道谢，没有说任何感激的话语，只是在他的叹息声中，转过身子，第一次回抱了他，将脸庞埋入他胸前，感受着那份温暖。

第二十一章　皇家狩猎

第二天一大早，漫夭应召来到启云帝下榻的行宫。

天宇苑，园林清雅，有流水假山，启云帝身着云灰色织锦长袍，一身儒雅清和，缓缓走在拱桥上，远远看去，竟有几分脱出尘世的超然。漫夭微愣，如果不知道他是皇帝，如果不知道他所做过的一切，她会以为这是一个与世无争的男子。记得刚从启云国皇宫醒来的时候，他才刚登皇位不久，初初见他，他清隽儒雅，一身清和，对她的宠溺和疼爱甚至超越了他后宫所有妃嫔，几乎要让她以为她不是他的妹妹而是他的爱人，这曾让她十分困惑，甚至逃避。

走在桥上的年轻皇帝看到了漫夭，眸中光华骤盛，即时迎了过来。

漫夭忙上前行礼，启云帝连忙扶了她，笑道："这里既无外人，皇妹便无须多礼。过来，叫朕好好看看，真的是瘦了许多。朕知道，让你背井离乡，远嫁临天国，委屈你了。"

漫夭下意识地躲开他的触碰，稍退半步，淡漠疏离地微微笑道："皇兄言重了，替皇兄分忧乃臣妹本分，岂敢轻言'委屈'二字！"

启云帝扶了个空，双手微顿，目光渐淡，轻轻叹息道："皇妹心里果然还是怪朕了。以前，皇妹从不曾这般故意疏远，拒朕于千里。"

本是心照不宣的东西，但他非要拿出来比较，既如此，她也不妨直言。漫夭淡笑望他，目光微凉，道："因为皇兄以前对臣妹不曾有这诸多算计。臣妹一直以为皇兄是真心疼爱臣妹，但是臣妹却忘记了，皇兄首先是一国皇帝，然后才是臣妹的兄长。臣妹不会责怪皇兄，但请皇兄也别要求臣妹一如既往。"

启云帝一怔，清隽的面庞稍稍变了变色，很快便恢复一贯的儒雅。他目光微凝，似

喃喃自问；“是朕太贪心了吗？”

漫夭垂眸不语，自古帝王为江山绝六欲七情，比比皆是，他既为稳江山绝边患，让她和亲远嫁他国，又多方设计，还想要亲情如旧，如何可能？

她说：“世事无两全，皇兄知道自己想要的是什么就好。”

在她看来，他应该早已放弃了亲情，否则，他的那些皇兄皇弟为何一个都不剩？只是不知，他为何独独对她这个冷宫里长大的也并非一母所生的妹妹另眼相待？

启云帝眼底掠过一丝不易见的晦涩和纠结，叹道：“是啊，世事难两全。朕就是喜欢你这股通透劲儿，既叫人疼又叫人怜。但不管皇妹作何想，皇兄从未想要伤害你。”

漫夭淡淡笑了笑，不置可否。做都已经做了，想与不想又有何分别？她无意与他争辩这个问题，一个帝王，她还能对他期待些什么？

“启禀皇上，早膳已备好，请皇上和公主移驾。”启云帝的随身太监小旬子恭声禀报。

用过早膳，启云帝一直留她到申时才放她离开。

刚回将军府，漫夭还没进清谧园，远远就听到一阵鬼哭狼嚎般的哀叫之声，这声音倒是极为熟悉，是九皇子。

漫夭皱眉，进了园子才知道是九皇子看萧可长得像瓷娃娃一样可爱，忍不住捏了萧可的脸，结果被萧可当作登徒子撒了不少毒粉，难受得他又跳又叫，一张俊脸难看极了。

漫夭哭笑不得地摇头，忙替他解了围。九皇子简直是对她感激涕零，却对萧可恨上了，时不时扭头瞪萧可一眼，气哼哼的，这笔账，看来是要记在心里面了。

漫夭一看就知道他打的什么主意，忙笑着提醒道：“老九，你别打她主意，她可是雪孤圣女的唯一传人。”

“啊？雪孤圣女的传人？”九皇子张大嘴巴，惊讶不已，然后埋怨道，“璃月，你怎么不早跟我说啊？算了算了，我宽宏大量，宰相肚里能撑船，不跟这小丫头一般见识。”

雪孤圣女的毒术天下皆知，虽然不知道这个小丫头学到几成，但还是别跟她比谁的毒高明的好。

一阵笑闹之后，漫夭正色道：“你今天来找我，有什么事？”

九皇子一拍脑门：“被那丫头一搅，我差点把正事给忘了。走，进屋里说去。”

漫夭见他眼中有凝重之色，便屏退了下人，将九皇子让进了屋。

九皇子开门见山道：“璃月，七日后的秋猎，我希望你别去。”

“为何？”漫夭蹙眉，她倒是不想去，但是由得了她吗？

九皇子道：“这次秋猎跟往常不一样，你这么聪明，应该不会感觉不到最近京城里的变化吧？”

漫夭微怔，京城里的变化？前两月，北方都城银河堤坝突然崩塌，淹了民屋房舍，田地尽毁，近两个城的百姓流离失所，纷纷涌进京城，将京城内外堵了个水泄不通。莫非说的是这件事？细细想来，此事似有蹊跷，两个城的人，就算一个都没被那场洪流淹死，也不至于能堵上京城外面五里路去。

漫夭想到这里心中一惊，蓦地抬头，面色极为肃穆，道：“老九，这话你不该跟我说。”

九皇子笑道：“以你的身份，不管是启云国公主，还是卫国大将军夫人，这话，我的确是不该跟你说。但是，璃月，我只当你是我的朋友，是我七哥喜欢的女子，所以，我相信你。”

漫夭心间一怔，叹道：“谢谢你的信任，我自然不会说出去，但去不去猎场，恐怕我说了不算。”

九皇子扬眉道：“这我知道，你有你的身份和立场，如果一定要去，请你注意保护好自己，别让七哥为你分心。我不怕告诉你，虽然你是我的朋友，但是在我心里，这个世界没人比七哥更重要。假如因为你，七哥有什么闪失，我会恨你的。”他看上去像是说得很随意，但最后那句话绝对认真。

漫夭听了微微愣了愣，九皇子又没心没肺地笑起来，跟她摆手道：“我走了，七哥交代我的事还没办呢。”

时间过得很快，转眼便到了秋猎的前一日。

这天下午，傅筹不在府中，陈公公打扮成一个普通的中年男子，约了漫夭在外面相见，给了她一个看似平常的匣子，将临天皇的嘱托告诉她，一定要收好，不能让别的任何人发现。

漫夭拿着那匣子，想起临天皇所说的“千古罪人”这四个字，心里十分沉重。不知这匣子里到底是什么东西那么重要，如果关系到国家命运，那为何要让她保管？实在是百思不得其解。最后漫夭将那个匣子连同傅筹给她的那样东西，一起封存在拢月茶园里的秘密之地。

那晚，她睡下之后很久，傅筹都没回来。直到深夜，她才感觉到有人在身后小心翼翼地躺了。

她睁开眼睛，转过身，傅筹满目疲惫，却温柔笑道：“吵醒你了？”

漫夭摇了摇头，她本就没睡着。

傅筹理了下她枕边散乱的秀发，微微沉吟，道：“明天就要去猎场了，容乐，我……”

漫夭感觉到他的犹豫，她拉下他的手，看着他的眼睛，很认真地说道：“阿筹，我可以相信你吗？”

她明显感觉到傅筹的手僵了一僵，然后他深沉不见底的眸子渐渐升起耀目的光华。沉吟片刻，他问：“你愿意相信我吗？”

漫夭目光在他脸上巡视，抿了抿唇，用力回握住他的手，说道：“我不管你准备怎么做，也不管你要对付的人是谁，我只问你，你能不能不要利用我去伤害我所在乎

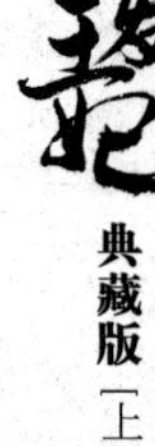

的人？”

傅筹心底一沉，一股深沉的苦涩之感瞬间将他淹没，他却笑问：“你所在乎的人指的是谁？”

其实这个问题何须问她，他心里一直清楚得很。只是他没想到，她这么骄傲的人，竟然会为了那个人向他开口。她害怕了吧？害怕他会利用她去伤害宗政无忧。原来在她心里，宗政无忧已经超越了她的骄傲和尊严。

漫夭有些不敢看他的眼睛，也不愿看他那样苦涩的笑容，她垂了眸，嘴唇张合了几下，终是轻轻说了句：“没有谁。睡吧。”

她闭上眼睛，心一阵阵发紧，她不是有意要伤害傅筹。她想，如果傅筹这一次可以答应她，她以后会试着给他机会，试着相信他，试着将他当成她的丈夫。

可是，她害怕，第一次感到由衷的害怕。

傅筹依然撑着身子在她的上方，目光盯着她紧闭的双目，似是想穿透她的眼帘，去看穿她此刻的心。过了很久，又过了很久，久到她以为他不会再开口，他才轻轻说了句：“好，我答应你。”

那是一个郑重的承诺，虽然轻，却仿佛用尽了全身的力气。

每年一度的秋猎，是数百年前遗留下来的规矩。

旌旗招展，明黄色的锦幡迎风飞扬。临天皇与启云帝及皇子大臣们在御林军的警戒护卫下声势浩荡地出了京城繁华的城区。

极致尊贵华丽的车辇内，临天皇与启云帝并排而坐，两国帝王一冷峻一儒雅两种截然不同的气质，却都是深沉莫测，叫人看不穿其心中所想。而拥堵在城里的难民此刻被军队强行镇压分散两旁，人群中怨声四起，却慑于皇威而不得靠近。临天皇皱了皱眉头，目光沉沉。启云帝目不斜视，嘴角含着似有若无的薄薄笑意。

御辇之后，是太子的车辇，他带了香夫人同行，一路上太子目光四顾，隐隐闪烁着不安。再往后便是九皇子、宗政无忧、傅筹、漫夭等四人，也不知是何人安排的，竟让他们四人同辇而行。

宗政无忧一贯的慵懒坐姿，斜靠着椅背，面无表情，似乎周围的一切喧嚣全都与他无关，他甚至连眼皮都不愿抬一下，仿佛世间万物都入不了他的眼，而他唯一想看的人，他却看不到，因为中间隔着另一个男人，将他们隔出了天涯海角。

傅筹坐得端正却不拘谨，深青色的宽大袖袍之下，他紧握着漫夭的手，神色异常温和，时不时转头看她，冲她温柔一笑。

漫夭看着四周拥挤的难民，心中的不安越发扩张蔓延。

一路上，难得的静默，连九皇子都不说话，车辇旁随侍的冷儿望着前方御辇之内的云灰色的身影，亦是安静得出奇。

走了两个多时辰，才终于到达目的地。

西郊，皇家猎场。

密林深深，广阔无际。这里的猎场不同于一般的皇家猎场，临天国的开国皇帝是无比勇猛的马上英雄，他所要求的狩猎必须是在原始森林，说只有猎得野外凶猛的生物才算得真本事。

位于猎场北部的行宫虽比不得皇宫那般极致奢华，却也巍峨宏伟。

第一日路途劳顿，并未安排实质性的狩猎活动。一行人各自回行宫或营帐休息。

晚饭过后，傅筹见漫夭一直心神不定，便说要陪她出去走走，谁知刚出门没几步，恰逢太子来访。

“看来本宫来得不是时候，将军和公主这是准备去往何处？”

傅筹行礼笑道：“微臣正打算陪夫人出来散散心，不知太子有何吩咐？”

太子道：“天下皆知，将军骑术精湛，射石饮羽，本太子特来讨教一二，不知将军此刻可方便？”

傅筹看了看漫夭，微微犹豫道：“容乐，你自己随便走走，别往猎场那边去。天就要黑了，你别走远，记得早点回来。”

漫夭点头，听说这次秋猎结束，临天皇会废太子立宗政无忧，不知是真是假，如果是真，那太子现在来找傅筹做什么？朝太子微行一礼，她独自出了行宫。猎场周围，十步一守卫，走到哪里都有人行礼。她心中烦乱，想找个清净之地一个人待上一会儿，正巧侧面有片枫树林，林中有块巨大的平石横卧在枫林深处，漫夭想着那里应该没人，便走了过去，却没想到会在这里遇到她最不想面对的人。

枫叶笼罩的青石板上，一身白衣的男子枕着一只手臂，斜躺在那儿，双目紧闭，而她还回去的那把墨玉折扇被紧紧捏在他另一只手中，置于胸口上。漫夭直觉地转身，就同那次在漫香阁那样立刻逃走，但她脚步还未动，身后已有倦懒的声音传来：“既然来了，何必急着走。”

漫夭身形一滞，原来他没睡着。她便只好停步转身，压下心头瞬时涌现的万千思绪，故作疏漠有礼，淡淡道：“打扰离王休息了。”

宗政无忧缓缓睁开眼睛，每一次见到她，她都是这么淡漠、平静，仿佛他对她而言，就是一个陌生人。望着她平静如水的眼睛，他便忍不住自嘲：“你一定要把称呼叫得那么仔细？”

“不然怎样？”她抬头问，又道：“你本就是离王。”不叫离王，难道要叫无忧不成？

宗政无忧陡然气道：“那本王是不是也要叫你傅夫人？”他将“傅夫人”三字说得极重，明显动了怒。

漫夭蹙眉，刻意忽视心里的不适，淡淡道：“如果离王愿意，也可以这样叫我。”

“你！”他气极，骤然起身，双目狠狠瞪着她，竟说不出话来。从什么时候起，他在她面前，竟如此易怒，控制不住情绪。

“好。傅夫人！”他叫她，语气冷冽，她听得心头一刺，却笑道：“离王殿下，七绝草我还没来得及谢谢你，还有伏云坡，无隐楼帮了我大忙，谢谢你。”

她是真心感谢他，偏偏有人最不喜欢她分得如此清楚。宗政无忧沉声道：“本王不

需要你的道谢。我只想知道，你希望谁活着？”

这个问题，漫夭心底一震，什么都来不及想，他又补上一句：“别告诉我，你不懂。”

懂，她懂。先前只是担心、怀疑，他这一问，让她那原本不甚清晰的预感变得清晰起来。他与傅筹，已经不是暗中调查、试探，而是你死我活地较量。这两个人，一个是一边利用一边真心爱她的丈夫，一个是伤害过她却始终无法忘情的男子。

“你不敢回答？”宗政无忧见她一直沉默，目光死死盯住她，像是要将她看穿般地犀利。

漫夭苦笑道：“我希望谁活着，谁就能活着吗？这个世界，在刻骨铭心的仇恨和至高无上的皇权面前，女人的希望，从来都改变不了什么，不会是我喜欢谁活着谁就能活着。”

那些被世人所传诵的伟大爱情，被天下人所唾弃的红颜祸水，到了她这里，什么都不是。在她看来，一个女人，在一段刻骨铭心的仇恨和一场浩荡的政治旋涡中，其实是那样的微不足道，渺小得什么都影响不了。

他们每个人的身后都牵系着万千条性命，傅筹多年的忍辱负重，能答应不利用她去害宗政无忧已是不易，要有多大的决心才能做出这样的承诺，而这个承诺对于他原定的计划又会有多少影响？她无从知晓。对于宗政无忧，她更没有权利去要求他做什么，站在他的立场，他有责任在最关键的时候挺身而出，捍卫皇权，保护自己的亲人，尽管他对临天皇有着解不开的心结，但那毕竟是对他百般纵容、宠爱的父亲，也是他母亲用幸福成就的江山，他可以拒不接受，但绝不会任人掠夺。所以，他们二人，必然有一场生死较量，谁胜谁负，不是她所能决定的。

漫夭忍不住叹气，心里伤感而迷茫。

宗政无忧皱眉道：“我只问你心中想法，没问你能不能改变。”

漫夭道：“既然不能改变，那我的想法就无关紧要。”

宗政无忧顿时气恼，他想知道在她心里，究竟谁更重要，她却在这里跟他装糊涂，不肯说。他气得拂袖转身，冷冷道：“好，既然你认为无关紧要，那么等傅筹落到本王手里，本王会让他死无葬身之地！”他语气中竟挟带浓烈恨意。

漫夭心头一惊，想也没想就急急叫道：“不要。”

他们是兄弟，怎能互相残杀？

她慌忙转到他面前，情急之下抓了他手臂，请求道：“无忧，别杀他。如果你赢了，请你放他一马，别对他赶尽杀绝。这么多年，他活得不容易。”

在她的意识里，他有无隐楼，有江南藩地，有自己的军队，还有皇帝的支持，只要他全力以赴，胜算总比傅筹大一些。

宗政无忧身躯猛地一震，望着她急忙抓住他的动作，他心里忽然有些绝望。他想让她叫他名字的时候她不叫，一听说他要杀傅筹她便乱了方寸，什么冷漠、平静全都被她丢到九霄云外。他看着她的眼睛，她眼中无法掩饰的浓烈担忧和乞求重重刺痛了他的心，令他站立不稳，踉跄后退。

手上一空，漫夭愣了愣，随即感觉到他周身骤然迸发而出的冷冽、愤怒夹杂着绝望的气息，她震在原地，突然住口，再说不出一个字。

宗政无忧道："你竟然如此紧张他。为了他，你放下骄傲，来求我？"

"我……"漫夭失语，她第一次从他眼中看到这样受伤的表情，丝毫没有掩饰。她心里忽然好难过，从那日思云陵里，他说他后悔了的那一刻起，她就不敢再去想有关他的一切，因为害怕，害怕明白他其实是真心爱她，更害怕当初她所做出的决定是错误的。事到如今，她已经没有回头路了。

如果可以，她希望他们都活着，不要有斗争，不要相互仇恨。

"无忧，如果你输了，我也会向傅筹……"

"我不会输。"宗政无忧冷冷地打断她的话，斩钉截铁道，"即便输了，也无须你替我求情。"

他就是这样骄傲又自负的男子，漫夭无奈叹气，宗政无忧却猛地朝她掠过来，一把捏住她下巴抬起她的脸，狠狠攫住她的唇，惩罚般地一口咬破她那娇嫩的唇瓣，再将那漫出的血腥气连同他的愤怒和绝望一起揉进她的口中。

漫夭痛苦地闭上眼睛，没有吭声，他又猛地放开她，胸口起伏不定，扭过头去，沉痛问道："为什么我只利用过你一次，你恨我恨得这么彻底，他利用你那么多次，你却能原谅他、接受他、与他夜夜同床共寝，为什么？"他的声音痛怒不解，仿佛一个被抛弃的孩子，有着隐约的无助和迷茫。

以情感为诱饵，那初衷是利用不错，可是在利用的时候，他对她所表达的情感，全都是发自内心的真实感情，这样，还能算是利用吗？

宗政无忧喘息着背过身去，不管怎样控制，心头还是有如钝刀割锯。

漫夭心头大痛，忽有泪光盈眶，她连忙抬头，凄凉笑道："你问我为什么？你不明白吗？"

因为爱，所以才无法接受伤害。又因为不爱，所以没有原谅或不原谅、接受与不接受。可是宗政无忧不明白。因为在宗政无忧的心里，只有不爱才能轻易放开。

宗政无忧道："我最后问你，你对我，究竟有没有真心？"

漫夭没有回答。耳边秋风掠过，枫叶碎响，她听到宗政无忧悲凉地笑道："原来一直都是本王自作多情。"

日头已落西山，天地一片苍茫暮色，向来狂傲的男子此刻悲绝满身，不再看她一眼，他的背影消失在成片的红枫林里，留下一片萧瑟和孤寂。

漫夭眼角渐渐湿润，她连忙仰起头，睁大眼睛看天，直到天色完全灰暗下来，她才离开那个地方。但愿，傅筹能遵守承诺，若是他不能遵守，她希望宗政无忧不要因她而受制于人。

出了红枫林，走到一个拐弯处，一把锋利的剑突然横在她面前。执剑女子一身红衣，容颜艳丽，目光中恨意浓浓，似是恨不能立刻将她碎尸万段。

漫夭镇定地望着女子，淡淡道："香夫人这是何意？"

痕香怒瞪着她，质问道："你又背着他私会男人，一点也不顾及他的颜面。你何德何能，竟让他为你甘冒风险，不计后果地改变计划？我真想一剑杀了你，断了他的念想。"

痕香抖剑，那锋利的剑刃迫近她的咽喉。

漫夭并不惊慌，她甚至没有惊诧，从成亲那日起，她就已经看出痕香对傅筹的心思。看来她所料不差，傅筹原定计划，真的是以她为筹码来对付宗政无忧。她淡淡抬手，拨开挡在面前的利剑，痕香就势在她手上划了一道口子，漫夭并不生气，也不理会痕香对她的怒气和憎恨，她只是绕过痕香，径直走了。

"容乐，你的手怎么了？"回到行宫，太子已经走了，傅筹迎上来，见她指尖滴着血，一路落下斑斑血印，不禁心惊。

漫夭随意道："没什么，不小心擦伤了而已，不必担心。"

傅筹皱眉，将她安置到椅子上，命人拿了伤药，执起她的手，擦掉血迹，掌心处露出一道深深的剑痕。傅筹面色一变，温和的眸子顿时沉了下去，却不动声色地仔细为她包扎好伤口，然后嘱咐她好好休息，便要出门。

漫夭从身后拉住他的手，傅筹顿住，回头望她，她说："别去。她是为你好。人活在世上，遇到一个真心待你的人不容易，不要随意去伤害，尽管她所做之事，非你本意。"

傅筹回身搂住她，无限爱怜地叹道："你什么都知道。"

漫夭静静地靠在他胸前，沉默片刻，问道："如果你赢了，你会怎么做？"

傅筹微微一僵，反问道："你希望我怎么做？"

又是她希望，她的希望有什么用？鉴于宗政无忧之前的反应，这次她没有回答，只说了句："他是你的兄弟。"

傅筹却变了脸色，沉声道："我没有兄弟，他是我仇人的儿子。"也是他最大的情敌，不只得了她的身，还得了她的心。

漫夭知道再说什么也是无用，只轻轻一叹，道："谢谢你为我所做的一切。倘若你输了，天上地下，我都陪着你去。"

她是真心的。

傅筹身躯一震，推开她，问道："如果他输了，天上地下，你也都陪着他去，是不是？"

不知道。她还没想过。

接下来的几日，每日白日狩猎，晚上一边烤着众人猎回来的野味，一边欣赏笙歌艳舞，表面看起来平静得仿佛什么事都不会发生。

直到第六日，一行人狩猎归来，拿着手中的战利品，一如第一日狩猎那般兴奋。

临天皇和启云帝对他们大加赞叹了一番。此次秋猎，除两国帝王及女眷之外，只有宗政无忧和傅筹还不曾进过猎场。其他人多多少少也能拿个一两样猎物回来，也有人怕遇到狼群，不敢入深林，只在周围打只野兔之类的小动物。毕竟是原始森林，林中野兽非人工饲养，武艺不够高，必然有许多危险。

太子望了眼傅筹，对着下首位置上斜坐着面无表情的宗政无忧，笑道："七皇弟骑术箭术都甚好，为何这几日干坐在这里，不去一展身手，猎个痛快？听闻傅将军猎术也极好，不如你们来比一场，看看谁更胜一筹？父皇以为如何？"

临天皇掀了掀眼皮，若有所思地看了眼宗政无忧，只见他神情倦懒，根本毫无兴趣，不禁皱了皱眉头，未予回应。

傅筹则是毫不避讳地握着漫夭的手，对她温柔笑道："容乐喜欢什么？我这就去为你猎来。"他的声音不大，但足够让在场的人都听见。那般轻松随意的话语，似乎与离王比狩猎根本不在话下，而是根据他妻子的喜好，想猎什么都是手到擒来。而那无限宠溺的口气，令宗政无忧听来更是极其刺耳。

漫夭随口道："将军随意，什么都好。"

太子哈哈笑道："瞧瞧，公主的意思是，只要是将军出手，不管猎了什么，公主都会喜欢。就冲公主这句话，傅将军你也得多卖些力气，猎些好东西回来送给公主，才不枉公主对你一片深情。"

傅筹笑道："太子所言极是。容乐，我这就去，你在这里稍等为夫片刻。"说罢他瞅了一眼对面的宗政无忧，只见宗政无忧用力捏着扶手，手上青筋毕现，进而目光沉郁，冷哼一声，什么也没说，先傅筹一步翻身上马，一把夺过侍卫递过来的箭袋，双腿一夹马腹，扬鞭飞奔进了猎场。

傅筹放开漫夭的手，不紧不慢地跟上。纵马疾驰而去的瞬间，他面上的温和褪了下去。

临天皇对一旁的向统领使了个眼色，向统领连忙命一队禁卫跟上。

第二十二章　悬崖对决

猎场与行宫之间的空阔场地，众人激烈讨论着离王与卫国大将军此刻必然十分勇猛，必定已捕获多少多少凶猛的猎物，更有甚者，竟私下里打起赌来，赌他们二人谁胜谁负？

漫夭双眉微蹙，眼睛忽然莫名地跳了起来，心里渐渐感到不安。她抬头看了看变得阴郁的天空，他们进去有半个多时辰了，还未出来。

天际浮云拢聚，渐渐发乌，似有暴雨之兆。

临天皇坐了一会儿，忽觉胸闷头晕，体力有些不支。这是最近一段时日常有的事，御医也说不出个所以然。陈公公见他脸色不好，忙道："陛下可是累了？老奴扶您回宫歇息吧。"

临天皇点头，对启云帝歉意道："朕先失陪了。"

启云帝儒雅笑道："临天皇请随意。"

临天皇又对向统领吩咐道："无忧回来，让他来见朕。"说罢扶着陈公公的手，朝行宫而去，一路上闷咳了几声。

漫夭与众人一同行了恭送之礼，还欲落座，眼光扫及太子，发现太子盯着临天皇的目光有一闪而逝的阴狠和狰狞，继而他又望了眼猎场方向再与身边的痕香对视一眼，似有隐隐期待和即将得逞的暗喜。漫夭心中微惊，越发地坐立不安，恰逢此时九皇子从猎场归来。

九皇子手中拎了一只漂亮的小白兔，朝漫夭献宝道："璃月，这兔子好看吧，送给你的。七哥呢？"

漫夭接过他手中的兔子，毛茸茸的，十分可爱，只可惜她此刻没什么心思。见他问起，便应道："离王和将军进了猎场。"

九皇子奇怪道："七哥一向对狩猎没兴趣啊，他怎么会进猎场？"

漫夭心中咯噔一下，回想之前的情形，是太子先提出让宗政无忧和傅筹比狩猎，继而故意曲解她话中之意，似有激怒宗政无忧之嫌，难道猎场里有古怪？她霍地起身，就听启云帝笑道："看你们玩得挺痛快，连朕也想进去凑凑热闹。可惜临天皇身体不适，不能与朕同行。不如皇妹你代朕去猎个一只半只的回来，也好弥补朕的缺憾，可好？"

漫夭微愣，骑马和射猎，她在启云国练习过，但技术只能算是很一般，皇兄这会儿提出让她进猎场，究竟是何用意？也罢，她正好想进猎场去看看宗政无忧和傅筹二人，希望他们都没事才好。

她放下手中的兔子，还没答话，太子已然笑道："原来公主也会骑马射猎？那太好了，本宫还真想见识见识公主的马上英姿，只不过，这猎场里毕竟有危险，公主金枝玉叶，可不能有个闪失。香儿，你就代本宫陪公主一同去，也好保护公主的安全。"

痕香应道："是，妾身定会尽心尽力保护好公主，请太子放心，也请启云帝放宽心。公主，请。"

痕香做了一个请的手势，看起来很友好，完全找不到之前的半分敌意。有人牵了两匹马过来，漫夭心中冷笑，却是淡淡地望了他们一眼，不动声色地拒绝道："劳烦太子费心，容乐只是进去转转，很快便会回来。虽然容乐武艺不精，但保护自己的能力还是有的，就不麻烦香夫人了。"

太子摆手笑道："公主此言差矣。本宫自然知道公主武艺不凡，但公主身份尊贵，又身系两国和平大任，非同儿戏，自然要有人照应才好。启云帝以为如何？"

启云帝笑了笑，望着漫夭，又是宠溺又是关怀地道："太子说得有理，皇妹就领了太子的好意吧。射猎只是个乐子，万一没猎到也无妨，但皇妹一定要注意安全。"他说着起身拍了拍漫夭的肩，力道有些重。

看来，他们是打定主意要痕香跟着她，一点拒绝的机会都不给她。漫夭面上浅浅而笑，眼中却并无笑意，只有无边的讽刺，道："皇兄请放心，臣妹定会平安归来，不叫皇兄失望。"她将"失望"二字说得极重，寻了一匹马，翻身骑了上去，正待挥鞭，却被九皇子拉住。

九皇子转身也拦住痕香的马，别有意味地笑道："正如太子所说，公主的安危关系两国和平，那么，太子让香夫人随行保护公主的安危，不太合适吧？她们两个弱女子，万一碰到凶猛的野兽，谁保护谁还不一定呢。而且，我也没听说过香夫人会武功啊，奇怪了，难道青楼修习的技艺还包括武功这一项吗？"

九皇子别有意味的一席话，令太子和痕香的面色皆是微微一变。痕香出身青楼，大家都知道，一个青楼女子若有高强的武艺，不可能不令人怀疑。痕香捂嘴笑道："九皇子这是不放心公主呢，呵呵，若实在不放心，那就一起去吧。"

九皇子轻哼了一声，道："去，本殿下自然是要去的，只是不想跟你同路。公主，我们走。"说完不再理会痕香，翻身上马，与漫夭对视一眼，齐齐奔向猎场。

猎场内，马蹄印乱而不清，他们依照感觉往前走，走到密林深处，发现跟着宗政无

忧进来的一队禁卫昏倒在地，九皇子立刻下马查看，说是中了迷魂香，漫夭皱眉，心头的不安越发扩散。

找了一炷香的工夫，才找到一处被破坏的围栏，仍然不见宗政无忧和傅筹的身影，周围一点响动都没有，寂静得让人发慌。

“璃月，你说七哥不会有事吧？”九皇子担心道。他一直觉得七哥的武功那么厉害，应该没人能伤得了他，但心里仍不免担心，偏凑巧今日冷炎被派出去办事了，也没个人跟在他身边。京城里的局势微妙而紧张，如果此时有个闪失，该怎么好？

漫夭抿了抿唇，掩下心头的恐慌，坚定道：“不会有事，不会的！”

乌云遮日，天空黑压压的一片。猎场之内杂木横积，秋风猎猎，撩动树枝拍打哗哗作响。

漫夭来到一个树木屏障前，看到猎场之外的悬崖边，手持弓箭的两名男子目光深沉，面色凝重，一副如临大敌的模样，然而，他们手中的弓箭对准的却不是凶猛的猎物，而是对方的心脏和咽喉。

漫夭一见，惊道：“你们在干什么？快住手。”这两个男人疯了吗？竟然在这里对决！

宗政无忧和傅筹皆是一震，同时回头，极有默契地异口同声道：“你来做什么？”

漫夭皱眉，怒瞪着他俩，发现他二人竟然都受了伤，伤口在手臂上，鲜血正汩汩往外流淌，他们却好像没看见。她心口一窒，连忙催马过去。九皇子比她快了一步，迅速跳下马朝宗政无忧奔去，边跑边叫道：“七哥，你受伤了？”说着，人已到了树木屏障一旁的木桩前。

宗政无忧和傅筹脸色大变，同时叫道：“别过来。有机关！”

但还是晚了，木桩一经触动，只听咔嚓一声响，隐藏在树木屏障内的利箭朝着四面八方激射开来。

漫夭本就心系于他们二人，根本毫无防备，此刻利箭射来，她本能地闪躲，不想就在这时一道闪电劈开天幕，随之轰隆一声巨响，她身下的白马受了惊吓，发了疯般地朝悬崖冲去。她还来不及惊呼，就已经被甩了出去，身后紧随而至的，还有一道躲不开的闪烁着冰蓝色的箭光。

悬崖也许不算太深，但那支箭能要了她的命。

“阿漫！”

“容乐！”

宗政无忧与傅筹皆惊叫出声，而九皇子叫道：“七哥！”

白色的身影直觉地飞掠而起，没有半分犹豫，在悬崖的半空一把将心爱的女子卷进怀中。而那支分明淬着毒液的利箭嗖的一声射穿了他的肩胛骨。

漫夭惊骇地瞪大眼睛，看到他俊美无比的面容在那一刹那抽搐着变了形，他一声闷哼仿佛刺穿了她的耳膜，重重砸在她心上，让她不受控制地颤抖。

“无忧……”

为什么？他那天明明已经对她绝望，为什么现在还会拼了命地救她护她？她就是想让他死心，让他全无顾忌，才不会因为她而处处受制于人，可他为什么执迷不悟？让她死了又如何，世上女子千千万，总还有一个能带给他幸福。他怎么就不懂，怎么就不懂！

宗政无忧眉头紧紧锁住，抱着她的身子急速下坠，女子略带哭腔的惊唤他根本没听见，此时他一心在想怎样将她安全带到地面。

悬崖高逾十丈，底下似是一块平原，就这样掉下去，以他们的武功虽不至死但必定重伤，若是昏厥，再有野兽出没，那便没有活路。想到此，他飞快地折断穿透他身体的箭矢，猛地用力扎入一旁的岩石。由于力道过猛，震得两处伤口鲜血喷涌。

漫夭心知此刻不是难过的时候，比担忧和恐惧更重要的，是减轻他伤势加剧的程度。她深吸一口气，很快镇定下来，伸手抓过自己身后箭袋里倒洒出来的箭矢，学着他的动作，凝聚内力往岩石上扎去，并对他说："你松手，让我来！"

宗政无忧微微一愣，见她望过来的目光十分坚定，他皱眉稍稍沉吟，便松开手，用双臂抱紧了她，将两人的性命交付到她的手里。

漫夭以箭矢借力减缓两人下坠的速度，终于平安落地。

九皇子这才反应过来，二话不说，以同样的方法也下到悬崖之底。

一直悬着心的傅筹这才吐出一口气，转过眼，目光凌厉如刀，死死盯住挡在他面前阻挠他救人的女子，他双拳紧攥，沉声喝问："是谁叫你擅作主张？"

痕香仰头，语气倔强道："你做不到的，我帮你做。这样你既不会失信于她，也不会对门主无法交代！"

傅筹眉头紧拧，眼中掩饰不住的盛怒，质问道："那你知不知道，你这样做，她有多危险？倘若宗政无忧稍有一点犹豫……"后果将不堪设想！

"宗政无忧不会犹豫。我们已经试探过很多次了，不是吗？"痕香看了眼他手臂上被利箭划破的血痕，眼中满是心痛，声音渐渐变得失落而凄楚，她痛声问道："少主，您什么时候变得这么瞻前顾后了？您不是一向心狠手辣，铁血无情，杀人不见血的吗？您不是善于隐忍，喜怒不形于色吗？您不是运筹帷幄，为达目的不择手段吗？可是您看看现在的您自己，为了一个女人，变成什么样子了？"

傅筹心间蓦地一震，眼中惊诧懊恼之色一闪而逝，理智渐渐回笼，他目中的冷光被掩藏在温和之后，淡淡道："本将军之事，本将军心中自是有数，轮不到你多言。其他事情，进行得如何？"

痕香见那个镇定从容的傅筹终于又回来了，心下稍安，也恢复常态，低声禀报道："那边已经动手。太子毒害陛下的铁证也已拿到，离王从江南调来的大军被'难民'堵在城外，禁卫军大部分都在这里，京城基本已在掌控，只有无隐楼的人目前尚没现身。"

傅筹面色深沉，沉吟片刻，对身后叫道："常坚，你速速带人下去接夫人回府。"

"不用去了。"傅筹话音未落，痕香道，"少主，您往下看。"

高逾十丈的悬崖底下，漫夭扶着宗政无忧找了块平坦的石头坐了下来，他背上的箭

扎得那么深，稍稍一动，他的面色便煞白一片，但他咬着牙一声不吭。他越是这样，漫天心里越是难受，想替他拔了箭止血，却又不敢动作，有些手足无措。

宗政无忧看也不看她一眼，自己将手伸到背后，她还来不及出声阻拦，他已经一个用力将箭拔了出来，面容一阵扭曲，再迅速恢复冷漠常态，仿佛那支箭贯穿的肩胛骨不是他的一样。

血随箭出喷起，溅了她满身。那倒钩的箭头带出血肉翻飞，触目惊心，她感觉自己的心仿如被一只无形的手狠狠地捏住，疼得喘不过气来。眼角蓦然湿润，她强忍着不让自己哭出来，慌忙一手捂上他的伤口，发黑的血液浸染了她的手心，顺着她指间的缝隙汩汩流淌而出。她心中慌乱而恐惧，颤抖道："箭上有毒，你快运功把毒逼出来，我再帮你处理伤口。"

宗政无忧诧异抬眼，看了她一眼，那一眼极为复杂，却没说话。见九皇子也跟着下来了，宗政无忧沉声斥道："你跟来做什么？上面有那么多的事情要办。"这悬崖下来不难，再想上去却是难如登天。

九皇子撇嘴嘟囔道："七哥你还知道有很多大事要办啊？我以为你只记得璃月……"

宗政无忧冷冷地横他一眼，九皇子连忙住口，望了眼被乌云遮蔽的天空，皱眉道："糟了，这天好像要下雨。"

老天似是为了印证九皇子的话，一道闪电疾至，似要将天劈成两半，紧随而至的雷鸣轰隆巨响，仿佛要震碎人的心脏。

瓢泼大雨，带着秋日的寒凉，铺天盖地朝地面砸了下来，立时将他们浇了个透彻。

漫天蹙眉道："我去找找有没有合适的疗伤之地。"说着抬步就走，宗政无忧耳郭一动，闪电般急速抓住她的手。

漫天微愣，回头见他目光森冷锐利，警戒地盯住一个方向，远处传来极轻微却整齐的沙沙声响，仿佛从四面八方潮涌而来，她心头一惊，连忙顺着他的目光看了过去，惊得张大了嘴巴，只见暗黑的天色下，那迅速飞奔过来的数十只似是经过训练的野狼，在三丈开外的距离突然停下，将他们团团围住。

九皇子怒道："怪不得猎场里没东西，原来都在这里。他们早就设好了局，等着我们来跳。七哥，怎么办？"

宗政无忧没说话，若在平时，这些狼也算不得什么，但如今他受伤不轻，身上又没有称手的武器，要对付这些凶残的野狼，不被吞噬入腹，也会血尽而亡。哼！那些人打得如意算盘。他冷哼一声，缓缓站起身来，眯着眼睛，目光紧紧锁定蹲在最前面的一只通体暗黑的野狼首领。此刻它眼中闪烁着凶狠的绿光，贪婪地盯着他们三人，全然将他们当成了它丰盛的晚宴。

空气中飘扬弥漫的血腥气，不断刺激着狼群，令它们蠢蠢欲动，但似乎又因这三人身上散发而出的冷冽杀气而有所顾忌。

雨越下越大，在地上汇聚成一个个水洼，新下的雨滴砸在水洼里，水珠带着污泥四下飞溅，在他们华贵的衣摆留下狰狞的痕迹。

漫夭皱眉，压下心头恐惧，飞快地弯腰捡起地上仅有的三支箭，其中包括从宗政无忧身上拔出来的那一支。递给他们，这就是他们用来对付恶狼的武器了。除此之外，别无他物。

握紧手中利箭，心思飞速旋转，若是要将这些恶狼全部杀死，恐怕很难。她抬目四顾，几乎是和宗政无忧同时用常人无法企及的目力望见了百米外的一处岩石旁的窄小洞穴。目光一转，将所有的可能在一瞬间都想到了。如果进了那里，至少不会被四面围攻，若是幸运一点，里面的洞穴比较大一些，可以生个火堆，那这些狼群就不足为惧了，再不济也可以为他争取到包扎伤口的时间。当然，如果运气不好，那洞里有更凶猛的野兽，那他们就会被两面夹攻，生死难料。

她转头望宗政无忧的同时，宗政无忧也正朝她望了过来，一眼便明了对方心中所想。

“怕吗？”他问。

她摇头：“不怕！”

那便赌一把。

“老九，我对付狼王，你们冲开一条道，去前面石洞。”宗政无忧迅做了决定。

九皇子“哦”了一声，抓了箭矢便朝着前方的狼群奋然冲去，漫夭与宗政无忧随后而至，三人背靠背地分守三方。

悬崖之上，傅筹看着底下的一幕，一双手攥得死紧。感情驱使他立刻下去站在她身旁护着她，理智却警告他还有更重要的事情要做。

痕香将他的挣扎看在眼里，忧心劝道：“请少主以大局为重。这本就是您原定的计划之一，只要我们除掉离王和九皇子，拿私自调江南大军进京之事说他们意图谋反，您维护皇权出兵镇压，再拿出证据证明太子毒害陛下，有启云帝的见证，少主再向天下公布您的真实身份，登上皇位理所当然。请少主早做决断。”

傅筹冷冷睇她一眼，所有的心绪都牵系在悬崖底下那个被恶狼包围的女子身上，见她屡遭险况，他顿失冷静，怒气横炽，低声喝道：“够了！我说过，取消这个计划！在你们眼里，到底还有没有本少主？”

痕香扑通一声跪在他面前，眼中蓄满了泪，哭道：“门主的命令不可违背，痕香也是事出无奈。我是为少主着想，不愿少主再遭受一年一度的穿骨之痛。在我心里，少主本就该站在万人之上，让天下人都匍匐在您的脚下，以后，您再不必向任何人低头，就算是尊如门主，也不能再用任何借口去伤害您，您也不会再日夜为仇恨所折磨，您过去所受的苦，就该用世间最好的一切来补偿！”

痕香声泪俱下，情绪有些激动。从小时候遭逢家变，为他所救后，她便一直跟着他，从一个天真无邪的小女孩到如今的心狠手辣，不为别的，只为仇恨为他们所带来的灾难和痛苦。她曾发誓要倾尽全力助他得到世间最好的一切，即便是出卖自己的肉体也在所不惜。即使知道他永远不会给予她任何回报，她也无悔，只求他得偿所愿。可是这一切，原本进行得很顺利，却因为他对那个女子生情，而带来了不可预料的变数。

典藏版［上册］

傅筹有一瞬间的愣怔和茫然，那么多年难言的苦楚，用权力就能补偿得了吗？他望着悬崖底下密集的猛兽，内心挣扎不安。到底该怎么办？容乐，容乐，他怎么能眼看着她处于危境而置之不理？说到底，他终归不如宗政无忧爱得洒脱，爱得毫无顾忌。

傅筹站在悬崖边上，豆大的雨珠拍打着他的头脸，寒冷的秋风鼓动着他的衣袍，将那冰冷的温度毫不客气地送达他心底深处。他一动不动，一直紧紧盯住悬崖下的变化。他想，几十只野狼应该难不住宗政无忧，尽管身受重伤，但宗政无忧定然会护她周全。

漫夭不曾与野兽搏斗过，她也没见到这么凶猛的狼群，心惊胆战在所难免。

“有我在。”宗政无忧似是感受到她身躯的颤抖，用力握了一把她的手。一股暖流从心底升起，漫夭忽然就安了心。她凝神屏息，聚了内力，握紧手中的利箭，用尖利的箭头朝着一匹龇着牙向她猛扑过来的狼颈狠狠划了过去，狼血如箭飞飙而起，血腥味道迅速在空中蔓延，很快便被大雨冲刷下去。那只狼哀嚎一声，倒在地上，睁大眼睛似是不信一个这样纤瘦的女子竟也会有这般强大的力量。

其他狼群一见同伴被杀死，仿佛被激怒般地狂窜而上，更是凶猛彪悍。

宗政无忧眯着眼，不顾身上的伤，出手狠绝，瞅准狼王一跃而起之机对准狼王暴露出来的咽喉狠狠扎了下去，再猛地拔出，速度惊人地快。狼王连哀嚎声都没有发出，就已经倒在了地上。这时另有两只趁着漫夭手中利箭还未收回的空当，朝她扑了过来，迅猛无比，漫夭情急之下，弃箭就地翻滚避开，却不料，又落入更多狼群的爪下。

赤手相搏，血染全身，力气渐渐耗尽，当数十条凶猛的野狼从三面同时朝她扑来时，她以为她死定了，可下一刻，死的却是那些野狼。宗政无忧猛地拽过她的手，他的掌心湿润黏腻，不知是雨是汗还是血，他握住她的手，很用力，似乎怕一不小心丢了她再也找不回来。

九皇子嘿嘿笑道：“还是七哥最厉害，受了伤也比我们强。璃月也不错，不过嘛，比我还差了那么一点点，嘿嘿。”他一边挥舞着手中的利箭，一边还说笑调侃。

真是自恋得可以，都什么时候了还有这心思。漫夭翻了个白眼，想瞪他，却抽不出空来。

大雨哗哗地下着，夜悄悄来临，这一方平原上，人与狼的血液混合而出的血腥气在倾盆大雨中仍然清晰可闻，让人几欲作呕。

三人一路开道，踏着野狼的尸体，终于冲进了黝黑的洞穴。

此时悬崖上的男子也终于吐出一口气，才渐渐觉得踏实，却又说不上来是该庆幸她的脱险还是该遗憾宗政无忧逃出生天，又或者恼恨他们之间配合的默契，让彼此的心灵靠得更紧。他不知道，这一晚，他们之间的关系会发生什么样的变化，他更不确定，这一夜过后，她是否还会回到他身边？

默然转身的那一刹那，傅筹悲哀地意识到他其实已经失去了拥有她的资格。在疼得几近窒息的心痛中翻身上马，在黑夜中疯狂地纵马扬鞭，宣泄着心底无法倾吐的悲哀和无奈。

第二十三章　痛别所爱

悬崖底下的岩石洞幽深空旷，九皇子搬了块大石堵住洞口，宗政无忧不知从何处弄来了火石竟生起了火堆，火光照亮了整个石洞，暖暖的感觉。他坐在两层高的台阶上，姿势与平日里坐在精致的楠木雕花椅榻上没有两样，伤口经过雨水的冲刷周围的肌肤发皱，原先泛黑的血液此刻颜色已略转殷红，似是毒素已然无碍。见他如没事人般地坐在那儿，往面前的火堆里扔着柴火，漫夭心中稍安。

九皇子一屁股坐到宗政无忧身边，身上的衣服湿漉漉的，紧贴着肌肤又凉又不舒服，他想都不想就要脱下来用火烤一烤。

宗政无忧冷光一扫，警示性地重重咳了一声，九皇子骤然反应过来，看了看远远站着的漫夭，不情愿却又没办法，只好又穿了回去，无比哀怨地叹口气，继而眼珠一转，就对漫夭说道："璃月，你再不帮七哥包扎伤口，他的血就要流光了。"

漫夭一怔，朝他们走了两步又停住，想想有九皇子在，哪里轮得到她来动手？她朝九皇子投去一个眼神，意思是：那你还不快动手。

九皇子就当没看见，故意转过脸去看了看宗政无忧的伤口，突然惊叫一声："哎呀，毒已经扩散了。这可怎么办？我身上没带解毒的药，七哥身上的毒要是不吸出来，再过不久，怕是要渗入五脏六腑了。"

漫夭一愣，她看那血色已经恢复了正常，应该没大碍了，怎么听九皇子的口气，倒像是严重了？她对毒术向来没有什么了解，一听这话，心里就慌了，也顾不得多想，连忙飞奔过去。

九皇子见她信以为真，转过脸去颇为得意地扬唇偷笑。

宗政无忧挑眉瞪了他一眼："你没事就出去守着洞口。"

九皇子抗议道："洞口被石头堵住了，不用……""不用守"三字没说完，已然收到宗政无忧眼中的警告信号，笑容僵住，忙住了口，不无委屈地道，"好好好，我去我去，反正我也不冷是吧，出去吹吹风凉快凉快也好……"说罢抽了抽嘴角，心中哀叹，果然是欺负谁也不能欺负璃月。

漫夭见他那委屈又不敢申辩的模样，一时忘记了他们现在的处境，忍不住笑起来。

宗政无忧扭头，一见到她的笑容，恍然间似是回到了那些日子里他们三人说笑的情景。他看着看着便出了神，漫夭收敛心绪，伸手欲替他除衣清理伤口，宗政无忧忽然醒过神来，就躲开了她的触碰，故作冷漠道："不用你。"

漫夭知他还在为上回的事别扭，心知现在也不是说这些事情的时候，先把他的伤口处理了要紧。她皱着眉，看他明明伤得那样重，痛到眉心直抽还极力装作没事人的模样，别扭地拒绝她的帮忙，不禁又是心疼又是气恼。

她不客气地拽住他，动作少有地粗鲁，宗政无忧皱眉，望过来的目光微微闪过一丝诧异。她一眼瞪回去，就扒了他的上衣，那湿漉漉的衣裳蹭到伤口，宗政无忧控制不住地身躯一颤，漫夭无奈叹道："你还知道疼啊！"说着就捡了几根柴火，在火堆旁搭了个架子，将他的衣服晾上。

宗政无忧别过脸，冷哼道："我疼不疼，与你何干？你几时在意过？"对他来说，这点伤痛算不得什么，每每半夜醒来，想到她正躺在别的男人怀里，那才是最让人难以忍受的煎熬。

漫夭一怔，看了他两眼，没说什么，转到他身后，望着他伤口处翻卷的血肉，顿时胸口窒闷，阵阵发紧。漫夭正欲扶着他裸露的肩背，替他吸出毒素，但宗政无忧却别扭地转开身子，一副死了也不用她多管闲事的模样。

漫夭蹙眉，对他孩子般赌气的别扭方式，郁闷不已。自己的身体怎么都不知道爱惜，受了这样重的伤，还闹什么别扭？也不知道那毒到底严重不严重，他不说，她心里一点谱都没有。

"转过去。"她口气微硬，宗政无忧斜眼看她，皱眉。

漫夭见他如此不配合，心中又急又气，脱口道："你不是我，你怎知我不在意？你又何曾真正了解过我内心的感受？"她一句话没说完，泪水突然涌了上来，她连忙在他愣怔之际扳正他的身子，低下头去替他吸毒。

宗政无忧还没从那句话里反应过来，被她这样一吸，身躯猛地一震，瞬间僵硬似铁。她的唇柔柔软软的，轻轻一贴，似乎将他这些日子以来的全部痛苦和挣扎都吸走了，那样微妙的感觉，令他体内如火狂窜。他强烈控制着自己不去回想他们之间曾经有过的美好，就僵直在那里，一动也不敢动，就怕有些东西一旦唤醒，便一发不可收拾。可是耳边还在回荡着她的那句话——你不是我，你怎知我不在意？

漫夭吸了两口血吐在地上，用手擦了擦嘴角，血液鲜红，哪里有半点毒素的模样？她紧蹙着眉，脑子开始清醒了不少，她八成是被老九耍了。他转过头，用十分怀疑的目光看着宗政无忧，问道："你身上中的毒，到底要不要紧？"

宗政无忧见她有些恼了，这才不紧不慢道："小时候服用过七绝草，一般的毒奈何不了我。"

他说得平淡极了，漫夭却忽觉鼻子一酸，羞恼和愤怒瞬间填满她的心房。她舔着口中的血腥气，无名火就蹿了上来，霍然起身，抿着染血的唇，二话不说转身就要往外走。

宗政无忧心头一慌，下意识抓住她的手："你准备就这样不管了？"

扒了他的衣服，然后扔下他，走人？

漫夭背对着他，紧紧咬住唇，一种从未有过的委屈涌上心头。

一年多来，她没有流过一滴眼泪，尽管她心里一直那样苦，她将自己的感情藏得那么深，只因她太清楚自己的身份，太明白一旦嫁了就再也没有回头的余地。如果他不再出现在她的视线，她也许就能一直欺骗自己真的可以忘了他，如果他不是一次又一次用行动来证明其实当初他的感情并非全然是欺骗和利用，她也许就能继续过得平静而安稳，就算被傅筹利用、就算是别人的棋子又如何？至少，她感觉不到这样钻心的疼痛。

本就蓄满眼眶的泪水，无法抑制地流了下来，将她许久许久以来积聚在心里的苦全部倾泻而出。

宗政无忧隐隐觉得不对劲，立刻站起来，扳过她的身子，那双盈满委屈的双眼一下子撞痛了他的心。他震惊地望着她，半晌都回不过神。她竟然哭了！那么骄傲、那么倔强、那么坚强而善于隐藏情绪的她，竟然在他面前哭了。

他忽然手足无措，一双手颤抖着捧起她的脸，却不知下一步该怎么办。他从来不会安慰人，也没有尝试过安慰谁。

"阿漫？"他试探着唤她的名字，声音温柔如水。

漫夭透过迷蒙的泪眼，看到他眼中弥漫的心疼和紧张，却未回应。

宗政无忧心被抽紧，一阵阵地疼，却皱眉道："你哭什么？我还死不了。就算是死，也要把你带出去再死。"

"谁为你哭了？"漫夭拍开他的手，别过眼，声音不知不觉就多了一丝苍凉和哀怨，"你死不死，跟我有什么关系？其实你根本不必救我，对我来说，这样活着，不如死了痛快。"

宗政无忧眉心一紧，直觉问道："你过得不幸福？不是对傅筹已经有了感情吗？为何还说这种话？"

漫夭凄凉笑道："幸福？"幸福早在离王府后山的那间沉香小筑里离她而去了。

宗政无忧看着她满眼的悲凉神色，不禁迷茫，她心里到底是怎样想的，他已经完全猜不透。

"当初，你为什么不肯回头？"他问，竟带着责怪。

漫夭心头一痛，不禁反问："我为什么要回头？是你拒婚在先，欺骗利用在后。在我得知真相时，你没有对我说过一句对不起，也没有向我做任何解释。你对九皇子说，是我心甘情愿，如果我当时知道你是虚情假意，我会心甘情愿吗？"

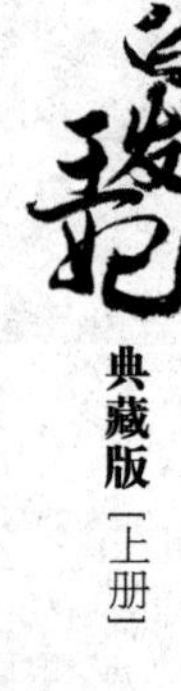

她伤心质问，那些淡漠的伪装全都了无踪影。

宗政无忧目光骤痛，急切抓住她的手，辩解道："我不是虚情假意。"

"我怎么知道？"漫夭甩开他的手，退开两步，抹了把眼泪，倔强地抬起头，一想到当时他那冷漠又伤人的态度，她依然心痛不已，又道："你将娶我当作是对我最大的恩赐，你以为我会欣然接受，对你感激涕零？你从来不知道你的态度有多伤人，你也没有真正了解我内心的感受。你曾经问我，在那个世界是怎么死的，我现在告诉你。我是被一个男人以爱情为名义杀死的。为了商场斗争、为了我家族的产业，他欺骗我、利用我，令我成为他上位的垫脚石，在他目的达到之后，毫不客气地置我于死地。"

往事重提，那种痛苦和愤恨依旧刻骨铭心。

宗政无忧望着她明澈的眸子里有着浓浓的讽刺，那是对自己命运的嘲讽。他心底狠狠一沉，这也是那一日温泉池边，她发现他利用的真相后的表情。

漫夭凄凉道："所以，我讨厌被利用，但我却一直生活在被利用之中，摆脱不得。我以为你对我是真心的，可到头来才发现那同样是一场骗局。我可以接受任何人任何方式的利用和背叛，但我不能接受以爱为名义的欺骗和伤害。你令我觉得，我前世，白死了一回。"

宗政无忧闻言心头震颤，深邃的凤眸溢满歉疚与心疼，终于明白了当初她为何那么决绝地离开他，不留半分余地。望着她倔强而又受伤的表情，这是第一次，她向他袒露内心。以前，她一直掩饰得那么好，好得让他几乎以为她其实从来没有真心爱过他。他张了张唇，哑声道："我当时并不知道……"

"你不知道什么？"漫夭冷冷打断他的话，问道，"不知道你的行为会对我造成伤害？还是不知道你当时已经对我产生感情？如果，如果我不是容乐长公主，如果我没有选择嫁给傅筹，而是任你安排、由你掌控，我想你也许一辈子都不会知道其实你当时也付出了真心吧？"

宗政无忧身躯一震，漫夭却嘲讽而笑，被她说中了。他注定要在失去她以后才知道自己的真心，她也注定要在无法回头时才明白他也有真心，这一切，命中注定。

秋天的雨夜，很凉，她还穿着被雨水浇过的衣裳，尽管旁边就是火堆，她却并不觉得温暖。她想，有些伤口，也许只有剖开了，才有机会愈合。

寒凉的风卷着冰冷的雨水穿过洞口拐了几个弯，吹得岩洞内火苗狂窜，火堆旁的他们都沉默下来。

心绪渐渐平定，漫夭感觉轻松了许多，那些一直被她压抑在心底不敢触碰的伤疤不再让她觉得窒息，她想，以后她都可以坦然面对了。

"过来坐下吧，我帮你包扎伤口。"她淡淡道，又恢复了以往的平静，这一次是真的平静，而一个人只有真正平静了，才能想通很多事。

宗政无忧没有动，他看起来比之前还要茫然、绝望，目光充满悲哀和悔痛，再没有了对付狼群的勇猛。

漫夭心里微微一疼，过去拉他坐下，他倒没有抗拒，只是有些木然，任她摆弄。

漫夭替他包扎好伤口，在他身边叹道："我们之间，走到这一步是注定的。即使重来一回，在那个温泉池边，你还是会对我冷漠相待，不会给我做任何解释，而我在那间封闭的密室里，也不会因为你的一句话就不顾一切地回头，这是我们的人生经历和个性使然，即便重来一百次，结果依然不会改变。所以不必后悔，只要认清楚以后的路，就好。"

她幽幽地叹息，带着淡淡的伤感，久久地萦绕在宗政无忧的心头，他不得不承认，她说得对，即使重来一百次，以他们的性格，在当时，还是会做出同样的选择。而以后的路……

"以后的路……"他忽然转身，抓住她瘦削的双肩，目光极其坚定，"以后的路，我认得很清楚。以前的事的确无法改变，但是以后，只要你愿意，什么都可以改变。"

漫夭看着他，摇摇头，语气平淡道："我已经答应傅筹，只要他以后不再利用我，我就会永远陪在他身边，不离不弃。"

宗政无忧目光一变，刚刚燃起的希望又被这残酷的话语狠狠掐灭，他收回手，沉声道："他刚才已经利用了你。"

漫夭道："我相信那不是他做的……"

宗政无忧皱眉冷笑道："就算不是，他也没来救你。摔下悬崖的时候没有，险些中箭的时候没有，被恶狼包围的时候，也没有。"

漫夭心底一沉，竟无言以对，垂下眼睑，不敢看他犀利的目光，轻声道："他有他的使命……"

宗政无忧打断她道："他的使命是置我于死地。别告诉我你不知道。"他愤然起身，拂袖背过身去。

漫夭震住，愣愣地望着他僵硬的背影，试探道："你已经知道他的身份了？"

宗政无忧冷哼道："傅鸾的儿子，我怎么能不知道？若知道得再早些，本王一定不会给他机会让他活到今天！"

漫夭惊得也站起来，小心翼翼地说："你们到底是兄弟……"

"谁说本王和他是兄弟？"宗政无忧猛地转过身来，那反应几乎和傅筹一模一样，不仅矢口否认兄弟的事实，更是恨意浓烈，咬牙切齿。漫夭不禁疑惑，傅筹恨宗政无忧是因为临天皇，宗政无忧如此恨傅筹又是为什么？

"杀母之仇，不共戴天。"宗政无忧冷冷吐出这八个字，将漫夭震在那里。

这一夜短暂而又漫长，火堆里的火已经渐渐熄灭，他们都没去添柴，就那样定定地望着对方，感受着四周充斥的绝望气息，皆是无言。

外面的雨渐渐停了，天还没亮，冷炎带着无隐楼的人便寻到了这里。漫夭随着宗政无忧走出洞外，那里到处都是野狼的尸首。修罗七煞就持剑站在那些尸体的中央，他们面上的红魔面具颜色与遍地流淌的狼血一般鲜艳。

见到宗政无忧，他们很是恭敬地垂首。

冷炎看出宗政无忧受了伤，面色微微一变，宗政无忧淡淡问道："外面情况

如何？”

冷炎回道：“陛下突然重症发作，已被禁卫军护送回宫。太子召集群臣，称王爷擅自调兵回京，有不臣之心，不仅封了王府，刑部还发了通缉王爷的告示，并请卫国大将军傅筹调派人马出面镇压江南大军，现在京城已经被他们控制。江南大军在京城外三十里扎营，禁卫军向统领被太子以办事不力的罪名革职入狱，五万禁卫军暂由太子亲信统领……”

不过短短几个时辰，他们已是先机尽失。

漫夭听了脸色大变，她一直以为尽管傅筹手握三军，但宗政无忧始终占尽上风，没想到，只是短短几个时辰，朝中局势竟发生如此大的变化！傅筹为了对抗宗政无忧，已经和太子联手，难怪，难怪傅筹不救她。

心寒如水，她望着前方身受重伤却站得笔直的男子的背影，内心顿时充满歉疚，到底还是她拖累了他。

宗政无忧眼中阴霾一闪，并无慌乱，只面无表情地问道：“太子此刻人在何处？”

冷炎道：“皇宫。太子正到处寻找传国玉玺。听说玉玺不见了！”

九皇子叫道：“玉玺不见了？怎么会？还有啊，父皇怎么赶在这时候发病？这也太巧了吧。七哥，我们现在怎么办？”

宗政无忧凤眸一眯，重症发作？怕是一心求去，将所有包袱都甩给他，让他毫无选择不得不接。他不禁面沉如水，却平静吩咐：“集结大军，驻守伏云坡。”说完回头，看身后形容狼狈的女子，问道：“我最后问你，你是跟我走还是回将军府？”

“我……”女子张口，双唇忽然颤抖起来，对面男子的目光已经没有了昨夜的急切、愤怒、悲伤、绝望、悔痛、期盼，他的眼中此刻只有平静、镇定，令她本能地想迈向他的脚步还没抬起就已收了回来。

要跟他走吗？她这样的身份……

“哎呀，璃月，你还想什么？赶紧跟我们走吧，没时间了。”九皇子有些急了。

宗政无忧似看出她的犹豫，凝眉道：“倘若你愿意跟我走，不必顾忌身份。”

怎么可能不顾虑？如今这局势，傅筹掌控京城，据守皇宫，有皇帝在手，太子为名，且冠他一个谋逆之罪，占尽天时地利人和；而他不顾后果，为她耽误一夜，先机尽失，又没了禁卫军里应外合，再带上她这卫国大将军的夫人在身边，只怕不需别人散播谣言，也会动摇军心。

就算不去管身份，还有，还有她这身体，月圆之夜又要到了，拿不到解药，她便会成为他的负累，更会让他受制于人。

不行！她不能跟他走，绝对不能！

心念一定，她猛地抬起头，冲他坚定道：“我回将军府。”

宗政无忧原本也没太多指望，但看她犹豫半晌，以为她有所动摇，心里渐渐升起希望，却没料到最后她还是选择了傅筹。不禁心口剧痛，眼中平静碎裂，他转头咬牙道：“冷炎，送傅夫人回将军府。”

傅夫人！这是她第二次听他这样叫她，叫得好！她抬高下巴笑道："对！我是傅夫人！希望离王能牢记我的身份，以后，不管发生什么事，都会有我夫君管我，请离王莫再多管闲事，以免招人话柄。"

"你！"宗政无忧猛地回头望她，痛怒交加的眼神仿佛要将她凌迟。她心口窒息，死命地仰着头不看他，只听他咬牙悲笑道："好个多管闲事，本王日后定会铭记于心！"说完翻身上马，猛一挥鞭，纵马狂奔而去。

九皇子看着宗政无忧临走前的那个悲痛到无望的眼神，跺脚恨恨道："璃月，你，你太过分了！没想到你这么不识好歹，是我看错了你。冷炎，走，不用管她，既然她的夫君那么好，就让她夫君来接她好了。走走走，我们都走！"

飞扬的马蹄声回响在深深的山林里，越去越远，这个地方，终于又归于平静。所有人都走了，整座山林只剩下她一个人，还有一匹马，以及这满地的狼尸。

女子仍然仰着头，泪水再也控制不住，滚滚而落。她却笑望着远处暗黑的天空，喃喃道："宗政无忧，请你一定要遵守承诺，不要再管我。"

风中忽然传来一声轻微的叹息，带着浓浓的哀伤和深深的无奈，漫夭警觉问道："谁？"

没有回应，四周漆黑，寂静无声，她一身寒栗，立刻翻身上马。

一路崎岖，她不识路，等绕出山林天已大亮。她停在路口，不知该去往何方。经此一事，将军府她不想回了，因为不知道那里等着她的究竟是什么，她想，不如一个人走吧，能走多远就走多远，等月圆之夜，无药也不过就是个死字。

沿着西郊小道，一直往西走，路过拢月别院她也没做任何停留，只一心想尽快离开这是非之地。

早晨的阳光看起来很温暖，但是被秋风带走了温度，照到她身上只剩下凉凉的一片。她骑着马走了两三个时辰，才终于看到了关口，出了那道关口就算离开了京城地界。翻身下马，她抓了把泥土把脸弄花，再将头发全部束起，才朝关口而去。没有想象中的严密盘查，这个关出得很容易，正是太容易，所以才会出问题。

关口外，不远处的必经之路上停着一辆马车，那马车她极为熟悉，她想那马车上的人，她应该更加熟悉。于是，她停住不动了，那辆马车便朝她缓缓驶了过来，停在她面前。

车帘掀开，马车内的男子身穿官服，双目沉痛，盈满失望，定定地望着她，望了许久，才缓缓开口："容乐，为什么？你说过不离开我，你也说愿意相信我。我已经答应不再利用你去牵制他，你为什么还要离我而去？"

漫夭看着他，不说话。她以为，这个问题她不用回答。

傅筹又道："跟我回去。这条路，你一个人走不出去。"

她知道，从看到他的马车的那一刻起，她就已经知道了。但她仍然没有说话。

傅筹见她一直不开口，只是盯着他看，那目光竟看不出是喜是怒是失望还是责怪，他心里陡然有些慌，犹豫道："昨天，不是我……"

"我知道。"漫夭打断他的话，面无表情道，"我知道不是你，但你却在我生死关头弃我而去，并心安理得地接受了别人利用我为你带来的收益。"

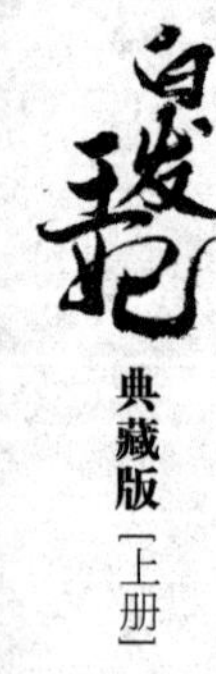

傅筹目光一震，张口却无语。

回到将军府，毫无悬念地，她被限制了自由，美其名曰是保护，其实是软禁。除了她所在的清谧园和傅筹的清和园，别的地方她都去不了。

就这么过了几日，看起来似乎很平静。

这天夜里，月光暗淡，星子稀疏。清和园里，一片狼藉，四处都是浑浊的酒气，向来自律的傅大将军这一晚屏退了所有下人，一个人在院子里喝了很多酒。

耳边回响起那日悬崖边上痕香的质问："你什么时候开始变得这么瞻前顾后了？你不是心狠手辣铁血无情杀人不见血吗？你不是善于隐忍喜怒不形于色吗？你不是运筹帷幄为达目的不择手段吗？可是你看看现在的你自己，为了一个女人，变成什么样子了？"

烈酒溢出嘴角，顺着刀削般刚毅的轮廓缓缓流淌下来，灼热的辛辣浇湿了一腔挣扎的愁绪。

他变成什么样子了？他难道不该是这个样子吗？他是个人，是人就有感情，是人就有七情六欲，如果可以选择，谁不想痛痛快快地活着？开心就笑，伤心就发泄出来，谁愿意活得这么隐忍，活得不像个人！

壶终于空了，他一甩手，那精致的青花酒壶便被掷在了地上，摔成了几瓣。他感觉到头有些昏沉，但意识仍然清醒无比，站起身，身子晃悠了一下，瞥见院门口有一白衣女子披着一头乌黑秀发于月华之中站在一棵梧桐树下，远远地望着他。

他身躯一震，只以为自己看花了眼，甩了甩头，闭了下眼睛，再重新望过去。那个女子还在，纤细窈窕，美得不食人间烟火，只是树影笼罩，看不清她眼中神色。

他便痴痴望着，仿佛看到女子对他笑了一笑，似有一丝苦涩、一丝悲伤，还有心疼。

"容乐，是你吗？"他小心翼翼地问，生怕声音大些就吓跑了她。

女子轻轻一笑，如天籁般的嗓音，对他说道："是我。我来看看你。"

只这一句话，他的心便忽然由冰冷变得滚烫，他看着那女子一步步朝他走过来，走到他面前，然后轻轻抱住他。他身躯猛烈一震，脑子也变得浑浊不清，一双手不受控制地捧了她的脸，吻住她的唇，将他埋藏在心底最深沉的痛苦和挣扎试图用这一个吻来坚定。

女子身躯微颤，没有回应。

他吻得越发狂烈，那感情炽热得让人难以承受，与他平日的温和大相径庭。

原来他也有这般狂烈的情感，女子心头猛颤，被动地承受着他传递过来的激烈情感，娇躯在他掌下轻颤，却是心口发酸，不自觉流下两行泪来。

傅筹唇边传来咸涩的湿意，微微一愣，灼烧在体内的烈酒燃烧了他的理智，那一经释放便无法控制的欲望令他无法仔细思考。

"容乐……"

低沉的喘息伴着含含混混的叫声，他弯身一把将她拦腰抱起，快步进了寝阁，将她轻轻放到床上。

厚重的床幔缓缓合了，将他们与外界隔离开来。傅筹痴痴望着身下令他几欲疯狂的女子，只见她垂着眼，头侧到一边，贝齿轻轻咬着唇。他知道她不愿意，知道她不爱他，可是他想放纵自己一次，不去顾忌那么多，他就是想要她，只想要她，哪怕这一夜过后，她也许会恨他怨他，他也控制不住自己此刻体内疯狂涌动的对她的强烈渴望。

他已经放过她三次，这一次，他不想再放过她。

他俯下身子，细细亲吻着她的眉眼，大掌摩挲着女子光滑细腻的肌肤，女子身体自然而起的反应，令他内心幸福得想要颤抖。

“容乐，叫我阿筹。”

女子身躯一颤，就呜咽着唤了声：“阿筹！”

这一夜颠鸾倒凤，缠绵无尽。天将亮，他筋疲力尽地倒在她身边，在她耳边仿佛用尽一生的情感，对她说：“容乐，别恨我，我爱你！”

清晨的风带着院子里残余的酒气，吹进房门半敞的屋子里，傅筹醒来，头沉得要命，像是被人从后脑敲了一棍子。他半撑起身子，才睁开眼睛，触手之处是滑软得如上好丝绸般的肌肤，他微微一愣，昨夜的一切如闪电般在脑子里过了一遍，像是做梦一样，但也足以令他的头脑瞬时变得清明无比。

他缓缓地缓缓地转过眼去，视线逐渐上移，当目光触及那张清丽脱俗的脸庞，他的呼吸几乎都要停止了。一股狂喜的情绪占据着他的心，继而冷静下来，心中便有些惶然无措。

酒后乱性，竟然是真的。

一会儿她醒来，他不知该如何面对她。跟她说对不起吗？他似乎一直在失信于她。

正午的阳光透过苍青色的床幔，照在宽敞的大床上，浅浅的明青色光晕流转。他重又俯下身子，用指尖小心翼翼地描绘着她精致的五官轮廓，几日不见，他想念她明澈的眼眸深处所透出的通透和犀利，让人打心底里疼出来的感觉。

女子似乎感受到他的触碰，黛眉一蹙，双眼立刻睁开，竟带着凌厉的警戒，那是长期生活在戒备状态下的人在一觉醒来之后才会有的表情。

傅筹一怔，手便僵住，他直觉有什么不对，他的容乐一般醒来时都是眼神惺忪，毫无防备，怎会是这样的警惕和凌厉？他眉头渐渐皱起，身边的女子睁眼后见到是他，连忙收敛了眼中的锋利，笑得温柔而深情，轻轻叫了声：“阿筹。”

同样是如天籁般好听的声音，几乎没有分别，但他却分明听出了不同，一个是略微低沉的清冷，一个是带着爱欲的缠绵，眼前女子有着与她一模一样的脸孔，独缺了那琉璃般明澈清透的眼神。傅筹瞳孔一缩，脑中轰然一声，他看着女子的眼睛，很快便明白了一个他绝对不愿相信的事实。

这个女人，不是她！

一股冲天的怒火迅速从他心里燃烧起来，直冲脑门，生生将他温和的眼变得有几分狰狞。他陡然捏紧女子纤细的脖子，手暴青筋，双眼怒睁，将那女人毫不客气地扔到了地上，怒道：“你在找死，竟敢假扮她来欺骗本将军。”

女子猝然落地，惊叫一声，身子顿时麻木。没想到这么快就被认出来了。与昨夜的温柔缠绵相比，真是天差地别的对待。女子抬手摸上自己的脸，不知道他是怎么认出来的？这张人皮面具是最光滑柔软的一块面皮精制而成，既轻且薄，应该看不出破绽。她连忙转头，原想说点什么，却见傅筹望她的眼神那般鄙夷而惊怒，她忽然就住了口，心知自己冒犯了他心底专属于清谧园里的那个女子的神圣领地。

傅筹此刻心里说不出是什么感觉，他以为得到了心爱的女子，却原来与他一夜缠绵的女人不是她。而他昨夜那样艰难地下定决心时的挣扎、与她缠绵时的幸福和甜蜜，以及今日醒来后的喜悦、彷徨，这么多情绪，在这一残酷而可笑的事实面前显得那般滑稽。他虽不贪恋女色，但以前也不是没碰过女人，只是这样的方式，他不能接受。

外面天气和暖，阳光灿然而盛大地铺开，笼罩在整个天地之间，而这宽敞的寝阁里却是寒气逼人，那丝丝缕缕的光线半点也照不进男人的心底。

傅筹异常冷静，冷静得让人害怕，他望着地上女子完美到无懈可击的易容术，心念一转，忽然生出一种想法。于是掀开被子，从容不迫地披了件衣裳下床，来到女子的面前蹲下，一手捏住她的下巴，笑意明明是温和的却让人无端地感觉毛骨悚然。

他微微笑道："既然你这么喜欢冒充她，那索性本将军就成全了你。那个计划由你来执行，如何？连本将军都能被你骗过去，只要他看不见你的眼睛、听不见你说话，那他一定不会知道，你不是她。正好，你也可以尝尝，你们秦家自制的销魂散，我再顺便给你加点料。"

"不！不……"女子闻声惊恐地摇头，娇躯直颤，似是不能相信般地瞪着他，叫道，"少主，你不能这么对我。"

傅筹依旧温雅地笑着，这时，外面忽然传来一阵轻浅的脚步声，他皱眉，清楚地记得昨晚饮酒前吩咐过，没他的允许，谁也不准进这个园子。他没有立刻起身，只凝视着门口，看什么人这么大胆，敢违背他的命令。如果那时候，他料到进来的人会是她，那他一定不会那么镇定。

当时屋里的情景极其混乱，地上四处散落着衣裳，一名赤身女子背朝门口半躺半坐，傅筹半蹲在女子的身旁，一只手托着女子的下巴，他发丝散乱，衣衫不整，袒露着胸膛，看上去竟有几分孟浪，让人一看便知先前发生过什么事。

漫夭愣愣地站在门口，有片刻的愕然，等反应过来之后，连忙垂眸道："对不起，打扰了。"

碰上这样的尴尬，实在是很无奈。她皱了眉头，慌忙转身离开，这时屋里的傅筹回过神来，来不及整理仪容，慌忙抓了一根腰带匆匆系上，便急急追了出去，在院门口的那棵梧桐树下抓住了她的手。

"容乐，我……"他想解释，却不知从何开口。

漫夭顿住脚步，回眸望他，淡淡道："将军无须向我解释什么，这是你的权利。"

既然她不能履行妻子的职责，那么他去找别的女人，她也没有权利说什么。只不过有些意外，也有些讽刺，心中庆幸，庆幸她还没有将心交给他。

傅筹一愣，见她眉眼间尽是淡漠神色，忽然觉得很好笑，他也确实笑出了声，有些凄凉道："我怎么忘了，你根本不会在意这些。我又不是你心里的那个人，我做什么，你都不会关心，就算我每日召妓入府，恐怕你也不会皱一下眉头，甚至还会高兴，因为那样，我就不会再去缠着你，你也无须费心应付于我，不必担心哪一天我会忍不住要了你，是不是？"

他身上散发的一股酒气与欢欲未褪的淫靡气息充斥着她的鼻间，漫夭直觉地想挣开他，却又忍住，见他两眼浑浊不清，脸色也不大好，便皱眉道："将军，你饮酒了？来人，去煮碗醒酒汤来。"

园外的下人远远地应了。

傅筹却拉着她执着道："你还没回答我的问题。"

漫夭叹气，随口道："你想得太多了。这个世界，男人三妻四妾本是稀松平常。"

"这不是你的真心话。"傅筹猛地打断道，双目含痛，语声沉沉道，"当日，宗政无忧选妃，你的心里可不是这么想的。"

漫夭眉头皱得越发紧了，傅筹今日是怎么回事？明明是她发现他与别的女人在一起，怎么反倒成他质问起她了？她不想跟他纠结这个问题，深吸一口气，微微侧头，想躲开他身上那股令人不适的气息，直接说明今日来此的目的。

"将军，我想出府一趟。"

"不行。"傅筹想也不想，很干脆地拒绝，毫无商量余地。

漫夭很少见他态度这么强硬，不禁郁闷道："为什么？你是担心我会给他通风报信？这一点将军大可放心，首先我对将军的军事机密一无所知，其次，我连他人在哪里都不知道。"

傅筹嘲弄地笑道："你倒是直接就想到了他的原因。不行就是不行。随你怎么想。"

两人不欢而散。傅筹回头望见屋里易容成漫夭的痕香已经穿好衣服站在门口，正恨恨盯着刚刚离开的女子的背影。

他眉头一皱，走过去，一把抬起痕香的手，不等痕香有所反应，他已经二指并用，在她经脉处聚猛力一推，再迅速点上她两大穴道，痕香双眼骤睁，面色顿时惨白，张口还未叫出一声，便瘫软在地，昏了过去。

傅筹看也不看她一眼，对外叫道："常坚，带这女人去密室，给我看好了，倘若有何差错，唯你是问！"

常坚目光一闪，恭敬应下。

这时外面传来吵闹声，一名军中参将不顾门口侍卫的阻拦急急闯了进来，不等傅筹发问，便单膝跪地，面色凝重道："将军，出大事了！"

第二十四章　绝望深渊

清谧园的下午寂静安宁，漫夭用过午饭，一直心神不宁，虽然手上拿了本书，但一个字也没看进去，直到萧煞回来，她才连忙起身问道："怎么样？有消息了吗？"

萧煞点头道："离王现身了，在伏云坡江南大军里。已经过了七八日，身上的伤想必已然无碍。只要不出伏云坡，暂时不会有危险，主子不用担心。"

怎么可能不担心？她皱眉叹道："就算他现在没事了，可当前局势……"

"局势已经有所改变，"萧煞接道，"先前因为伏云坡地势险要，将军始终按兵不动，太子早有意见。今日早晨，离王突然现身，并下令撤回江南，太子怕放虎归山，情急之下自作主张调动五万禁卫军和五万铁甲军出城阻拦，想一举消灭江南大军，没想到，被关在天牢里的向统领突然和无隐楼的人一起出现，煽动五万禁卫军一起投入离王麾下，剩余五万铁甲军被困于伏云坡。而离王虽然被太子扣上谋逆的罪名，但朝中多半大臣并不尽信，且持中立态度，只要这场仗离王打赢了，他们就会拥离王为帝，太子不足为惧。"

太子原本就不足为惧，这点她一直很清楚。不过这一次，宗政无忧利用太子对他的恐惧之心以及太子急于想证明自己地位的心情赢了这漂亮的一仗，着实令她心安了不少。倒是傅筹，一上午陷在温柔乡里，此刻怕是要大发雷霆，与太子发生冲突。

漫夭所料不差，这日傅筹不仅与太子宗政筱仁发生冲突，还强行夺了另一半虎符，太子慌了神，立即召见大臣，商量登基事宜，以为只要他登上皇位，傅筹就算有再大权力也不敢再对他放肆，可是他不知道，傅筹根本不可能让他当皇帝。

太子登基定在三日后。如此仓促的时间安排，足见太子内心的焦急和恐惧。漫夭仍在清谧园里被限制出行，想着以如今的军事实力，宗政无忧与傅筹相当，只要没有第三方势力插手，他们谁胜谁负很难预料。

“萧煞，你可知道，这次皇兄带了多少人来？”

萧煞道：“行宫周围都是侍卫，明着也就几百人，至于城外拥堵的难民里面，不知藏了多少。也许两三万，也许四五万。”

有那么多？漫夭皱眉，总觉得临天皇选在这时候邀请皇兄来参加秋猎之事有些奇怪，而皇兄明知这时会有政变还应邀前来，并且带了如此多的人，更是蹊跷。

“那皇兄这几日可有何异动？”她问。

萧煞道：“没有。听说皇上这几日龙体欠佳，昨日太子亲去行宫拜访，皇上未见。”

漫夭愣道：“他身子又不好了吗？上回见他气色不错，我还以为他的身体已经有所好转。”她叹了一口气，想起以前在启云国皇宫的时候，常常见他咳嗽，听说他从小喝药比喝水多，但是不知为什么，一有外人，他就看起来毫无病态。

“萧煞，”漫夭起身凝眉，缓缓踱步窗前，凝思问道，“你说皇兄到底是个什么样的人？他和将军合作，目的又是什么？”

萧煞想了想，摇头，皱眉道：“属下不知。”

漫夭想想也对，他那样心思深沉的人，怎么会有人知道他在想什么！其实说起来他也才二十一岁，不知怎么就练就了那么深的心思，和宗政无忧还有傅筹一样，让人琢磨不透。说起来他们年纪也差不多，都只比她这具身体的年纪大了没几个月。

三日后的京城，没有因为太子宗政筱仁的即位变得热闹喜气，反而更加紧张压抑。

那一日，是万和大陆苍显一七五年十月十五日，文武百官天不亮便怀着忐忑的心情聚集于皇宫大殿，只有卫国大将军傅筹迟迟未到，令这场原本声势浩大的登基大典从早上一直拖至傍晚。

清晨的卫国将军府，比往常更加安静，这天漫夭起得很早，眼皮一直跳个不停，泠儿给她拿热手巾敷眼，她闭着眼睛靠躺在软椅上，听见门外有脚步声传来，不像泠儿，也不像萧煞和项影，那脚步声很轻，很缓慢，没有进屋就已经停住，小心翼翼的样子。她心里大概知道是谁，便没有动作。傅筹在门口站了一会儿，目光痴然凝望，轻轻说道：“容乐，我走了。”

漫夭仍然没有动作，也不说话，直到他转身步下台阶，她才拿下已然凉了的手巾攥在手里，睁开眼睛望着院子里一身银光铠甲的男子的背影，心中悲凉无比。

“阿筹，再见。”她笑着轻轻说。

这一去，不论谁输谁赢，她都只有一个结果。看来，这个月的药，她不用喝了。

走到院子门口的男子听到身后方向传来的几不可闻的悲凉的道别声，身形猛然一滞，被他捏在手里的宝剑微微震动了一下，他没有回头，只对门口的重重守卫吩咐：“保护好夫人。”

漫夭叫来萧煞和项影，让他们去安排茶园的后事，并送泠儿和萧可去拢月别院安顿，泠儿死活不肯，非要留在将军府陪她，漫夭无奈，只得同意。

早饭后，她正在清理东西，常坚来了。

漫夭奇怪道："这个时候，常侍卫怎么回来了？"

常坚目光一闪，低头禀报道："启云帝龙体违和，将军让属下送夫人前去探望。"

漫夭蹙眉，故作惊讶道："皇兄病了？可请了御医看诊？"

常坚回道："请了，但启云帝说，这只是寻常小病，没大碍，就是想念夫人了。"

漫夭沉吟，此事倒是蹊跷，傅筹安排了那么多的亲信侍卫将园子守得严严实实，她亲自去找他说要出门，他连原因都不问就坚决地拒绝了她，怎么今天反倒主动送她去见皇兄？

"常坚，将军可还有别的话？"她蹙眉问。

常坚低着头应道："将军只让属下来接夫人，并未交代其他话。"

漫夭凝目盯着他垂下的头，目光犀利，想了想，才道："嗯，我知道了。你去回复将军，就说我今日头有些昏，想在府中休息，待晚些时候再去探望皇兄。"

常坚微微一愣，似是没料到她会拒绝，犹豫道："夫人，这……"

漫夭淡淡道："你就照原话回复，将军定不会责怪于你。"

常坚皱眉，极为难的样子，泠儿看了柳眉倒竖，斥道："你这人怎么回事，主子说了头疼，回头再去，你只管听命就是，在这里犹犹豫豫地做什么？难道，你还想强行拉着主子去不成？"

常坚一怔，忙道："不敢！属下这就去回话。"说着就准备转身离开，这时，园门口传来侍卫的低喝声："站住，你们是什么人？"

有人回答："我们是启云帝派来迎接公主的，不知公主可准备妥当了。"

漫夭不用往外看就听出是小旬子的声音，知道今天是不得不去了，至少证明一点，确实是皇兄要见她。

可是，皇兄这个时候见她做什么？

东城，天宇行宫。

启云帝穿戴整齐，坐在床上，目光有些晦暗。他紧紧盯住窗外的某一处，眼睛一眨不眨，似是等待着什么，清隽的面容儒雅中带着一丝阴郁，眉心微蹙，时不时掩唇轻咳几声。

漫夭随小旬子进屋，正待行礼，就见启云帝向她招手，声音清和道："皇妹，过来。"

漫夭走到床边三步远的距离停住，小旬子连忙去搬椅子，却见启云帝摆手道："不必了，你们都出去。皇妹，你就坐朕身边。"说着就朝她伸出手，启云帝的手，手指修长，骨节较细，比女子的手还好看，只是皮肤略显苍白，是那种几近病态的苍白。

泠儿被小旬子扯走，漫夭在床边坐下，关心地问道："皇兄身子还没好些吗？"

启云帝道："从娘胎里带出来的病，就这样了。皇妹是在担心朕吗？"启云帝笑着去拉她的手，漫夭一愣，连忙将手收了回去，每一次单独面对他，她总是有些害怕看他的眼睛，明明是温和儒雅的眼神，她却总觉自己被他一眼看透，浑身不自在。她慌忙站起身，施礼道："皇兄身子不适，当好生歇息，臣妹就不打扰，先告退了。"

"这就要走吗？你才刚来！"启云帝似是有些失望，还带了些埋怨，目光黯然道，"朕过几日就要回去了，你就不能抽空多陪陪朕？下一次见面，也不知是什么时候。"

这话，竟有些伤感。

漫夭蹙眉，重又坐了下来，启云帝的目光一直落在她身上，时而炽烈，时而伤感，看得她如坐针毡。漫夭又坐了半个时辰，陪他有一搭没一搭地聊了几句，见快到中午，又想起身辞行，还没站起忽觉一阵熟悉的头晕感猛地朝她袭来，她心头一沉，知道今天又是月中，可这离晚上还有大半日的时间，怎么就开始发作了？

启云帝似是看出她的不适，便关怀地问道："怎么了？皇妹头疼了吗？朕这就让他们给你煎药。"

"不用！"漫夭连忙拒绝，"皇兄不必麻烦了，我回将军府再服药就好。"

启云帝岂会答应，径直叫来了小旬子去吩咐人煎药，泠儿进来行礼道："皇上，主子平常的药都是奴婢负责，就让奴婢去办吧。"

启云帝目光微动，看了她两眼，淡淡地点头道："好吧，小旬子，你去帮忙。"

两人退下，半个时辰后，端来一碗褐色的药汁。

浓浓的苦涩药味瞬间充斥了整间屋子，是每月服用的熟悉味道，只是中间像是夹杂着一股陌生的香气，异常浅淡，几乎闻不出来。

泠儿将药端到漫夭面前，跟她挨得很近，把药递给她之后，轻轻扯了下她的衣袖，漫夭手一歪，手中的药碗便倾倒下去。

说时迟那时快，小旬子似是早有预料，飞快地抬手扶住了那个药碗，动作十分迅速。漫夭心中一惊，端住药碗，小旬子尖着嗓子，开口对泠儿斥道："你怎么这么不小心哪？打翻一碗药不要紧，耽误了公主服药，令公主头痛症发作受苦，你就是大罪过了，几个脑袋都不够砍。"

漫夭眼光一凝，还没说话，启云帝已温和笑道："好了，小旬子，你跟泠儿出去吧。"

"遵旨！"小旬子拉泠儿走，泠儿一步三回头，眼神带着焦急。

启云帝笑道："皇妹你瞧瞧，泠儿这才跟你走了一年，现在倒把朕当贼人一样地防着，好像朕要害你似的。"

泠儿闻言神情一震，面色微微发白。

漫夭心中了然，面上却不动声色地笑道："皇兄可是冤枉泠儿了，她跟我走的这一年，哪一天不是念着皇兄的好。好了，泠儿，你去吧。"

泠儿不情不愿地跟着小荀子走了，漫夭望着手中热气蒸腾的药碗，心中却是凉透了。

启云帝见她愣着不动，便问道："怎么不喝？"

漫夭淡淡道："太烫了，凉一凉再喝。"

她轻轻放下药碗，明明知道这药有古怪，却不能明着拒绝。也不知道启云帝到底想

做什么？这碗药如果喝下去，会带给她什么样的命运？她抬眸看启云帝清和的眼，那双眼此刻也正看着她，且满是关怀和宠溺，仿佛想把天底下最好的东西全部都给她，看得她一阵茫然。

外面秋风乍起，卷起园中落叶飞舞，尘灰漫天。她望了眼低矮屏风背后的窗户，目光一闪，抬手将一碗药全部饮下，一滴不剩。

启云帝笑道："去把窗子关上吧。"

漫夭点头，转身走到屏风后，抬手关窗的瞬间，忽觉一阵眩晕，她身子歪了一下，往前倾了倾，袖子遮住的方向，窗子发出吱呀一声的同时，她将刚刚入口的药用内力迅速逼回，悄无声息地吐在了窗外的草地上。

她这才松了一口气，关好窗子后回头，面前突然多出一堵墙，她抬头一看，愕然惊住，启云帝竟不知何时站在了她的身后。

如鬼魅一般，悄无声息。

漫夭的心瞬间提到了嗓子眼，惊得连话都说不流畅："皇，皇兄，你怎么起来了？"

那一刹那，她心里竟充满了恐惧，不知方才的一幕，他是否看到了？

启云帝若无其事地将手搭上她的肩，轻轻笑道："朕吓到皇妹了？瞧你，脸色都白了。"他的手又摸上她的脸，很轻柔的一下，似是无限爱怜。

漫夭顿时吸了一腔凉气，如被针扎，全身的神经都绷得紧紧的，竟躲不开他的手，她平了平自己慌乱的心绪，强自镇定道："没有。窗口风大，皇兄快回去躺着吧。"

她想，她得走了，必须马上就走。可是不等她再开口，启云帝就对她温柔一笑道："好。皇妹你陪着朕。"他不由分说地牵起她的手，漫夭感觉自己似是不由自主地在跟着他的脚步走。

这一刻，她意识极度清醒，身体却仿佛不是自己的，完全不听使唤。

窗子被关上了，门也紧闭着。室内，只有她和启云帝二人。

楠木屏风上雕有龙凤呈祥的吉祥图案，屏风一角的镀金香炉之中冉冉升起的薄雾如烟，在半空中袅袅散开，淡淡的熏香气息混合着尚未散尽的苦涩药味，给人一种奇异的感知。

漫夭被启云帝牵着绕过屏风，走到床前，启云帝对她温柔一笑，并拦腰将她抱了起来，放平到床上。漫夭发现自己的身体完全不能动，意识也在渐渐模糊，她感觉到启云帝用手轻轻抚摸着她的脸，像是抚摸爱人的姿态，令她心中惊骇恐惧至极。

她不知道他要干什么，也不知道是怎么一回事？她刚才明明将那碗药吐了，为什么现在不能动？

启云帝坐在她身边，目光竟是温柔无比，似是知道她的疑惑，轻轻叹道："那碗药你就算喝了，也没什么。问题不在那碗药，而是药里散发的香气与香炉里的熏香混合的作用。"

漫夭心中一震，原来如此，还是她大意了，她不禁有些恨他，这个表面对她百般关心千般宠溺的男人，怎么能这样算计她？他是她的哥哥啊！

“皇妹，别用这种眼神看着我。朕知道，你不高兴，也知道你害怕什么，朕其实真的不想伤害你，但是朕不得不这样做！你明白吗？”

她不明白，她什么都不明白！

“对，你不明白！你总是刻意躲着朕、防备朕。你知不知道，朕心里很难过。今日，是朕对不住你，往后，朕会补偿你……”

他温柔又伤感的声音似是情人的呢喃回响在她的耳畔，令漫夭心里慌作一团，即便是有再好的自控能力，此刻怎么也镇定不下来。她惊恐地瞪大眼睛，看男人俯下身子，在她眼前三寸的距离闭着眼用力嗅着她的气息，那般沉醉而怀念的表情，令她脑子里轰然作响。

就算她反应再迟钝，也无法不明白那个让她难以置信的事实。胸口急剧起伏，她用最后的一丝清明强自支撑着被空气中缭绕的香气逐渐侵蚀的意志，拼命张着口想说话，吐出的声音微弱到几不可闻，却仍然艰难地提醒他：“皇兄，我，我是你妹妹……”

启云帝目光一暗，浓浓的哀伤立刻在他眼中凝聚，他迅速用手指按住她的唇，声音无限苍凉地说：“别说了。我知道。”

他伏下身子，将头脸埋进她颈窝，她的心就吊在半空中，惊惧不安，害怕得想要颤抖。

这时，泠儿突然冲进来，看到屋里的一幕，惊得张大嘴巴，不敢置信道：“皇上，您，您，您在干什么……”

启云帝倏然起身，原本忧伤满目的双眼骤然闪过一道厉光，凝目盯向随之而入的小旬子。小旬子慌忙请罪道：“奴才有罪，奴才这就带她出去。”

泠儿岂肯被带走，快步冲到床前，见漫夭面色煞白紧皱着眉躺在那里一动不动，不禁惊骇道：“主子，您怎么了？皇上，您把主子怎么了？她不是您最疼爱的妹妹吗？”

启云帝眼光一沉，面色依旧儒雅清和，声音毫无喜怒，却叫人听了忍不住身子发颤，道：“泠儿，你可真是越来越不懂规矩了。你忘了当年朕救你之时，你对朕发的誓？你应该记住，你的主子，永远都只是朕。萧煞背叛朕，朕尚能理解，但是你，竟然也敢背叛朕！要知道，朕，最恨的就是背主之人。”

他说着起身逼近泠儿，泠儿一慌，连忙退后，眼中是愧疚和恐惧。

启云帝突然伸手一把卡住泠儿的喉咙，泠儿惊恐地瞪着眼睛，脸色瞬间涨红发紫。

“皇，皇上，”泠儿痛苦地望着面前的男人，一双手握住他的手腕想拉开他，但启云帝的手苍白得像是鬼一样，却极有力，任泠儿怎么挣扎，他的手纹丝不动，稳稳地捏紧了泠儿的脖子，五指越收越紧。

漫夭心头大骇，想爬起来阻止，却半点也动弹不得。她不禁睁大瞳孔，眼睁睁看着泠儿在她的面前一步步走向死亡之路，看着那个儒雅清和的男人眼中狰狞森怖的杀意，她拼命地挣扎着，奈何身躯不听使唤，她连一根手指都动不了。

“皇，皇兄，求你，别杀泠儿，放了她。”她艰难而虚弱的声音淹没在窗外呜咽的

风声中，那仿佛是苍天见证人间的惨剧，提前发出的悲泣。

启云帝回头看她，对她说："背叛朕，她就得死。你也要记住，以后，不管谁背叛你，你也要这样对他。因为只有死人，将来才不会再伤害你。"

说完，启云帝松手，泠儿的身体便往后直倒了下去，砰的一声砸在地上，更是重重地砸在了漫夭的心里，让她痛得连叫都叫不出来。那一天、那一幕，就此定格在她的脑海里，她对眼前的这个男人，再没了半分温情，只剩下憎恨。

泠儿的尸体很快被小荀子拖走了，屋里再次回复寂静，周围的一切都散发着诡异的令人心颤的气息。

启云帝再回头的时候，看到了床上女子的眼泪，如泉涌一般漫出清丽的眼角，他目光一震，飞快坐到床边，用手指轻轻擦拭着她湿润的眼角，神色慌乱道："皇妹，别哭。我重新安排一个奴婢伺候你，别哭，别哭……"

他眼中的心疼看起来那么真实，可漫夭再也不会信，再不会有丝毫的感动，在她眼里，他的一切表情都变得可憎亦可怕，于是，她死命地睁大眼睛，愤怒又仇恨地盯着他。

"别这样看着我！"启云帝神色一慌，抬手便捂住了她的双眼，却捂不住她眼中心中迸发而出的浓烈恨意。他趴下身子，在她耳边哀伤又温柔地说道："皇妹，你累了，睡吧。"

那句话仿佛有魔力般地令她感到万分的困倦，无论她如何强撑，也还是迅速地沉陷在了无边的黑暗当中。

那一日的风，格外地大，但天气还算晴朗，阳光灿烂，却总也照不见那些阴暗的角落。

醒来的时候，漫夭人躺在地上，地面冰冷而潮湿，她睁开眼睛，周围黑漆漆一片。她头有些昏沉，嗓子干哑发涩，想撑着身子坐起来，却发觉四肢无力。意识渐渐苏醒，先前的一切回到脑海，她心蓦地一痛，泠儿死了！眼泪唰地流了出来，她想起那一日，泠儿再三犹豫最后还是选择了她，然后抱着她，哭着说害怕。

这个世界，她最相信的两个人，其中一个就是泠儿，可是她就那么死了，因她而死！

心痛得像要窒息，她不知道自己此刻身在何处，也不知道那个可怕的男人到底有什么阴谋，抬手摸了摸自己的衣服，似乎还算整齐，除了喉咙灼痛以及四肢无力，其他没什么不适，还好，至少没被侵犯。她渐渐压下心头所有的悲痛和恐慌，努力让自己镇定下来。

黑暗中，视线逐渐清晰了一点，四周空荡无物，只有坚硬的墙壁以及身下潮湿的地面，这里应该是一个极隐秘的密室囚牢。皇兄将她关在这里要做什么？等待她的又将是何种悲惨的命运？一切未知的恐惧牢牢戳中了她的心扉。

在这种环境下，她总想寻找到一点点的安全感，费劲地支起身子，往一旁的墙角爬去。过了一刻钟，才爬了一小段距离，将自己蜷缩在角落里，感觉很疲惫，却不肯闭眼。

她静下心来细细思索这些事情的来龙去脉，傅筹让常坚带她去见皇兄这件事本就蹊跷，而皇兄分明早有准备，这是一场早就设定好的阴谋，她的作用是什么？

眼下局势紧张，双方实力均等，要想稳操胜券，就得出其不意，难道，要用她牵制宗政无忧？想不到千躲万躲，到最后还是躲不过去。

宗政无忧，请你一定要谨记你所说过的话，再也不多管闲事，由我生死。

她正在心里默默祈祷，门吱呀一声被打开了，一丝昏黑暗淡的光线投照进来，照不见她的位置。

门外走进两个人，有一人端着一个碗，又要逼她喝药？她忙缩了缩身子，那两人刚进来视线还没适应，找了一圈才发现她。似是不高兴她躲到墙角，快步走来，一把揪住她的衣领，动作粗鲁地将她提了起来。

她试着挣扎，根本无力反抗，脖子被衣领勒紧，喘不过气。她仍强自镇定，虚弱的声音，问道："你们是谁？你们要干什么？"

那两人根本不理会她的问话，其中一人掐住她的下颌，迫她抬头张口，另一人迅速将一碗药灌进她口中，根本不管她喝不喝得下去。

漫夭大骇，忙摇头拒绝，试图摆脱那不断灌进她口中的不知会为她带来何种厄运的苦涩药汁，但无论她如何尝试，在这两个会武功的壮汉面前，她一个被人下了药浑身无力的女子，所有的挣扎都显得那样苍白无力。

她讨厌极了这种无力的感觉，总也逃不掉别人的掌控。

挣扎中，她无意识地叫了声："阿筹，救我！"

这是第一次，她将希望寄托在别人的身上，第一次，她强烈企盼着傅筹能够遵守他对她的承诺，她愿意相信这一切都不是他的主意，一定是常坚暗中和皇兄勾结，背叛了他，只要他早一点发现常坚冒用他的名义将她带走，他会来救她，一定会的！她这样安慰自己，她不知道，她一心期盼的男子，此刻正在门外冷冷地看着这一幕。

傅筹听到那低弱到几不可闻的求救声，微微怔了一怔，下意识地想喊停，但理智告诉他，这不是容乐，而是痕香所使的手段。容乐那么骄傲的人，不会开口求救，就算要求救，她在绝望时，第一个想到的人，只会是宗政无忧。

黑屋子里的一切仍在继续，濒临绝望的女子拒绝吞咽，便呛到气管，猛烈地咳嗽起来，整张脸都涨得通红泛紫。

灌完了药，男人松手，女子软倒在地上，嗓子灼热如火烧般的剧痛袭来，她双眼蓦然一睁，双手自然反应地捏上自己的脖子，惨叫一声，撕裂的沙哑，尖锐如利刃冲破了喉咙，仿佛将喉管寸寸割裂。剧痛难忍，女子艰难地翻滚在潮湿而冰冷的地面，嘶哑凄厉的惨叫声一声漫过一声，到最后，连呜咽声都渐渐歇下，渐渐消失。这样窒息的痛，令她想要将自己活活掐死，如果她还有力气做到的话。

泪水因着这样的疼痛，无法自控地横流，满布在清丽的面颊上。

挡在面前的两人完成了任务，撤到一边。她费力地扭头，看到了门外昏黑的光线下，身姿挺拔的男子正背手而立，面无表情地望着这个方向。

她脑子里轰隆一声，有什么在心里轰然坍塌，她不敢置信地望着门外的男人，那个对她百般迁就跟她讨要真心的男人，那个她说要跟他同生共死的男人。

怎么是他？傅筹，竟然是傅筹！

她惨笑无声，使尽浑身解数，勉强撑起半个身子，想叫他一声，问问他——“为什么？”

可是张大了嘴巴，才悲哀地意识到，被剧痛撕裂后的喉咙，竟完全发不出一丝声音。

面色惨白如纸，心底惊惧至极。她不愿相信那残酷的事实，忙用双手捏住自己的喉咙，高高地仰起头，拼命地想叫出声，可直到她面容通红赤血，那由胸腔深处发出的悲鸣只有她自己的心才能听到。

徒然放手，身子无力瘫软在地。

她的嗓子就这么毁了。傅筹命人端来的那碗药，让她成了哑巴。

她茫然地望着门外的男人，整个世界都晦暗一片，心口被剧痛淹没，惨笑无声。忽然觉得，也许这只是灾难的开始，而她将要遭受的，还远远不止这些。

外面的男人缓缓走了进来，轻缓的脚步声在寂静的黑屋子里，格外地低沉，让人心尖发颤。他看不清女子眼中的神色，却能感觉到那惊天而起的愤怒和绝望，仿佛在控诉着他的残忍。他不为所动，伸手捏住她的下巴，温和地笑道：“这次任务结束，你能不能活下来，就看宗政无忧的意志力够不够坚定。销魂散可不比一般的药，控制不好，是会死人的，就像云贵妃那样。”

这一次，她连惨笑也笑不出了，那时候，她其实并不知道销魂散是什么，也不知道有多厉害，她只是直觉地感到，那一定是一种会让她痛不欲生的毒药。不能相信，她一直认为是真心对她好的人怎么都在一夕之间变得这样残忍？先是皇兄，再是傅筹，难道权力和仇恨，真的能将人变成魔鬼？他们不是都爱她吗？他们就是这样爱她的，爱她爱到要将她折磨致死！

“傅筹，你也不过如此！为了复仇，竟如此不择手段，是我看错了你！”她真想这样对他说，可是，她什么也说不出来，她只能在他转身出去的时候，趴在地上紧紧地抓住他的衣摆，无声地抗拒着。她不要作为一个棋子去伤害她爱的男人，不要！

傅筹轻蔑地看她一眼，飞起一脚，毫不留情将她踢翻出去，纤弱的身子直直撞在冷硬的墙壁，再弹回到地上，滚出很远。她听见自己的骨节发出咔咔的声响，似是都碎了。胸腔处血腥气急剧翻滚，直冲而上，她张口喷了出来，在地上印下一朵哀绝的血花。残余的鲜红，顺着她的口角一侧，蜿蜒到地上，形成一条殷红的长线，似是被无限拉长的哀伤，代替女子无法出口的声音，诉说着她内心的悲凉和绝望。

傅筹没有回头看她一眼，在门外背对着黑屋，面无表情地吩咐道：“带她过去。”

那两人再次走近女子，朝着她的后颈狠狠劈出一记掌刀，她顿时眼前一黑，昏了过去。

命运总是这样，让人沿着它既定的轨道，无法逃脱。

第二十五章　一瞬白头

太阳西斜，阳光倒映在皇宫地面的血泊之中，鲜红得刺目。

皇宫，宣德殿外广场。这里是皇宫之中最为广阔的一处，宫墙巍巍，将这世间的权力和欲望都困在了其中，历代宫廷阴谋政变，无不与之息息相关。太子的登基大典就在此举行，可惜还未正式开始，就已经如被血洗，平日里洁净的地面，此刻被鲜血浸染，先前的皇宫守卫，尸首四处可见。

太子宗政筱仁身穿龙袍，头戴帝冠，却丝毫没有皇帝威仪，只因迎面走来了本不该出现在此的白衣男子。

面容冷酷，目光邪妄，虽一身白衣却气势无比，明明浴血而来，但全身上下不见一滴血迹，想必他的下属在浴血杀人时还顾及到不能让血溅到他们的主子身上。

“七，七皇弟！你是怎么进来的？”太子终于找回自己的声音，瞪大眼睛惊骇地问道。这个时候，宗政无忧不是应该在城外领着江南大军与傅将军的铁甲雄师对阵吗？他怎么突然出现在皇宫里？而且只带千余人马，便将他太子府这些年来暗中培养的两万人尽数歼灭！

百官亦被震住，第一次真正见识了无隐楼的可怕！

宗政无忧面无表情地缓缓步上台阶，走到最高处，在太子惊惶的目光中他毫不客气地坐上龙椅。

没人敢反对。

上千名玄衣杀手分立两旁，他们手中的剑还淌着鲜血，宫门外马蹄声声踏响，万马奔腾的气势震得整座皇宫都在颤动，九皇子和禁卫军向统领带领已归顺离王的五万禁卫奔腾而入，瞬间占领了宣德殿。

四处都是黑压压的人以及鲜血浸染的尸首。

太子几乎绝望地瘫倒在地，喃喃道："城门破了？皇宫被占领了？！傅将军人呢？传傅将军救驾，救驾！铁甲军……"

"闭嘴！"宗政无忧不耐地瞥他一眼，目光冷冽道，"傅筹会来，但不是来救你！来人，送太子回府。"

"我不回府！我要当皇帝，我要当皇帝！我不回府……"太子疯了似的大叫，拒绝离开皇宫，但抵不住两名侍卫的拖拽，在越来越远的视线中，他不甘心地望着那高位之上的一人一椅，终是悲哀惨笑："母妃，你用命换来我的太子位，却换不来我的皇帝宝座。那我这些年的担惊受怕又有什么意义？"

太子被带离皇宫，百官叩拜："离王千岁！"

宗政无忧淡淡地扫了他们一眼，没让起身。他在等一个人，一个一整天都不曾露面的真正的对手。

傅筹来的时候，不仅带来了五万铁甲军，还带来一张红幔大床。

楠木雕刻，龙凤呈祥，层层叠叠的大红色罗帐，随着秋日冷风轻舞飘扬，在这充满浓烈杀气和血腥气的森罗广场，形成一道奇异瑰丽的风景，并不怡人，反而显得格格不入，诡异极了。

大床的四周十二名青衣护卫手握长剑，关注着周围的一举一动，似是罗帐内有什么稀世珍宝，唯恐被人盗走一般的高度警戒。

宝驹之上，傅筹一身银光铠甲，微微抬手，铁甲军在广场入口方向，列阵排开。

有人在床边不远处摆了一张精致的桌子，桌上有一蓝一白两个精致的青花酒壶。

傅筹朝身后招手，大军中忽然走出一名风情万种的美艳女子，那女子用娇滴滴的能酥了人的骨头的声音唤了声"将军"，就被傅筹一把搂了在桌边坐下，竟颇有闲情雅致地饮起酒来，全然将这剑拔弩张的战场当作是风花雪月的行乐场，令整个广场的将士皆疑惑，百官更是摸不着头脑，他们本以为离王打进宫来，傅将军已经落败，却不料这二人的生死较量此刻才刚刚开始。

宣德殿广场数十步台阶之上的龙椅上，宗政无忧巍然不动，嘲讽地笑道："将军好兴致！"

傅筹朝他举杯笑道："本将军是看离王多日辛劳，特地为离王备了一出好戏，让离王既可大饱眼福，也可放松放松筋骨。离王不妨过来同饮一杯，共赏春景如何？"他对着守在床边的侍卫一扬手，两名侍卫一人撩起一边重罗红幔，罗帐内的情景立时呈现在所有人的眼前。

只见雕花大床上，一名绝色如仙的女子扭动着身躯，被撕裂的衣摆下，粉白修长的玉腿若隐若现，一双莹白纤细的手拼命撕扯着胸前的衣襟，露出光滑诱人的肌肤。她黛眉紧蹙，红唇微张，双眼迷离凄楚，透着被欲望折磨的痛苦，渴望得到缓解的期盼眼神，是个男人看到这等情景，无不血脉偾张，难以自持。

场内的将士开始躁动不安，交头接耳，这么美的女人，真是人间尤物。

宗政无忧目光只盯住傅筹，对那红帐内的情景根本懒得看上一眼，所以，他没有九皇子的震惊。

"啊？怎么是璃月？七哥，是璃月啊！"九皇子惊叫。

宗政无忧闻言一震，立即举目望去，他们的目力自是非常人所能及，即便相隔十丈距离，依旧可以看得清晰，更何况他所处位置本就在高处。红罗帐内，那张被刻入心底的绝色容颜令宗政无忧面色陡然巨变，他直觉地想飞掠过去，迅速用衣物裹住那袒露肌肤的女子。

从来都是睿智、冷静的男子总是在遭遇那个女子的一切时被轻易地摧毁了理智，九皇子来不及阻止，他已经如旋风般卷入了铁甲军的阵营之中。

脚步刚刚落地，人还未至床前，十二把利刃同时指向床上女子，迫得他不得不停住脚步。

傅筹笑道："离王不必如此心急，既然是特地为离王所准备，自然跑不了。"

宗政无忧猛地转头，眼中厉光直射，冷冽无比，但当他看到傅筹温和从容的笑容，忽然冷静下来，寻回理智，疑惑便浮上心头。傅筹对她已有真心他不是看不出来，就算要用她来牵制他，又怎会舍得将她弄成这副模样，放在十万将士面前如此羞辱？

宗政无忧沉下目光，冷笑道："将军大方，竟将自己的妻子放在这光天化日之下，让人欣赏。这等胸襟气度，当真稀世罕见！"他语带讽刺，目光犀利。也许帐中女子是别人假扮，但以她名义这么做，对她已是一种侮辱。

傅筹握着杯子的手轻轻一颤，骤然搂紧怀中的美艳女子，仿佛在向别人证明他对床上女人的不在乎。将酒杯送到美人唇边，美人娇笑着饮下，他轻佻地在那美人唇上抹了一把，嗤笑道："妻子？她这种女人，也配做本将军的妻子？本将军这一年多来，可是一次都没碰过她。本将军之所以隐忍至今，只为等待今日，一雪前耻，让所有人都见识见识离王的女人是何等的风姿绰约！"

床上被销魂散折磨得恨不能立刻死去的女子闻言惨然笑了起来，傅筹，傅筹，原来这才是他的真心！她忽然很想大笑，却张着嘴，笑不出声音。体内凶猛的药性在急速地燃烧，一度摧毁她的理智，逼迫她做出会让自己羞愤至死的事情，她拼命地挣扎，用她所有的意志去抵抗药力的侵袭，然而，还是那样的无力，就算想用伤害自己的方式来唤醒更多的理智都无法做到。

这一刻的她，如同砧板上的肉，任人切割取舍。

"卑鄙！"宗政无忧眯起凤眸，强自按捺住心底的愤怒，脸色平静地看傅筹抱着一个女人十分享受的表情，故作平淡道，"你以为本王会信吗？本王知道你们天仇门易容术高超，足可以假乱真，别说本王不信，即便本王信了，她首先也是你傅大将军明媒正娶的妻子，然后是启云国的和亲公主，本王与她不过一夜风流，早已烟消云散，你还指望本王为她向你俯首称降不成？"

"烟消云散"四个字传到床上女子的耳中，她竟不知是高兴还是伤心。

外面傅筹眼光一变，口中却笑道："是吗？果真烟消云散？既是烟消云散，当日得知她在清凉湖有难，离王何以十万火急赶去相救？选妃宴上见她受伤，你又为何比本将军还要紧张？为了帮她，你肯将无隐楼最高信物交到她手上。哦，还有七绝草，那是云贵妃留给你的最后一样东西吧？”他挑眉望着宗政无忧，那表情分明在说：你说你不在意她，本将军一万个不信。

宗政无忧眉心一拧，袖中双拳紧攥，这傅筹竟早已将他的心试探得清清楚楚。

傅筹又道：“对了，末将还没告诉离王，她服了销魂散，若一个时辰不解，恐怕她就只能香消玉殒了。可惜了这么个美人，如果没被你碰过，说不定本将军还有几分兴趣。不过也无妨，你若不愿，这里这么多男人，应该会有很多人愿意效劳。当然，就算这些人全上也解不了销魂散的药性，除非，离王的易心经！离王身上的伤应该尚未痊愈，此时做这种激烈动作，还要在紧要关头控制住自己并用内力助她驱毒，这样一来，离王能否下得了床还真难说。”

“你！”

一听“销魂散”三字，宗政无忧双目圆瞪，阴霾顿生，脑海中骤然涌现十四年前的惨烈一幕。他猛然一掌拍在桌子上，咬牙怒道：“你，竟然对她用了销魂散？”

那张桌子经不起他的一掌，木架四散，萎靡在地，傅筹似早有所料，一把抄起桌上的白色酒壶，警告道：“离王千万别动怒，这壶酒里有解销魂散的药引，如果不小心碎了，就算你想救人，也难。”

宗政无忧眯起凤眸，眼中寒光骤盛，冷冷道：“傅筹，你信不信，只要本王一句话，你和你的铁甲军，今天一个也走不出这座宫门。”

傅筹道：“信。本将军当然信！无隐楼的人，以一敌百，本将军已经见识过了，再加上这里的五万禁卫，城门外还有八万江南大军，倘若真打起来，本将军驻守京城的十三万铁甲军或许不是对手，但是，本将军有她在手，如果离王想让她死，尽管下令。”

“你！哼！”宗政无忧冷哼一声，死死盯住傅筹的眼睛，沉声道，“前些天，在猎场悬崖下，她亲口对本王说，以后，但凡她的事，都有她的夫君替她做主，叫本王莫再多管闲事，以免招人话柄。既如此，那她是死是活，与本王何干？”

傅筹一怔，直觉地推开倚在怀中的美艳女子，起身问道：“她真这么说了？”

宗政无忧微勾唇角，果然傅筹还是在意她的。他笑道：“不然，你以为本王会放她回将军府吗？”

傅筹眉头一皱，沉下声音道：“谁说她是回将军府？若不是本将军提前守在西郊城外，只怕她早已远离京城，不知身在何处。”一想到她竟然要离他而去，傅筹心里又痛又怒，手中的白色青花瓷壶被捏得死紧，几乎要碎掉。

宗政无忧却是愣住，直觉道：“不可能！她很清楚地跟本王说，她要回将军府！叫本王日后莫再多管闲事。”当时，他心里痛怒交加，生怕再多留片刻便会做出让自己后悔终生的事情来，所以才弃她而去。可她竟不是要回将军府吗？难道……

他目光骤然一亮，与此同时，傅筹却是眼光暗沉，平静不再，痛声道：“她是怕自

己拖累你。她曾用她的信任，来换取本将军不利用她来牵制你的承诺！从始至终，她心里还是只有你宗政无忧！”

宗政无忧心头剧颤，虽然怀疑床上女子为他人假扮，但还是下意识地回头去看，正好看见女子慌乱地闭上眼睛，她不想让他看到她眼中透出的强烈渴望以及眼底隐藏的绝望和悲哀，但就在她闭上眼睛的那一刹那，宗政无忧清晰地感受到了发自女子心底的矛盾和挣扎，心底剧震，他不敢置信地睁大瞳孔，是她！这个女子竟然真的是她！

这一意识令他理智尽失，一个折身，在众人还没来得及反应之前，夺了一把剑，直指傅筹心窝。

“本王杀了你！”

傅筹目光一变，几乎是在同时抄起另一把剑，迅疾无比地迎刃相击。

“本将军也很想杀了你！”

铮的一声刺耳巨响，寒光大盛，尖锐的厉声划破苍穹，坚硬的金属铁器撞出激烈火花，四下飞溅，漫天杀气一瞬荡开，将整座皇宫紧紧笼罩。

周围的将士们见两方主帅竟这样动起手来，皆是愣住，九皇子眉头紧皱，面色从未有过地凝重，他一直以来最为担心的事情，终于要发生了！

宗政无忧再度开口，声音沉闷道：“你可知道，她曾为你竟然放下骄傲求本王放你一马。你却如此待她！为权力、仇恨，如此糟践自己心爱之人，总有一天，你会后悔的！本王等着那一天，看你痛不欲生！”

没人能在利用她之后全身而退，他不能，傅筹也不能。

傅筹心下剧颤，下意识地朝帐内望了一眼，便望见了女子紧闭的眼角滑出一行清泪，他忽觉心头一痛，恍然间竟生出一种错觉，好像那个女子就是容乐。他连忙收敛心神，告诉自己，那是痕香，是欺骗他背叛他的可恶女人痕香，于是，他又能笑出来了，淡然道：“自古成大事者不拘小节，只要目的达成，用何种手段，我并不在意。至于女人，天下间有的是！我不需要任何人为我求情，你我之间，输的那个，只会是你——宗政无忧！如何？你到底是救，还是不救？”他朝那青衣侍卫使了个眼色，一名侍卫会意，一剑挑开被撕裂的一条衣摆，纤细莹白的小腿便整个露了出来，即便不是在这思想保守的年代，于十万人面前，这也是莫大的羞辱！

床上的女子不知哪里来的力气，突然伸手抓住那柄剑，朝着自己的心窝狠狠刺去。

这一刻，她最大的心愿，就是死。然而，老天却不成全她，她的力气根本不够，那柄剑尚未抵至胸口，已经被执剑之人狠狠夺走，女子的掌心血肉翻飞，痛感直抵心尖。

“阿漫！”宗政无忧在看她寻死的那刻，心跳停滞，不受控制地朝她掠了过去，在那十几名青衣守卫愣怔的瞬间，他已将他们全部震飞，被撩起的红罗帐复又垂下，他飞快地脱下外衣将她裸露的肌肤紧紧包裹住，再握住她鲜血四溢的掌心，目光尽碎。

掌心的剧痛令床上女子的神志略微清晰了少许，她望着眼前男子心痛欲碎的眼神，内心悲哀无比。她想求他杀了她，却张口无声，喉咙依旧发不出任何声音，她只能用万分焦急的眼神向他传递着她内心的乞求——“杀了我！求你，杀了我！”

宗政无忧瞳孔骤缩，看懂了她的意思，身子踉跄后退，摇头道：“不！”

不可能！别说是亲手杀她，即便只是看着她死，他也绝对做不到。这种事情，他只是想想便有如万箭穿心。

“求你！”女子拼尽全身仅有的那点力气，死命抓住他的手。她乞求的眼神，像是凌迟的刀子割在他心上，他用力挣开她的手，猛地回身走出红罗帐，重重闭了下眼睛，再睁开，双目已赤红似血，死死盯住傅筹，似是恨不能将眼前这个男人碎尸万段。他好后悔，岩石洞外，他就应该强行将她带走，哪怕她会恨他一辈子，也好过这种折磨。

“傅筹！算你狠！”宗政无忧一字一顿，咬牙切齿，“解药，拿来。”

傅筹似乎很高兴能看到他这样的表情，不禁扬眉笑道：“离王终于熬不住了？想要合欢散？可以。投降吧！当着这些敬你如天神的将士的面，向本将军投降，本将军立刻就给你合欢散。不然，只要本将军一松手，合欢散就没了，到时候，就算大罗金仙下凡，也救不了你心爱的女人。如何？”

傅筹说着，作势就要松开手中放了合欢散的白色青花瓷壶。

宗政无忧身躯一颤，毫不犹豫地掷剑在地，锋利的武器砸在冷硬的地砖，铿锵一声，似是在为一向狂傲自负的男人抛却的尊严和骄傲而哀鸣。

“七哥！你疯了！”九皇子惊惶大叫。

傅筹却道：“这样不够。本将军要听你亲口说降！还要让这广场里的每一个人都亲耳听见，如果有一个人没听见，你就等着为她收尸。”

傅筹冷冷地说着，嗓音沉郁，目光阴狠，令周围所有人都愣住，这是第一次，温和俊雅的傅大将军褪去伪装，将他阴鸷的一面毫无保留地展现在人们的眼前。

宗政无忧双拳紧攥，骨节咔咔作响，心里恨怒交加，面上陡然沉定下来，面无表情地扫一眼广场四周的几万人马，那些是将他当作神祇一般存在的将士和属下，以及视他为信仰一般的弟弟，而身后，是他此生唯一的至爱，也许她已经不爱他，但他还是无法做到眼睁睁地看她受辱而对她置之不理。

深吸一口气，他回眸望她，红帐内的女子目光哀切，焦急摇头，他却悲怆一笑，仰首大声道：“本王降！”

一个降字，将抹之不去的耻辱从此烙在了这个天之骄子的男人的生命里，含血吞下，有恨无悔。原来，江山、权力、尊严，在他心里，都比不上一个她。

万籁俱寂，四周没了声音。

从来没人可以料到，宗政无忧这样一个狂妄自负的男人，有朝一日竟会对人称降。他也许不在意皇位，也许不追求名利，可他骨子里的狂妄和骄傲，向来无人能折，但是今日，他竟对人俯首称降！为了一个女人！

傅筹面上的笑容一点一点地消失了，他等这一天，等了二十年！眼前闪现过曾经亲眼目睹的一幕一幕，森阎宫里倒刺穿骨的血肉飞溅，吞噬山河遮蔽日月的滔天大火，大火中女子凄厉惨叫、心碎回眸，对他说：“筹儿，活下去，替母亲报仇！”

报仇！

傅筹突然仰首大笑几声，然后转首望向四周的禁卫军，负手大声道："都看到了吗？这就是你们抛家叛国不顾一切也要效忠的主子！他为一个女人而降，抛弃了你们。这样的人，根本不值得你们为他抛头颅、洒热血、弃妻儿老小于不顾！原本尔等叛国之罪，不容姑息，但念尔等都曾忠心保护过皇帝陛下，今日，本将军就网开一面，只要尔等放下兵器，本将军既往不咎，并将尔等编入铁甲军中，日后一起保家卫国。"

他声音洪亮，字句铿锵，令那因离王投降而慌乱躁动的五万禁卫军渐渐安静下来，然后兵器落地，铿锵有声，一人弃剑，众人紧随其后，不过片刻，几万大军无不放下武器，伏地称降。唯有向统领及随离王进宫的千余名玄衣人还稳稳站着。

宗政无忧听着那些落地的兵器声，没有反应。

九皇子似是这时才醒过神来，飞奔而下，急切抓住宗政无忧的手臂，叫道："七哥，你真的疯了！大不了我们把璃月抢回去，也不用跟他投降啊！"

抢？如何抢？别说他现在没将合欢散拿到手，即便拿到手了，要想带阿漫离开此处，傅筹必会想方设法阻拦，拖延时辰，他能等，销魂散却不能等。宗政无忧凝眉冷笑，没人比他更了解销魂散的毒性，天底下至阴之媚毒，凡中此媚毒之女子必与服下合欢散的男子阴阳交合才能缓解痛苦，却也不能就此解毒，只有身怀易心经之绝学的男子在最紧要关头用内力护住女子心脉并驱除毒素方可。说起来似乎并不可怕，然而，其可怕之处，恰恰就在服用了合欢散的男子身上。合欢散药性霸道无比，一经服用，沾染上女子的身体便会失去理智，只知疯狂索取，令女子至死方休。因此中了销魂散，没有人能活下来，除非服用合欢散的人拥有超强的意志力，能在最关键的时候清醒过来。

"老九，你回去。"他皱眉沉目，冷冷吩咐。

九皇子抗议地叫道："七哥！"

"叫你回去。"宗政无忧明显动了怒，九皇子这一次却没有听话，固执得像个孩子，红着眼睛叫道："我不回去。我不能让你向他投降，更不能看着七哥你这样被他欺辱，七哥，你敢投降，我就杀了璃月！"

九皇子说完疯了般举起剑就朝床上女子刺了过去，毫不留情，女子凄艳而笑，在这个时候，能有一个人愿意取她性命对她而言是莫大的恩赐，她闭上眼睛，笑着等待那把利剑穿破她的胸膛，结束她的痛苦。然而，利剑未至，她已经听到九皇子一声慌乱的惊呼："七哥！"

锋利的剑刃被紧紧捏在一身怒焰的男子的手里，宗政无忧目光沉沉，握住剑身猛地一折，剑身剑柄便是不相干的两截。他将断剑狠狠丢了出去，对手掌里骤然涌窜的鲜血视若无睹，只朝九皇子拂袖斥道："滚！我不想再见到你。"

九皇子踉跄后退，悲笑一声，转身就冲出宫门。

帐内女子绝望地闭上眼睛，泪水还没流出就已经干涸在她的心里。生而无望，求死亦不得，还要连累她最不想连累的人！宗政无忧，你何苦？何苦！

"你所说的，本王皆已办到。解药给我。"宗政无忧面无表情伸手取药。

傅筹转首笑道："自然。只不过，你一向嚣张狂妄，从不将任何人放在眼里，今日，你也不得不向本将军俯首称臣，本将军要你记住，你是我的手下败将，今日是，以后永远都是！这壶美酒，本将军赏你，好好享用去吧。你放心，今日之后，如果她能活下来，我会善待她。”

宗政无忧冷冷道：“如果本王能活着，你还是自求多福。总有一日，连本带利，本王会让你千百倍地还回来。”

接过傅筹递过来的白色青花瓷壶，壶中不是穿肠毒药，却比穿肠毒药更加可怕千万倍。

仰首饮毒酒，他没看到红帐内女子无力张开的手指、痛彻心扉的眼神。

周围的侍卫退下，红罗帐合，曾经骄傲无比的天之骄子，当着十万将士的面，隔着重重罗帐，宽衣解带，为救心爱女子，不惜放弃江山、放弃尊严，为人上演一出活春宫。极度的羞辱感在心头肆意扩张蔓延，令他心头呕血，却只能咬牙承受。

修长的手指苍白若纸，轻轻颤抖着，他俊美如仙的面容毫无血色，那折磨了他十几年的噩梦，如今竟要由他亲自上演！忽然想到了那个让他恨了十四年的人，倘若今日，他也因为意志力不够，抵不住合欢散的烈性，将心爱之人折磨致死，那种悲痛，他不确定他是否能够承受！

红罗帐外，傅筹仍然在笑，在等待着他精心安排的一出好戏，殊不知，这场戏早在还没开场的时候就已经更换了导演者，而他，也不过是那出戏里的一个角色，却犹不自知。

那一日阳光冷照，秋风萧索，权力之巅的皇宫宣德殿外，十万将士面前，宗政无忧与漫夭这两个骄傲无比的男子和女子，在一年以后，以如此耻辱的方式再次结为一体。

没有快乐，没有心跳，没有希望，没有光明，只有灭顶之痛，以及深至骨髓的耻辱和绝望！

红罗帐内，因药性而起的极度疯狂的占有和掠夺，令女子几度昏厥，身下撕裂的剧痛和被药物折磨的痛楚来回交织的绝望令她已然四肢僵冷，身心麻木，仿佛灵魂即将脱离躯体，就要死去。可这时，她却忽然不想死了，她想活着，想活着看那些伤害她的人最终会有什么样的下场！

她扭头看向罗帐外影影绰绰的十万人，那站在十万人之中、侧对着她正温雅笑着一副看戏模样的男人，是她的夫君，她曾决定与之同生共死的男人！

她记得，那个男人曾经对她说：

“以后，在我身边，你会慢慢习惯温暖。要记得，我不是旁人，我是你的夫君，是要与你一辈子相守到老的人。”

“容乐，我不知道要怎样做，才能走进你的心里？”

“带给你伤害，我比你还要痛苦……”

“能娶到容乐这样的女子为妻，是我一生之幸。”

“我不想勉强你，我愿意等。等你心甘情愿，爱上我的那一天。”

傅筹，傅筹。

她恨恨咬牙，从来没有像这一刻这样恨过一个人！从来没有！

还有启云帝，也曾对她说："朕此生最大的心愿，是皇妹你能好好地活着，幸福地活着。"

全都是谎言！

都怪她自己，这个世界，皇权为尊，强者生存，她却蠢到一心想过平静生活，其实从来没逃开过别人的利用和算计！如果这一生她注定要生活在权力中央，那么，好，今日之后，倘若还能活着，她发誓不再忍气吞声，不再顾及伦理、道德、身份，没有家国利益、天下苍生，没有兄妹情谊、夫妻恩义，以后，以后的以后，她只忠于她自己，不再任人欺凌。

身体被窒息的剧痛一次次狠狠撕裂，心口血浪翻滚，鲜红的液体从女子的嘴角肆意漫出，顺着惨白的面颊流淌下来，她乌黑的秀发随着眼底滔天的悲愤以及对这个世界的彻底绝望而一寸寸变得雪白，仿佛雪玉山上那终年不化的冰雪。

此时的红罗帐外，傅筹安稳地坐着，听着帐内传出的绝望之声，他微微扬着唇，心中在想，假如宗政无忧知道他拼命相救的女人并非容乐，而是他一直在寻找的秦家后人，那他将会是何种表情？一定会气怒攻心、痛不欲生吧？想着想着，他觉得很痛快。

而此时的红帐内，女子的发丝褪去了乌黑色，呈现出那样刺眼的雪色，在透过大红罗帐的落日夕阳的辉映下，竟如同圣洁而妖冶的雪莲，格外地震颤人心。

伏在她身上的狂情男子瞳孔蓦地一张，脑子里轰然一声响，理智瞬间回笼，他惊骇地望着身下女子的眼瞳渐渐黯淡无光，头发迅速变得雪白，立刻停住一切动作。身下湿漉漉的温热黏腻的液体控诉着他所犯下的罪行，将他的一颗心狠狠地攥紧又撕裂，惊痛得忘了呼吸。但他很快便定下神来，来不及多想，他慌忙撑起女子的身子，聚内力于掌心贴在她后背，先护住她的心脉，再将内力源源不断地输送到她的体内，将她体内的余毒尽数逼出，然后精疲力竭地翻身倒了下去。

女子再一次彻底地陷入黑暗之前，手被他握住，似乎听见他极轻极弱的声音说了一句："阿漫，好好活着。"

第二十六章　悔恨莫及

残阳如血，染红了半边天空。这数万人的修罗场，在短短时间内又经历了一次鲜血的洗礼。

女子再度睁开眼睛的时候，床上只有她一人，外面脚步声嘈杂纷乱，似是大军正在撤退。她撑着身子想坐起来，却感觉下体剧痛难忍，骨架像是散了一般。体内有一股灼热的气流在周身流窜，给了她支撑的力量，那是宗政无忧留给她的内力，可却不见了他。

她低头看了眼被撕裂的无法蔽体的残破衣裳，看着身下尚未凝结的鲜红，目光竟是如此的冷漠，像是含了一块冰。

抬眼，透过罗幔的视线，带着赤红的朦胧，宗政无忧的人一个不剩，而那些正在撤退的将士不断转头朝她的方向望过来，那些人一定在想，这个女人经过这样的折磨还能不能活着？如果活着，这样的女人以后又将如何活下去？

她漠然的目光扫过那些将士，停留在帐外那卓然挺立被一众大臣包围着的男人，俨然一个胜利者的姿态。

有人谄笑："大将军好计谋，真是令下官佩服得五体投地！"

另一人道："想不到离王那样狂傲自负的人，竟然是个痴情种！"

"将军和离王，到底还是将军更胜一筹啊！"

女子闻声冷笑，果然胜者为王败者寇，整个临天国，再也没人是他卫国大将军的对手。看傅筹笑得多么开心，昂着头高高在上，甚是得意。

又有人道："人人都说离王睿智，这一回，离王千算万算，怎么也算不到大将军会用自己的夫人布下这个精妙的局，等着他来跳。"

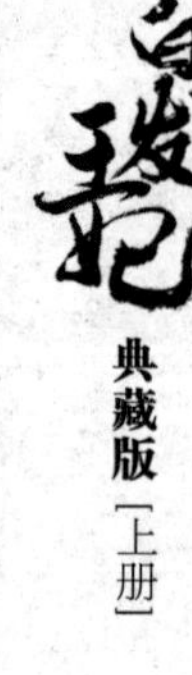

“谁说她是本将军的夫人？”傅筹开口，“你们以为这里面的女人，真的是本将军的夫人？”

众人奇怪：“怎么？不是吗？莫非里面的人，是大将军找人假扮的？哈哈，枉离王聪明一世，竟也有被蒙蔽的时候！”

众人皆笑，唯有杨惟杨大人轻叹摇头，傅筹淡淡地看了杨惟一眼，没作声。

帐外仍是欢声笑语，帐内女子目光凛冽，无声冷笑，纤细的手指缓缓抓紧了面前的红帐，猛力一拽，红光剥裂，她纤手一扬，将那被撕裂的红帛裹住她伤痕累累的身子，血一样的颜色，衬得她褪去乌黑的长发，更是一片刺目惊心的惨白。

楠木床架经不住力道，瞬间往一侧坍塌，轰隆声巨响，惊动了广场内尚未撤尽的那些人。他们回头望了过来，立刻震惊地张大嘴巴，同时顿住了脚步。

那些官员亦是回头去望，只一眼便惊诧失声，像是见鬼一样地叫道：“她、她、她……”

傅筹似是这才想起身后还有一个不知是死是活的女人，但他却连头也懒得回。

这时，宣德殿广场门口飞奔过来三个人，一个是看守清谧园的侍卫，另两人分别是萧煞和项影。

傅筹皱眉道：“你不守着清谧园，跑进宫来做什么？”

那侍卫忙道：“启禀将军，夫人出府已有三个多时辰，属下是来请示将军，用不用去天宇行宫接人？”

傅筹眼光一变，急声斥道：“夫人出府了？谁让她出府的？你们怎么守的园子？”

那侍卫一惊，愣道：“不是将军让常侍卫带夫人去天宇行宫探望启云帝吗？”

傅筹心底猛地一沉，双眉皱得死紧，就在此时，萧煞和项影的目光同时落在前方不远处仿佛遗世独立的女子身上，那满头如雪的发丝令他们几乎以为自己看花了眼，大惊失色，平日里的沉稳镇定皆不翼而飞，失声叫道：“主子！！！您，您怎么会在这里？您的头发……”

傅筹面色大变，怎么连萧煞也分不出真假？他抬起眼皮，缓缓回过头去，当视线触及那满头银发散发着一身冷冽气息的女子，他胸腔剧震，瞳孔蓦然一张，忽觉手脚冰凉，如堕地狱冰窟。

这冰冷刺骨的眼神，这讥诮嘲弄的嘴角，这薄凉带讽的冷笑。

是那个女子特有的表情！

脑子里嗡的一声响，他想也没想，便直觉地朝她飞掠过去，一双手急切地朝她下巴底下摸去，再精细的人皮面具也会有贴合的痕迹，可是，她那里什么都没有。

没有面具，没有伪装的痕迹。

不是痕香！

傅筹身躯剧震，整个人如遭雷击。

“容乐？怎么怎么会是你！”难以置信的惊呼，带着惊惶的颤抖脱口而出，一向深沉莫测的男子，此刻心如凌迟般地绝望。

漫夭抬眼，淡淡地望了他一眼，仿若无物般的空洞眼神却又带着发自内心的冰冷和仇恨，令人望之惊战。女子缓缓抬起纤细苍白的手，一根一根地，用力掰开他抓住她肩膀有如铁钳一般的青白手指，微微冷笑，竟发现笑出了声，原来她已经可以开口讲话了，那哑毒的量下得真是刚刚好。

傅筹望着她冰冷的笑容，心头大慌，改为抓她的手，死命地不肯松开，生怕松开她就会从他的生命里永远消失，这一意识，令他控制不住地颤抖。

"放开。"女子冷冷开口，被哑毒侵蚀过的嗓音嘶哑暗沉，她忽然笑道，"事到如今，别再来跟我表现你的悲痛，我再不会信。傅筹！此生你我，不共戴天！"

冷冽的笑容，决绝如冰，她一字一顿，坚定无比。听得傅筹踉跄退后，心如刀割。

"不！容乐……"

再无法自欺欺人，告诉自己，那不是她。

力气陡然被抽尽，傅筹几欲跌坐在地，被一名官员扶住。堪堪站稳，他呆呆地望着前方女子惨无血色的面庞、冰冷无情的双眼以及凝着血色长线的薄凉嘴角，还有那满头白发。

不能相信那被他所害痛至白头的女子，竟然，竟然是他心爱之人！

"为什么会是你？"心碎欲裂，他喃喃自语，依旧不能相信这样残酷的事实。

他竟然亲手毁了自己心爱的女人！是谁害他？到底是谁？

之前，她也想问问他，为什么？为什么在她百般防备过后终于肯相信他一次的时候用这样残酷无情的方式狠狠背弃她？

哑毒、媚毒、刻骨铭心的羞辱、生不如死的折磨。

启云帝容齐、卫国大将军傅筹，从此就是她的敌人，不共戴天。

地上有一柄断剑，没有剑柄，只有锋利的剑身，剑身上有干涸的血迹，那是宗政无忧的血。她看了一眼，缓缓伏下身去，将那断剑握在手心里，正好是宗政无忧握过的位置。锋利的剑刃没入娇嫩的掌心，她一点都不觉得疼，只是麻木。

将剑尖缓缓抵上对面男人的心口，她面无表情，缓缓问道："还要我的真心吗？告诉我，你的真心在哪里？"

薄凉的语气，如这秋日里萧瑟的冷风，并不刺骨，却能寒透人心。

傅筹目光遽碎，一瞬间心死如灰，张口无力："我，容乐，我……"

"将军！保护将军！"有人喊了一声，尚未撤尽的将士们如潮水般地冲过来，瞬时将他们团团围住。

上万把锋利的武器皆对准了女子纤细的身躯，只要男人一声令下，就能让她万箭穿心。然而，她却不怕，在此之前，她所承受的绝望和耻辱比万箭穿心痛苦千万倍。因此，她对周围上万的敌人看也不看一眼，只是盯住傅筹，没有喜怒，没有表情。

傅筹看着她握剑的手，看着从她指缝里缓缓溢出然后滴下的鲜红，他对四周围过来的将士们失控地喝道："都滚开！"然后目光慢慢上移，目无焦距地望着她冷漠的眼，万念俱灰。

“容乐，你杀了我吧。”

没人见过这样的卫国大将军，惊慌无措、悲痛绝望，一向温和从容的神色再也不复存在，而他英俊的面庞只剩惨灰一片。官员们不禁面面相觑，这才明白，原来傅将军竟然不知道红帐内的女人是他的夫人！此事真是蹊跷。

天空依旧无云，夕阳如画亦如血，皇宫里的宫殿巍峨耸立，一如往常地肃穆威严。宣德殿广场上的尸体和血迹已被清理，一切又都恢复了原样，似乎从不曾改变过，但傅筹却清楚地知道，有些东西已经永远离他而去了。他生命里的最后一丝光明和希望，再也不会有。

冷风迎面，吹过他的脸，掀起对面女子的满头白发，涨满了他的眼帘，一片惨白，他看不见其他颜色。

女子突然放下断剑，笑道：“死亡，并不是对一个人的最终惩罚，与其杀了你，不如让你活着，一生悔恨，才是生不如死的折磨。”

一朵绝艳无比的笑花，映着嘴角的血迹以及满头白发，在这如血的夕阳下，惊心动魄地瑰丽绽放，妖冶至极。

女子举步，身下鲜红的血印在纤细的脚踝凝结成线。她赤着脚，一脚深一脚浅，拖着长长的大红色罗帐，在人们诧异的眼光中，艰难而缓慢地走过男人的身边，走过这见证她终生耻辱的每一寸土地，拒绝任何人的搀扶，但终究没能走出这遭受皇权诅咒的冰冷宫廷，就已经倒了下去。

冷月如水，晚风清寒。

卫国将军府虽有天大的喜事即将临门，却无人有笑容，整个府邸都笼罩在一片压抑的晦暗之中。下人们只知道两日前他们的夫人是在昏迷之中被将军抱了回来，不知道发生了什么事，中午出去的时候还好好的，回来时头发全都白了，身上似乎还有很重的伤。将军将看守清谧园的所有侍卫全部处死，当日带夫人出门的常侍卫不见了踪影。

萧可又被接了回来，为漫夭检查完身体，一个劲儿地哭，就是不说话，急得萧煞和项影像是热锅上的蚂蚁，就差撞墙了。

两日两夜，漫长得就像是二十年。

傅筹坐在女子的床前，屋里的下人都被赶了出去，他目光有些呆滞，愣愣地望着床上女子紧闭的双眼，望着她散落在枕头上的雪白的头发，两日前所发生的事情在他眼前一遍一遍回放，耳边是密室囚牢里，她濒临绝望的挣扎求救。

“阿筹，救我。”

在那个时候，她想到的是他。可他在做什么？灌她毒药，一脚将她踢到墙上；把她放到十万人面前，让她受尽羞辱和折磨，痛至白头……

他到底对自己心爱的女人都做了些什么？

心头剧痛，像是有把铁钳狠狠捏住了他的心口，令他胸腔颤动，一口猩红喷在了颜色艳丽的锦被上。十指紧抠床沿，头磕在坚硬的床板，有呜咽声竟从腔内发出，如不见光明的困兽被人撕裂了心肺。

这么多年，无论身处何种逆境，他都告诉自己，男子汉大丈夫流血不流泪。可是今日，他竟难以自制。

悔恨，似化作无数的尖刀，狠狠捅进他的心窝。这蚀骨的悔痛在心，他未来漫长的人生，将一片灰暗。

一直安静地躺在床上的女子，忽然皱起眉头，意识模糊，沉浸在黑暗中找不到光明的出口。周围好像都是血，又好像都是人影，幽灵般地将她紧紧包围。

她仿佛听到有人对她说："别回去了，那个世界没一个好人，你在那里只会被人欺骗、利用、伤害，别回去，跟我们走吧，走吧。"

她就朝着那道声音走过去，越走越黑，脚下冰冷黏腻的液体渐渐将她淹没，在即将没顶之时，突然又有一道温柔慈和的嗓音从另一个方向传来——"孩子，别过去！你应该回去，他在等你。"

他？谁？谁在等她？那个世界，还有她的希望吗？她迷茫地睁着眼睛，四下里张望，寻找她的光明和出路，这时，突然有一道耀眼的光劈开黑暗从身后照了过来，她回头去看，看到那道光里有一个模糊的白色身影，她看不清那人的脸，却能感受到那人溢满深情的眼睛正哀伤地将她望着，仿佛害怕她的离去。

心口蓦然一痛，她听到那人用极温柔的声音对她说："阿漫，别怕，有我！"

"阿漫，好好活着。"

活着……

仿佛一种信念瞬间填满了她的胸膛，她不禁奋力挣脱了欲淹没她的冰冷液体，挣脱灭顶的黑暗，朝着白色身影的方向努力奔了过去。

"无忧……"伴随着一声轻微的呢喃，在黑暗中挣扎了两日三夜的女子，终于再一次睁开了双眼，眼前还是熟悉的景物，却没有她要的男子。目光触及埋头于床前的傅筹，她的目光沉了下去，撑着身子坐起。

而傅筹自她出声的那一刻便浑身一震，抬起双目，欣喜和绝望这两重复杂情绪在他眼中交杂变幻。欣喜的是，她终于醒了；绝望的是，她的醒来是为了另一个男人。但，所幸，她还是活过来了！

"容乐，"他急切地握住她的手，将一切悲痛情绪都掩在心底，企图像过去那样，对她温柔笑道，"你终于醒了！"

漫夭冷冷地挣开他的手，漠然相望，目光直接而犀利，似是要刺穿他故作无事的伪装。

傅筹目光躲闪，竟不敢看她的眼睛，扭头对外叫道："来人，夫人醒了，快去准备吃的。"

守在门外的下人连忙应了，萧可听说漫夭醒了，飞快地跑进屋，冲到床前抱着她又是哭又是笑："公主姐姐，您终于醒过来了，吓死我了！"

漫夭看着她，恍然想起清凉湖受伤那一次，泠儿也是这般高兴地对她说："主子，您终于醒了，吓死我了！"

心中一阵悲恸，她是活过来了，泠儿却永远离开了她。

萧煞和项影站在门口，远远望着，没进屋。萧可牵着她的手，关心地问道：“公主姐姐，你身上还痛不痛啊？”

漫夭身子一颤，痛？怎能不痛！但远远没有心里的痛那么令人窒息。她拍了拍萧可的手，淡淡道：“我没事了，你们先出去。”

萧可“哦”了一声，出去带上门，屋里又剩下她和傅筹两个。漫夭缓缓凝眸，望着傅筹仿佛一夜间苍老了十年的沧桑面庞，她依旧面无表情。

傅筹似乎知道她要说什么，逃避般地慌忙起身，道：“你才刚醒，别太费神，好好休息，我还有些事情要办。”说完他转身就朝门口走去，漫夭在他身后冷冷叫道：“傅大将军！”

傅筹身躯一震，脚就像是落地生了根，一动也动不了。他闭上眼睛，听着自己心碎的声音，不敢回头。

漫夭问道：“你把他怎么样了？我要见他！”

傅筹睁开眼睛，目光苍凉道：“除了这个，别的我都答应你。”

漫夭面色一沉，却忽然扬唇笑道：“那好，我要离开京城，离开你。”

“容乐！”傅筹猛一转身，对她痛声叫道，“你明知道我做不到……”

“那你能做到什么？你告诉我！”漫夭笑着问，笑容薄凉又讽刺。

“我……”傅筹张口竟无语，他能做到什么？似乎从始至终，他都没有为她做过一件好事，只是不停地利用她、伤害她，不管是不是出于他的真心，这都是不可否认的事实。

“容乐……”他无力地唤着她。

漫夭却沉声打断道：“傅将军！没有第三个选择！除非你用铁链把我锁在这间屋子里，否则，我要走，你拦不住我。”

以前不走，是因为有太多的顾忌，如今的她，已经没什么好怕的。被两国通缉，永无宁日，她不在乎；没有每月一碗的解头痛症的药，也没关系，哪怕只能活一日，她也不想再被别人控制。

纤细又虚弱的身躯仿佛充满了力量，她是那么坚定，坚定得让傅筹害怕。

他叹息着问她：“让你见到他，你就不会离开我了吗？”

她没答话，他心里也很明白。她会离开他，迟早。所以他说：“既然结果一样，我为什么要让你见他？”

漫夭反问道：“你以为你不让，我就见不到吗？”她可以自己找，只要他活着，她总有一天能找到。

傅筹仿佛知道她心中所想，冷酷道：“我可以让你见不到，或者见到一堆白骨。”

漫夭心口一窒，沉目盯着他，质问道：“你威胁我？”

傅筹移开目光，不看她，道：“我只是提醒你。”

漫夭听完笑起来，笑得凄艳而讽刺：“傅大将军真是厉害，先是用我来控制他，现在又想用他来控制我，果然高招！不过可惜，我不是宗政无忧，我也不再是以前的容乐，今时今日，我不会为任何人受制于你，我相信，他也不希望我为他受制于人。傅筹，我要谢谢你，让我看清楚了在这个世界里，谁才是真正地爱我，谁把我看得比他的生命和尊严甚至是江山都还要重要，虽然，我为此付出了惨痛的代价。但是无妨，此生能得一人如此相待，总算是无憾了。如果你要杀他，请你通知我一声，谢谢。”

她仰着下巴说完这些，看着傅筹几乎是仓皇而逃的背影，她脸上的笑容渐渐冷却。

起身下床，有人进屋伺候她梳洗，她洗完之后坐到铜镜前，缓缓抬头，蓦然间，镜中女子的满头白发，如三千芒刺骤然扎进了她的双眼。她震颤地瞪大眼睛，颤抖着双手慌乱地揪着自己的头发，白的，全是白的！雪一样的白，胜过了她苍白的指尖。

身后的婢女不敢抬头看她，端着水盆匆匆离去。

一瞬而白头，她以为只有电视里才有，想不到竟会在她这样一个来自现代的女子身上上演。她勾唇，只觉讽刺。

窗外风声骤起，落叶飘零，她坐在镜子前，怔怔地望着镜中的白发女子出神，眼睛眨都不眨一下，仿佛成了一个失去知觉的木偶。

项影进屋，看到她这种表情，不知该说些什么。红颜白发，对于一个才二十来岁的年轻女子而言，该是多么沉重的打击！

萧煞让萧可配置乌发的药，萧可说那都只管得了一时，漫夭淡淡道：“不用。这样没什么不好，不过是白与黑的分别。”

她拿着梳子轻轻梳了几下，索性就这样让它散着，被人当成魔当成鬼都无所谓。其实，项影和萧煞还有萧可都不那么认为，他们反倒觉得，她这样的女子，即便红颜白发，她的美丽并不会因为白发而减退半分，反倒像是盛开在雪莲上的妖冶，让人心生崇敬，不忍亵渎。

“公主姐姐，泠儿姐姐去哪里了啊？”萧可耐不住沉寂，开口问她。

漫夭拿着梳子的手轻轻一颤，木然道：“死了。”

“啊？”萧可惊叫一声，似是不相信，前几天还和她说笑打闹的人，怎么就突然死了呢？虽然认识时间不长，但是她和泠儿已经有了很深的感情，萧可眼中盈了泪，声音呜咽道：“公主姐姐，泠儿姐姐为什么会死啊？”

漫夭转开脸，眼角微微干涩，低声道：“因为我不够强大，救不了她。”

萧煞皱眉，平静道：“如果她是为救主子而死，也算死得其所。主子不必自责。”

漫夭垂目，她不会一直沉陷在无休止的自责中，她要做的事情还有很多，深吸一口气，淡淡道：“跟我说说外面的事情。”

项影点头，将这两天发生的事简单说了说。

原来启云帝和天仇门门主相勾结，难民并非全是难民，而是启云帝带来的部分军队，混在难民之中让人不易觉察，他的另一半人马则是隐藏在城外，想鹬蚌相争渔翁得利，等傅筹和宗政无忧两败俱伤再与天仇门里应外合伺机占领临天国，却没想到傅筹和宗政无忧似乎都有所觉察，将他们各自的主力皆留在最紧要关头，只各带五万人马在皇

宫一决胜负。最终不管谁胜谁负，启云国的如意算盘都全然落空。启云帝已撤离京城，天仇门被傅筹派去的人给灭了，天仇门门主带了部分门众逃走，被傅筹下令全国通缉。据说天仇门是十四年前崛起的门派，无人见过天仇门门主真容，也没人知道此人究竟是男是女。

御医诊断出临天皇突然发病是因为中毒，证据指向太子，太子畏罪自杀。傅筹身为先皇后嫡子的身份公开，成为继承皇位的不二人选。

江南大军现又驻守在伏云坡，向统领再度被关进刑部大牢，九皇子被软禁在皇子府。至于宗政无忧，没人知道他现在何处，也无人知道他是生是死。傅筹那么恨他，肯定不会善待他。还有九皇子，一定对她恨之入骨吧？

“走，去看看九皇子。”喝了一碗粥，漫夭打开衣柜随手取了件衣裳披在身上，那是一件大红色的云锦纱衣，绣着斑斓的彩凤，在午后耀眼的阳光中闪烁着夺目的光华，本是无与伦比的惊艳色彩，然而，在满肩披泻的雪色白发的映衬下，那仿佛只是一个陪衬。

她带着萧煞和项影出门，被守在园门口的侍卫拦住：“将军有令，夫人身上有伤，不宜出门，请夫人回去歇息。”

漫夭淡淡地看了那侍卫一眼，面无表情道：“让开。”没有怒气，却有着浑然天成的威严气势。

侍卫一愣，几乎是本能地想让道，但一想到上一批守卫的悲惨结局，便硬着头皮道：“请夫人别为难属下！”

漫夭目光一沉：“我再说一次，让开。”

那侍卫皱眉，见她似乎铁了心要出去，忙对边上的另一侍卫使了个眼色，那名侍卫立刻退走，显然是要去清和园通风报信。漫夭眉头一皱，二话不说，抬手拔剑，以快如闪电的动作朝那名侍卫当头劈下。剑光骤闪，杀气凛冽腾空，从来淡然平静、举止优雅的女子突然变得狠辣无情，将门外一干侍卫全部震住，就连萧煞和项影也都怔了半晌才回过神来。

侍卫砰然倒下，漫夭冷眼一扫他们惊骇的面容，拂袖震开挡在她身前的侍卫，掷剑而去。

那些侍卫在她走后半晌才回过神来，神色慌乱道：“快去禀报将军！”

京城依旧繁荣昌盛，似乎和以前没什么变化。对于百姓而言，谁做皇帝并不重要，重要的是能带给他们安稳的生活。

九皇子府坐落在东城，与离王府离得较近。从北城到东城，需经过一条无名的巷子，这条巷子热闹繁华，地面不宽，人一多便会有些拥挤。

漫夭的马车行到无名巷的中央便走不动了，只因道路两侧摆满了摊子叫卖，摊子周围人潮涌动，都挤在那里，把道路给堵住了。项影上前驱赶，却怎么也驱不散，一波刚退一波又涌上来，如海潮一般，仿佛那些平常的摊子有多稀奇似的。

漫夭蹙眉正想说绕道而行。这时，旁边茶摊传来这样一句话：“要我说啊，这女人嘛，还是长得丑一点的好，长得太美，那就是红颜祸水，就像引发这次政变的启云国容乐长公主。”

有人问道：“这话怎么说？”

那人道：“你们想啊，离王是什么人？他如果真想要皇位，他还不早把太子给撂下去了，可是他没有，这说明什么？说明离王此次叛乱为的不是皇位，而是女人！听说离王选妃那次根本就是个幌子，为的就是见容乐长公主一面。再说这一次，离王本来都赢了，可他为了女人放弃了唾手可得的江山，更说明了他是为女人而来！再说大将军，哪一个男人能忍受自己的女人跟别的男人有染？所以他一怒之下，就有了宣德殿外的红罗帐一幕。再说后来，启云帝听说自己最疼爱的妹妹被这么欺负了，他能干吗？当然不干！照我看，天下要不太平咯！”

“听你这么一说，是挺有道理的。可这仗要是真打起来，受苦的还不是咱老百姓？唉，红颜祸水啊！”

“这样的女人哪里配母仪天下？真搞不懂，大将军既然舍了她，为什么还执意要封她做皇后？”

漫夭听着冷冷勾唇，嘲讽而笑。自她来到这里，从一开始的丑女未进门先遭弃，到后来的红杏出墙不知廉耻，再到如今的红颜祸水，她似乎一直都是街头巷尾的谈资。自古以来，男人们总喜欢把所有的过错都归咎于女人，所谓红颜祸水，对于真正的皇权斗争又能起得了几分作用？没有她，傅筹一样会复仇夺权；没有她，宗政无忧同样会部署反击；没有她，启云国也会有别的理由兴起战事。而她，不过是这场权力斗争中的牺牲品，真正在乎她的，也只那一人而已。

漫夭微微撩开车窗帘幔，看了眼茶摊正议论她的那几个人，长相平凡，作平常百姓装扮，但他们眼角眉梢却有着掩饰不住的煞气，不似一般的江湖人，更不像平民百姓。她微微挑眉，还不待细想，前方忽有一名妇人扒开堵在前路的人群疯了般朝着马车的方向冲了过来，那妇人衣衫破旧，头发凌乱散落，遮住了大半张脸，看似是落魄的疯妇，她手中抱着一个包裹像是抱孩子的姿势。她一边跑着一边惊慌大叫：“救命啊！别杀我的孩子，我儿子是无辜的……谁救救我的孩子啊……”

疯妇身后跟着一个四十来岁民妇装扮的女人，焦急地喊她：“夫人，夫人……你别再跑了，快停下吧！”

那疯妇哪里肯听，只是拼命跑着，她奔到马车跟前，忽然被什么绊了一下，身子不稳，整个人朝着马车撞了过来，一声大叫，头便撞上车辕，砰的一声，马车都跟着震了一下。漫夭皱眉，后面那个妇人连忙追了上来，紧张地叫道：“夫人，你怎么样了？你没事吧？”

疯妇额头被撞破，鲜血直流，眼看着人就要昏过去，嘴里还喃喃念道：“别杀我儿子！求求你……救救……我的孩子……”

疯妇终于撑不住昏过去了，但她手中的包袱却仍然被她抱得紧紧的，仿佛那真是她的孩子一般，死也不肯松手。

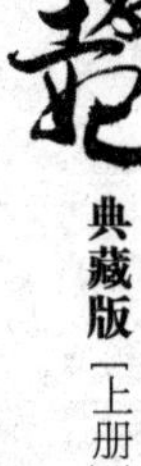

人群中又追过来一个中年男人，中年女人忙对中年男人道："你来得正好，快带她回去，请个大夫来瞧瞧，这次撞得严重，别出什么事才好。"

那中年男人一脸不耐道："一个疯子，你那么紧张干什么？家里穷得揭不开锅了，还请什么大夫？白养了她十几年已经仁至义尽。"

中年女人道："你这说的是什么话？当初表姐临死前把她交给我们的时候不是说了吗？只要好好照顾她，总有一天有你的好日子。"

男人一听这话，怒道："老子都等了十几年了，也没见到有好日子来找我们，这种话也就你这蠢女人才信！反正我不管她了，要管你自己想办法，你要是敢再让她进家门，我把她扔城外破庙里去。"男人哼了一声，就转身走了。女人很无奈地看着疯妇，唉声叹气。"这可咋办是好呀？"她说着抬头看见撩起帘幔的漫夭，愣了一愣，道："这位……贵人，您能不能行行好，救救这位夫人，她挺可怜的，年轻的时候被丈夫抛弃失去了孩子，又被毁了容……唉！也不知道她到底是什么人，这么可怜！"

漫夭垂眸，扫了眼被中年女人扶起来的疯妇，只见被撩开头发后的半边脸有一个很大的伤疤，似是曾被大火烧伤，而另外半边脸却是肤如白雪美得惊人，而她虽身着粗布，却不掩骨子里散发的贵气。漫夭目光一转，对萧煞使了个眼色，萧煞拿出一锭金递给那中年女人。

中年女人忙谢道："谢谢贵人，您真是好人哪！我替这位夫人给您磕头了！"说着就要跪下，漫夭冷冷摆手道："不必，我只是赶时间，不希望有人挡住我的路。萧煞，绕道走！"她面无表情地吩咐，放下帘幔。好人？这样的名头，她以前不稀罕，现在更不稀罕。

来到九皇子府，又被门口的侍卫拦住去路。

"大将军有令，九皇子为叛贼同伙，没有将军手令，任何人不得探视。"

项影上前斥道："你睁大眼睛看清楚了，这位可是大将军夫人！未来的皇后，你也敢拦？"

那侍卫一愣，漫夭冷声道："不想死就让开，本夫人今日已经开了杀戒，不在乎多杀几个！"

她眼如利刃，气势浑然天成。

守在门口的几名侍卫只觉一阵冷风刮过，身子抖了一抖，不自觉就让开了道。

那不是别人，是将军夫人！

府内水园，九皇子双手垫在脑后，靠躺在园中的亭廊，百无聊赖地晃着腿，两眼瞪着天，直翻白眼。

一名下人急匆匆地走过来，禀报道："殿下，有人来看您了！"

九皇子倏地一下坐起来，问道："谁呀？"

下人答道："是大将军夫人。"

九皇子先是目光一亮，继而想起什么，两眼一瞪，怒道："她来干什么？我不想见她，你叫她走！"

“这，奴才不敢哪！”

九皇子瞪眼斥道：“贪生怕死的狗奴才。”说罢又躺了下去。

漫夭走到园子中央，挥手让那下人退下，隔着曲水石桥，她扫了眼周围明暗交替密布的岗哨，叫道：“老九。”

九皇子不看她，把脸转到一边去，用鼻子哼出一声，表示不屑。

漫夭微微垂了眸子，眼中没有情绪起伏，淡淡道：“看来是我瞎操心了。九殿下的日子，过得如此悠闲，连我都要羡慕。”

九皇子翻了翻白眼，冷哼道：“这还不是你的功劳吗？我们未来的皇后娘娘，怎么有心情来看我这个就要去见阎王的逆臣贼子？我七哥真傻，居然为你这样的女人连命都不要！”

漫夭见他话中带刺，嘲讽之意甚浓，蹙眉转身道：“看来九殿下并不欢迎我，是我自讨没趣。告辞！”

九皇子一听她要走，噌的一下蹦了起来，他气恨了好几天，一直没地方发泄，好不容易找到一个发泄的出口，才说两句她就要走人，他不禁气得口不择言，大声叫道：“你走吧，就算我死了，你也不用再来看我。我以为你跟别的女人不一样，原来你也贪慕虚荣。七哥为了你什么都不顾，现在都不知道是死是活，呸呸呸，我这乌鸦嘴！”他气恼地扇了自己一个嘴巴，又道：“你不想着救他，居然还高高兴兴准备做傅筹的皇后，你还是不是人啊？你这个水性杨花……”骂声至此，蓦然止住。只因他看到了园中远远立着的一身清冷孤绝气息的女子的满头白发，不禁瞪大眼睛，怔住了。

水园风景如画，阳光明灿，用奇形怪状的山石累积而成的假山旁边，溪水如碧，她背身孤立于独木桥上，红色的纱衣长摆飘落搭在水面，水中波光粼粼，反射出白色冷光，映出红衣如血，白发耀目惊心。

女子清冷的声音仿佛刺破了阳光的温度，凛冽的寒意，散发在美丽的水园，她说：“想骂便骂，红颜祸水也好，水性杨花也罢，我并不在乎。”

第二十七章　离开京城

卫国将军府的夜晚一如往日寂静，清谧园的寝阁里，漫夭手支下巴，垂眸斜躺在窗前的贵妃椅子上，身后亮着一盏雕花细木骨架宫灯，昏黄的灯火透绢纱而出，笼在她身上，她微微垂着头，白发披散，于灯光中印下的阴影使得她面上的表情变得朦胧不清。

萧煞立在十步外，只抬头看了一眼，便低头道："不出主子所料，将军以为我们通过无名巷里出现的三个人传递消息，已经派人去查了。"

漫夭点头："可儿还没回来吗？"

"公主姐姐。"说曹操曹操到，萧可走到门口朝门外望了一圈，确定没别人才急急进屋。

漫夭连忙坐起身，拉过萧可的手，问道："如何？可见到无隐楼楼主了？"

萧可点头道："见到了，我按照姐姐的吩咐，向他问了离王的下落、情况……"

漫夭急切问："他怎么说？"

萧可郁闷道："他什么也没说。"

漫夭不禁失望，难道连无隐楼也不知他现在的情况？那岂不是真的凶多吉少！黯然垂目，她只觉胸口窒闷难当，这时萧可从袖中掏出一样东西来递给她，小声道："无隐楼楼主把姐姐你的扇子留下了，让我把这个给姐姐带回来。"

也是把扇子，只不过是墨玉的。

漫夭眼光一怔，微微颤抖着手接过那柄象征着无隐楼最高权力的熟悉无比的墨玉折扇，心头一阵阵酸涩发紧。

萧可又道："无隐楼楼主说，以后无隐楼是姐姐你的了。"

漫夭身躯一震，抓了萧可的手，忙问："那是什么意思？"

萧可茫然摇头，漫夭的心一下子沉入谷底，无隐楼以后是她的了！为什么是她的？难道无忧已遭不测？她忽然慌了，拿着扇子就要出门，萧煞连忙拦道："主子这一去，无隐楼就完了！"

漫夭愣住，再跨不出一步去，跌坐在椅子里，半晌无声。

萧煞皱眉道："也许这把扇子代表王爷平安请主子勿念。"

"会吗？"如果只有扇子，她可以这么理解，可是为什么还要加上一句无隐楼以后是她的？她不要无隐楼，她要的是宗政无忧！低头怔怔地望着手中折扇，恍惚间那人的脸就在眼前，温柔、邪妄、冷酷、忧伤、绝望、深情，都不过是那一双眼，如果没有她，他这样的人一辈子都不会沦为阶下囚，不会含血称降甘愿受辱人前。如果没有她，他还是高高在上的离王，筹备登基大典的是他而不是傅筹。

"傅筹现在人在何处？我要去找他。"她收好墨玉折扇，刚要往外走，就见门外傅筹匆忙而来，脚步急切，旋风般卷进屋里，他脸色不大好，神色带着隐隐的慌乱和恐惧，一进屋，看到她在，他似乎松了一口气，所有的表情都在刹那间平定下来。他朝萧煞、萧可摆了摆手，让他们出去。

门被关上的时候，他冲过来抱住她。

漫夭本能地抗拒，但他双臂如铁钳，将她紧紧箍在怀里，那种姿态仿佛只要一松手她就会消失不见。漫夭皱眉，突然停止挣扎，竟慢慢抬手摸上他的背，傅筹身子一颤，一双手将她抱得更紧，漫夭在他怀里缓缓开口："害怕我离开吗？那就让我见见他。只要我确定他好好活着，我就不离开你。"

傅筹身躯蓦然僵硬，陡然放开手，目光复杂道："你不是说不为他受制于人吗？为何突然改变主意？"

漫夭仰起下巴笑道："因为我要借助你手中的权力替我报仇，启云帝容齐，他必须为泠儿的死和我所承受过的一切付出代价。还有你，我忽然觉得，留在你身边看你一生孤独痛苦，也是种不错的选择——不过，前提条件是，我得见到他，确认他还活着，并保证他能一直好好活下去。"

傅筹目光一痛，竟退了两步，道："你说晚了。"

漫夭心头大慌，不受控制地扑上去抓傅筹的手臂，变了脸色道："你这是什么意思？你把他，你把他怎么了？"

她仰着头问，满目惊骇恐惧，傅筹看着她这样的表情，目光尽碎，他挣开她，转身就出了门。

漫夭跌坐在他身后的地上，心猛地一下子空了。如果他已不在，她做什么都没了意义。

门外，傅筹顿住脚步，终是忍不住回头又看了一眼地上的女子，见她目光空茫，面如白纸，他闭上眼睛喘了两口气，对外叫道："来人！从今日起，夫人不得走出这间屋子，也不准任何人进屋探视。你们好好看着夫人，如果她有个三长两短，你们都别活了。"

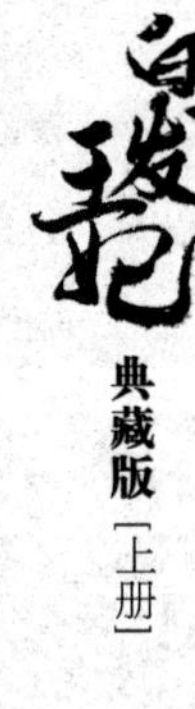

“是。”清谧园的侍卫和婢女皆是惶恐应了，屋里的漫夭没有反应，只是披散着满头白发呆呆地坐在地上，一动不动。

这一坐就坐了三日，无论婢女如何求，她都没反应。不吃饭，不睡觉，不说话，萧可在门外急得直哭，萧煞怒气腾腾地去了趟清和园，回来后，寝阁门口的侍卫撤了，园子外面的守卫还在。

萧煞进屋，望着她，皱眉道：“主子不想离开这里了吗？”

漫夭缓缓抬眼，依旧空洞茫然。

萧煞叹道：“主子如此自暴自弃，非离王所乐见。”

漫夭闻言面色微微一变，透骨的哀伤从空洞的眼眸中流泻出来，她张了张唇，喃喃道：“对，他用他的江山、他的尊严、他的性命、他的一切一切来换我活着，我怎能如此糟践自己的命！”

说完她站起身，吩咐人拿了吃的来，也不管是什么就往嘴里塞，直到塞满为止。然后提了剑去竹林，她很久没练过剑了，一直以为武功不需要太高，能自保就好，现在她不再那么认为。

一连三天，疯狂练剑，直练到筋疲力尽还不肯停歇。

第三日晚上，月色极好，傅筹终于处理完堆积的政务，独自在寝阁内徘徊，脑子一空下来，便都是那人的身影。

“来人，传清谧园守卫。”他对外吩咐。片刻后，清谧园守卫已到门外，不等求见，傅筹已先道了一声：“进来。”

侍卫进屋行礼，傅筹背着身子站在窗前，问道：“夫人今日如何？”

侍卫回道：“夫人下午练剑受了伤。”

“她受伤了？”傅筹立刻转身，沉声问道，“你为何不来禀报？”

侍卫忙道：“听说是小伤，练剑的时候不注意割破了手指。萧姑娘已替夫人处理好了伤口。”

傅筹的面色这才缓了过来，又问：“夫人现在何处？”

侍卫道：“青竹林里。夫人今天晚上似乎心情不好，命项侍卫送去一壶酒，屏退了所有人，此刻一个人在竹林里饮酒。”

傅筹微微一愣，她从来都是一个冷静自持的女子，竟也会因为心情不好而饮酒吗？他这一辈子，最后悔的就是那次醉酒，若无醉酒，便不会碰痕香，不碰痕香，也不会有让他悔恨终生的红罗帐一幕。那个女人跟随他多年，了解他太多，明知他被门主逼迫处境艰难，还如此设计于他，引他用李代桃僵的计划，毁了他和容乐，他一定要抓住她，将她碎尸万段！

不自禁捏了捏拳，他大步踏出清和园，直往清谧园而去。

夜色宁静，秋风萧瑟，青竹林里竹影摇曳，四方碧色环绕之中，女子一人独坐，白发飞散，衣袂轻扬，她左手执壶，姿态优雅如仙，自斟自饮，已有几分醉态。空气中，竹子淡淡的清香气混合着浓烈的酒香，配上那银色月光笼罩下如诗如画的清景佳人，让人如痴如醉。

傅筹远远地站在竹林外面，竟不舍得打扰这份宁静美好。他目光痴然相望，含着无数的想念和爱恋。几日不见，竟如同隔了几世那么久。

漫夭又倒了一杯酒，仰头灌下，喉咙一阵灼烧，她抬头望着空中皓月，想起李白的《月下独酌》。

也许不应景，也许心境全然不同，她却忍不住想，那个令后世敬仰的伟大诗人，他在饮酒作诗时心情是怎样的孤寂和凄凉？放下酒杯，她拿起一旁的剑，便飞身而起，不是练剑，而是舞尽风情。

柔软飘逸的身姿飞舞在青竹林中，如水银流泻般的光芒在朦胧的月光之下划出一道道优美至极的弧。她在那剑光之中偶然回眸，清冷明澈的眸子漾着酒后微醺的神态，飞扬而起映在眼中的雪白发丝流转着圣洁的妖冶，散发着神秘的吸引。

傅筹见她握剑，本想阻止，却挪不动脚步。这样的她，他想多看一眼，再多看一眼。

凌厉的剑气忽于空中横扫，震了竹叶纷纷而落，飘零在她的周身，仿佛在书画女子内心的苍凉，又似是下了一场青叶竹雨，欲洗涤世间的一切污浊与不堪。

她的剑舞且柔且刚，将一个女子最美的姿态在这样宁静美好的夜晚展现得淋漓尽致，柔和清美的月光也不过是她的陪衬。

轻盈的脚步逐渐移至放置酒壶的低矮桌案，她一个弯身后仰，用一指勾起酒壶抛于空中，美酒沿壶倾注而下，如一道清泉凛冽，她红唇微张，醉态竟撩人心魄。

林外的男子仿佛被那一个神态猛地击中，身躯僵硬。而女子在此时，手中的剑忽然脱手掉在地上，身子似是无力，往一旁倒去。

傅筹心中一慌，忙疾掠过去，紧张地叫了声："容乐。"

他扶起她的身子，见她右手厚厚的纱布已经被鲜血浸染，又是气怒又是心疼，一把将她抱起就朝清谧园寝阁去了。

漫夭垂着眼，浓密的眼睫印下的阴影掩盖住了眸中的神色，她很安静地靠在他怀里，一动不动。

傅筹将她放到床上，转身叫人打了水来替她清理伤口，却被她死死抓住衣袖。傅筹诧异回头，竟见她眸子里微微漾着水光，神态半醉半醒，嘴角含着凄楚无比的笑容，让人一看便会心疼入骨。

"容乐……"他觉得他的心仿佛不是自己的，不，他的心早已经不是自己的了。

"为什么？"她拽着他，仰着脸庞，用醉意蒙眬的眼神望着他，声音凄凉哀伤，"为什么你要那样对我？"

他心中一颤，就好像被一只柔软的手一点一点捏紧了他的心，那种痛从心底里一直漫至心尖。他张了张口，却发现不知道该说些什么。他知道自己错了！可是他回不了头。

她望着他的眼睛，幽凉的语气仿佛一阵寒风刮在人的身体里，她说："你知不知

道，要我选择去相信一个一直在利用、伤害我的人，需要多大的勇气？你又知不知道，我差一点，差一点就爱上了你！”她摇晃着他的手臂，那声音忽然就凄厉了，像是一把锋利的刀子切割在他的心里。

傅筹胸腔猛震，震在那里不能动弹，体内的血液似乎在那一瞬间凝固，整个人也失去了思考的能力。他不能相信地望着面前的女子，她说，她差一点就爱上了他！在他犯下无法弥补的过错无法回头之后，她说她差一点就爱上了他，不管是真是假，这对他而言，都足以将他送进地狱。

他忍不住蹲下身子，对她问道：“容乐，你说什么？”

他的目光一刻也没离开她盈满醉意的眼睛，手慢慢抚上她的脸庞，双唇颤抖。

她凄楚的笑容越发张扬，头却轻轻地摇动，自嘲地笑道：“说什么都没用了！是你背叛诺言，亲手用最残忍的方式把我推给了别人，你用你的行动，给了我一个比死亡更惨痛的教训！恨，这个字，我从来没说过，可是现在，我把它送给你。”

身心俱颤，傅筹失力坐到地上，眼神空茫绝望，悔恨重击在心，痛不堪忍。

原来他曾经离幸福只一步之遥，是他自己亲手给毁了！

他控制不住地想，如果没有实施那个计划，她终将爱上他，那会是怎样的一种幸福？坐拥天下、大仇得报，都无法比得上其万分之一的快乐！

想象越是美好，现实便越发显得残酷而令人绝望。

他突然抬手抓住她的肩膀，眼中含有强烈的乞求：“容乐，再给我一次机会，让一切都从头来过，我什么都不要了！不要权力，不要复仇，不利用你，不伤害你，只一心一意地爱你，带你远走高飞过最平静的生活好不好？容乐，好不好？”

他急切地问着，明知无望，还是忍不住想要企盼。

漫夭睁着醉意蒙胧的眼，似乎意识不是很清晰，蹙眉道：“重来？宗政无忧，他的人生，可以重来吗？”

傅筹目光骤痛，他的乞求她听不见，他对幸福的渴望她看不见，她心里眼里，只有一个宗政无忧！

他突然撑着身子站起来，看着她，她的脸庞因为醉酒而浮现淡淡的红晕，她的目光空空荡荡，明明落在他身上，可她的眼中却没有他。他忽然决绝而笑：“在你的心里，我永远不如他！为什么你对他念念不忘？你们之间也不过才相处了十几日！如果，征服一个女人，真的要从身体开始，那我也不妨试上一试，反正也没有旁的希望。”

男子的眼神一瞬变得冷酷，再也不复从前的温和，只透出绝望，一种濒临疯狂般的绝望。

听说，地狱有十八层，他要看看究竟有多深！

漫夭直觉地缩了缩身子，皱着眉，一脸茫然。

傅筹道：“容乐，你别怪我！”

从第一次开始，他就不该放过她，早该与她行夫妻之实，也许就不会有今日之事。

心念一定，他用双手扣住她的肩膀，不让她有躲闪的机会，低头便欲吻上她泛着水泽的嫣红双唇。

她惊得挣扎，他便将她的手扣在头顶，就要吻上她的时候，突然感觉身后有劲风袭来，他皱眉，目光一厉，放开她，急速转身，但就在此时，一枚冰蓝色极为细小的银针飞快地刺破他的肌肤，准确无误地扎入他的穴道，令他动作凝滞，立时动弹不得。

他顿时心冷如冰，原来之前所有的一切都是用来降低他的戒心，等待这必中的一击。他悲哀地笑着，艰难扭头，那个醉意醺然的女子已经站在他的背后，此刻目光清明，哪里还有半分醉意。

漫夭冷冷地望着他，对他眼中的悲痛表情只当不见，她对萧煞使了个眼色，萧煞点头便去取傅筹贴身的令牌，然后按照漫夭的吩咐将傅筹挪到床上，盖好被子。

漫夭出门之前回头望了一眼，那一眼，极为复杂似看尽了他们两人过往的一切纠缠，从他们第一次见面到后来的同床共枕，谁能说那中间没有一丝情感？她扭过头去，看向夜空的目光坚定异常，语气冷漠道："傅筹，念在你确实对我有几分情意，这一次，我放过你。以后再见，决不留情！"

傅筹目光寸寸被剥裂，望着她决然离去的背影，浓浓的悲哀和绝望充斥着他的整颗心，他的世界就如同外面被乌云蔽月的黑夜，再也见不到光明。

夜色清冷，拢月茶园寂静安宁。

漫夭站在园子正中央的那个琉璃桌旁，在离开京城前，她想再看一眼这园子，这里有她曾经的梦，是她和宗政无忧开始的地方，如今也是一片萧索秋意。她没有点灯，四周黑漆漆的，没有半点光亮，她站了一会儿，视线才渐渐清晰，目光触及前面的一扇屏风，忽然记起那里还藏着一个匣子，临天皇给她的，不知道里面装着什么？如今她已经不再是傅筹的妻子，是不是可以打开看了？

拐过屏风，来到一个不起眼的角落，开启机关，一棵用来装饰的树木立刻往一边挪去，她蹲下身子打开两层之底的暗格，取出那个沉甸甸的匣子，然后将一切恢复原貌，这才站起身，将那匣子小心翼翼地捧着，还没来得及打开，身后一阵阴风吹来，一道被撕裂的不辨男女的嗓音带着阴森可怖的笑意透过屏风冷冷传了过来，惊得人浑身一颤，立时起了一层寒意。

"原来公主把东西藏在了这里，害本门主好找！"

漫夭心头一骇，忙走出屏风，看见一个黑衣人，那人从头到脚被黑布罩住，只露出一双眼，而那双眼即便是在黑暗中，也能清楚地看到那眼中闪烁的阴狠毒辣。

他自称本门主，漫夭直觉问道："阁下便是天仇门门主？"她曾听人说起天仇门门主的一贯装束，似乎就是如此。想到此人也是陷害她的幕后黑手之一，心里顿生憎恶。没想到在傅筹的通缉下，此人还能自由行走在京城之中，这个人无论是武功还是其他，都不容小觑。以她现在的能力，必然不是他的对手。看天仇门门主的目光落在她手中的匣子，似乎有着志在必得的决心，她不禁疑惑，这匣子里究竟所装何物，竟让天仇门门主亲自出马？

她下意识地抱紧那个匣子，想着无论如何，一定不能让此人得去。

天仇门门主上上下下地将她打量了一遍，不无遗憾道：“不错！你这丫头不但有点眼力，还有点定力，是个可造之才，不过，可惜了！”

他把自己当成救世主了？漫夭冷笑道：“门主跟踪我到这里，是想要我手中的东西，还是，我的命？”

天仇门门主阴森笑道：“东西，自然是要！人，也要！”

漫夭嘲讽道：“看来我对门主还有利用价值，这么说，我的性命，暂时没有危险？”

天仇门门主哈哈笑道：“那两个小子对你可宝贝得紧，你的用处还很大。只要你把东西送过来，乖乖跟本门主走，本门主自然会留你性命，不让你多吃苦头。但如果你不肯听话，那本门主就不敢保证你还能不能活着见到他们。”

漫夭皱眉，只一心想着如何逃离此处，却没留意到他话里的他们。她与这人说了几句话，仍分辨不出他究竟是男是女。他身形中等偏瘦，个子不算特别高却也不矮，声音撕裂的尖锐，似男非男，似女非女。

这个人将自己弄得这般神秘，到底是何缘故？她微微凝思，问道：“你知道我手里拿的是什么？我自己都不知道。”

天仇门门主道：“你不知道没关系，我知道就行。说起来，陛下的心思可真是越来越深了，竟然想到把东西交给你保管，也对，只有你，傅筹才不会查！就算他知道这东西在你手里，你不拿出来，他也不会把你怎么样。不过，我倒是非常奇怪，以你的身份，他为何会信你？”

临天皇为什么信任她？她也不知。但听此人口气，这匣子里的东西似乎也是傅筹千方百计想得到的，她倒是听说了傅筹这几天一直在找一样东西，不仅翻遍皇宫，还找借口搜了几名大臣的府邸，是什么东西那么重要，值得他费尽心机去寻找？忽然想起那日猎场悬崖下，冷炎曾提起太子翻遍皇宫找玉玺的事。

玉玺！

对，是传国玉玺。临天皇给她的居然是传国玉玺！她心下震惊，直觉地抱着匣子退后一步，天仇门门主不耐道：“本门主耐心有限，快把东西拿来。”

漫夭眼中冷光一闪，又往后退了几步，听到天仇门门主冷笑道：“你不是本门主的对手！还是识相点好。”

漫夭此时已退至屏风后，忽然笑道：“可你别忘了，这是我的地方！”

“地方”二字尚未落音，她疾速反手往后，一手按上屏风背后一个凸出的按钮，那雕有百鸟朝凤图案里的凤凰突然张口，几枚黑色的弹丸朝着黑衣人方向疾射而出，黑衣人没料到有此一着，微微一愣，迅速闪身避过，那几枚弹丸击在他身后粗大的柱子上，轰的一声炸开，一阵浓黑呛人的烟雾瞬间弥漫开来，笼住了黑衣人的视线。

就在这当口，漫夭已经掠身飞奔而去。她其实并不擅长机关，这弹丸的威力也并非很强，当日设此机关不过为防万一，对付一般人尚可，对付天仇门门主，只能是用来争取一点时间，她要趁浓雾未散离开此处。虽然这传国玉玺对她并无用处，但她绝不会把这东西给天仇门门主或者傅筹。

她飞身跃上屋顶，身后还处在迷雾中的黑衣人却是不慌不忙地哼笑一声："你逃不掉的！"

漫夭从屋顶来到后园，纵身一跃，落在马背，对等在那里的萧煞叫道："快走！"

萧煞见她面色凝重，心知有异，也不多问，连忙纵马跟上。

四周静谧，偏僻的小道上只有马蹄声在夜里的激荡回响，道路两旁的密林枝叶摇晃，漫夭分明感觉到一股浓烈的杀气冲天而起，直往她头顶盖了过来。她面色一凝，将匣子放进左衣袖，紧紧抓住缰绳，受伤的那只手紧握住剑柄，随时做好出击的准备。

天际乌云浓郁，月光躲在云层，似是不愿瞧见人间这即将面临的惨烈。

地面狂风肆虐，刮起落叶飞卷于空，拂过她的面颊，竟留下一道浅色的红痕。连落叶都可伤人，可见杀气之重。

周围有数道凌厉的剑气破空而来，她耳郭一动，闭上眼睛，黑暗中，听觉更加灵敏。当那剑气从四面八方直指她周身大穴，她拧眉一拍马背，整个人凌空飞起，再借势附身，手中的剑往下横扫一周，剑气凛冽，带起数道血箭冲天，只听闷哼之声骤起，有利器当啷落地。她眉头都不皱一下，飞身往前重落于依旧奔跑的马背。猛抽一鞭，那马更是疾速狂奔。

十丈一拨，就这么持续了百丈有余，她手中剑柄已被染得通红，面上苍白得吓人，指骨痛到麻木，她仍然紧握住半点也不肯松手。

直到一个拐弯处，看到一大片空地上站满了人，一溜儿黑。

她急急勒紧缰绳，转头去看，后方亦是如此。

被包围了！前无去路，后无退路。

"本门主说过，你逃不掉的！"那道撕裂的嗓音再度传来，她几乎预见了自己就要落于他人之手，再度成为一枚用来制衡他人的棋子。她不要！如果真的逃不出去，她宁愿死。

就在她决定以死相拼，看是否能冲出重围时，一侧的密林之中，传来一道雄浑的声音："天仇门好生无耻，这么多人围杀一个女子，说出去，也不怕有损门主威名！"随着此人的开口，密林两侧忽然跃下十数人，落在漫夭的周围，将她护在中央。

漫夭微微一愣，抬头，只见一棵参天大树之顶立着一名玄衣男子，那名男子面容本是清秀干净，但额头至鼻梁一道长长的褐色疤痕将他面目变得狰狞，让人一眼看上去，便多了几分煞气。

天仇门门主笑道："本门主当是谁呢，原来是当年仗剑天涯但求一败的无相子，想不到你竟然做了无隐楼楼主，甘愿臣服于宗政无忧！"

被称为无相子的玄衣人纵身跃下，轻松落地，连衣摆都不曾掠起分毫，轻笑道："臣服于谁，是本座之事，但有一点，本座绝不会臣服于你这种男不男女不女的阉人！"

天仇门门主双目骤睁，眼中凶光毕现，他冷哼一声："逞口舌之快非能人所为，无

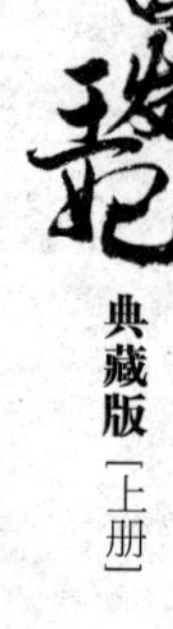

相子，你以为就凭你这几个人，就妄想阻挠本门主的好事？”

漫夭一怔，天仇门门主竟是太监！一个太监为何不在皇宫，而是做了天仇门的门主？

无相子从袖中掏出一把扇子慢慢展开，扇了两下，从容笑道：“阻不阻得了，试过才知道！”说罢扇子蓦地一合，与天仇门门主几乎是同时出手，那股凌厉的杀气顿时铺天盖地而来。

风云变色，狂风猎猎，空气中压抑的气息让人不自觉提了心，紧张得喘不过气来。

漫夭骑在马上，看不清那空中激烈交斗的两人的身影。而四周天仇门人身影齐动，挥剑朝她疾刺而来，萧煞连忙护在她身边，正准备迎接这场激烈的硬仗，然而，他还没动手，就发现其实根本用不着他，因为将她护在中央的十数名玄衣人的剑光凝成了一道坚不可摧的护盾，根本没人能伤到她一分一毫。

不到半个时辰，地面已是尸首堆积，鲜血遍地。而这时，前方突然有马蹄声传来，声音急促而激烈。

漫夭抬头，便看到漫天飞扬的尘土中，七名戴着半边喋血红魔面具的玄衣男子，从天仇门人身后杀来。

猛烈的狂风逆向席卷，带来了狂烈的肃杀之气，她看到那七名男子如地狱阎罗般目光冷酷嗜血，执剑横扫间，就如同当日屠杀野狼般的动作，将数十名天仇门人迅速解决掉。那庞大的气势让她觉得，即便是千军万马在他们面前也不值一提。

天仇门门主见势不好，忙道了声；“撤！”在黑夜中几个纵跃，便消失无踪。

无相子也不追，只掸了掸衣上的尘土，不慌不忙地走到漫夭的跟前，微微一拱手道：“无相子见过公主！请公主上车。”

他做了一个请的手势，漫夭朝他指引的方向望了过去，前方并驾齐驱的修罗七煞忽往两边让开，竟现出三辆一模一样的马车来。

漫夭微愣，翻身下马，走到马车前，疑惑地看着无相子。

无相子微微笑道：“这三辆马车可以载公主去往三个不同的地方。第一辆，可以带公主回将军府；第二辆，可以送公主回启云国皇宫；最后一辆，会送公主下江南。公主可自由选择。”

漫夭皱眉，将军府她不会回，启云国皇宫更不会去，而一个没有宗政无忧的江南，对她又有什么意义？忽然悲从心起，她转身朝自己的那匹马走了过去，身后似乎有人咳了一声，很轻很轻的一声，她还没听清楚就已经被风声淹没。

无相子一愣，朝第三辆马车望了一眼，立刻追上漫夭问道：“公主为何不选？公主难道不想看看王爷治理下的江南吗？”

漫夭叹道：“看了又如何？他人都已经不在了，这个世界，走到哪里，对我来说，已经没有分别。”

“既然没有分别，还是去江南吧。江南风景秀美，人杰地灵，公主在那里，定能寻到您想要的幸福。”

“幸福？”她惨淡地笑起来，“这个世上，哪里还会有我的幸福？”

“公主不去，怎知没有？就算没有，公主就当，就当游览了一回大好河山，反正对公主来说，哪里都一样。”

漫夭回头，有些奇怪道：“我看楼主并不像是会强人所难的人，何以如此极力劝说我去江南？”

无相子目光一闪，忙道：“是这样，前几日，我已将无隐楼总部迁往江南，公主人在江南，有什么事，才好吩咐。公主，请吧。”

漫夭微微犹豫，想着去看一眼他曾经待过的地方也好，只是不知，下一个月中之前能否赶至那里。

见女子点头，无相子面色一喜，忙摆手挥退了前两辆马车，将她往第三辆马车引去。

马车大而宽敞，车帘掀开的时候，她正低着头，被人扶着上车，弯着腰还没坐下，微一抬头，目光突然撞进一双曾经熟悉无比的深邃眼眸。

身躯剧震，她整个人愣在那里不会动弹了。手中的匣子掉在车里，她却半点反应也没有。

那双眼眸的主人一身白衣，面色平静地坐在车里，正定定地望着她，目光复杂，似是担忧，似是想念，又似是恼怒。见一向聪慧灵敏的女子突然变得有些迟钝，马车车帘已经在她身后落下，她仍然保持着弯腰不动的姿势，他微微皱了皱眉，对外吩咐道：“起程。”

马车骤然起行，尚未坐下的女子身子无处借力，便朝着里面扑了过去。男子似早有准备，张开怀抱接住，淡淡说了句：“真是越来越笨了！”

漫夭这才回过神来，手下温热的触感很真实，眼前之人也并非幻象，她心头大震，先是狂喜，然后一股强烈的委屈从心底漫出，瞬间将她淹没。她黛眉一皱，突然挣脱他的手，对外叫道：“停车。”随即起身就要撩开车帘下车。

宗政无忧一怔，慌忙拉住她的手，皱眉问道：“你去哪儿？”

漫夭回眸望他，压下心底一切情绪，口气淡淡地回道：“外面不是还有两辆马车吗？我去换一辆。”

宗政无忧眼光一沉，将她的手牢牢抓住，沉声道：“不准去。”

漫夭气笑道：“不准？不准你干吗要准备那两辆车？如果我上了那两辆车，或者我自己骑马离开，你是不是打算就这样一直坐在车里不出声，让我以为你已经死了？”

眼泪骤然涌出，汹涌而落，怎么都控制不住。这些天她真的以为他已经死了，以为傅筹杀了他。她觉得她活在这世上已经没了意义，却又不能轻贱性命，她怕对不起他倾尽一切只为救她的情意。

眼泪越落越凶，颗颗都滴在男子的手上，滚烫的温度将他的一颗心也烫得滚热，他一把将她扯进怀里，紧紧抱住，下巴抵在她冰凉的额头，感受着她纤细的身子在他怀里不住地颤抖，他这才觉得自己是真的活了过来。

漫天忍不住用拳头使劲地捶他，将这些日子以来充盈在心底的悲伤和委屈一股脑儿全部发泄出来，却没看到头顶的男子因痛楚而紧紧皱着的眉头，直到一滴温热的液体滴在她的额角，她抬手摸了一把放到眼前一看，竟是鲜红的颜色，她惊得一把推开他，这才发现他脸色煞白，嘴角有血丝溢出，胸前也有大片鲜红色透了出来，她心头大慌，懊恼又惊惶，忙转头想要叫人，却被他阻止。

“别叫。”他喘了一口气，又重新将她抱住，力度大得像是要将她嵌进他的身体里。

马车再次前行，将满地的尸首和浓烈的血腥气远远抛在后头，车内不大的夜明珠悬挂在马车的车顶，柔和的光芒驱散了外面的黑暗，照耀着紧紧相拥的两人。没想到，他还有机会这样抱着她！男子闭上眼睛，低头将一个吻轻轻印在女子额头，只觉得还能活着这样抱着她，真是幸福！

“阿漫，以后，我不会再放手了！”

女子哽咽，在他怀里重重地点头，还没来得及叫一声“无忧”，又是泪如泉涌，不受控制地用力回抱住这个用生命爱着她的男人。

后记

万和大陆苍昱一七五年，十月，卫国大将军傅筹以临天国先皇后金印为凭，恢复临天国皇室嫡长子身份，改名宗政无筹。

同月，曾传闻葬身火海的傅皇后突然现身京城，半边容颜被毁，神志疯癫。北皇将其接回皇宫，母子团聚。

同年十一月，临天国第五代皇帝宗政殒赫因病退位，宗政无筹登基成为临天国第六任皇帝。人称北皇。宗政殒赫为太上皇，傅皇后为皇太后。宗政无筹之妻容乐长公主失踪，后位空悬，六宫无妃。

同月，离王宗政无忧率江南大军退守江南，凭传国玉玺、传位诏书于江南登基为帝，人称南帝。临天国形成南北分裂之局。宗政无忧封一女为妃，此女绝色倾城，却是红颜白发，传言疑似失踪的容乐长公主。